"周承诀。"

"嗯？"

"你有想过以后想上哪所大学吗？"

"你呢？"

"南嘉大好像就挺不错的，我很喜欢南嘉，很喜欢这里。"

"那就这儿吧。"

"嗯？"

"两年之后一起上大学吧。"

"到时候帮你拉行李箱。"

"绕了一个圈，还好你还在这里，从未走远。"

“周承诀。”

“嗯？”

“你有想过以后想上哪所大学吗？”

“你呢？”

“南嘉大学好像就挺不错的，我很喜欢南嘉，很喜欢这里。”

“那就这儿吧。”

“嗯？”

“两年之后一起上大学吧。

“到时候帮你拉行李箱。”

兜了一个圈，还好你还在这里，从未走远。

工作证

有爱的青春陪伴者

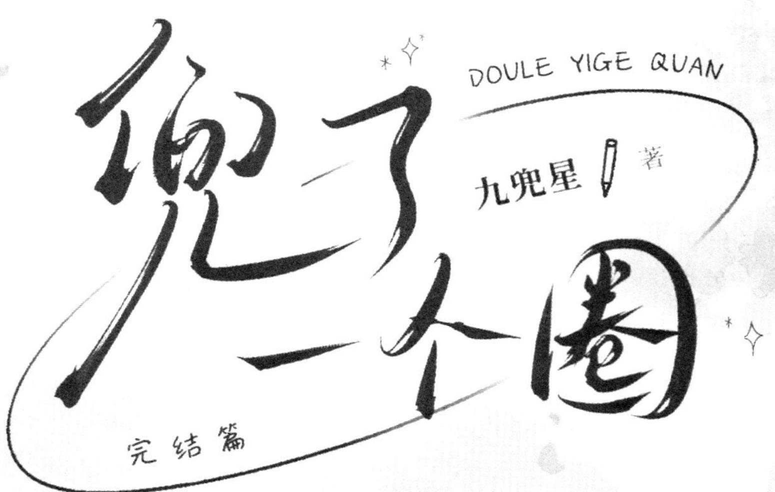

上海故事会文化传媒有限公司
上海文化出版社

图书在版编目（CIP）数据

兜了一个圈．完结篇 / 九兜星著．-- 上海 ：上海文化出版社，2025．9．-- ISBN 978-7-5535-3217-2

Ⅰ．I247.5

中国国家版本馆 CIP 数据核字第 2025U8K788 号

责任编辑 蔡美凤
特约编辑 雪 人
装帧设计 Insect 孙欣瑞
印务监制 周仲智
责任校对 言 一

兜了一个圈．完结篇
九兜星 著

出 版 上海文化出版社
出 品 上海故事会文化传媒有限公司
（201101 上海市闵行区号景路 159 弄 A 座 3 楼 www.storychina.cn）
发 行 长沙大鱼文化传媒有限公司发行中心
印 刷 天津睿和印艺科技有限公司
开 本 880×1230 1/32 印 张 10 插 页 2 页
版 次 2025 年 9 月第 1 版 印 次 2025 年 9 月第 1 次印刷
书 号 ISBN 978-7-5535-3217-2/I.1244
定 价 45.80 元

上海故事会文化传媒有限公司 出品（01220）www.storychina.cn

本书如有印装问题，请与印刷厂联系调换。联系电话：0731-82755298

目　录

Contents

目录

Contents

第一章
向流星许愿

/

1

抽签分组结束后，同学们都开始换装备出发去滑雪场。

男生们大多不太讲究，换装备的动作稍微快点，少部分没有抽到女伴的，便没在山庄酒店继续逗留，换好衣服就率先出发去了滑雪场。

组队里抽到女孩的男生们，则是老老实实地守在女生房门前的走廊过道处，安静等待。

说来挺稀奇的，这些等待的队伍中，居然还能看见周承诀的身影。

要知道这位哥在南高学生的嘴里，那可是“只可远观、女生勿近”的存在。

他很礼貌，比如，永远会对追到跟前的爱慕者说：“谢谢，但是很抱歉。”

他很大方，比如，永远会对给自己送礼物的小女生说：“不用了，东西请你收回去，多少钱我结一下账。”

他很少让人尴尬，但永远让人绝望。

而就是这样一个人，此刻就这么闲散地倚靠在女生的酒店房门前，有一搭没一搭地刷着手机，耐心等待自己同组女生更衣打扮，没有半点怨言。

几个女孩全扎堆在李佳舒和岑西的房间一块折腾，说实话，她们在里头待的时间确实挺久了。

“大小姐们”丝毫不着急，衣服换了又换，头发扎了又拆，拆了又继续扎，磨磨蹭蹭，惹得房间外的小部分男生已经有些失了耐心。

有几个已经小心翼翼地给自己队友发去“慰问”的消息，收到“再等等”的回复，也只能叹两口气，继续等着。

严序这种从小和李佳舒吵到大的，对她就没其他人那么客气了，一个视频直接打了过去，里头半晌才接起来，女孩嗓音不悦：“干吗，干吗？我们正忙着呢。”

严序“啧”了声：“好没好啊？大小姐。”

“好没好你不会自己看呀？”李佳舒敷衍道，“哎呀，别催别催，我们好不容易一块出来玩一趟，当然要打扮得漂漂亮亮的，又不是去参加军训。”

严序无语道：“你这不是都已经折腾好了？”

“又没让你们等我们，你们可以自己先走呀。”李佳舒这会儿腾不出手，只将手机往抽纸盒上一架，又立刻投入到忙碌中去，“别吵，我在给西西扎小辫，你们等不了就先走吧。”

李佳舒这话音刚落下，不远处，懒洋洋地倚靠在对面门框边的周承诀，脸上表情终于有了一丝丝变化。

就见他漫不经心地将手机收起，两步往严序这边走了过来，侧过头垂眸扫了严序的手机屏幕，见画面中，岑西正乖巧地坐在小沙发上，任由李佳舒替她扎小辫，便随口问了句：“怎么今天扎双马尾？”

她平常都只在颈后低低地扎上一束。

很显然，他问的是岑西。

岑西听到熟悉的嗓音从李佳舒的手机里传来，也很自觉地隔空回了一句：“佳舒说还有帽子要戴，扎耳下双马尾帽子不容易掉。”

“噢。”周承诀点点头。

李佳舒一边扎，一边提高音量邀功：“我还要给她扎成四股辫，特可爱，你一会儿就等着看吧。”

少年扬了扬眉梢，又盯着视频中双马尾的小姑娘看了两眼，才慢悠悠地用手肘抻了抻身旁替他举着手机的严序：“你别催她们。”

早就没了耐心的严序：“……”

约莫几分钟过后，女生们终于陆陆续续从里头走出来。

走廊外响起了一阵“谢天谢地”的感叹，伴随着男生们被“殴打”的号叫，过道上一时间又热闹了不少。

岑西从屋内探出脑袋来时，周承诀面前站满了人，见她出来，正打算朝她这边走来，身旁打闹的两人没控制好分寸，男生脚下一滑，手臂直接往周承诀跟前甩了过来。

对方条件反射般伸手想要抓住任何能借力的东西，结果袖口处的防风扣不慎从周承诀的下颌上刮过，直接给他留下一道刺眼的鲜红血痕。

岑西浅淡的笑容当即僵在脸上，连忙几步小跑到周承诀跟前。

期间，从拥挤的过道中穿过时，她也被挤得踉跄了两下。

周承诀有力的手臂适时将人稳稳接住，沉声道：“你跑什么？”

“你这边出血了。”岑西拧着眉心，低头着急地从外衣口袋里翻找出一包干净的餐巾纸，“怎么办……”

她取了两张纸巾出来，仔细地在周承诀的下颌上轻轻点着。

那道划痕不浅，少年方才的注意力全在刚刚探出脑袋来的岑西身上，没顾得上自己，此刻伤口被纸巾触碰到，微微刺痛，他不自觉微微往后仰了仰，避开她探向自己的手。

岑西替他擦血渍的动作停下，若有所思地收回手，然后将剩下的半包干净纸巾塞到周承诀手里，淡声道："你还是自己来吧。"

见她要走，周承诀一把将人拎回自己跟前："我看不见，你帮我弄。"

岑西轻叹口气，接过纸巾，踮起脚尖重新凑到他跟前，小心翼翼地继续替他将血痕一点一点弄干净。

一切搞定之后，她垂眸盯着他的手，轻声道："周承诀，你把左手给我。"

少年不明所以地轻扯了下嘴角，当即听话照做，毫不犹豫地将左手摊开伸到她面前。

下一秒，女孩用那只被他牵过的手轻拍了下他的掌心："把你的好运气还给你，你收好了。"

周承诀下意识地将掌心收紧，岑西没来得及挣脱，一下子被他紧紧握住。

两人就这么四目相对在原地僵持，直到身后突然传来李佳舒和林诗琪的笑闹声。

岑西连忙抽回自己的手，下意识回过头朝身后走来的林诗琪看了眼，心虚地低下头去，就这么从周承诀身前走过，头也不回地朝电梯口大步迈去。

周承诀就这么看着岑西突然走开，跟着原本就站在那头等待的林哲一块进了电梯。

"走啊，怎么不走？"李佳舒用手在周承诀眼前挥了两下，又看了眼周围，"嗯？西西呢？她刚刚不是已经出来了吗？你一直等在这儿，没看到她呀？"

周承诀的脸色越发难看，语气也透着股寒意："谁知道。"

"啊？"李佳舒被他这态度弄蒙了，傻兮兮地看向身后的严序。后者冲她摇摇头，暗示她这会儿别往枪口上撞。

周承诀当即转身就走，李佳舒诧异地叫住他："喂，你不等她了吗？"

"谁爱等谁等。"少年头也不回地进了另一部电梯。

林诗琪小心翼翼地看向严序："什么情况啊？"

这会儿周承诀已经不在跟前，严序松了口气，说话也更放心大胆了些，他简单直白地给两位吃瓜群众画了一句重点："就在不久前，这位哥等的那位队友，撇下他，和你那位堂哥林哲一块进了电梯，直接走了。"

林诗琪惊讶地张大了嘴，下巴都快掉到地上了，她内心忍不住为自己那倒霉堂哥捏一把汗。

林诗琪试探性地问了严序一句："那要不要我……给我哥打个电话啊？"

"别管了，岑西就是故意撇下他的。"严序轻笑了声，安慰道，"不过，你放心吧，我这哥们儿呢，在他这姑娘面前，没少受过气，他也只能憋着，自己较会儿劲，要不了多久就能把自己哄好。"

山庄酒店大堂外面，去往滑雪场的接驳车正整齐排列在门口等候。

一台接驳车能坐两个人，周承诀出了酒店走到车边时，眼睁睁看着岑西和林哲两人坐着车缓缓驶离庄园大门。

他也冷着脸上了后面的车，两车之间隔着二三十米的距离，也偏偏就因为差了这么点距离，待周承诀到达滑雪场时，岑西和林哲两人又先他一步，稳稳当当坐上了去往初级雪道顶峰的缆车。

滑雪场的缆车主要用于帮助大家快速上到坡道顶端，运行的速度不算快，是个不间断的循环，中途并没有给人留出下缆车的时间，到达之后需要抓紧时间动作利落地直接从座位上跳下来，因而没有额外的保护措施。

周承诀不想看到前面这两人并排一块坐上同一座，可在看到岑西不是一个人孤零零地坐上去时，又稍稍松了口气。

见她坐稳当了，周承诀也没再多停留，抓住铁绳索动作利落地也一并上了缆车。

三人之间仅隔了一个吊座的距离。

岑西听到身后的响动，下意识回过头，见到周承诀一个人坐在身后时，心跳控制不住漏了一拍。

女孩没吭声，少年见她回过头，面不改色地侧过脸，并不打算和她有什么多余的交流。

缆车就这么安安静静、慢慢悠悠地往山顶上升，差不多快要到达目的地时，林哲忙冲岑西说：“一会儿动作稍微快一点，要抓紧机会跳下去，别犹豫，犹豫了跳不成，就得再坐一圈了。”

“跳下去？”岑西压根没来过滑雪场，更不知道这缆车是不会专门停下供人下车的，恐惧使她的音调忍不住拔高了几分。

“嗯，对。差不多快到了，跳。”林哲话音刚落，人已经成功跳到雪地里了。然而留给岑西反应的时间太过短暂，她眼睁睁看他从身边跳离，自己却怎么也不敢松开手中的铁锁链。

眼看她就要一个人孤零零地坐在缆车上，重新被送回起点，下一秒便听见身后传来周承诀往下跳的声响。

少年的动作和反应一看就经验丰富，明明座位和她还隔着一点距离，但此刻已经稳稳当当落地。

只是他在落地之后，几乎是半秒都没犹豫，结实有力的小臂一下挽住岑西旁边空座的铁链，稍微使了点劲往上一拉，人便轻轻松松地坐到了她的身侧。

缆车晃动了几秒钟才恢复平静。

可岑西的心跳一时半会儿大抵是难以安宁了。

“跑挺快啊。”周承诀冷冰冰的嗓音很快在她耳畔响起，“你再跑下试试？”

岑西没吭声，双手紧攥锁链，贴在吊座边缘。

周承诀也没再说话，就这么无所谓地往锁链一靠，一只手臂搭在岑西身后的挡杆上，没碰到她，姿势却还是虚空环着的。

两人就这么无言地坐在缆车上绕了大半圈，期间岑西曾多次往下看，试图研究出一会儿顺利跳到雪地的方式。

周承诀也没打扰她，任由她自己琢磨，就这么面无表情地看着她折腾，偶尔在她动静大了点的时候，条件反射般地伸手提溜住她后领，将人稳住，再使点劲扯回来。

随后他又收回手，像是与她从未有过任何接触般，往原位靠回去。

第二圈快到顶端时，周承诀果然如方才所说的那般，没给她提供任何帮助。

岑西几次尝试松开手，可毕竟从没有接触过这项运动，也没来过这种地方，饶是胆子再大，也没敢往下跳。

来来回回几趟，两人当真坐在缆车上兜了好几圈，岑西依旧没松口求他一句，最后还是周承诀败下阵来，在缆车再一次到达顶端时，冷着脸，先岑西一步往下跳，随后伸手一把将人扛到自己肩头，就这么轻轻松松地把她从吊座上抱了下来。

岑西不自在地从周承诀的肩上下来，一时还没有适应雪地的软硬程度，脚踝不经意崴了下，两手下意识扯住周承诀腰间的衣料，踉跄两步过后，这才终于站稳。

一旁的景区工作人员瞧见了，笑着冲岑西打趣了句："以后要是找男朋友，还是得找个像他这样个头高的哈。"

岑西闻言忙将手松开，后退了两步。

见她后退，周承诀便黑着脸往前凑了两步，面上表情不太好看，也没同她多说一句话，就这么冷冰冰地伸手替她将滑雪服拉扯平整，再顺手替她把有些歪了的帽子不太温柔地调整归位，而后一声招呼都不打，拎着自己的板子头也不回地走了。

反正她不是不愿意搭理自己，就乐意跟着什么乱七八糟的人走吗?

行，就她朋友多，玩去吧，他也懒得再管她。

滑雪这项目，周承诀没少玩过，水平不低，已经好多年没来过这种平缓的初级赛道了。

这种地形他玩起来没劲，本来也是顾及岑西才一块过来的，此刻索性一个人往高级赛道走了。

那种从坡顶毫无顾忌往下猛冲的刺激感，确实让人无比放松。

然而几次过后，那种肆无忌惮的感觉貌似也并没有想象中的让人上瘾。

空荡荡的雪道对周承诀没了从前的吸引力。

一不留神，他的思绪便控制不住往初级赛道那边跑，也不知道岑西在那边玩得怎么样。

初级坡道适合初学者入门，可哪怕是再平坦的地形，也还是或多或少会出点状况。

岑西性子又倔，自己不会，估计也不好意思开口找别人帮忙带一带，毕竟她最怕给人惹麻烦。

自己摸索倒也没什么，就怕雪道上全是水平不行的初学者，虽然不太会，但胆大的还不少，好多人站都站不稳，就敢直接往下加速。

方向稍微控制得不好，就容易把边上的人撞了。

尤其在大家都不太会的情况下，避险能力也大幅度降低。

周承诀越想越觉得心惊肉跳，整个人都没了方才从岑西面前离开时的淡定，这会儿一心只想立刻回去看看情况。

高级雪道毕竟地势险，大多数出来玩的学生不会轻易选择这里，待周承诀重新回到初级雪道时，熟悉的面孔总算一个接一个出现在眼前。

李佳舒没什么运动细胞，从前跟着爸妈一块去过几回滑雪场，也都只顾着美美自拍，拍完就钻到雪场边上的补给站吃泡面去了。

这会儿她被严序握着两只手腕，慢悠悠地往下坡的方向带，明明只挪了几寸，一点速度都没加，她还一个劲地止不住叫唤。

“慢一点，慢一点，慢一点！”李佳舒的嗓音都在发抖，“可以了！这个速度就够快了！你再加速，我就杀了你，严序！”

“大小姐，这种速度，在我们村，管它叫作散步。”严序强行忍住想要翻白眼的冲动，“从刚才到现在，你挪的距离，只够咱们跨一步。”

李佳舒压根不管他的讽刺，她向来不会反思自己：“那我不管，肯定是你的问题。”

严序无言以对。

不过，饶是再无语，他也始终没将她手腕松开。

周承诀几步滑到两人边上，严序分神扫他一眼，轻笑一声：“这么快就回来了？”

周承诀拧了拧眉心：“什么？”

“比我预想的还要快几分钟。”严序一副懂的都懂的表情看着他，“我原本以为你能一个人在那边忍半小时的。”

“十分钟就回来了，出息啊。”严序“啧啧”摇头，“要我说，你就该把人晾着，年轻人谁没有个脾气，你说是不是？”

“滚。”周承诀没搭理他的“疯言疯语”，毫不遮掩直截了当地问，“她人呢？”

周承诀一边问，眼神一边环顾着四周，从身边不断经过的人群中寻找岑西的身影。

严序松开一只手，朝六点钟的方向指了指：“刚刚看她在那块，体育班的几个男生正排着队教她呢。”

周承诀那脸色肉眼可见地黑了下来，严序强忍着笑意，又补了一句：“要我说，运动这方面，还得他们体育生来教啊！其实你可以不用这么早过来的，人家有的是人教，根本不用你操心。”

“你说是吧？哎！”严序看着周承诀头也不回的背影，笑得肩膀都在抖，“走那么急干吗啊？她不缺你教。”

下一秒，严序的笑意一下被李佳舒的尖叫打断：“你别松手！抓紧我！太吓人了！”

“明明是你的尖叫比较吓人。”严序回过神，注意力重新回到李佳舒身上，“我就这么和你说，这个坡度，你就是倒立着往下冲，都擦不破皮，瞎紧张什么。”

李佳舒努力睁大眼：“反正你别松手，我感觉我都有点看不清了，眼前很模糊。”

严序眉心微蹙，这才将笑意收敛：“雪地里长时间只对着一种颜色看，眼睛被强光反射，很容易造成短暂性失明，刚刚让你把防护墨镜戴上，你偏不要。”

“你买的那个太丑了，又压我发型，拍照不好看。”李佳舒撇嘴嘀咕。

“拍照不好看，现在成瞎子了。”严序冷哼一声，不容拒绝道，“一块回去拿来戴上。”

两人拿完墨镜，慢悠悠地走回雪场时，正好经过冒着热气的补给站。

这地方从前可是李佳舒的必入打卡点，这会儿她自然不会错过。

“去买点吃的，我想吃泡面了。”李佳舒说，“滑雪和泡面最般配，如果有关东煮就更好了，我刚刚滑得太辛苦了，耗费了很多体力，要好好补补。”

严序都不想嘲讽她，就她滑的那点距离，一般人摔个跟头就能更远。

2

两人一块到了补给站时，周承诀也在里头。

“哟，哥们儿，一个人啊？”严序忍不住打趣了句。

周承诀回过头，给了他一个冷冰冰的眼神。

严序顺着他视线的方向往外看去，不远处，两个身穿黑色滑雪服的男生正一前一后围在岑西身边。

严序眉梢挑了挑，看好戏般看向周承诀，贱兮兮地开始哼起歌来：“明明是三个人的电影，而你却始终不能有姓名。”

唱完一句，他又立刻切歌换下一首：“一个人的夜，你的心，应该放在哪里？”

这句结束，严序很快又更新曲库：“有一种爱叫作放手，为爱放弃天长地久。”

周承诀沉着脸，不紧不慢地打了一杯关东煮，回过身看他：“你有病？”

严序笑得肩膀止不住地抖：“我就唱个歌，你怎么还骂人啊？”

他朝不远处的岑西抬了抬下巴，问周承诀：“不过去逮人？”

“不熟，懒得管她。”周承诀十分有自己的姿态。

“我都还没说是谁。”严序说。

周承诀：“……”

李佳舒刚点完泡面，从柜台那边过来，见周承诀手上握了杯关东煮，表情染上欣喜：“啊，你买了这么多？能分我点吗？都卖没了，我也想吃点。”

严序一把将李佳舒提溜回座位上，压低声音说：“有没有点眼力见，那是给你买的吗？吃你的泡面。”

李佳舒刚想反驳两句，结果不经意便瞥见不远处的岑西一个没站稳，直接撞到了雪场边缘的护网：“哎，西西。”

她脱口而出，正打算叫人时，原本还跟自己坐在同一张桌上的少年，不知道什么时候已经出现在了雪场中央。

那头岑西正抓着护网想要借力重新站起来，奈何脚踝有些扭到，一时半会儿使不上来劲。

两个体育生站在边上，看见她皱着眉头的表情，面面相觑，也不敢上前搭把手，只一个劲道歉，解释自己对滑雪这项目也没那么了解，教得不太好，望见谅。

岑西一边说着没事，一边让他们先走，不用管自己。

不出一分钟的时间，她手心里忽然被塞了一杯热气腾腾的关东煮。

女孩靠坐在柔软的小乌龟护垫上，就这么看着周承诀不容拒绝地直接将自己的板子和鞋全数脱下。

少年动作做到一半，稍稍停顿了下，而后抬眸看向杵在一旁的两个体育生：“还想在这儿盯多久？”

凉飕飕的话音刚一落下，两人瞬间溜得没影了。

岑西双手握着关东煮：“这——”

“直接吃，别废话。”周承诀头都没抬，面无表情地替她把鞋子脱了之后，熟练地拧了拧她脚踝，见她没有太大反应之后，才将她那冷冰冰的袜子脱下，随手一团，毫不嫌弃地直接塞进自己口袋里。

而后他从另一边口袋掏出一双新的替她重新换上，换好之后，又拿了两个暖宝宝出来，一边一个贴在她新换好的袜底。

岑西咬了咬唇：“这个袜子……”

“别误会，路上捡的。”周承诀说。

岑西点点头：“那暖宝宝……”

“也是捡的。”周承诀瞥了她一眼，语气不含一点温柔，“你吃你的吧，问那么多。”

周承诀握着她脚踝的力道很霸道，没给她留一丝能拒绝的机会。

岑西双手握着仍旧在不断冒着热气的关东煮，没了动静，也没再吭声。

两人似乎都默契地保持着沉默。这种氛围很不对劲，周承诀一边耐着性子仔细检查她还有没有别处受了伤，一边又开始回想自己刚刚的语气是不是重了。

不然她怎么真的一句话都不愿意再说了。

周承诀强撑着面子又憋了半分钟，最终还是忍不住主动开口破冰，然而明明脑子里有挺多好听的话想说，可到了嘴边，又变了种味道：“两个体育生一前一后看着，也能让你摔？”

岑西没开口，周承诀将她换完袜子、贴好暖宝宝的脚重新塞回鞋子里，又继续自顾自地嘀咕：“体育生有什么好，怎么都那么喜欢体育生？”

“谁还不是个体育生了。”他之前拿奖的时候，这帮体育生还不知道在哪儿玩泥巴呢。

“什么？”他后边一句话说得很轻，岑西没听太清晰。

周承诀替她将鞋子搭扣扣紧，又挨个扯了遍，仔细检查完牢固程度，这才没什么情绪地扫她一眼：“没什么。赶紧吃了，不然一会儿李佳舒看见了，又要来抢。”

“她想吃吗？那给她吧。”岑西很快捕捉到了重点。

“你倒是大方。”周承诀冷哼一声，“对谁都好是吧？”

就对他有脾气是吧。

几个扣子扣完，周承诀稍稍卸了些力道。

岑西像是终于抓住机会从他手中逃离般，反应很快地一下将双腿抽回。

防护拦网是软的，撞上其实也没多大影响。

周承诀先前替她准备的护具又齐全，再加上初级雪道的坡度确实很平缓，地形又简单，她刚刚也只是一时没注意好方向才撞向护网的，脚踝也只有最开始扭的那一下稍稍有点疼，很快便没了感觉。

反倒是周承诀有些紧张过头了，逮住她仔仔细细检查了一番才罢休。

这会儿她将脚抽回来，借着护网的力，轻松便能自行站起来。

不过，周承诀估计生来就是操心的命，在岑西站起身的一瞬间，还是下意识朝前走了两步，条件反射般将双手环在她周围。

待确认她稳稳当当站好之后，他才将手收回。

“能滑吗？”少年的语气没来由地别扭，“那两人刚刚都教了你什么？”

岑西并不想再占用他太多时间：“能滑，我自己玩就好。”

又赶他走?

周承诀抬了抬眉梢，气简直不打一处来。

“我教你，”少年默默气了半秒，见她双手扒在护网上，笨拙地试图一点一点往下挪，那刚刚被她惹出来的脾气又莫名消散得无影无踪，语气当即放软了些许，“肯定不让你摔。”

岑西抓着护网的手心控制不住地紧了几分。

此刻她心里多少有些煎熬。

有些事情，她好像怎么做都不对。

不论是出于同情还是其他什么原因，周承诀对她的态度自然是好得无可指摘，这一点她心知肚明。

可偏偏两人之间还横着那两千多块钱。

她收了钱，来到这里，明知道不应该用这样的态度对他，可又不得不这么做。

她想不出更好的办法去应对。

出神间，周承诀已经重新站至她身后。

少年有力的双手接过她手腕，岑西的脊背当即僵了一瞬：“你让我自己来吧，行吗？”

明明该用更坚决一些的语气拒绝他，可周承诀对自己太好了，她实在说不出什么太难听的话。

正思考着应该说什么样的话才能让他别再管自己，身后突然传来了林诗琪和艺术班几个男生的打闹声。

岑西的心跳控制不住加快了几分，那种奇怪的心虚感再一次涌上心头。

小姑娘把心一横，撇开周承诀的手，紧攥住护网的双手也突然松开，脑子里默默回想着不久前练习过的滑行技巧，壮着胆子直接掠过身旁少年，硬着头皮往坡底猛冲。

“岑西！”周承诀紧张的话音一下被她抛在身后。

他过来的时候没穿滑雪板，一个不注意让她从自己眼皮子底下溜走，也没能追上。

少年的眼神死死盯着岑西不断往下滑的背影，直到看见她有惊无险地到达坡底，平稳地去到正在底部补给站边上吃吃喝喝的江乔她们身边时，周承诀才终于松了一口气。

情绪向来无波无澜的人，急速心跳久久之后才恢复平静。

冷静下来之后，他下意识地偏头瞧了眼不远处仍在嘻嘻哈哈打闹着的林诗琪。

回想起岑西几次反常的反应，周承诀终于捋清了点思绪。

这姑娘怕是被那两千块钱的枷锁折磨很久了。

接下来的一段时间，周承诀照常像个没事人般，跟随着集体一块活动，只不过不会再像之前那般，一门心思只死死围着岑西一个人转。

严序找他打游戏他就打，毛林浩这个不要脸的卷王“玩中偷忙”，悄悄来找他问数学题，他就收起滑雪板耐心地教。

他一会儿和男生们一块去补给站吃两口东西，一会儿又去跟体育班的几个男生到高级雪道那儿比两趟，把几个人碾压到心服口服之后，又重新回到严序边上，有一搭没一搭地摆弄起相机。

搞得严序都有点不自在了。

“不是，哥们儿，好不容易出来玩一趟，你只和大老爷们儿处是怎么回事？”

“处什么处，你别犯病。”周承诀连眼皮子都懒得抬。

严序朝不远处抬了抬下巴：“那边江乔她们好像又在搞什么活动了，看着挺有意思的，一块过去凑凑热闹？”

周承诀仍旧是连头都懒得抬：“你去吧，我没什么兴趣。”

严序“啧”了声，换了个语气：“是对活动没兴趣，还是对人没兴趣啊？我看还是参加活动的人里头，没有吸引你的，你说是吧？”

周承诀：“你话很多。”

“我要再不和你多说两句，都怕你会憋死在这山上。哟，要不说你怎么没兴趣呢，这活动我看文盲还参加不了。”严序似笑非笑地瞥他一眼，“这题目好像都是语文一百四的那位出的啊。”

周承诀摆弄着相机的动作终于停了停，而后状似不经意地抬头看向严序方才指的地方，后者忍不住轻笑出声来：“哥们儿，你终于舍得抬头了。”

“看来还是对语文最感兴趣，你说是吧？”严序贱兮兮地又补了一句。

周承诀眼神凉凉地瞥过他，又再次看向不远处被起哄着推上小台子出题的岑西，片刻后，下意识举起了手中的相机。

严序问：“真不过去看看？”

“不了。”周承诀一只手耐心地调整镜头，另一只手不断按下快门，“没什么兴趣。”

严序默默数着他按快门的次数：“你这看着也不像是不感兴趣的样子。”

约莫过了十来分钟，艺术班的几个人终于代替了火箭班的人，跑到台上继续出点别的领域的题。

李佳舒她们估计是闹累了，几个人你推着我我追着你，嘻嘻哈哈地往补给站这边走来。

严序一把游戏打完，听到李佳舒由远及近的声音，抬眸瞧了眼，不咸不淡地开口冲正在看照片的周承诀说：“现在不用过去了，大小姐们全回来了，看样子，是要来咱们这儿。”

严序提前跟补给站的阿姨打了声招呼，让她弄桌吃的过来，随后又看了眼周围，用手肘顶了顶周承诀的胳膊：“哎，我看了一下，她们几个过来，我们这桌正好坐满。一会儿要不我和李佳舒知会一声，让岑西坐你边上？”

周承诀检查照片的手一顿，眉心微拧了拧，抬眸扫了眼马上要到跟前的女孩。

捕捉到岑西躲避的神情后，少年轻叹口气，动作干脆地拿着相机起身，默默离开大桌，往里头靠墙的小桌走了过去。

这举动把严序都给看蒙了。

他很快跟过去，一下又坐到周承诀边上，压低了嗓音小声问：“什么情况啊？早上还黏着人家，现在又是演的哪一出？”

周承诀语气也挺无奈的，严序这辈子都没想到能从他这哥们儿嘴里听到这种话。

“没办法，语文课代表给我立规矩了。”

3

傍晚晚餐前的两个小时，一行人换掉厚重的滑雪装备，穿回常服，按照先前抽签分配好的小组组队，两两搭配四离五散漫山遍野找食材和工具去了。

经由上午的事过后，周承诀对整个活动就显得比较无所谓了。

哪怕抽签的结果是他和岑西一组，他也没再强行留在她身边，只无所事事地逮着倒霉催的严序和他一块漫无目的地走山头，把李佳舒留给岑西，两个小姑娘也有所照应。

不过，这两位哥能这么长久地做兄弟，到底还是有原因的。

两人走着走着，不知从什么时候起，又莫名其妙地出现在李佳舒、岑西两人身后二十来米的位置。不近也不远，能清晰地看见她俩在前面找东西的情况，又不足以打扰小姑娘们自己玩，还不容易被发现。

严序走了一会儿，觉得有些好笑，故意用手臂抻了抻周承诀的胳膊，问他：“不是说被立规矩了，要离她远点，怎么又偷偷摸摸跟着？”

周承诀眼风凉凉地扫过他，淡声道：“是我选的路？”

“不是吗？”严序反问。

“不是你看见李佳舒往这边走，就跟过来的？”

好像还真是。严序想了想，忍着笑又继续说：“那你也可以一个人走别的道啊，不一定非跟我一块，毕竟咱俩又没抽到一组。”

周承诀面无表情道：“怕你一个人在山头害怕。”

严序当即学起毛林浩的语气恶心他：“诀诀，你好贴心啊，我都想嫁给你了。”

把周承诀惹得一阵恶寒："滚。"

两人正有一搭没一搭地互相嫌弃着，不远处传来李佳舒的尖叫声。

严序原本还贱兮兮地笑着，听见声响后，整个人紧绷起来，几乎是下意识往尖叫声传来的方向冲。

下一秒，李佳舒捧着一朵暗红色的蘑菇开始傻乐，笑声再次传遍半个山头。

严序脚步一顿。

两人离前边两个姑娘的位置并不远，加上李佳舒的嗓门又大，她们说什么，严序不用仔细听，都能清晰地传到耳朵里。

李佳舒兴奋地晃着岑西的胳膊："啊啊啊，这朵菇可是我自己找到的！"

岑西垂眸分辨了一下菌种，见不是什么有毒品种后，悄悄放下心来，点头夸她："对，还是红菇，这种成色的红菇还挺稀有的，市面上价格很高，晒干了一斤能卖到两三千。"

"真的假的！"这可把李佳舒得意坏了，"你怎么知道？"

岑西毫不避讳地坦诚道："我小时候就是在山里长大的嘛，缺钱花，每到红菇生长的季节就会到山上去找一点来卖。

"竞争还挺激烈的，因为价格高产量又少，村里的大人们都是连夜摸黑到山上抢摘，不熟悉路还不容易摘到，累了就往坟墓边一躺，天亮再下山。"

胆子还没针眼大的李佳舒瞬间睁圆了眼："为什么要睡坟边啊？别的地方不能睡吗……"

"别的地方更脏，山土泥泞，杂草比人还高，坟墓大多有家属定期清扫，相对来说是山上最干净的地方。"

"啊……那倒也是。"李佳舒感叹，"挣钱真不容易！"

她又瞥了眼岑西背上那满满一箩筐食材："难怪你能找这么多，我们的晚餐不愁啦，真厉害。"

"你找的菇当汤底也很鲜噢。"岑西笑眯眯地接过李佳舒手里的菇，替她放进背篓里。

两人继续开开心心地往另一条还没找过的路走去。

严序跟在不远处，忍不住吐槽李佳舒："大惊小怪这习惯，她从小到大就没变过！"

周承诀在边上事不关己地扯了扯嘴角："我看你也挺大惊小怪。"

"我那叫大惊小怪？"严序不同意地为自己辩解道，"这可是在山里，哪怕是景区，也是深山老林，会遇上什么事，谁都说不准，这人又从小娇生惯养的，蚊子叮她两个包都能哭半宿……"

"哭呗，哭怎么了，她哭两声你能少块肉？瞎操心。"周承诀不以为然道。

他话音刚落，前方不远处又传来一声尖叫。

这音色显然和刚才李佳舒的不太一样，一听便知道出自岑西。

严序还没来得及反应，周承诀眨眼的工夫已经将他撇下五米远。

距离两人只有不到三米时，岑西庆幸的声音再次传来：“找到了找到了，没丢多远，不过还好你没一脚直接踩下去，完好无损！”

女孩弯腰从地上捡起那朵红色菌菇，重新放回李佳舒空空荡荡的小背篓里。

周承诀脚步尴尬地停在半道上，严序缓缓跟上，不紧不慢地走回他身边。

“啧！”严序没多说一个字。

周承诀面无表情地瞥了他一眼。

“操什么心啊。”严序还是忍不住贱兮兮地回了他一句，“大惊小怪。”

周承诀：“……”

“哭呗，哭怎么了？”严序把他刚刚的话，一字不落还了回去。

周承诀：“……”

严序抬手轻拍了拍他的肩膀：“咱俩啊，谁也别笑话谁。”

临近晚餐时间，全体成员纷纷归队。

大家把搜罗到的食材和工具等全数交到一块，集中清点了一下，结果发现岑西一个人找到的东西，能抵得上其他所有人的量了。

就连柴火都基本全是岑西一个人捡的。

一群人连连夸赞，毛林浩一个劲感叹，终于也能吃上语文课代表的软饭了。

严序一边坐在烧烤炉子边生火点炭，一边瞧了眼那边“分赃”的热闹架势，也忍不住朝身旁正摆弄着烤串的周承诀提了一嘴：“该说不说，岑西还真挺厉害的。”

穷人家的孩子早当家，没点本事，都活不到这么大。

周承诀将刷好油料的烤串整整齐齐摆到烤架上，脸色不太好看。严序知道他哥们儿在想啥，打从傍晚岑西捡柴火的时候，没注意被木头上的倒刺扎了一下手指头，冒了两颗小血珠开始，周承诀这脸色就再没好过。

“就手指头扎了一个口而已，体检抽血比那个猛多了，不碍事。”严序说完又有些心虚，毕竟这伤不在他身上，他确实没什么立场说，想了想，又补充了句，“我记得补给站有卖创可贴的，一会儿过去买点给她？”

“已经让李佳舒给她了。”

行，论操心，他严序肯定是比不上这位哥的。

两人在这边摆弄着烧烤架子，毛林浩时不时从不远处送几盘女生们穿好的东西过来放着排队。

两三轮之后，周承诀终于忍无可忍开了口：“能不能别夹带私货？马上把你的几串馒头拿走。”

毛林浩非常委屈：“能不能别歧视馒头……”

“已经替你烤完四个了，这东西既占地方又费时间。”

严序笑得肩膀都在抖，低头扫了眼周承诀烤完放在手边私心多留的一盘肉，端起来递给毛林浩：“去，拿过去给咱语文课代表送过去，将功赎罪。”

周承诀偏头扫了眼，没阻止，默许了。

毛林浩领命十分上道地将东西稳稳当当送到了岑西面前，再回来时，一边啃馒头一边感叹：“看不出来，诀哥的烧烤手艺这么好？闻着都要香死了，刚刚那种还有没有？给我也来两串。”

周承诀现在看见馒头就烦，随口敷衍他：“没了。”

下一秒，少年不经意地抬眸，习惯性朝岑西的方向看去时，就见小姑娘拿着那盘他特地给她留的烤串，回过身往他这边看了过来。

他也不知道自己紧张个什么劲，没出息地低下头，拿起手上那把和岑西手里差不多的串，一下塞到毛林浩手中：“吃。”

这突如其来的串让毛林浩受宠若惊：“你不是说没了？”

“快点吃，别废话。”周承诀面无表情地说完，没等他开口，立刻又补了一句，“别嫁，不娶。”

严序一口饮料差点直接喷出来。

一帮人吃吃喝喝、打打闹闹玩了将近两个多小时，个个都还生龙活虎。

夜里八点多，李佳舒一边啃鸡爪子一边扫了眼手机，浏览完消息后，偏头朝身旁的岑西说：“哎，娜姐白天的时候找我要你微信，我现在才看见，那我把你推给她了啊？”

“好。”岑西点点头，可一想到是班主任要找自己，多少还是有些紧张，“娜姐找我说什么事啊？”

“不知道，她没说。”李佳舒一边点着手机屏幕，一边宽慰她，“不过没关系，你是她的课代表，成绩又那么好，还从来不惹事，找你肯定是有好事，别担心啦。”

岑西又点了点头，仍旧有些心里没底。

毕竟从前在嘉林，她成绩也好，也从来不惹事，可那些老师找她，就从没有过什么好事。

叶娜娜那边动作也快，李佳舒刚把岑西的微信推过去，岑西这边就已经收到了叶娜娜的好友申请。

女孩小心翼翼地点了通过，礼貌又官方地打了个招呼后，直接收到了叶娜娜毫无班主任架子的奇葩搞笑表情包。

一张图瞬间让岑西紧张的心情都缓解了不少。

叶娜娜估计是有些激动，连字都懒得打了，直接给她发了一条语音过来。

岑西点开语音，将手机放到耳边，很快便听到叶娜娜那完全不符合班主任身份的尖叫。

“西西啊，上回让你参加的那个电视台征文比赛，出结果了，全市第一！我就知道，我的语文课代表，区区一个征文比赛，根本不在话下！”

岑西嘴角不自觉上扬，心跳又快了些许。

叶娜娜很快又发了几条语音过来。

“第一名有三千块钱奖金，你还记得吧？是这样的，按照流程，奖金到时候会先发放到学校，估计是到你们姚主任管理的公账上，到了之后，由姚主任统一分发到各同学的语文老师手上，再由老师分发给学生。”

“也就是说，你的这笔钱，之后会先发给我，再由我转给你。”

“不过这样一来，会耽搁不少时间，估计得到十月末才能到你手上。”

叶娜娜是知晓岑西的经济情况的，当即替她做了决定：“正好我今天在朋友圈看到你们这帮孩子一块约着出去玩了是吧？出去玩多少还是要花钱的，那老师就提前先把这部分钱转给你吧，反正都是你的奖金，早一点晚一点都一样。”

叶娜娜这话的意思，是准备先自掏腰包垫这部分钱了。

岑西刚想回她最近已经不是太缺钱了，按照流程等到十月末也没关系的。

哪料想，几个字还没打完，叶娜娜的转账已经发过来了。

小姑娘犹豫了下，最后还是将那几个没发出的字删掉，按下了收款键。

李佳舒正好啃完一串鸡爪，见岑西脸上带着笑，忙凑过来问她：“什么好事？”

岑西笑笑，半点没瞒她：“叶老师说我之前的征文得奖了，有奖金，三千块钱，明天我请你吃关东煮。”

“我就说有好事吧！”李佳舒简直比她还兴奋，兴奋之余，当即压低嗓音，捧着她一边脸蛋往她耳边凑近了些，“不过你别声张，也别请客什么的，钱自己好好留着，别让太多人知道。有些人，我就不点名了，比如朱捷平那种人，眼红着呢。虽然这趟他没来，但要是太多人知道，很难瞒得过他。”

李佳舒冲她使了使眼色：“听见没？”

岑西听话地点点头。

李佳舒又补了一句：“吃关东煮让周承诀和严序掏钱，他俩不差钱。”

岑西：“……”

九点出头，男生们已经开始着手在营地边研究怎么搭帐篷了。

岑西在人群中找到正无所事事靠在躺椅上继续啃串串的林诗琪，小声将她叫到一旁没太多人的地方。

林诗琪一边将手里还没啃过的串递了几根给她，一边问：“怎么了？是有什么缺的吗？有的话和我说，我让山庄那边送过来。”

“不是。”岑西摇摇头，想了很久的措辞后，才缓缓开口，“诗琪，之前我向你要了两千块钱，实在太多了，当时是因为我确实着急用钱，没办法才向你报了这个数，我很抱歉，现在我可以把这个钱还给你，就当是你借我的，行吗？我微信直接转回给你吧？”

林诗琪愣了下，她都快把这事给忘了。

小姑娘挠了挠头，有些不好意思地说：“那个……周承诀没和你说吗？”

“什么？”

林诗琪犹豫了片刻才说：“本来他让我别和你提，我以为他会和你说，但是我也不想把这个功劳强行揽在自己头上，还是偷偷告诉你吧。

“周承诀已经把钱还给我了，你不欠我的。”

4

等岑西消化完林诗琪和她说的话后，手上的几根串都凉了。

营地那边，男生们正凑在周承诀身边研究怎么搭帐篷。

大多数人对此都没什么经验，周承诀倒是有过不少户外旅行经历，对扎帐篷这种事，已经熟练掌握。

此刻他正被大家围着做示范。

岑西走回去，站在人群最后，安安静静地看着他一个人动作利落地搭好一顶帐篷。

很出色很耀眼，身边的所有人都在看他，都在讨论他。

一如暑假时，她第一次来南高，在篮球场上重新遇到他的那一天。

不论他在做什么事，永远都是众人的焦点，让人不太敢靠近。

帐篷搭完，男生们也都掌握了个大概，纷纷回到自己的地盘琢磨摆弄起来。

周承诀刚刚示范的那个，是李佳舒和岑西两人今晚要睡的帐篷，这个搭完了，还有自己和严序的帐篷要搭。

因此此刻他也没闲下来，往边上挪了两步，从严序手中接过伸缩杆继续搭起第二个。

岑西站在原地犹豫了半晌，深吸了几口气，而后终于下定决心朝他的方向走去。

周承诀正背对着她蹲着往草地上扎防风地钉，岑西在他身后停下，紧了紧手心，小心翼翼地轻声开口：“我帮你一起弄吧。”

她虽然没搭过帐篷，但从小为了生存摸爬滚打，这种东西稍微看看就会。

岑西的嗓音在周承诀头顶响起的一瞬间，少年敲地钉的动作明显一顿，而后又像什么事都没发生过般，继续敲了起来。

周承诀对岑西的音色太过熟悉，几乎在她开口的一瞬间便认出来了。

然而他也只是停顿了一秒便恢复如常，没回头，也没应声。

岑西再次深吸了一口气后，才又有了继续开口的勇气：“我可以帮你一起……这样应该会、会快一点……”

周承诀手下的敲击声又响了三四下，等到将那颗地钉稳稳当当地扎进地里后，他才不紧不慢地站起身来，继续从边上拿出另一颗，往第二个角走，边走边随口回她一句：“不用了，人太多容易乱，你和她们玩去吧，我一个人比较快。”

这话拒绝的意思很明显，岑西没好意思厚着脸皮再守在他身边纠缠。

一如当初在南高重新遇到他的那一天。

那时的她，也如今晚一般，觉得他难以靠近，却还是努力给自己做好心理建设，鼓起勇气朝他走去。

可偏偏两次都没有好结果。

那个傍晚，他不记得她。

这个夜晚，他不需要她。

不远处，李佳舒、江乔正在冲岑西挥手，一边挥，一边喊她过去。

她们在小山坡那儿铺了几张毯子，吃完烧烤又不知从哪儿弄来一大堆零食、水果，这会儿一个劲往毯子上摆，招呼大家全聚过去聊天、玩游戏。

岑西应了声“好”，也没继续在周承诀这边逗留，将手机塞回口袋里，几步朝小山坡小跑过去。

等到女孩的脚步声渐远，一旁的严序才默默开口提醒周承诀一句：“别敲了哥们儿，一个角你已经敲了三颗钉进去了。”

周承诀手上的动作终于停下。

“你说你也是，人没过来的时候，眼巴巴地盯着；人主动过来找你了，你倒好，还摆上谱了。”严序一边往弯杆上套防水布，一边小声吐槽。

“我摆什么谱？其他女孩都闲着没事干凑一块玩，就她能耐，非要帮忙。”周承诀不紧不慢地把敲重的地钉拔出来，换了个位置继续敲，“有什么可帮的，前前后后都忙一天了。”

“那你和人家说清楚啊。”严序说。

“我说得不够清楚？我不是让她玩去？”周承诀面无表情道，“再多说两句，她又要问我，离她远点，行吗？让她一个人，行吗？别和她说话，行吗？”

周承诀利落地学着岑西那语气说了一连串，说完忍不住轻哼一声：“你是不知道，我最怕的就是她问我‘行吗’那两个字，用她那个语气说出来，我能说不行吗？”

一旁的毛林浩不知什么时候从什么地方窜了出来，手上还拿了一串馒头。

方才周承诀替他烤了几个，他第一次吃到这种风味的，相当惊艳，后来因为馒头太占地方又费时间，影响其他同学正经烤串，之后就没再吃上。

毛林浩意犹未尽，十分怀念，想到现在大家已经吃饱喝足，用不上烧烤架了，又逮住机会试图来求周承诀一回：“诀诀，一会儿搭完帐篷，帮我再烤几个馒头，行吗？”

严序听到最后那两个字，差点没笑抽过去。

再看向周承诀时，少年脸色已经完全黑了，憋了半天，只憋出了一个“滚”字。

待帐篷全数搭好，已经是半个小时之后了。

女孩们那边已经聊嗨了，不少男生搭完帐篷也全凑了过去，几张毯子往边上一铺，全数坐到小山坡上。

严序朝那边抬了抬下巴，冲周承诀说：“过去看看？”

他刚要拒绝，严序又说：“不凑太近，反正这么多人都过去了，你保持点安全距离就成。你可是班长，还真怕她一个语文课代表不成？！”

周承诀无语地瞥了他一眼。

“行，我知道你是真怕。”严序直接起身了，“那我去了，你别去，你就坐这儿，一会儿别太嫉妒我。”

这诱惑实在太大，周承诀最终还是跟着严序一块过去凑了个热闹。

那头，几个女孩子聊了一晚上，话题换了一个又一个，前一秒还在一个劲吐槽姚主任，后一秒已经开始讨论哪个男明星最帅了。

李佳舒对这个主题十分感兴趣，激动地高举小手，想要第一个发言。

江乔她们都宠她，点点头，一块朝她做了个请的手势：“公主请讲。”

李佳舒煞有介事地清了清嗓音：“我觉得路泽舟好帅，谁同意谁反对？同意的说同意，反对的去跳崖。”

曲年年笑得快抽了，当即点头：“我同意，我同意。”

江乔和林诗琪也纷纷点头：“我也同意。”

不远处瘫在躺椅上慢悠悠地摇着的严序冷不丁哼了声。

许是声音有些大，立刻被李佳舒敏锐地捕捉：“谁在哼？严序！你不服吗？那去跳崖。”

严序无语地白了她一眼，没吭声，只掏出手机来，默默点进百度搜索了一下路泽舟这个人。

照片搜出来的一瞬间，他将手机举到周承诀面前，质疑的口吻十分明显：“就这人，哪里帅？李佳舒的眼神是不是有什么毛病？”

周承诀和他一样，找了一张躺椅慢悠悠地晃着，闻言，偏头随意瞥了眼，不咸不淡地来了句中肯的评价：“还行啊，确实不赖。”

严序的语调都拔高了些许：“你们家基因肯定有问题，姑侄一个两个的，眼神都不太好使。”

周承诀轻哼一声，一针见血地点破他：“你就是嫉妒，你这语气太酸了，没必要，男人嘛，大度点。”

严序“哧”了声，黑着脸把手机收回来。

下一秒，李佳舒的嗓音再次清晰地传来，她正晃着岑西的手臂，问她对路泽舟的看法：“西西，你觉得呢？路泽舟帅不帅？”

岑西被李佳舒问蒙了，她之前没怎么看过电视，也没有手机，明星都不认识几个，更别谈追星，这会儿被追问，也只好老实地回李佳舒：“我不认识什么路泽舟，我没见过他。”

不远处的躺椅上，周承诀微不可察地勾了勾嘴角。

李佳舒这个脑残粉当然不会这么轻易放过岑西，当即掏出手机来，动作利落地将自己的锁屏照片拿给她看：“就这个，你看看，帅不帅，是不是特别帅？”

岑西接过她递过来的手机，当真认认真真、仔仔细细地打量了一番，而后发自内心地感叹了一句：“哇，确实很帅！”

话音传到周承诀的耳朵里，少年的笑容当即僵在脸上。

严序显然也听见了，立刻贱兮兮地偏过头查看周承诀的反应。

周承诀沉默了半秒钟，突然冲他伸手弯了弯指节。

严序没懂：“干吗？”

周承诀不咸不淡地道：“你把刚刚那个照片给我再看一眼，刚才没怎么仔细看。”

严序忍着笑，很快将路泽舟的照片重新找出来，递给周承诀。

少年从躺椅上坐起身来，垂眸睨着屏幕上的男人，煞有介事地瞧了几眼，而后再次做出不太中肯的评价：“确实不怎么样。”

周承诀继续说：“李佳舒的眼神可能真的有点问题，改天你带她上我干爹那医院看看眼睛去。”

严序挑着眉梢，摇摇头，笑意藏都藏不住：“没必要，大度点。”

周承诀：“……”

夜幕降临，山顶晚风寒凉，青春肆意的少男少女们聊得尽兴，即便缩作一团，也没人愿意提早离场。

此刻不知是谁从补给站搬了两箱饮料过来，挨个分发，人手一瓶。

林哲拎着箱子分了一圈，等走到周承诀、严序这边时，箱子基本空了。

他从里头掏出最后一瓶，朝面前两位大少爷打量了眼，把最后一瓶塞到周承诀的手心里。

随后他抬眸朝严序点了个头，笑了笑说：“这箱没了，稍等我一会儿，再给你拿去。”

“不用了。”严序摆摆手，“荒山野岭的，喝了不方便。”

周承诀瞥了眼手里被林哲塞过来的饮料瓶，也没下对方面子，平淡地扯了下嘴角，礼貌地说了句：“谢了。”

“那两人倒是喝上了。”严序往李佳舒那儿扫了眼，随口问周承诀，“岑西在你家做啥？”

周承诀不咸不淡地瞥了他一眼：“喝橙汁，写卷子。”

“你俩是小学生吧。”

周承诀面无表情地回怼他：“比起李佳舒拉肚子还要你搬把凳子坐外边陪聊，我觉得写卷子挺不错的。”

严序：“……你能耐，你看岑西喊你陪，你陪不陪？”

周承诀：“……”

两人你一句我一句闲扯的工夫，原本靠在躺椅上的周承诀，突然起身离开座位，朝先前搭好的帐篷走去。

严序不明所以，冲着他离开的背影问了句：“喂，干吗去？”

周承诀没答他，几步进了帐篷。

不过，他很快又从里头出来了，出来的时候，手上多了一条毯子。

随后严序眼睁睁看着他这哥们儿走到小山坡那边的人群后，随意将手上的毯子往岑西脑袋上一丢，还没等岑西从毯子里重新探出头来，周承诀已经走回躺椅边。

整个动作一气呵成，不带一丝停顿。

待岑西抓下脑袋上的毯子，回过头朝他这个方向打量过来时，周承诀的姿态早已恢复如初。像是从未从躺椅上离开过，就那么漫不经心地躺着，也没往她们那边看，一副半点没关心过的样子。

严序忍不住感叹：“哥们儿你也太熟练了。”

这偷偷摸摸的事，他就没少干过。

岑西抱着毯子睨着周承诀看了许久，见他全然没有动静，才讪讪回过头。

李佳舒方才冻得厉害，可是正玩得兴起，不愿意离开位置回帐篷拿外套去，这会儿见岑西这儿凭空多出一条厚实的毯子，也没深究缘由，当即猫着身子钻进来，和她一块裹在里头。

“啊，舒服了，这山风吹得我鼻子都快冻住了。”李佳舒感叹了句。

一旁的江乔见状，也嚷嚷着要挤进来。

岑西撩起毯子的另一边，冲她勾了勾手，一时间，三五个小姑娘叽叽喳喳全数缩到毯子里。

“天哪！快看，是流星吗？”李佳舒眼尖，迅速朝天边指了指。

江乔吸了吸鼻子，往岑西边上凑得更紧了些，将人牢牢搂着互相取暖：“好像是吧？这个天气也会有流星吗，我以前还从来没见过。”

曲年年说："谁知道呢？你们火箭班学霸都不知道，那我们肯定更不知道，管他呢，许愿啊，不许白不许！"

林诗琪也附和道："对啊，都没听说今晚会有流星，咱们运气也太好了，快许愿，许到就是赚到！"

李佳舒对这种事情最感兴趣，毫不遮掩地大声将愿望喊出来："啊！能送几个帅哥到我面前，一字排开，任我挑选吗？！"

严序翻了个白眼，冲周承诀吐槽："李佳舒就纯属有病。"

李佳舒继续喊："要身材很好，有腹肌的那种噢！"

严序冷哼一声："肤浅，这玩意谁没有啊？"

有了李佳舒打样，几个女孩也没羞没臊地开启了许愿模式。

许的愿望都挺离谱，流星听了都忍不住摇摇头转身就走。

姑娘们插科打诨了一阵后，一帮男生也加入了许愿的大队伍。

求排位连胜的，求跑一百米跑进十秒钟的，求不被叶娜娜上课点名背诵的，甚至还有求每天能意外捡到二十个馒头的，五花八门、花里胡哨，说什么的都有。

片刻后，李佳舒终于注意到一直没吭声的岑西，凑到她耳边："干吗不说话？你也许个愿。"

岑西其实不太愿意许愿，感觉不真实，觉得根本没有希望。

然而李佳舒她们都让她也跟着一块许个愿，大家都是随口胡诌，不必太当真。

岑西不是个喜欢扫兴的人，也没想太久，一句正儿八经的话很快到了嘴边："安得广厦千万间，大庇天下寒士俱欢颜。"

毛林浩是最快捧场的一个："好！还得是语文课代表！这话要是让咱们班长说，十个字能错八个。"

周承诀："……"

一群人很快笑作一团，李佳舒扯了扯岑西软乎乎的脸颊，嘻嘻哈哈道："你说得这么文绉绉，万一流星也和周承诀一样是个文盲，听不懂怎么办？"

周承诀："……"

岑西低低笑出声来，她的愿望其实从来都没怎么变过："希望每个人都可以有一个安稳的小家，不用风餐露宿，不用担心吃了上顿没下顿，该读书的年纪可以全心全意好好读书好好上学。"

"现在的想法比较写实了，我小学的时候写作文更理想化一点。"岑西笑道。

江乔眨眨眼，饶有兴致地问："怎么说？"

几个女孩窝在一块，每个人都在认真倾听，没人将岑西的梦想当笑话看。

岑西稍显害臊地弯了弯眉眼，小声说："我小时候总幻想着，我家应该是那种不需要特别华丽，但是有个小小的花园，里面种了各种各样好看的花草，每天闲来无事，可以和爸爸妈妈一块打理，锄草、捉虫、浇水，再养两只小动物，猫猫狗狗都行。家里永远没有争吵，永远有盏不会熄灭的灯。”

女孩说完便自嘲道：“后来长大一点才发现，我小时候可真敢想啊，如果真有去花园锄草、捉虫、浇水的那一天，估计我应该收了人家三百块。”

李佳舒听什么都觉得好笑，倒在岑西边上傻乐，想了想又说：“不过你这个听起来，很像我以前玩的一些经营类小游戏。”

“什么意思？”岑西没玩过。

“就那种小游戏，一般手机里也能玩，一进到游戏里，就会给你一个你想要的那种小家，有小花园，也能养宠物，再给你几块地，浇水、捉虫、锄草。你想做的，里头都能实现。”

“真的吗？”岑西听完来了些兴趣，不过很快便听到李佳舒的轻叹。

“不过，这种游戏受众不是太广，大多数人一时兴起玩玩，很快就丢到一边，久而久之玩家流失太过严重，官方没了营收，负担不起继续维持服务器运转的费用，很快就会停服砍项目。”

“停服是什么意思？”

“就是不再继续做这个游戏了，大家想玩也玩不了了。”李佳舒噘了噘嘴，“嗐，我都不知道遇到多少个这种坑货官方了。不过也没辙，这年头，不赚钱还亏本的生意，确实没有冤大头愿意做下去。”

岑西垂下头：“那登录不上去，不就意味着，游戏里的一切，小花园、花花草草，还有那些宠物，也全都被抛弃了……”

“是啊，但是没办法，商人重利，没人会为了那点情怀做赔本买卖。”

岑西点点头，没吭声，原来就连小小的游戏也逃脱不了被放弃的命运。

接下来的很长一段时间，这帮人又扯着嗓子开始飙歌。

严序靠在躺椅上打游戏，被这群人的鬼哭狼嚎吵得忍不住拧了拧眉心，生无可恋地看向身旁没什么表情的周承诀：“打吗？”

“不打。”

严序还挺好奇的，凑到他边上扫了眼：“你一晚上抱着手机到底在写什么东西？”

“编程吗？乱七八糟全是字母。”严序看得眼睛疼，“手机也能写这玩意啊，你爸让你写的？”

印象中，周承诀他爸就是搞这块的。

“没有，随便写写。”

严序确实挺佩服他的：“听着这么恶心的背景音，你还能静下心写这种东西。”

严序没再管他，回到躺椅上继续打自己的游戏。

那头岑西裹在毯子里，淡定地听着李佳舒唱了一首又一首跑调的流行曲。

片刻后，她感觉到手机振动。

悄悄点开来一看，居然是周承诀发来的微信消息。

岑西心跳一瞬间控制不住加快了几分，要知道他貌似已经很久没搭理过她了。

小姑娘忙将微信点开，聊天框里是他几秒钟前发送过来的一款小程序。

岑西仔细瞧了眼，发现是一款经营类小游戏，不用点进去，从封面上就能看出这游戏大致能玩点什么。

貌似和她刚刚聊的大差不离。

岑西一时不知道该同他说些什么，想了半晌，只回了个问号过去。

她一个问号发过去之后，对话框最上方很快出现“对方正在输入”的字样。

然而约莫半分钟过去，周承诀仍旧没有发来消息。

岑西犹豫着又发了个问号过去。

片刻后，周承诀终于回了条消息：没什么，不小心发错人了，你无视吧。

很快，第二条消息又过来了：或者你闲着没事随便玩玩也行。

第二章
穿过榕林，踩着月光

/

1

换谁也没有想到，这趟旅行是在意外中戛然而止的。

李佳舒人菜瘾大，不知是惦记上滑雪场的关东煮，还是真的想滑雪，一天三次往返于滑雪场和山庄之间，越玩胆越肥。

结果一次冲坡的时候，眼前又突然看不清东西了，她慌得刹不住板，又没法准确调整方向，眼看就要和另一个人高马大的男生直直相撞。严序顾不了太多，抢先一步将对方扯离李佳舒猛冲下来的方向，避免了双方相撞。

两人均无恙，倒霉的只有严序。

他来不及对自己做出过多的保护，松开对方之后，因着惯性，整个人被甩到不远处的防护挡板上，光荣地折了一条腿。

不过，好在到底还是初级雪道，地势着实不险，安全隐患也不大，严序的腿虽然伤了，但也不算太严重，送到医院骨科那边像模像样地打了个石膏出来，还有心思和李佳舒吵嘴。

周承诀替他安排好休养的病房，不出一会儿，严序的爸妈也来了。

这对夫妻也是心大，到医院之后，得知自己儿子没什么大碍，当即放下心来，转头关心起李佳舒。

严序方才那阵仗，着实把李佳舒吓个够呛，这事因她而起，她多少有些心虚和愧疚。

一路上她扒着严序的手臂少见地不停说着好听话，结果严序大概是不习惯她这样子，反倒故意挑起别的话题和她吵了一架。

李佳舒是个不经惹的，加上对方又是严序，少年三两句话就轻轻松松挑起她的斗志。

什么愧疚、心虚一瞬间全被抛到脑后，两人很快按照往常习惯的节奏吵了起来。

严序一边靠在病床上，一边听她中气十足地喋喋不休，终于舒服了。

这才是他最熟悉的李佳舒。

李佳舒惊吓过后又吵了很久，也挺费力的，这会儿见严序的爸妈来了，还问她饿不饿，立刻委屈上了，肚子也叫个不停，撒娇信手拈来，哄得两个大人压根忘了这趟过来，是来看骨折的儿子，笑得合不拢嘴，当即决定带人出去吃饭。

眼看着一群人马上就要离开，躺在病床上见证这一切的严序适时开口："你们全走了，我吃什么？"

夫妻俩脚步一顿，回过头看向他，这才记起病床上还有个瘸子。

"噢，对。"女人想了想，说，"护士小姐一会儿应该会给你送餐吧？"

严序嫌弃地皱了皱眉头："医院里的东西能吃吗？"

"怎么不能啊？你说的这话像话吗？"要不是看在他这会儿还算个病患，他妈已经要上手揪耳朵了，"你没打听打听，现在还有多少人连饭都吃不上？

"就光你程叔叔和汪阿姨每年资助的那些学生里头，多少个是两三百块钱掰开了揉碎了撑一个月的？

"不知好歹！"

严序这辈子就是个被人教训的命，很快便认㞞道歉："对不起，是我的问题。"

"再说了，你程叔叔的医院，伙食餐标已经是南嘉数一数二的了，他和你汪阿姨自掏腰包补贴了不少。"

这医院是周承诀的干爸程启天投资的私立医院，不论是医疗水平还是条件环境，在南嘉都属于第一梯队，几家相熟的好友遇上点小病小痛也都习惯性来这儿。

严序对此自然是了解的，二话不说闭了嘴，省得他妈继续唠叨。

"噢，说到你程叔叔，刚刚路上着急，给他去了个电话，咱们到了也没顾得上和他打声招呼。"女人说着便看向身旁的丈夫，"也到饭点了，一会儿喊上老程，咱们带几个孩子一块出去吃个饭。"

"行，我给他打电话。"

岑西静静地待在一旁的家属休息椅上，莫名有些坐立难安。

走也不是，留也不是。

李佳舒、周承诀他们和严序是发小，也是严序的爸妈从小看着长大的，和对方自然相熟亲昵。

而她一个完全搭不上关系、纯粹是第一次见面的班里同学，没来由地跟着蹭一顿饭，多少有些尴尬。

再加上听那阿姨方才说的，估计还有其他长辈一块吃饭。

她作为全场唯一一个外人，怎么都有些格格不入。

如今她和周承诀的关系多少有些不太对劲，这些天和他也没说上两句话，要不是之前情况有些紧急，李佳舒吓得六神无主，她跟着能稍微搭把手帮上点忙，她也不会这么贸然跟着一块来。

向来没有玩手机习惯的小姑娘，此刻一个人坐在长椅上，尴尬得有些无措，低着头握着手机，想给自己找点事情来做，分散一下注意力。

岑西忽然想起周承诀那天晚上不小心误发给她的小游戏。那游戏介绍，她看着还挺感兴趣的，反正他也说过，她闲着没事可以玩玩，哪怕并不是要发给她的，也算是经过他同意了。

岑西很快点进游戏，取完名字后，系统立刻奖励了一个带花园的小家给她。

她按照游戏里的指引，很快了解了基本操作规则，当即将空荡荡的小花园仔细布置了一番。

这游戏十分容易上手，任务安排得也十分流畅，岑西越玩越入迷，短暂忘却了眼前的尴尬。

就这么玩了十来分钟，病房外终于传来沉稳的脚步声。

屋内，严序父亲的手机铃声适时响起，他掏出手机扫了眼来电显示，没接起来，直接拉了拉身旁太太的手臂说："老程的电话，估计是这会儿忙完了，来找我们了。"

"那行，佳舒、阿诀，收拾收拾，叔叔阿姨带你们一块出去吃饭。"

女人话音刚落，病房外便传来两声礼貌的敲门声。

"应该是老程。"严序的父亲走上前开门。

大人们的热闹寒暄声一下将岑西从虚拟的游戏世界中拉了回来。

本就陌生的环境里突然又多了一个陌生的大人，岑西整个人再次紧绷起来。

她下意识地看向身旁懒洋洋坐着的周承诀，后者偏头对上她的眼神，只随口提了句："先不玩了，差不多该出门吃饭了。"

岑西下意识地冲他摇了摇头。

周承诀一时没懂她的意思，会错了意："又不是和我一个人单独吃，这么多人，你怕什么？"

"饿一天了，去吃点好的。"周承诀又补了一句。

岑西没吭声，只小心翼翼地看向那个刚进来的中年男人。

程启天刚从办公室里换掉白大褂下来，一身穿着仍旧得体矜贵，颇显儒雅，全然看不出已经是四十来岁的年纪。

这模样气质，倒和周承诀的爸妈如出一辙，一看便知晓他们是同一圈子里的人。

对方进门之后，和严序的父母热络聊完两句，注意力很快落到了屋里几个孩子身上。

严序在病床上同他打完招呼，李佳舒和周承诀两人也很快开口喊人。

"佳舒都这么高了。"程启天笑道。

“那可不，程叔叔您都快有半年没回南嘉了，半年时间足够我往上蹿了。”听李佳舒这熟络的口气，显然也是对方看着长大的，没大没小的，很是亲昵，“您如果再晚回来几个月，我估计要高您一个头咯。”

“你可拉倒吧，程叔叔一米八几的个头，你再往上蹿二十厘米也够不上。”病床上的严序都快听不下去了。

李佳舒立刻怒瞪回去：“瘸子闭嘴。”

“瘸子又不是哑巴。”

屋内大人们当即笑作一团。

程启天摇摇头，笑着说：“这两个还是和小时候一样，一点都没变，凑到一块就吵。”

“可不是嘛，能烦死人。”

程启天笑罢，走到周承诀跟前。

少年老实地喊了声干爸，而后扯了扯嘴角，替他亲爸传话：“我爸说好久没和您下棋了，让您这趟必须回去和他厮杀几局。”

“那必须啊。”程启天拍了拍他的肩膀。

一番寒暄过后，男人的目光终于落到一旁安安静静坐着的岑西身上：“这位是？”

岑西原以为安安静静坐着，就能尽量降低自己的存在感，没想到对方居然主动问起了她。

突然被点到，她尴尬得整个人都说不出话来。

好在周承诀、李佳舒都是了解她性格的人，还没等她开口，李佳舒便跑到她身边坐下，一手搂着她替她解围：“她是我们同班同学，特别特别好的朋友，刚刚她还帮严序临时固定了腿，特别厉害。”

程启天也是个不吝啬夸奖的大人，闻言当即眼前一亮：“小丫头这么厉害啊？看来有学医天赋啊，要不以后考虑报个医学，叔叔收个关门弟子。”

周承诀扯了扯嘴角，适时开口：“干爸，劝人学医天打雷劈。”

“说这话，我这儿条件好着呢。”程启天也笑笑，“那行，一块吃饭去。”

岑西被李佳舒拉着一块站了起来，咬着唇，仍旧觉得难以融入。

这顿饭要是吃下去，她都担心消化不良。

她顾不上礼貌，也没同周承诀他们商量，抱歉地冲几个陌生的叔叔阿姨打了声招呼：“不好意思，我还有点事，就不和大家一块去吃饭了。”

说完，她也没再看大家的反应，背着自己的书包，立刻头也不回地往病房外走了。

“哎——”

程启天刚想将人叫住，就听身边的周承诀也冲大家开口：“我陪她一块吧，你们吃就成，先走了。”

一会儿的工夫，走了两个人。

大人们还不知道发生了什么事，只留李佳舒一个人打着哈哈胡乱解释：“噢，我朋友她平时比较忙，经常要做些兼职补贴生活，可能没时间和我们一块吃饭。周承诀估计怕她对这边不太熟悉，所以送送她。”

严序的父母点了点头，感叹了句：“小小年纪，怪懂事的。”

“刚刚要不是她懂得临时固定严序那条腿，他估计得疼一路。”李佳舒补充一句。

程启天睨着岑西离开的方向，久久没收回眼神：“她父母是做什么的？怎么高中阶段还让小孩子花时间自己出来挣钱？”

李佳舒摇摇头：“很少听她提她爸妈，只知道她爸妈反正对她不是太好，家里条件一般，然后又重男轻女什么的吧。”

“这么小年纪，挺难的。”程启天看向李佳舒，“你们做同学的，能帮忙的可以多帮一帮。”

李佳舒点点头。

严序的父母听了也说：“怪可怜的，年龄和这几个调皮捣蛋的差不多，人家可比你们懂事多了。”

程启天笑笑，替几个孩子说话：“他们也挺好的，能闹腾是好事，说明没吃什么苦。我们家那个算起来跟他们差不多大了，要是能像这几个一样成天吵吵嚷嚷的，也挺好的。”

一旁的夫妻俩轻叹了口气：“是啊，要是孩子还在的话，估计也得和阿诀天天吵。”

“我记得你们两家孩子周岁的时候给他俩做抓周，两个小的别的什么也不要，愣是一把攥住对方手腕，谁也不愿意松开。”

程启天点点头，又笑了笑：“是，她和阿诀两人谁也不肯放手，都十多年前的事了。”

2

岑西走得很快，就连她自己都没搞明白，明明平常接过不少打杂的单子，为此也需要去到各种各样不同的家庭中，接触数不清的陌生长辈，大多数时候她都游刃有余，只需要安静话少，把活干得利落漂亮就好。

可偏偏遇上方才那种情况，她反倒有些不知所措。

她没有办法在没有任何付出的情况下，心安理得地接受来自陌生人的好意。

哪怕当初在周承诀家，她也是因为要替周承诀辅导语文，才勉强说服自己可以留在陆景苑和江阿姨他们一块吃饭。

以这么多年身边亲戚对她的态度来看，她也不是个容易讨大人喜欢的小孩。

有人一旦稍微对她好一些，她便会开始思考，自己有什么能给对方，或者有什么事可以为对方做。

想不出来，就容易心慌，担心本就不太容易得到的好意稍纵即逝。

她没有对长辈撒娇的经验，也不像李佳舒那样，可爱的好听话信手拈来。

木讷、听话、顺从，是她唯一熟练的应对方式。

这样强烈的对比之下，唯有逃离，能让她短暂忘却尴尬和无措。

周承诀追出去的时候，岑西坐的那趟电梯门正好合上。

两人错开了几分钟，岑西又走得着急，等周承诀出了电梯时，女孩早已离开医院，不知去向。

其实就连岑西自己也还没想明白，出了医院之后，到底该去哪里。

她当下只是觉得自己在一群人中是唯一狼狈的那一个，只要能离开就好。

漫无目的地在医院附近的街上走了两圈，从一家大型商场前经过时，注意力不自觉被沿街的麦当劳吸引。

她这会儿不觉得饿也并不觉得馋，只是脚步像不听使唤般，眨眼间便朝店内迈了进去。

等到她反应过来时，人已经坐在了店内。

岑西刚回过神时，还忍不住紧张，这种店并不是她平时能消费得起的，放在往常，她压根没胆子走进来。

好在很快她便发现，这种店似乎并不需要强制消费，周围有不少人也只是进来坐坐，而后很快又离开。

她一个人坐在角落，只要不影响其他人，并不会被店员驱赶，甚至没人会注意到她。

岑西稍稍放下心来，小心翼翼地打量一圈周围。

店里大多是家长带着小孩一块来消费，一家三口其乐融融。

这和她印象中的样子十分吻合。

哪怕她从没来过，哪怕嘉林压根也没有肯德基、麦当劳这种快餐店，可从小她的潜意识里就认为，只有被爸妈疼爱的小孩，才有资格、有机会被带来这里。

孩童们活泼软萌，家长们眼里全是宠溺。

她安安静静地在角落坐了一会儿，看着一个接一个和谐友爱的小家庭不断入座，莫名有种偷偷窥探他人幸福生活的错觉。

岑西原本并不觉得馋，可深吸了一口气之后，又没来由地觉得这味道似乎还有种久违的熟悉感。

她忍不住悄悄学着别人的样子，掏出手机来，试图进入点单页面找寻一个稍微能负担得起的东西，买下带走。

可偏偏每一样东西的价格都不在她的承受范围内。

她还欠周承诀两千多块钱要还，暂时过不了这么奢侈的生活。

看过就当吃过了，岑西坦然地收起手机，起身离开店内。

收假回到学校没多久，南高很快迎来了一年一度的校运会。

岑西当初一口气报了好多个项目，有几个项目时间还咬得特别紧，除了比赛，她还负责写班里需要投送的广播稿件，校运会第一天她便忙得不可开交。

周承诀原本对这类集体活动半点兴趣都没有，也只不过是为了卖个体育委员面子，意思性地报了两个项目。

两个项目都在最后一天，前几天倒是挺空闲。

看岑西这么忙，他本想帮忙分担点，结果毛林浩几个人闻此噩耗，纷纷卖命地将他拦下。

“别的忙你要帮可以帮，写广播稿你还想帮？咱们火箭班的脸还要不要了？”

周承诀感到无语。

毛林浩这话让人很难反驳。

他一说，其他人也立刻壮着胆子跟着附和：“诀哥，收手吧。”

“你穿个女装替岑西去跑步，都比写广播稿强。”

周承诀：“？”

广播稿最终还是没写成，周承诀索性抽空出了趟校外，到麦当劳买了几袋子吃的回来，让李佳舒带给岑西分了。

岑西跑完一场比赛，玩得好的几个女孩凑在场边，一边吃炸鸡、喝饮料，一边聊天侃地。

曲年年一边啃着鸡翅，一边问李佳舒：“你不是要去看演唱会？怎么还在学校？”

李佳舒嘴里塞满了鸡块，含糊道：“后天才去，还要在学校待两天。”

岑西没敢多吃，她一会儿还有几场步要跑，怕吃多了不能剧烈运动。

几个姑娘正聊着，毛林浩从不远处跑来，到岑西面前站定时，气喘吁吁的。

“你从哪儿来啊，这么喘？”李佳舒随口问了句。

“办、办公室。”毛林浩跑得上气不接下气。

办公室离操场还挺远的，中间隔了两栋教学楼，李佳舒顺手替他拍了拍背顺顺气：“那难为你这两百多斤的大胖子了。”

“谢谢你。”毛林浩无语地夸她一句，“你嘴真甜。”

岑西忍不住笑，忙给他递了个汉堡过去：“来都来了，吃吗？”

“不不不。”毛林浩脑袋摇得跟个拨浪鼓似的，“面包做的汉堡我才不吃。”

李佳舒嫌弃地瞥了他一眼，替他把话说完："他只愿意吃馒头做的。"

江乔适时开口："那个应该叫肉夹馍吧？"

毛林浩："……"

毛林浩没工夫和她们这群不懂馒头的人多扯，顺完气后，终于将目光投向岑西："你的比赛结束了吗？"

"上午还有一场，不过估计半小时才开始，怎么了？稿件不够了吗？"岑西问。

"娜姐让你抽空去办公室一趟，她有点事要和你说。"毛林浩看了眼手机上的时间，又说，"她现在就在办公室，你看看这会儿过去来得及吗？"

"可以的。"岑西点点头，从李佳舒那儿拿了张纸巾来擦了擦手后，起身去了办公室。

岑西如今对叶娜娜的突然召唤已经不会再有太多担忧。

南高的老师和她从前在嘉林遇到的全然不同，有主见、有底线，没有什么教师架子，还处处为学生着想。

回想起来，除了入学的摸底考试，她因为故意控分，考得太差，被叶娜娜叫去谈了一次心，其余每一次单独被叫到办公室，似乎都有不错的事情发生。

比如意外接到周承诀的语文辅导兼职，比如教她申请了不少学校与校外企业合作的各项补助，再比如上回的征文比赛获奖。

如此一回想，岑西去往班主任办公室的心情都轻松愉悦得多。

一进到办公室，岑西果然看到叶娜娜脸上藏不住的笑容。

"国庆假期的时候，我和你提的征文比赛获奖的事，你们姚主任今天已经把奖金拨到我这里了，钱我之前已经给你了，今天把单据这些东西也给你。噢，还有证书。"叶娜娜将桌上一沓东西仔仔细细地交到岑西手上，很快又继续说，"今天找你来，还有个好消息。"

"上回你的那篇征文发表出去之后，影响力还挺大的。"叶娜娜说，"不是登过几次报纸吗？网上也有一些新媒体账号在转载，小范围地引起了一些企业家的关注。电视台那边的负责人来消息说，有好几笔大额捐款都是通过你这篇稿子了解到的信息，你的这篇文章为很多留守儿童带去了不小的帮助。"

岑西的心跳忍不住加快了些许，她没想过自己还有机会帮助到这么多人。

"你的写作功底我们也都是看在眼里的，电视台那边有位长期做公益事业的专栏主持对你的文章很有兴趣，有意向和你长期合作，有偿的，想问问你的想法，看看你愿不愿意。"叶娜娜将人往自己跟前拉近了些，"西西，这应该是个很好的机会，写文章是你很擅长的事，既可以用自己的兴趣爱好帮助到更多的人，还能为自己赚取不菲的报酬。老师觉得可以尝试，你觉得呢？"

且不说有偿，光是能帮助到更多和她有相同遭遇的人，就已经足够让她心动了。

岑西毫不犹豫地点点头，脸上的笑容和叶娜娜方才如出一辙，藏都藏不住。

“那好，那老师把对方的联系方式推给你，一会儿你添加一下。”叶娜娜满脸欣慰，发自内心地替她高兴，“对方姓汪，你备注一下，叫她汪律师或者汪老师都行。她以前是律所的，后来电视台特地替她开了专栏。”

“给你发过去了，我也已经和她说了，应该马上就会通过。”叶娜娜轻拍了拍她的肩头，“别紧张，我和她通过电话，也看过她的节目，虽然做律师的，嘴皮子都比较利索，不过人很好，你别担心。况且她很喜欢你写的东西，你正常沟通就行了，不要有太多的心理负担，知道吗？”

岑西点点头：“好，谢谢老师。”

“不用谢我，谢谢你自己吧，都是你自己争取来的机会。”叶娜娜说，“要是沟通上遇到什么问题，就来找老师，老师能帮你。”

“好。”

3

正如叶娜娜所说，岑西那微信好友申请才刚发过去不出几秒钟，对方便很快通过。

没等岑西主动打招呼，汪女士直接发了几条语音过来。

岑西没立即点开听，而是先看了眼办公桌前的叶娜娜，把微信添加成功的消息告知她后，又说了几声“谢谢老师”，礼貌地和叶娜娜告完别出了办公室，才将手机放到耳边，耐心地一条接一条将对方的语音听完。

对方先是条理清晰地做了番简单又不官方的自我介绍，而后重点表达了对她文章的欣赏，再十分具体地告诉她，在某些地方，有怎样的一个群体，因为她的文章，受到了各方的暖心资助。这一部分并非笼统概括，而是细致到各笔款项的金额数字以及用途，还替这些孩子表达了对她的感谢，最后再重新说了遍自己的合作意向。

整个过程简洁明了，态度诚恳，没有给她半点距离感。

汪女士的声音与岑西设想中该有的样子有较大的偏差。

大抵是先入为主的律师印象所致，原以为对方说起话来多少会有些强势威严，没想到几条语音听下来，岑西只觉得这是个温柔到骨子里的女人。

不仅是声音与想象中的反差极大，就连微信头像也是。

在添加好友之前，岑西脑海中闪过许多成功人士穿着职业套装，梳着规矩得体的发型，俨然一副都市精英样子的模式化照片。

结果没想到汪女士的头像和她想象中的模板完全不沾边。

头像上是个看起来不超过三岁的小姑娘，牙都还没长齐，头发也稀稀疏疏还没长几根，不过仍旧被精心细致地扎了两个小辫，花里胡哨的小公主发夹戴得满头都是，穿着条一看就知道十分柔软的蓬蓬纱裙，坐在小花园的草坪上，眉眼弯弯地啃着怀中狗狗玩偶的耳朵，身后是一片种得很好的浅色绣球花。

照片上的小姑娘软萌可爱，不过照片看起来已经有些年头了，像是蒙上了一层昏黄的滤镜，点开大图看，稍微有些模糊。

汪女士那几条亲和的语音，很快消除了岑西心中的紧张忐忑，小姑娘慢悠悠地走回比赛场地的工夫，两人已经你一句我一句地聊了几十条消息了。

上午最后一场长跑比赛在五分钟后即将开始，岑西赶回操场时，李佳舒、江乔她们早已等候在一旁，周承诀也拿了瓶运动饮料站在跑道边。见她从不远处走来，他不自觉地往她的方向跟过去，结果看到她抱着手机专心致志地打着字，脚步又下意识停下。

少年站在原地，等了她一会儿，就见她仍旧不疾不徐地盯着手机，一会儿打字，一会儿又按住手机对着说话，时不时还将手机举到耳边处，一看就是在和什么人聊天的样子。

周承诀盯了半晌，垂眸扫了眼自己手里没有任何反应的手机，不信邪，解锁点开微信再检查了遍，确认岑西没给自己发消息后，又翻出那个日常被他屏蔽的小群。

此刻小群里也没人说话，最新一条消息还停留在二十分钟前，毛林浩发了道题进群里问，被严序他们一人骂了句滚，随后威胁再卷就踢出小群，其他的就只剩下江乔她们偶尔往群里发的比赛实况照片。

周承诀大致浏览了一遍，顺手保存了几张岑西跑步时被抓拍的图。

确认这姑娘这期间压根没在小群里发言后，他又佯装若无其事地往李佳舒、江乔、曲年年那几个平常和岑西玩得比较好的女生那头扫了眼。

就见这几个人此刻也全部凑在一块站在场边，专心致志地等待即将开始的比赛，没有一个人拿着手机在聊天。

一圈打量完，周承诀的目光重新回到不远处，已经走回场边的岑西身上。

比赛还未正式开始，她也还没将手机交给身边的同学，仍旧在和不知道什么人发着消息，看起来有聊不完的话题。

周承诀再次瞥了眼自己毫无动静的手机。

什么破手机，连消息都收不到。

比赛进入预备时，岑西终于说完最后一句话，将手机交给跑道边的李佳舒代为保管。

枪响一瞬，她迅速进入状态，短短几秒，就将第二名甩下一大截。

这场比赛她几乎是毫无悬念地取得了胜利。

李佳舒、江乔几个人尖叫着冲到岑西身旁，个个比她这个真正拿了第一的还要兴奋。

本不愿意出来看比赛，却被教导主任勒令全员出来不许待在教室的朱捷平，从场边站起来，收起全程没移开眼的单词本，经过被一群女生簇拥的岑西身旁时，冷不丁来了一句："头脑简单，四肢发达。"

朱捷平的话音不大不小，正好让周围人都能听见。

李佳舒当即皱起眉头，冷眼瞪了过去："你这人有病吧？不知道的还以为你考得有多好。"

"是啊，我记得西西月考的时候名次就已经比你高了吧？头脑再简单也没你简单。"江乔也没给他好脸色看。

国庆假期前的月考，岑西虽没一下子全数放出实力，可最后的名次还是轻轻松松压了朱捷平一头，把他气得当场在班级里抹起眼泪，而后便更针对岑西了，时不时阴阳怪气地损她两句。

岑西有太多自己的正事要做，压根懒得搭理他，他倒像个狗皮膏药似的，一个人在那儿较上了劲。

说到底就是无能狂怒罢了，以为自己三两句打压就能把人彻底拖下来，没承想眼睁睁看着她越飞越高，高不可攀。

李佳舒、江乔几个人一人一句话，轻轻松松便将朱捷平的自尊防线击溃。他攥着单词本，在原地憋了许久，脸都憋红了，最后终于憋出一句幼稚的狠话："我月考英语可比她高了八九分，村里出来的哑巴英语，听不懂也说不出，考得再高以后也没法和别人正常交流。"

英语是岑西多科中的弱项，尤其听力和交流方面，确实如朱捷平所说，是只会纸上谈兵的哑巴式英语。

不过，岑西对此接受良好，来了南高之后，在这方面也在不断努力试图提升。朱捷平幼稚的难听话于她而言根本不痛不痒，甚至连气都生不起来，只觉得他可怜又可笑。

倒是李佳舒她们眼里容不得一粒沙子，正想开口再骂两句解解气，结果下一秒就听见朱捷平号叫了一声，随后抱着自己那条不知被什么东西突然砸中的腿，坐在地上隐约又有了要哭的势头。

一瓶运动饮料缓缓滚落在他腿边，周承诀也很快走到他身侧，微沉的嗓音低低地在嘈杂的人声中响起。

少年居高临下，用标准的英伦腔对地上的他说了句地道的俚语。

周承诀语速很快，这俚语国内课堂没教过，语法不太常见，一句话里又藏了好几个生僻单词，一下把朱捷平给说蒙了："什么？"

"噢，我是说，手滑了，不好意思。"周承诀轻蔑地抬了抬眉梢，"你听力不是很好，这句还听不懂吗？我以为很简单。"

周承诀当即又将那句英语重复了一遍。

朱捷平确实听不懂，尴尬得脸色瞬间涨红，然而顾及面子，又不愿意当众承认自己真没听懂，只能强装镇定，表现得若无其事般：“噢，听得懂，你刚刚说话声音太小了，没听清，没事，手滑嘛，可以理解。”

周承诀是什么背景，他清楚得很，作为一个只敢挑软柿子捏的垃圾，自然不敢对周承诀发什么难，哪怕心知肚明他刚刚那瓶子砸过来的力道，绝对不可能只是手滑这么简单，但这亏还是只能自己强行咽下去。

一旁真正听得懂的李佳舒和江乔两人，已经互相捂着对方的嘴无声地狂笑了。

这两人小时候也常跟随父母频繁往返多个国家，语感比普通同学好上不少，加上李佳舒还是和周承诀从小一块长大的，方才他一句话还没说到一半，李佳舒就已经在偷笑了。

曲年年文化成绩中等，英语也不太好，见状，被身旁两个姑娘笑蒙了，小声凑到边上不耻下问：“什么情况？”

李佳舒捂着嘴悄悄给她科普：“周承诀说的压根不是什么手滑，简单来说就是，他骂了朱捷平一句，而朱捷平还傻兮兮地回他一句‘没事，我懂，可以理解’。”

这简单明了的解释一出，曲年年也憋不住笑得快岔过气去：“听不懂还要装啊，就这还敢嘲笑别人。”

李佳舒：“这种人，就是欠收拾。”

江乔：“没事，再忍几天吧，以他那个成绩，估计下学期就待不了火箭班，要掉出去了。”

曲年年：“还好我是艺术班的，他要掉也分不到我们班。”她说完，又忍不住感叹，“不过，我还是第一次见周承诀这么不礼貌。”

“活该。”江乔骂完，又冲曲年年眨眨眼，“不过确实不多见，主要看为了谁。”

“哦……”曲年年意味深长地朝岑西那边瞧了眼。

李佳舒也顺着两人的目光一块看过去，蒙蒙道：“什么啊？”

“没什么。走走走，去食堂吃饭。”江乔怕岑西不自在，当即打住，转移了话题。

李佳舒正想拉上岑西一块走，后者从她手里接过自己的手机，说有事得先回趟教室，一会儿过去食堂找她们。

李佳舒也没多想，点点头便放她走了。

严序腿折了，这几天还在医院躺着，周承诀没打算一个人去校外吃，原本也准备一块去食堂，见岑西回教室，也不自觉地跟在她身后一块回了。

两人之间隔着三米多的距离，一路上，岑西都没回过头，仍旧和比赛前一样，抱着手机不知道在和谁聊天。

偶尔能听见她给对方发语音："刚才在比四百米，跑完没多久。"

对方估计是问了句跑得怎么样，岑西很快又回："感觉挺好的，拿了第一。"

"嗯，我跑步还行。"

"学校应该能进来的，我看挺多同学的家长来帮忙加油拍照。"

周承诀不悦地抬了抬眉眼，对面到底什么人，还想来南高，学校是说来就能来的？

岑西拿着手机几乎又聊了一路，一直到教室，周承诀都没和她说上半句话。

待小姑娘回到自己的座位前，总算舍得将手机塞回口袋里了。

她双手伸进书包里摸了摸，片刻后掏出一个信封来，而后从中掏出一沓百元现金，仔仔细细数了二十一张出来，又再点了好几遍。

确保没少后，她将钱重新塞回信封中。

下一秒，她从位置上起身，正打算捏着装着两千多块钱的信封径直朝周承诀的座位走去，结果没料想一转身，便直直对上他的视线。

"你怎么……"岑西被吓了一跳。

"我和你一块回的教室，你没发现？"少年的语气带点冷意。

也是，她和别人畅聊一路，哪顾得上察觉身后还有个他。

岑西抱歉地摇摇头："我没注意……"

她本来想悄悄把钱给他还回去的，这会儿直接被他撞上了，也只能当面给了："那个……你替我给林诗琪的两千块钱，我现在还给你。"

"我有说要你还这个钱吗？"周承诀眉心控制不住微微拧起，"而且，你哪儿来的这么多钱？"

"征文比赛获奖了，有三千块钱奖金……"女孩的嗓音很微弱。

她隐约觉得周承诀好像在生气，可又不知他为什么生气，不过他问，她便如实答。

哪怕李佳舒曾经提醒过她，得奖和拿奖金的事，不要随便让太多人知晓，可她知道，告诉周承诀肯定是没关系的。

哪想到对方听到这话后，脸色似乎更不好看了。

"什么时候的事？"周承诀问。

"国庆假期的时候……"

"国庆都多少天过去了。"

岑西低下头去："对不起，我就是一时没想好要怎么把钱给你，所以才耽搁了这么多天……"

周承诀都快被气笑了，他在意的是钱的事吗？

他在意的明明是之前她什么大事小事都愿意和他聊，如今几天说不上两句话，他对她的生活好像也突然间变得一无所知。

“我们之间的话题，只剩下钱了，是吗？”少年没好气地反问了句，少见地在她面前控制不住脾气，“还是说，你现在只愿意和别人聊了？”

话音落下，周承诀冷冰冰地瞥了眼她又在持续振动的手机。

岑西眨了下眼，一时没懂：“什么？”

“没什么。”周承诀深吸了一口气，强行将脾气压了回去，语气又缓和了些许，“去吃饭，下午还有比赛。”

说完，他转身离开了教室，自始至终都没碰岑西还回来的那两千块钱。

岑西匆忙将信封塞回书包里，想到下午还有比赛，抓上饭卡出了教室，跟在周承诀身后一块去了食堂。

李佳舒她们去食堂的时候正好赶上饭点高峰期，刚刚排完队的工夫，周承诀和岑西两人也前后脚到了食堂。

周承诀沉着脸，动作倒是利落地打了两人份的饭菜，原本打算领着岑西单独坐到一旁的空桌上。

哪料想李佳舒还提前替他俩打好了饭菜，带着一群女生从不远处一下小跑到跟前。

有认识的，比如江乔、曲年年；也有不认识的，叫不上名字，脸也没见过，不知道是李佳舒又从哪个班勾搭来的。

大抵是周承诀最近时不时就会在食堂和大家一块吃饭的缘故，李佳舒还以为他已经没了从前那种不愿意和女生同桌吃饭的习惯，此刻便肆无忌惮地带了一堆新朋友过来。

一群人一窝蜂拥到桌边，纷纷挑选好位置坐下。周承诀往岑西那儿瞥了眼，眼睁睁看着她从自己对面，默默往边上挪了好几个位置，最后安安静静地在边上落座。

李佳舒、江乔倒是和她最要好，也往那边挪，三人一块坐在最边上。

如此一来，周承诀面前一排全是不熟悉的外班女生。

少年脸色当即黑了几个度。

再看向岑西时，就见这姑娘居然已经没所谓地埋头吃起饭来了，一边吃，一边还分出心思继续拿着手机不断和什么人发着消息。

一顿饭下来，周承诀菜没吃两口，气倒是受了不少。

有比赛的几个人早早吃完，先后离开了，最后只剩下周承诀和李佳舒两人。

李佳舒还诧异周承诀今天怎么吃得这么慢，正想顺便和他说说，晚上放学要不要一块去医院探望探望倒霉蛋严序。

结果一句话还没说出口，就听见周承诀冷冰冰道：“以后别带女生来和我一桌吃饭。”

“你……”李佳舒原本还想说，你前两周不是和大家吃得挺好的，怎么突然又不愿意了?

不过，瞄了眼他不太妙的脸色，她很快又闭了嘴。

第二天中午饭点，几个女生仍旧像往常一样，比完赛便约着一块去了食堂。

周承诀打完饭菜，端着餐盘跟在岑西身后不远处，瞥见有个空座，刚开口提一句：“这边。”

眼见岑西已经回过头，下一秒，小姑娘便被李佳舒一把拉到其他空桌去了。

岑西两天的比赛跑下来，多少有些疲惫，突然被她拽走，整个人还有些蒙：“怎么了？”

李佳舒撇撇嘴：“周承诀私下警告我了，不许再带女生和他一块吃饭，也不知道他到底怎么了。”

岑西下意识朝他的方向看过去，想起昨天他冲自己发脾气时的态度，心想这个警告估计就是专门针对她的，当即小心翼翼地收回了眼神。

到了运动会第三天，李佳舒没来学校，早早溜去为看演唱会做准备了。

岑西的比赛仍旧安排得满满当当，有两场因为部分学生的场外不可控因素，被要求重赛和加赛，时间一下延长到过了饭点。

岑西不想让江乔、曲年年她们饿着肚子等自己，好说歹说才将两人打发去食堂吃饭。

等到上午的所有比赛场次全数完成时，食堂里已经没多少人了。

江乔给岑西来了个电话，说提前替她打好一份饭菜，让食堂阿姨悄悄温起来了，告诉她直接去一号窗口取就好。

岑西端着饭菜，回过头往身后的用餐区随意扫了眼。

空荡荡的一排排桌椅中，周承诀一个人坐在其中一张餐桌前，桌上摆了不止一个人的菜量，看起来十分显眼。

岑西下意识想朝他的方向走去，没走两步，冷不丁想起李佳舒说的他的警告，当即尴尬地停下脚步，而后换了个方向，随意找了另外一张空桌坐下。

在不远处拿着筷子等了半天的少年不自觉地抬了抬眉梢。

4

夜里八点多钟，周承诀遛着小“过来”，顺路逛到了“至死不鱼”的小天台上。

结果扑了个空。

天台上空空荡荡，没有那个在餐桌前写作业的熟悉身影，连喇叭灯都没开，漆黑一片。

这两三天下来都是这样的情况，他每回过来，都没逮住她人，不清楚她到底在忙些什么。

周承诀索性去了趟附近的医院，探望探望严序。

严序见周承诀过来，先是痛骂他几句没良心，而后立刻掏出手机要他带自己打几局游戏：“你是不知道，我这几天快闷死了，校运会错过了不说，找人打游戏还没人搭理我。

“群里这两天也没什么人说话，估计都在看比赛吧？就毛林浩这小子，成天在里头写题写题写题。”

周承诀轻扯了下嘴角，不咸不淡道：“李佳舒白天没过来？”

“别提了，她不来还好，来了能吵死人。”严序吐槽道，“你见过喊病号把病床让出来给她躺躺的吗？她困了，我就得跷着脚滚一边去。”

周承诀早就习惯他这种炫耀式吐槽，不以为意地说：“那你不也让了，有本事把人赶出去，知足吧，人家还愿意来看你一眼。”

“啧，”严序摇摇头，“有情绪啊。”

周承诀：“……”

严序“嘶”了声：“我记得这周班里不是又换座位了？你这回又坐回岑西边上了吧？”

“嗯。”周承诀从兜里掏了包狗零食，拆开来，给小“过来”喂了两口，不咸不淡地回他。

“怎么样啊？”

“什么？”

“这种结束异地的感觉，是不是很爽？”

“……有病。”周承诀自嘲地扯了下嘴角，“现在我俩话都说不上两句。”

“什么情况啊？”严序这段时间没去学校，对两人的现状不太了解。

“人家连饭都不愿意和我一桌吃。”

严序有点不敢相信自己的耳朵：“你们俩到底出什么问题了？”

“不知道。”他想起岑西对着手机和别人热聊的样子，又想起自己那好久没有过动静的手机，脸色控制不住又沉了几分。

他那天要是脾气再收一点就好了，什么都没问明白，莫名其妙冲她发什么火。

“按理说，不应该啊，你这样的她都不喜欢……”严序试图替他分析，“该不会喜欢赵一渠那种的吧，成天脸上挂着笑的暖男？女生好像偏爱这款，他俩又是老乡。要不你冲她多笑笑？”

周承诀脸色瞬间黑了几个度：“打游戏吗？不打我走了。”

“打，打打。”

这一晚上，周承诀打得很疯，像是把气全撒在了游戏里，神挡杀神。

严序的段位直接被带飞了，爽得喜上眉梢。

约莫十点过五分时，李佳舒那边弹了个消息出来。

严序没细看，这个点，估计她那演唱会看得差不多了，准备离场，催他替她打个车。

演唱会这种事，结束后临时再打车，一时半会儿肯定没那么容易打到，严序索性早早让家里的司机在体育馆门口等着了，因此也没太关心她发了什么过来，继续在游戏里厮杀。

没一会儿，李佳舒那边的消息又迅速弹出来几条。

严序被吵得没了办法，动作利落地将屏幕切出去，大致将几条消息看完后，脸色当即变了变。

他下意识看向周承诀，犹豫了几秒，觉得这事不小，还是不能耽搁，直截了当地开了口："你那个队友……"

"队友"两个字一出，周承诀手上动作肉眼可见地顿了顿。

"李佳舒发消息来说，在南高附近看见他妈了。"

少年的咬肌处明显凸起了点带了力道的线条，而后又松开："看见就看见了，南高又不是我开的，她想去哪儿，是她的自由。"

"李佳舒说看见她从学校附近的打印店出来，出来的时候手上抱了好大一沓传单，之后就进了学校。"严序拧着眉，"她去店里问了，估计印的又是那些造谣的东西，什么'让你还她儿子'。"

"真是有病，明明是你把人命救回来了，缺氧脑损伤还能赖到你身上，真是农夫与蛇。"严序推了推他的手臂，"喂，不去看看？这人估计琢磨着把传单发遍整个学校。"

"发吧。"周承诀面无表情道，"她儿子在病床上躺好几年了，发发传单要是能让她舒服点，就那样吧。"

严序知道周承诀和那队友感情好，遇到这样的意外，对他父母自然也狠不下心，可怎么想都觉得憋屈。

没一会儿，严序的表情更沉了几分，他看向周承诀："李佳舒说，看见岑西也进了学校，她大晚上的去学校干吗……"

"不会和那人碰上吧……"严序想了想，又说，"不过也没事，他妈又不认识岑西，碰上应该也没什么事。"

严序话音刚落，周承诀已经起身到门口了。

"喂，你干吗？"

少年人已经消失在病房，只剩下不太清晰的回应："她见过岑西。"

严序花了半分钟才反应过来这句话的意思，觉得情况有些不太妙，当即拆了将腿悬在半空中的绷带，单只脚跳着也追着下了楼，紧急拦了辆车，报了南高的地址。

车子在路上行驶了二十来分钟，终于到了南高门口。

门前不止他一辆车，李佳舒、江乔几个也早就互相联系上，进学校分头找人了。

时间一分一秒地流逝，约莫又过了十来分钟，岑西终于微喘着气出现在教学楼一楼的楼梯口。

小姑娘背着个鼓鼓囊囊的书包，怀里还抱了一大沓乱糟糟的宣传单。

见到眼前几个均在喘着粗气的同学时，她表情都有些蒙。

“你们怎么……怎么都来了？”

几个人见到岑西安然无恙地站在面前，纷纷松了口气，唯有周承诀脸色仍旧不太好看。

少年冷着张脸朝她走去，伸手想要接过她手里沉沉的那沓纸，岑西一下将东西藏到身后，摇摇头：“你别看这些。”

“你看了？”周承诀问。

岑西没直接回答他的问题，而是说：“我知道都是假的，所以你别看了。”

“碰上她了？”周承诀没顾得上那些传单，只一把握上她的手腕，开始检查，“有没有哪里伤到？”

“没有。”岑西忙摇摇头，“她在前面挨个班分发，我偷偷跟在后面收的，她不知道我跟着她。”

“岑西，你胆子真的太大了！”周承诀这会儿不知道该用什么心情和她说话。

不远处，严序单脚支撑着整个人的重量，一只手搭在李佳舒肩上，打着石膏的那只脚仍旧吊着，见状，当即打发江乔走，而后拽着李佳舒强行转身。

李佳舒“啧”了声：“干吗啊？”

“没什么大事了，剩下的让你侄子自己解决，咱们先回。”严序说。

几个人很快出了校门，坐上车各回各家，只留岑西和周承诀两人在原地。

周承诀这会儿嗓音都带着点哑：“整栋楼，你一间间教室跟着收？”

岑西小心翼翼地点了点头，觉得他的反应怪怪的，生怕是不是自己哪里又做得不对，惹他不高兴了。

下一秒，周承诀一下子凑近，用双手抓住她的肩膀，俯下身，禁锢得她无法动弹分毫。

少年的嘴唇附在女孩的耳郭上，低沉的嗓音带着微微的颤：“你真的要把我吓死了。岑西，你告诉我，你现在到底是什么意思？”

“周承诀，你……怎么了？”岑西看着面前反常的周承诀，也不敢动。

“你到底怎么想的？避着我，连饭也不愿意和我一块吃。”少年紧了紧手上的力道，“偏偏又为了我跑遍每一间教室。你到底怎么想的？”

“我……”岑西有种说不上来的委屈，嗓音微弱，“不是你警告的，不愿意和我一块吃饭的吗……”

这下换周承诀傻了：“我什么时候说过了？”

周承诀突如其来的行为，让岑西有些始料未及。

原本被她牢牢攥紧的传单无奈地散落一地，岑西做了许久的心理斗争，最终还是小心翼翼地用柔软的掌心轻轻触上少年脊背，在他身后轻拍了两下试图安抚。不过明显能感觉到他的呼吸忽地一滞，而后抓着她肩膀的力道越发收紧。

“周承诀……你抓得太用力了……”

“谁让你那么能躲。”说是这么说，他也怕真伤到她，稍稍松开了些力道。

岑西没了办法，又安抚般地在他背后挠了两下。

她没怎么使劲，力道很小，可周承诀对她的一举一动都在意，就这么挠一下，差点没把他又气笑了：“岑西。”

“嗯？”

“你以为我是小‘过来’吗？”

岑西低垂着头，不太敢抬眸看他。

周承诀像是忽然意识到自己的失控，眸光突然黯淡，松开她，往后退了一步：“对不起。”

岑西不知道他是不是会错了意，可她还是不想把话说得太明白。

她是个患得患失的人，不希望任何变化打破他们长久以来稳定默契又和谐的关系，可偏偏又不想看到他这样的表情。

岑西努力避开他的视线，眼神往地上那摊散落的传单上扫了眼，索性蹲下一张一张地重新捡起来。

周承诀目光追随着她，俯身伸手攥住她一只胳膊，作势要将人从地上拉起来，嗓音似是又恢复了过往的冷静：“我来捡，你站一边去。”

少年使了点力道，却没将人拉起来，而后就听见她说：“我来，你别看这些。”

周承诀无所谓地扯了扯嘴角，语气带着些自嘲的意味：“我没那么脆弱，这些东西，这几年看多了。”

“你松手，”岑西一改往常温软的个性，话语间也难得带了点强势，“退后五步。”

周承诀意外地抬了抬眉梢，被她这语气惹得忍不住轻笑了下：“命令我？”

“嗯。”

“行。”周承诀在她这儿向来没什么原则。

5

少年睨着那蹲在地上只有小小一团，却不停在替他忙碌的小姑娘，轻叹了口气，正打算按照她说的，往后退五步。

然而，他才刚刚面无表情地抬起一只脚，就听见岑西冷不丁又开口叫住了他：“周承诀。”

“嗯。”周承诀懒洋洋地应了句。

她只要一出声，他就忍不住回应她。

“以后每天都一起吃饭吧？”岑西没回头，还蹲在地上捡传单，只这样突然来了一句。

“什么？”少年脚步顿住，一时都有些不太敢相信自己的耳朵。

“我说，”小姑娘脸颊微微泛着粉，抬眸不自在地扫了他一眼，“以后每天都一起吃饭。”

周承诀嘴角抑制不住上扬，想都没想便立刻答了句“好”。

就连他自己都觉得没出息，可脸上这笑确实怎么藏都藏不住。

他这个人还真挺好糊弄的，哪怕只是说句一起吃饭，可好像只要她愿意敷衍他一下，他都能迅速将自己哄好。

“你说的啊，你记着，别反悔。”周承诀不放心地叮嘱一句，“别再一见到我就躲。”

“好。”

少年心满意足地往后退步，这会儿兴致比方才高多了，一边退，一边还吊儿郎当地轻笑着数数：“一，二，三，这样行吗？”

岑西背对着他蹲在原地，听着他这兴奋的嗓音，耳郭都肉眼可见地泛起血色。

“岑西，你在脸红什么啊？”周承诀没放过她。

“你小点声，太吵了。”女孩羞臊地骂了句，没回头。

“成。”周承诀这会儿心情好得不得了，她说什么他都行，“四，五，够远了吧，别说传单了，你脸红我都看不见了。”

岑西：“……”

插科打诨的工夫，岑西利落地将地上那一堆散落的传单全数捡了个干净。

周承诀见状，重新走回她身边。见她将东西稍稍叠齐后，脱下书包，把那堆东西全数塞进去，他才无所谓地朝不远处的垃圾桶抬了抬下巴：“直接扔了，还带走干吗，不嫌沉啊？”

岑西摇摇头，一本正经道：“我要带回去销毁，不让别人看见。”

周承诀轻轻扯了下嘴角：“反正都是假的，看了就看了。”

“人言可畏。”岑西从前在嘉林没少体会过，被各种各样莫名其妙的脏水纠缠得百口莫辩的滋味，那种滋味很不好受，她不想看到周承诀也经历一遍这样的遭遇，“虽说都是假的，可总有脑子不正常的人听风就是雨，没有辨别是非的能力，听见别人说什么就信什么，傻乎乎地被人牵着鼻子走。还有很多心术不正的人，看见谣言就像苍蝇见了屎般，兴奋地扑上去大快朵颐，然后再传遍各个角落。”

“噢，‘大快朵颐’这个词，你听说过吗？”岑西顿了顿，问。
周承诀：“……”
他家岑老师确实尽心尽责，这个时候都不忘给他普及知识点。
“你们语文一百四十三分的大文豪，都是这么做比喻的吗？”周承诀忍不住低笑出声，觉得她方才义愤填膺的样子还怪可爱的。
“所以我语文分数那么低，会不会是因为——”
因为太过文明。
“不会。”岑西立刻打消了他这种不切实际的幻想，“我也就是随便打个简单粗俗的比方，怕深奥了，你听不懂。”
周承诀是真被她给气笑了：“我谢谢你啊，这么体贴。”

两人肩并肩走在深夜南高的榕林小道上，冷白的路灯将少男少女的影子拉得斜长。
周承诀习惯性伸手将她的书包拎到自己手上，掂量了下：“还挺沉。”
“嗯，那个人几乎往每张课桌里都塞了一份。”岑西说。
周承诀的大手探到她细软的发顶，熟练地揉了几下，淡声道：“辛苦了。”
“你别在意。”岑西知道，这些东西他哪怕看过再多次，心里终究还是不会太好受。
“想想看，她费尽心思排版弄传单，又花了那么多钱打印、分发。”岑西舔了下唇，“结果一张张全被我收了，谁也看不见。噢对了，这么沉的废纸，拿到我卖水瓶那个废品站里，还能卖个十来块钱。”
“飞来横财。”岑西抬眸看向他，笑着冲他眨眨眼。
周承诀这会儿是真忍不住低低笑出声了，顺着她的话附和：“没白来。”
两人闲散地走着，你一句我一句聊得还挺起劲。快到校门口的时候，一束手电筒的强光突然从不远处打到两人身上。
下一秒，门卫保安大叔的声音猛地响彻整个寂静的校园：“你们两个！干什么的？站住！”
岑西再一次条件反射般地拉起周承诀的手腕，拔腿就朝校门方向猛冲。
少年任由她拽着自己，不紧不慢地跟着她一块跑。
穿过榕林，踩着月光。
保安大叔的嗓音很快消失在身后，这画面似曾相识。
岑西下意识叫了声他的名字：“周承诀。”
“嗯。”他懒洋洋地应。
“保安大叔不会也认识你的脸吧？”岑西笑着回想当初第一次来南高那天，他说的话，“化成灰他都能闻出味来吗？”
“没准。”周承诀也不着调地笑道，“认出来就认出来吧。”

“好久没给老姚写检讨了，怪想念的。”他又补了句。

两人终于在校门外不远处的巷子口缓缓停下脚步。

岑西微喘着气，等气顺了才开口，语气还带了点嘚瑟：“他还没老姚能跑。”

周承诀觉得今晚这笑是止不住了：“你怎么这么可爱。”

“走吧，回家了，很晚了。”岑西朝下坡的方向抬了抬下巴。

“今晚去我那儿吗？”周承诀脸不红心不跳地朝她发出邀请。

岑西：“什么？”

“别瞎想啊，我就是觉得这个时间点太晚了，你回去不怕吵醒你房里那个打呼的老太太？”周承诀的理由很多。

岑西眨眨眼：“你怎么知道她会打呼？”

“我晚上遛小‘过来’，不小心路过你家天台，碰上那老太太打呼了。隔了老远，那呼噜声都差点把小‘过来’吓一跳。”周承诀偏头看她，“那么大声，你能睡得舒服？我家多安静，来不来？”

“天台在二楼你都能不小心路过啊……”岑西小声嘀咕了句。

周承诀：“……”

“我专门去找你的，还有什么要问的吗，嗯？”周承诀索性直接挑明。

“有。”岑西抬头看向他。

“你说你晚上遛了小‘过来’？”

“嗯，有什么问题吗？”

“那小‘过来’呢？”

好像落医院了。

周承诀刚才一听到岑西跟着那人进了学校，什么都来不及想，打了车便冲了过来。

“我给严序打个电话。”周承诀掏出手机。

片刻后，他挂了电话，看向岑西：“它还在医院，严序出来的时候，托我干爸领去办公室了，他今晚正好在医院忙。噢，就上回在医院本来说要一块吃饭的那个院长。”

说起这个人，岑西有印象，当时有种说不上来的感觉。

“一块去趟医院？接小‘过来’。”周承诀用手肘碰了碰她胳膊。

小姑娘犹豫了几秒钟，最终还是有些抵挡不住对小家伙的想念，点了点头：“好。”

两人一块去往医院的路上，岑西不由自主地想起那天那位儒雅斯文的院长，轻轻扯了下周承诀的衣袖，小声问：“我那天，就是严序刚受伤入院的那天，你们不是说要一块吃饭，然后我突然说要走，是不是特别不礼貌啊？”

“叔叔阿姨……还有那个叔叔，有没有生气啊？”不知道为什么，岑西莫名其妙有些在意那个叔叔对自己的看法。

周承诀抬了抬眉梢："怎么会？他们还夸你了，不信你自己问问严序。"

岑西稍稍松了口气。

"噢，对了，后来吃饭的时候，我干爸听说你喜欢看书，还往我家送了好些。他这些年在世界各地忙的时候，买到的一些挺有意思的书，都在陆景苑那边，你周末和我一块回去拿。"

"谢谢。"

"和我说什么谢。正好，一会儿去接小'过来'的时候，你要是想说谢，还能当面和我干爸说。"

"好。"

"放心吧，别紧张，我们都喜欢你。"

"……"

周承诀去医院之前，提前和程启天打了声招呼，顺口提了句岑西也会一块过去。

到了办公室门口时，小"过来"估计是闻到了熟悉的气味，率先冲到门口围着岑西转圈圈。

周承诀和程启天随意聊了两句，岑西也就书的事，向他道了个谢。临走时，程启天从办公桌上提了个精致的蛋糕递给岑西。

小姑娘一愣，没敢伸手接，只看向身旁的周承诀。

他可没她这么客气，有东西就拿，直接伸手将蛋糕拎到自己手上，朝她扯了扯嘴角："让你带回去做夜宵。"

程启天笑着点点头，冲周承诀提了句："你俩来之前，你干妈刚走，这就是她来的时候带的，带了两盒，她自己吃了一盒，另一盒吃不下了，就要赖留我这儿了。我大晚上哪有吃甜食的习惯啊，正好小丫头带走尝尝。"

"知道了，走了，晚安程医生。"周承诀一只手拎着蛋糕和书包，另一只手下意识揽过岑西便要出门。

"你这小子。"程启天笑着摇摇头，而后又"咦"了声，微拧着眉心，看向周承诀搭在岑西腰间的手，忍不住问了句，"你们俩，为什么大半夜还在一块？"

岑西脚步一顿，看向周承诀，不知道该怎么开口。

周承诀也是一愣，明明他爸妈都很少管他，他也没怕过谁，可这会儿被程启天这么一问，倒是莫名有些紧张起来。

少年回过头，想了想，说："哦，她和李佳舒一块看演唱会去了，太晚了打不到车，我正好去接了一下，顺道带上小'过来'，一会儿把她送回家去。"

程启天点了点头，也没再多问："那行，你俩注意安全，到家了给我来个消息。”

“成。”周承诀点了个头，领着岑西下楼，顺道去严序那儿探望一眼再走。

两人一块搭电梯到达严序病房的楼层，结果一出电梯门，就看见严序吊着一条石膏腿，正坐在走廊上的躺椅上打游戏。

“身残志坚啊哥们儿。”周承诀吐槽。

严序一脸生无可恋：“李佳舒这个王八蛋，嫌太晚了懒得回家，现在霸占了我的病床。”

周承诀：“……你就惯吧。”

“你也配说这种话。”严序头都没抬。

几个人随意扯了两句，周承诀便打算带着岑西和小“过来”下楼回望江了。

没承想电梯门一打开，程启天捏着个车钥匙，朝他勾了下手：“正好，赶上了。”

周承诀：“怎么了？”

“我想了想，还是不太放心，这大半夜的，你俩一个男孩一个女孩，单独回家算怎么回事。”程启天晃了晃手中的车钥匙，“干爸开车送你们，也省得你们再打车了。咱俩先把这小丫头安全送回家，我再把你送回望江。”

周承诀：“……”

倒不必这么麻烦您。

第三章
第一天，什么第一天

/

1

医院的电梯因为考虑到要能轻松承载轮椅、担架、病床等器械，内部空间相比其他建筑的电梯，要宽阔不少。

岑西跟着周承诀一块进去，抬眸看了眼程启天后，下意识地往周承诀背后缩了缩。

他身形高大，几乎能将她整个人藏在身后，岑西稍稍松了口气，而身前的少年则对她这种潜意识里信赖他的行为很是受用，微不可察地勾了勾嘴角。

三人很快一起到了医院负一层停车场，程启天轻车熟路地将两个孩子领到车前。车灯亮起的一瞬间，岑西不自觉地往周承诀身边贴得更近了些。

少年的手臂自然垂在身侧，小姑娘双手下意识抓住他的衣袖，偏过头，侧脸靠着他胳膊，避开了那晃眼的光亮。

不过，岑西很快便将他松开，视线重新落到那辆车上。

漆黑如墨的轿车匍匐在寂寥的停车场。

岑西站的这个位置，正好对上那带着翅膀的银色车标。

原本她对需要花钱，尤其需要花大价钱的东西基本都没有太多了解。

往常江乔、李佳舒她们成天挂在嘴边的大牌，她几乎一个不认识，连听都不曾听说过。

可恰巧在嘉林的时候，家里有个弟弟，小男孩从小对车子这类东西十分感兴趣。

村里不富裕，路面上见不到几辆好车，她家更是没有任何代步工具，不过当时正好小孩认车标的卡片书挺流行，母亲为了哄弟弟，掏钱买了一盒，平时没事就让岑西教他认。

一来二去，她虽没亲眼见过这些车，可车标基本全部认识。

眼前这辆很显然是豪车，小姑娘站在车门前，下意识低头瞧了眼自己那双穿了好多年、洗到发白的旧布鞋。

她记得这双鞋，她上周刚洗过晒过，可这几天校运会频繁参加各项比赛，这会儿看起来又没那么干净了。

也不知道会不会把这车弄脏，如果可以的话，她甚至想翻面仔细检查一下鞋底。

周承诀一眼便看出了她的顾虑，索性先她一步将车门开了，直接将她往里塞，期间凑到她耳畔轻声提了句：“别担心，小‘过来’之前还在这车上撒过尿，干爸还笑着夸它能吃能拉身体好。”

岑西：“……”

虽说这话真假无从考证，不过还是将岑西那点紧张感轻松抚平。

周承诀替岑西报了地址，程启天往导航上扫了眼，轻笑了声：“你俩住得还挺近。”

“嗯，就隔一座桥吧。”周承诀任由小“过来”踩着自己往岑西那边蹭，“所以我说顺路送她，何必麻烦您。”

程启天仍旧是笑着回答：“太晚了，不放心你们自己回。”

他倒不是真担心周承诀，这小子是他从小看着长大的，什么脾气秉性、什么家教人品，他最了解不过。

主要还是时间太晚了，怕路上不太平。

周承诀很快也闭口不再提这个，他知道多年前的一个意外，让程启天至今还遗憾自责。

车子很快到了“至死不鱼”店门口，程启天往车窗外瞧了眼，随口问了句：“没看见附近有居民楼啊，是这条道吗？”

“噢，是这条路，我们直接住店里的。”岑西尴尬地笑笑，“谢谢叔叔，麻烦您送一趟了，那我先走了。”

“没事，客气什么，阿诀、佳舒几个孩子可从来不跟我客气。”程启天回过头冲她笑道，又偏头看向周承诀，“阿诀，下去送送。”

这自然不用他说，周承诀就已经率先下了车，拎着蛋糕和她的书包站在一旁等她了。

两人一块上了小天台，周承诀把她的东西稳稳当当地放到长桌上，而后压低嗓音在她耳边说：“等我，一会儿来接你。”

“不用了，太晚啦，你到家直接休息吧。”她不想他大半夜还两地来回折腾。

“这么大的呼噜声，你能休息得好？”周承诀朝隔间那儿抬了抬下巴，“等我，很快的。”

周承诀回到车上时，程启天的眼神仍旧没从小天台上移开。

周承诀下意识顺着他的视线抬眸扫了眼，确认这个角度根本看不见天台上的人在干什么后，稍稍松了口气。

“走吧，干爸。”

“嗯。”程启天很快将车子发动，一边打着方向盘一边问，“这天台上只有临时搭盖的小隔间？”

“嗯。”

“空调都装不了吧？”程启天将烤鱼店周围的环境扫视了一圈，“边上夜宵摊子多，估计每天都得吵到大半夜。”

“嗯，是挺吵。别说空调，连风扇都塞不进一台。”

程启天不自觉皱了皱眉头：“高中正是辛苦的时候，条件这么差怎么安心学习？我记得你们南高有学生宿舍吧？”

“有是有，一学期好像得交个三五千，她没这个钱。”周承诀也没办法，他家虽然有钱，可又没法让她心安理得地收下，“她哪怕交得起，这么多钱，也不舍得。”

“宿舍的事还真没考虑到，”程启天说，“改天和你干妈看看去。”

周承诀离开后，岑西也没回隔间，一个人坐在长桌前，安安静静地托着下巴，将这一整天发生的事回想了好几遍，越想脸颊便烧得越厉害。

最后她实在不好意思再想，起身从书包里掏出那沓传单。

原本想在销毁前再看一眼，可她又不忍心细看，索性动作利落地将几沓纸撕了个粉碎，撕到完全看不出先前的内容后，全数收进她积攒的废品袋中。

一切做完没多久，楼下传来了小“过来”的叫唤。

小“过来”像是知道深夜不能乱喊乱叫，那两嗓子的声音并不大，不过岑西还是听见了。

小姑娘也不知道自己在期待什么，一听见声响便小跑到围墙边，朝楼下探出脑袋，很快与楼下的少年对上视线。

岑西下意识扫了眼手机上的时间，从他离开再到回来，总共没超过十分钟。

周承诀嘴角勾着抹笑，习惯性地冲她打了个响指后，作势要从楼下上来。

岑西见状，不想他再上上下下折腾，忙抓上书包小跑下楼。

“这么急切？”周承诀故意打趣她，“久等了，久等了。”

岑西抬眸瞪了他一眼，没吭声，自顾自地蹲下，将小“过来”抱到怀中。

周承诀则是十分自然地伸手再次将她的书包拎到自己手中。

今晚发生了太多事，夜已渐深，第二天双方都有比赛要参加，两人回到望江之后，也没再做什么别的事耽误休息时间。

周承诀替她拿好换洗衣服、放好一浴缸的热水后，就自行去了次卧洗漱。

如之前她在这边留宿的每一个夜晚一样，岑西睡周承诀的房间，他则睡在客厅的沙发上。

两人均是一夜安眠无梦到天亮。

第二天一早，岑西又是被小“过来”闹醒的。

这家伙每天清晨精力最旺盛，跟着周承诀下楼买完早餐回来后，就咬着自己房间里的一篮子漂亮发夹直奔主卧。

小家伙爱美，又聪明得很，知道周承诀过得糙，不会替它扎辫子，每回只要岑西一来，就必定会缠着她，让她替自己扎。

今天也一样，还没等到岑西醒来，就已经早早替自己挑好发夹，跳到床上一个劲地绕着她转圈。

岑西的生物钟本就准时，基本上到了点就差不多醒了，这会儿被小“过来”闹了两圈，很快便抱着被子从床上坐起来。

周承诀听见房间这边动静不小，也趿着拖鞋不紧不慢走过来。他轻敲了两下房门，听见岑西说了声“进”后，拧开门把手准备进去。

推开门的一瞬间，入目的便是一人一狗坐在床上。

岑西应该是刚睡醒，表情还迷迷糊糊的，而她边上那个狗崽子则是玩疯了玩累了，正凑在她边上休息喘气。

总而言之，这床上的一人一狗，两位头毛都乱糟糟的。

周承诀忍不住低低笑出声来，还顺手掏出手机对着岑西拍了张照片留念，拍完后才冲她说：“早餐买好了，你要是困就再躺会儿，饿了就出来吃。你今天第一场比赛应该在十点左右吧？”

岑西蒙蒙地点了点头，模样乖得不像话。

“那还早，不赶时间，不用急着去学校。小‘过来’。”周承诀说完，又看向她边上那团小东西。

只不过，小“过来”这会儿并不想过来，贴在岑西身侧动都不愿动一下。

周承诀抬了抬眉梢，扯了下嘴角，冲岑西道：“这家伙估计在等你给它扎辫子。”

“嗯。”岑西知道，又迷迷糊糊地点了点头。

周承诀在门口定定地站了一会儿，才回到厨房。

岑西安安静静抱着被子和小“过来”在床上清醒了一会儿，半晌后，意识逐渐回笼。

她伸手拿起小“过来”叼来的一篮子发夹，按照色系挑了几个出来，仔仔细细地替小疯子梳起乱糟糟的辫子。

一个接一个的发夹戴好后，小“过来”兴奋地在床上转了两圈，而后兴冲冲地从床边那个它专属的小楼梯上蹦跶下去，跑出卧室，估计找周承诀炫耀显摆去了。

岑西笑了笑，随手从枕头下摸出手机。

结果刚一点亮屏幕，被未读消息的数量吓了一跳。

因为充实的校运会而安静了好几天的小群，此刻异常热闹。

起因是周承诀大半夜发了条朋友圈，被早上起来冲浪的李佳舒刷到，而后很快截图发进了小群。

简直不敢相信我这么美：[图片]第一天，什么第一天？什么第一天啊？你说句话呀！ @zcj

小群里很快有人复制了李佳舒这句话，之后更是一个接一个排起了队形。

几句之后，不知是有意的还是不小心的，等到严序随大流保持队形时，句子稍稍有了点细小的变化。

简直不敢相信我这么帅：第一天，什么第一天？什么第一天啊？你说句话呀！ @橙c

严序这话一出，又是一堆人疯狂复制。

岑西一下被艾特了好多条，整个人都蒙了。

她赶忙点开李佳舒发的那张图片。

是周承诀朋友圈的截图。

没配图，就三个字：第一天。

半夜四点发的。

算起来，那会儿她好像已经洗完澡、吹完头发，睡下有一会儿了。

所以周承诀昨晚到了四点还没睡吗……

岑西心跳控制不住地加速起来，脸颊也微微发烫。

毛林浩这会儿已经好奇死了，仍旧不断在艾特她。

馒头小王子：求求你了！你就告诉我吧！到底什么第一天啊？ @橙c

馒头小王子：我想破脑袋都想不出什么第一天！ @橙c

岑西握着手机，紧张了好一会儿，最后终于在小群里冒了个泡：他报了个课外辅导班想卷你，今天是第一天……

馒头小王子：天杀的学霸！！！我非和你拼了不可！！

橙c：别水群了，你前两天发群里那些写不出来的题，他全写完了。

馒头小王子：让诀哥给我等着！！我立刻！马上！去报辅导班！报十个班！

眼见话题轻松被转移，岑西稍稍放下心来。

然而仅是几秒钟之后，严序忽然在群里又艾特了她一下。

简直不敢相信我这么帅：班长的事，语文课代表怎么了解得这么清楚啊？ @橙c

馒头小王子：对啊，本数学课代表为什么一点都不知道？ @橙c

2

岑西起床洗漱完从卧室里出来时，小“过来”正围着周承诀闹腾，动静不小，兴奋的叫唤声不断从餐厅那头传来，她循着声响找过去，很快便来到餐厅。

餐桌上已经摆满了丰盛的早餐。

一桌子香味四溢的餐点，看品相就知道，不可能是周承诀亲自下厨做的。

不过品类繁多，中式、西式都出现在桌上了，这么多东西肯定不是出自同一家早餐店，他哪怕只是挨个店去买，也得花上不少时间。

此刻不过七点出头，他一大早就准备好了这么一桌东西，少说六点钟就得出门了，那么算上洗漱、换衣服的时间，这人五点多就该起床了。

岑西醒得早，是因为常年雷打不动的生物钟使然，而周承诀在半夜才刚发过朋友圈，五点多就起床了，估计是一夜没睡。

然而此刻这个一夜没睡的少年就站在自己眼前，岑西从他的状态里压根找不出一丝倦意。

周承诀整个人神清气爽，看起来比昨天通宵前还要精神。

见她起床了，他走到微波炉那边，替她将温好的牛奶拿出来，往桌上一放，又随手将她面前的餐椅拉出来，抬了抬下巴示意她坐进去，而后自己也动作利落地在她对面的位置落座。

“慢慢吃，时间还早，我们九点半出门也赶得上。”周承诀说。

毕竟望江离南高近得很。

岑西从前没有吃早餐的条件和习惯，不过周承诀买的东西越来越合她口味，几乎回回都能吃到撑。

周承诀早上没什么胃口，不过如果岑西在的时候，为了不让她一个人吃得太尴尬，他总会坐在对面陪着，找点事做，时不时也会吃两口。

今早也一样，岑西一边吃，一边看着他坐在自己对面摆弄相机。

“你在看什么？”岑西平常很少过问他的私事，今天倒是大胆了些。

“照片。”周承诀没有半点要隐瞒的意思，甚至还将屏幕转向她那侧，给她扫了一眼，补充了句，“你的。”

简简单单两个字，却让岑西的脸颊控制不住烧了烧：“噢……”

她没再吭声，埋下头去继续安静地吃。

没一会儿，那相机发出一阵嗡响，很快从顶上推了张相纸出来。

岑西闻声抬头，忍不住好奇，她从前没见过这种能直接打照片的相机：“是直接把照片打印出来了？”

“嗯。”周承诀捏住相纸一角，伸手给她递过去，“可爱吧？”

岑西刚吃了口云吞，探头扫了眼他递过来的照片，差点噎住。

照片上的画面，俨然是她方才在他床上刚坐起来，抱着被子，迷迷糊糊顶着一头乱糟糟的头发被他拍下的。

丑死了，他怎么夸得出来?

“手机拍的照片也能传到这相机上直接打出来。”这相机是他爸某一年送给他的生日礼物，他连拆都懒得拆开来，昨晚岑西睡了之后，他翻箱倒柜地找出来，研究了一宿，“我把之前拍的照片也打了不少出来。”

岑西下意识地往四周扫了圈。

方才还没注意，此刻一看才发现，她的照片已经被打印了好多，随处可见。

大多数是这几天她参加校运会比赛项目时，被抓拍的照片。

她在群里见过这些图。

有的是江乔、李佳舒她们拍的，女孩子们心细，发出来之前会提前先筛选一遍，只挑角度好的、光线唯美的、表情自然的那几张发。

有的就比较一言难尽了，一看就是毛林浩那种只管数量不管质量的直男拍照风格。

掏出手机就猛按快门，只要人在画面里，对他来说就算一张完美的照片，拍完之后也不看成品，一股脑往群里猛发。

江乔她们发几张的工夫，他能发几十上百张。

班里大多数人的丑照都出自他的手，倒不是故意的，也没什么坏心眼，主要是他就这风格，好看的、不好看的照片都拍了不少，觉得都是回忆，删了怪可惜的，索性全发出来。

大多数人都会选择性地挑好看的存，周承诀则是看到有岑西的，就全数保存下来。

保存也就算了，他还打印出来，摆得家里到处都是。

岑西看到自己一些角度奇怪的照片时，还是忍不住两眼一黑。

“好丑。”岑西忍不住嘀咕了句。

“丑？哪张？”周承诀闻声抬眸看向她，又环顾了一圈，重新审视了一下那些照片，“噢，合照吗？严序他们确实挺丑的，我等会儿把他们截了再打一次。”

“不是。”岑西说，“我跑步的那几张，毛毛抓拍的那些，太丑了……”

“不丑呀！”周承诀诧异地掏出手机，再仔细看了几遍她说的那几张图，“这不挺可爱的？”

这也可爱？岑西都忍不住要怀疑周承诀的审美了……

“你不会全打出来了吧？”她抱着一丝侥幸问。

“嗯。”周承诀直白地道，“打了一晚上。”

“你一晚上没睡？”

“太兴奋了，”周承诀毫不掩饰自己的心情，“我怎么睡得着。”

岑西又不自觉联想到他那条半夜发的朋友圈，和方才小群里的盛况。

她当即没了声。

她胡乱往嘴里塞了两口东西后，鼓着腮帮子低着头，最后索性掏出手机来刷，试图转移注意力，掩饰此刻被他直勾勾盯着的尴尬。

微信上，汪月正好又发来了消息，岑西的右手沾了点油渍，只能用左手不太熟练地打字慢慢回。

周承诀虽说在摆弄相机，可注意力自始至终都在她身上没移开过，一会儿替她抽张纸巾递过去，一会儿又给她添几筷子东西。此刻见她分出心神回消息，他下意识又掏出手机看了眼小群。

李佳舒他们的话题早已经换了八百轮，这会儿还在群里聊得起劲，岑西没冒泡，显然不是在和他们说话。

而他就坐在她对面，手机也没半点动静，半晌，周承诀终于忍不住开了口："岑西。"

"嗯？"她没抬眸，仍旧专注地给对面回消息。

"你背着我和谁发消息？"

岑西闻言一愣，没懂周承诀在说什么："什么背着你？"

"你到底和谁发消息？都聊了好几天了，当着我的面，不太好吧。"他朝她手机抬了抬下巴，别开眼神，大手别扭地捏了捏脖颈，"你和我都没这么多话。"

岑西反应了几秒钟，最后终于明白了他的意思，忍不住轻笑了声："你想哪儿去了。"

"没，我就随便问问。"少年语气却是酸溜溜的。

"上次我在征文比赛获奖了，主办方那边想要和我继续合作，让我给他们再写一点文章，是叶老师帮我搭的线。"岑西点了点自己的手机屏幕，"这几天一直在聊这个。"

"对方是个特别温柔的阿姨，所以我就多聊了几句。"岑西补了句。

"阿姨？"周承诀终于回过头来看向她。

"嗯，阿姨。"岑西忍着笑眨眨眼。

"噢。"周承诀微不可察地松了口气，随后装作若无其事地替她又夹了一颗虾球，"这是好事。"

"嗯……"岑西那笑都快憋不住了。

"反正你记着，你这儿的队，我是第一个排的。"周承诀理所当然道，"照轮，第一个也该先轮到我。"

岑西如小鸡啄米般冲他点点头。

少年扯了扯嘴角，心满意足地继续打印手机里的照片。

几张照片刚出来，岑西率先伸手拿走，看了眼，忍无可忍："你真的不觉得丑吗？"

"到底哪儿丑？"周承诀百思不得其解，他觉得哪儿哪儿都可爱，"吃你的早餐，别对我未来的女朋友指手画脚的。"

"你别乱说。"岑西瞪了他一眼。

周承诀低笑一声："让我过个嘴瘾，别这么小气。"

放在桌上的手机又振动，岑西收回眼神，扫了眼汪月新发来的消息，脸上笑容稍稍淡了些。

周承诀察觉到她这细小的情绪变化，问了句：“怎么了？”

岑西摇摇头，如实同他说：“要我写文章的那个阿姨，本来前两天听说我们学校在办校运会，打算最后这天抽空过来给我加油的。

“她原本是想今天来看我十点的那场比赛，等我跑完了，顺便再和我当面聊聊接下来要写的那些文章主题。不过刚刚发来消息说，她原定的一个公益行程临时改期了，提前到今天下午，所以现在必须得跟随团队一起下乡，就来不了了。”

周承诀安慰：“那微信上聊也一样的，以你写文章的水平，什么主题应该都不难把握。”

“嗯。”

3

两人吃过早餐后，离出发去学校还早。

大抵是因为方才那股突如其来的小失落，岑西也没心思写卷子，不自觉点开周承诀之前错发给她的那个经营小游戏玩。

打从那回在医院注册完账号，玩过一阵后，岑西几乎每天都会抽个几分钟，登录上去看看她的小花园，给她的花花草草浇浇水，给她的小猫小狗洗洗澡、喂喂食。

她总觉得哪怕这只是个虚拟的小世界，她既然选择了开始玩，里面的一切就都不应该被抛弃。

周承诀放完狗粮回到客厅，听见从她手机里传来的熟悉音效，随口问：“好玩吗？”

岑西点点头，坦然地告诉他自己的感觉：“我每次玩的时候，都会觉得心情非常放松，哪怕只是上来给花浇个水。”

周承诀勾了下嘴角，又听到她继续说：“而且我感觉这游戏里的场景还挺熟悉的。”

不知道为什么，就是莫名有种似曾相识的感觉。

周承诀听她这么说，索性也直接说：“因为不是错发给你的。”

“嗯？”

“这小游戏是我做的。”周承诀说，“那天晚上在雪山顶上，我按照你说的样子，现写了一个小程序。”

岑西睁大了眼，明显有些吃惊：“你听见了？”

“一直在听。”周承诀笑了笑，“冲流星许愿有什么意思，不如冲我来，我效率高多了。”

岑西忍不住感叹：“你好厉害！”

她一直知道他厉害，可他好像远比她想象中的还要厉害。

“厉害什么，忘了我和你说过，我爸叛逆那会儿就是做游戏的？他接管了我爷爷的生意站稳脚跟之后，又继续做游戏了。”周承诀说，“小时候家里这些书多，再加上经常跟在他身边看，硬看也看会了些。其实不难，以你的理科成绩，看看书也能自己写出来。”

“你是这个游戏的第一个玩家，我是第二个。”周承诀一边说，一边掏出手机进入到游戏中，“我家就在你对面，看见了吗？”

岑西将视线重新落回自己的手机上：“真的哎！”

“加个好友就能串门了，还能互相帮着浇花、遛狗。”

岑西笑着通过了周承诀的好友申请，很快进了他的小花园里逛。

“你的花园全是秃的。”岑西习惯性操心，“我能帮你撒种子吗？”

“能。”周承诀双手快速地在手机屏幕上改着代码，“这游戏随时都能改，你想要什么功能，可以直接和我说，我都能给你实现，你想把你花园里的花直接搬我这儿来都行。”

“你想得美，我好不容易养大的。”

周承诀忍不住低低笑出声来。

不过，岑西还是替他把小花园全撒上了种子。浇过水后，她回到了自己的小花园，那股莫名的熟悉感再次涌上心头，她冷不丁问了句：“花园里的花，还能设计出更多的品种以供挑选更换吗？”

“当然，小意思。”周承诀答得干脆，“你想要什么样的？我马上给你弄。”

少年话音落下的一瞬间，岑西脑海中没来由地闪过汪律师的微信头像，她几乎是想都没想便脱口而出道：“绣球花，可以吗？”

“行啊，有品位。”周承诀没抬眸，双手利落地又在手机上操作着。

不出一会儿工夫，岑西那边的小花园开始有了变化。

女孩睨着小花园里一朵接一朵缓慢出现的浅色绣球花，不经意地嘀咕了句：“感觉好熟悉啊。”

“什么好熟悉？”周承诀随口问。

“就是花园啊，还有这个小房子，反正整个场景看着就觉得有点熟悉。”

“陆景苑啊，那楼盘是我爷爷做的，亲爷爷，不收版权费，你去过，肯定熟悉。你要是还有别的想法，也可以再改。”

“噢。”岑西点点头，“那难怪。”

两人凑在一块玩了会儿，一个多小时很快过去。

周承诀不知什么时候，给自己弄了一辆有后座的自行车，这天两人不仅是一块去的学校，还是他骑着自行车载她去的。

也不知是望江去南高的路太过颠簸，还是周承诀的车技有待提高，短短十分钟的车程，被周承诀骑得惊心动魄。

岑西坐在他后座，双手攥着他腰间的校服衣料，生怕自己被颠下车。

两个人的心跳都加速得厉害。

上午十点岑西参加的那场比赛是三千米长跑。

三千米于大多数城市里从小娇生惯养的少爷小姐来说，无疑是个巨大的挑战。

尤其南高这种省重点高中里的学生，除开练体育的，剩下的几乎都是将时间精力全数投在学习上的尖子生。

平时体测跑个八百米都费劲，更别说跑三千米。

报名的同学很多都是被赶鸭子上架凑人数的，家长们知道自己的孩子要参加这种项目，没有一个放心得下，几乎每个参赛同学的家长都抽出时间来学校加油和照顾。

校运会的最后一天，需要把所有项目都比完，赛事安排得比较紧凑，李佳舒早上起来在群里聊了会儿，又霸着严序的病床继续睡她的回笼觉，并没有打算来学校，其他和岑西玩的好几个，各自都有比赛要参加。

周承诀也不例外，将她送到跑道边后，也得赶到自己的比赛场地去。

岑西一个人孤零零地站在起跑线后，看着身边每个对手都有父母贴心陪伴，说不羡慕是假的。

好在比赛很快开始。

长跑比赛，拼的不仅是速度，更重要的是考验一个人的耐力。

而耐力偏偏又是岑西的强项。

三千米，三百米的跑道正好需要跑十圈。

到了最后两圈时，岑西已经将参赛的大部分人套了两圈。

令她感到比较意外的是，班里那个安安静静、不太爱说话、一门心思全扎在学习上，看起来比她还弱不禁风的英语课代表蒋意殊，竟然能够全程紧追着她，只落下不到一米的距离。

不过，大抵还是锻炼得少，比起她这个成天在外头送外卖的人来说，耐力还是差一些，在距离终点还有五十米不到的时候，蒋意殊的速度明显慢了下来。

岑西下意识回过头查看她的情况，见她脸色发白，有些担忧。

担心蒋意殊半道体力支撑不住，岑西也稍稍放慢了脚步，尽量不和她拉开太远距离，以防万一真有状况发生，她能立刻帮到对方。

偏偏越担心什么越来什么，两人距离终点线仅有一步之遥时，蒋意殊卸下了最后一口气，脚步失去节奏，整个人一瞬间往前面摔了下去。

岑西因为担心蒋意殊的情况，一直和她保持着比较近的距离，结果正巧被蒋意殊扑过来的半个身子绊倒，也一并摔了出去。

由于岑西本身就更靠近终点线，两人一块跌倒后，她手臂不受控制地在塑胶跑道上擦出去一段，正巧率先触碰到终点线，比赛的第一名最终还是落到了岑西头上。

然而，终点线上突然发生了这样的意外，也没几个人关心比赛的结果了。

三千米的比赛并没有耗费岑西太多体力，加上她从小对伤痛的忍受能力比大多数同龄人都要强得多，平地摔跤于她而言并不是什么大事。

岑西很快反应过来站起身，压根没顾得上自己，立刻回过头去将蒋意殊从地上搀起来。

蒋意殊估计已经拼尽了全力，体力早已透支，这会儿脸色白得吓人，整个人的重量几乎都压在岑西身上，双腿软得一塌糊涂。

下一秒，周围的人一窝蜂拥了过来，见岑西没什么事，注意力几乎全在蒋意殊身上。

蒋意殊的母亲急得都快掉眼泪了，父亲则是很快从岑西手上将女儿一把接了过去。

周围的同学和老师有水的递水，有纸巾的递纸巾，有的学生家长还准备了创可贴、碘伏棉签、医用酒精等应急的药品，这会儿一股脑掏出来递到蒋意殊的父母面前。

岑西刚刚比完赛，手上什么东西都没有，帮不上什么忙，一个人孤零零地被人群挤到最外圈。

她踮着脚担忧地看着还未清醒的蒋意殊，皱着眉心，忍不住提醒了句："不要围着了，最好还是马上送医务室去。"

大家关心则乱，一时都没想到这点，岑西话音落下，很快有人反应过来跟着一块提醒："对对对，快，让校医处理。"

叶娜娜作为蒋意殊的班主任，此刻也着急得不行："对，蒋爸爸，快，把孩子抱到医务室去。我带路，你们跟我走。"

仅是半分钟的工夫，方才还将终点线围得水泄不通的人群，此刻已然全数散尽。

岑西孤零零地站在原地，微微喘着气，最后安静地坐到地上。

比赛之前，她脱了外套，此刻只穿着单薄的短袖校服，阵阵凉风拂面，手臂后知后觉传来丝丝痛感。

岑西这才将手臂抬起来看了眼。

她到底不是铁打的，方才在塑胶跑道上擦过的地方，这会儿明显多了几道刺眼的红痕。

虽也不是什么太严重的事，只不过是点皮外伤，可不断往外冒的小血珠看起来仍旧有些瘆人。

担心血珠会弄脏校服，岑西也没再耽搁，动作利落地从地上爬起来，很快小跑到操场附近的洗手池。

她不太在意地拧开水龙头，冰冷的自来水很快流淌出来。

小姑娘将手臂上的伤口伸向水龙头的一瞬间，手腕一下被人攥住。

岑西下意识抬眸看向来人，周承诀微喘着气，正皱眉盯着她手臂上的几道红痕。

看样子，他应该是刚从赛场跑过来的。

也不知怎么的，明明方才还一脸无所谓的少女，在见到周承诀的一瞬间，眼眶立刻红了。

“摔了？”周承诀问。

“嗯……”压抑许久的委屈一下涌上心头，女孩小声说，“有点痛……”

4

这委屈巴巴的腔调一出来，周承诀的心都抽疼了一下。

他一只手握着她手腕，将她的手臂与身体隔开一段距离，以防再被蹭到，另一只大手扣着她后脑勺，将人往自己跟前带。

岑西这会儿心里说不上来地难受，也没抗拒，就着他的动作，整个头抵着他的胸膛，感觉到他一下接一下轻轻拍着自己，眼泪像是有了宣泄的出口，一点点全蹭在他干净的校服上。

比起手臂上那几道不太严重的伤口，她此刻的情绪才更加需要人在意。

周承诀似乎也明白这一点，任由她趴在自己怀里无声地抽噎。

短暂的发泄过后，岑西很快整理好自己的情绪。

松开周承诀的校服，重新抬起头来时，她脸颊后知后觉开始发烫，不自在地躲开眼神，不好意思再抬头看他。

周承诀刚刚比完男子五千米长跑。

两个比赛场地不在同一个跑道，中间隔了两栋教学楼和一个花园。

两场比赛几乎是同时开始的，周承诀那边多了两千米，结束得自然比岑西这边晚一些。

结果他刚拿了第一从终点线下来，就见毛林浩匆匆忙忙追过来，说女生那边长跑快结束的时候出了点状况。

周承诀一听，全然顾不上还在替他激动的体育委员他们，丢下一众欢呼的围观同学，一边往三千米场地那边跑，一边掏出手机来查看消息。

令他生气的是，岑西一条消息都没给他发。

这姑娘一向如此，遇到事喜欢自己咬牙扛，偏偏今天玩得比较好的一群人各自都有事，没法在她身边守着，周承诀一想到她一个人孤零零没人管，心头就有股说不上来的疼。

等他到达这边的终点线时，场边早就没什么人了，大多数人已经赶往下一个比赛场地，岑西也不见踪影。

好在周承诀了解岑西的秉性，知道她舍不得花钱，也不太把自己当回事，基本不可能会主动去校医室，因而压根没往那边找。

少年在场地附近绕了半圈，很快在操场边的洗手池，看见那个瘦瘦小小的身影。

小姑娘背对着他，正准备将受伤的手臂伸到冷冰冰的水流下冲。

周承诀快被她气疯了，受伤了、受委屈了不知道找他，还这么胡乱折腾自己。

他几乎是憋着火气朝她的方向跑过去的，然而小姑娘抬眸看向他的一瞬间，眉心红红的，眼眶也委屈地红了。他那点气瞬间便消散得无影无踪，语气都冷硬不起来了，任由她靠着自己抹了会儿眼泪，脑子里只想着该怎么安慰她。

最后，他只无奈地揪了揪她的脸颊："下次碰上任何事，能不能第一时间想到找找我？你又不是只有一个人。"

岑西抿着唇耷拉着脑袋没答。

周承诀也不再追问，只握着她的手臂，又仔细看了眼，说："去医务室。"

"不想去。"岑西拒绝得很干脆。

蒋意殊和她爸妈这会儿应该还在医务室里没走，不知为什么，她就是不太想再遇上这样的画面。

这次倒真不是因为怕花钱。

周承诀垂眸看着她，没追问她缘由，也没强迫她："行，那回班上，我替你处理。"

"好。"

此刻仍旧有很多赛事还没比完，教室里空空荡荡一个人都没有。

周承诀先将岑西送回自己座位上，安顿好她，正打算一个人去校医室买点应急药，才刚走到门口，便迎面撞上了班主任叶娜娜。

周承诀有些急着离开，只礼貌地冲她点了个头，叫了声"娜姐"便打算掠过她往楼梯口走。

不过，他还没走两步又被叶娜娜重新拦下："看见岑西没？"

听到岑西的名字，周承诀总算回过头："她在教室里，怎么了？"

"那就好，我到处找她，没看见人。"叶娜娜松了口气，随口说，"她刚刚参加比赛的时候也摔了，当时看着没什么大事，但也不知道到底有没有受伤，我从校医室那儿带了点药给她。"

周承诀闻声，脚步当即换了个方向，折返回来，跟着叶娜娜一块回了教室。

叶娜娜抬头看了他一眼："你干吗？没比赛了？"

"没了。"周承诀答。

“那正好，你跟我来，一块照顾一下。”叶娜娜朝教室里抬了抬下巴。

“成。”周承诀答应得十分干脆。

眼见周承诀一分钟前才离开她身边，这会儿又跟着叶娜娜重新回到教室，岑西稍显诧异地朝他看了眼，而后很快收回眼神，起身冲叶娜娜打了个招呼：“老师。”

“你坐下，你坐下，刚摔过，好好休息。刚刚有没有受伤？或者有没有哪里不舒服？”叶娜娜将一袋子药全数放她桌上。

岑西没提手臂出血的事，摇摇头：“没什么事。”

“身体有不舒服的地方，要和老师说，老师带你去医务室。”叶娜娜不放心。

“真没事。”岑西想了想，自己什么都不说，她估计更放心不下，索性提了句，“就手臂稍微擦了点皮，其他没什么。”

“擦破皮了？我看看，严重吗？严重还是得去趟校医室。”叶娜娜眉心皱起。

“娜姐，那袋药里有碘伏吗？”周承诀适时问了句，“我帮她擦。”

“有的。”叶娜娜偏头看向身旁的少年，又冲岑西道，“噢，正好，半路替你逮了个班长回来。”

岑西看向班主任身后的“班长”，后者闻言还不着调地冲她抬了抬眉梢。

“那你帮她看看。”叶娜娜知道周承诀之前在省游泳队待过，应对突发情况算半个专业的，这种事情交给他负责其实挺让人放心的。

话音刚落下，叶娜娜的手机突然响了起来。

她一边将袋子里的碘伏拿出来递给周承诀，一边应付着电话那头的老姚。

电话通了两三分钟才挂断，叶娜娜轻叹口气，无语道：“到底是谁安排毛林浩去跳高的？”

岑西：“怎么了？”

周承诀：“……”

“把人家的杆子都直接压断了。”叶娜娜说，“一米多高让毛林浩去跳，平时他跳个十厘米高都费劲。”

周承诀适时开口：“那老师你赶紧看看去，这边我负责。”

“你行不行啊？”叶娜娜有些不太放心地看向他，“那你得仔细点弄，别把人弄疼了。”

“放心吧。”周承诀点着头，答应得十分干脆。

“看来这班长还是没白当啊，当初选你的时候还担心你不乐意管事。”叶娜娜调侃了句，又看向岑西，“那把班长给你留这儿了，尽管使唤，他要是有脾气，你就来找我打小报告。”

岑西笑了笑：“好。”

叶娜娜很快离开教室，前脚她刚走，后脚周承诀就牵过岑西的手，不着调地说："来，班长给你看看。"

这称呼从他嘴里冒出来，怎么这么奇怪？

"不乐意？"周承诀见她要收回手，抬了抬眉梢，"班主任让我对你负责。"

岑西："……"

周承诀也只是嘴上逗她两句，一点没耽误替她上药。

他的动作很轻很慢，没舍得使劲。

岑西看了一会儿，轻笑一声："要不还是让我自己来吧，你都不敢用力。"

她其实过得比谁都糙，这种疼算什么，不必这么小心翼翼。

"我是心疼谁？"周承诀没答应，也没松手，"省省吧，我怕你劲太大，伤到我未来女朋友的手。"

岑西无语，但也没再和他抢，任由他慢慢地替自己处理伤口。

期间，口袋里的手机振动，她掏出来扫了眼，是蒋意殊给她发来的微信消息。

之前军训的时候，蒋意殊在岑西背单词的时候教过她不少小窍门，后来岑西有了手机，通过班级大群也主动向蒋意殊发出过好友申请，只不过两人添加完好友之后，基本没聊过天。

不过，蒋意殊平常在班里也很少说话，永远闷头学习，除非有题问她，她才会小声开口回答。

因而岑西也没有过多打扰。

此刻收到她的消息，岑西还挺意外的。

"怎么了？"周承诀随口问了句。

"是蒋意殊。"岑西说，"她给我发了消息，说刚刚让我一块摔倒很抱歉。她说她爸妈对她的期望很高，不管是学习还是其他方面。刚刚那场比赛，两人在场边盯着，她心理压力很大，太想赢了，几乎是拼了命地跑，最后实在是体力不支才控制不住摔了。

"她没想到会害我也摔了，很过意不去，让我以后如果英语上有任何问题都可以找她。"

"嗯，她英语确实可以，一直都是走竞赛的，你英语方面的问题是可以多问问她。"周承诀话音一顿，又说，"其实你也可以多问问我，我英语也还行。"

嗯，他英语哪是还行，简直比中文行太多。小时候第一次见到他，这人普通话都说不清楚，简直是个小老外，两人鸡同鸭讲谁也听不懂对方在说什么。偏偏就这么个情况，他还非要跟着她一块捡了好几天瓶子。

岑西视线重新落回蒋意殊发来的那条消息上，回想起她爸妈方才紧张她的样子，随口说："她爸妈其实很爱她，从名字都能看出来。"

“怎么说？”

“蒋意殊，她的到来对她的爸爸妈妈而言，应该是有非常特殊的意义的。”岑西说，“其实很多出生就被爱包围着的孩子，名字都起得挺有意义的，比如佳舒。佳，美好出众；舒，从容安逸。”

不像她的名字，估计就是家里大字不识两个的父亲随便取的，像他常挂在嘴边提的那话一样，是个没人要的东西。

周承诀仗着自己文盲，直接来一句：“文绉绉的，听不懂。”

岑西轻笑一声：“简单来说，就是她的爸爸妈妈只希望她能一辈子漂漂亮亮、快快乐乐、健健康康、舒舒服服长大就好啦。”

岑西一连换了好几个简单的词语，周承诀总算是明白了，还能总结了：“她爸妈确实挺爱她。”

话音落下，他似是察觉到小姑娘的失落，很快又将话题往自己身上引：“我的名字也不怎么样啊。”

周承诀开始尝试学着她刚才那样，拆文解字做起阅读理解：“承，承受；诀，分别离别。”

“这是要让我承受分别的苦啊。”周承诀“啧”了一声，“我爸妈这两人里头，指定也有一个文盲，不然不至于给我起这种名。”

岑西忍不住低低笑出声来：“那……你要叫周承欢吗？”

“你自己听听合适吗？”周承诀伸手掐了下她脸颊，“我还是承受分别的苦吧。”

这话题很快结束，周承诀还没替她上完药，小心翼翼的动作仍在继续。

岑西睨着他认真的动作看了一会儿，悄悄掏出手机，点开录像模式，对着他拍起了视频。

结果还没拍一会儿，周承诀突然一个抬头，吓得她一下将手机磕在了课桌上。

好在手机套了个结实的壳，倒是没什么问题，就是周承诀的桌面被她手机壳上的水钻磕出了一个小坑。

这手机壳是李佳舒前一阵送岑西的，据说是她偶像的应援周边，李佳舒为了冲销量，买了好多送人。

岑西也不懂这些，给她，她就用上。

这会儿她将手机随手反扣在一旁，手机壳上的照片很快吸引了周承诀的注意力。

少年微抬了抬眉梢，佯装不在意地轻哼一声：“那是谁啊？”

“什么？”

“你手机壳上那个人。”

“这个啊？”岑西看了眼，还举到他眼皮子底下问他。

周承诀别开眼神：“别给我看。”

“这是佳舒给我的。”她又不认识。

周承诀面无表情地掏出自己的手机，点亮屏幕推到她面前。

那壁纸很显然是岑西的照片。

“你自己看看，”周承诀轻哼一声，“你这个觉悟，有待提高。”

第四章
相信你自己，也相信我
/

1

校运会的最后一天，按照南高历年来的惯例，一大早举办完闭幕式后，剩下的小半天时间则是用来给大家组织校园跳蚤市场活动。

这类活动南嘉的大部分高中都有，活动的初衷是为了让大家放松心情适当解压。

跳蚤市场，按照概念来说，无非是二手闲置物品相互流通。

南高前几年在这种活动上还没玩出太多花样，师生们还都当真是从家里翻出些闲置物品到学校摆摊贩售。

不过这两年，这种形式已经很少见了，二手闲置物品没什么人卖也没什么人买了，大多数班级都会提前组织班会商讨，为自己班选定一个贩售主题，到了活动当天现场制作，再进行售卖。

冰糖葫芦、炸鸡、烤串、手打水果茶，平时被课本试卷和琅琅读书声充斥的南高，此刻五花八门的摊子随处可见。

几乎把校外夜市街里的东西全搬进来了。

严序虽然人在医院，没法亲身参与到这个活动中来，但是远程指挥李佳舒支了个煎饼摊子。李佳舒、江乔她们早就对摊煎饼跃跃欲试，少见地听取了他的意见。

唯有毛林浩对此嗤之以鼻，倔强地在她们的煎饼摊子边上支了个馒头摊。

不过没别人买，就他自己一个人吃，那点存量，甚至还不够他吃。

多了些制作的过程，大家的参与度和体验感都比从前好上不少，校领导也不是古板做派，不仅是态度上支持，还会积极参与其中，时不时地自掏腰包照顾一下学生们的生意。

叶娜娜和王喆两人在学校里逛了一圈，等逛到了自己班的几个摊位时，手上已经挂了几袋子吃的了。

毛林浩积极自荐：“娜姐，要来个馒头不？”

叶娜娜立刻摆手婉拒。

王喆在边上笑到肩都在抖，笑完之后掏了两块钱，做了毛林浩第一单生意，让他成功开张。

到底是自己的数学课代表，多少还是要宠一下的。

体育委员见状，立刻争宠："老师，煎饼馃子也来一个啊，好不容易和娜姐在学校里约个会，咱做男人的，不能抠！"

王喆脾气好，笑个不停，当即又买了个煎饼馃子，雨露均沾。

叶娜娜看着自己班里一堆主食摊，默默摇头，冲王喆说："你自己买的自己吃，我可吃不下。"

说完，她又看向江乔、李佳舒她们："怎么挑煎饼卖？那边炸鸡、烤串都吃不过来，这边生意能好？"

"好玩嘛。"李佳舒说。

倒也是，南高学生家庭条件普遍好，没人靠这种活动挣钱，大多图个新鲜有趣。

好在还有岑西帮忙叫卖，李佳舒、江乔她们摊出来的煎饼也没怎么浪费，不过生意肯定还是没有那边卖烤串的好。

叶娜娜瞥了眼坐在一旁任劳任怨洗生菜的周承诀，还挺意外的。这位少爷的家世，在南高师生中也不是什么秘密，原以为这种含着金汤匙出生的，向来十指不沾阳春水，估计连这类活动都懒得参加，没想到居然还愿意干这个。

其实叶娜娜的想法也没错，周承诀从前确实对这种集体活动没什么兴趣，不过如今不一样了，跟在岑西身边转，好像做什么都挺有意思的。

这生菜原本是岑西要洗的，可这么冷的天，他哪见得了她碰凉水，索性抢过来干。

毕竟是自己班学生，叶娜娜作为班主任，还是挺替她们的"业绩"操心的，想到结束后还有评比环节，不想这帮小火箭输得太难看。她偏头看了眼努力推销的岑西，又看了眼周承诀，提议道："你在这儿洗生菜浪费了，你应该去发挥一下脸的优势。"

周承诀："……"

"去帮岑西一块推销，我记得学校里不少同学惦记你，牺牲一下，为班级做做贡献。"叶娜娜一本正经地道。

周承诀："……"

你听听，这是人话吗？这是班主任能说出来的话？

周围一圈人纷纷表示叶娜娜的提议相当好，就连不远处的岑西也这么觉得，笑着冲他勾勾手，让他过来一块推销。

她居然敢冲他勾手。

她不会以为她勾个手，他就会过去吧？

下一秒，周承诀放下手中洗到一半的生菜，准备往岑西那边走。

临走前，他随口问了叶娜娜一句："娜姐，我走了，生菜怎么办？没人洗啊。"

这倒是个问题，叶娜娜思索了片刻，目光落到正好逛到摊前的老姚身上："姚主任？姚主任下午好啊。"

此刻老姚的表情，倒是没了往日教导主任的严肃，手里也提溜了几袋子吃的，看样子一路走过来，也照顾了不少学生的生意。他平时凶归凶，这会儿倒是一点不心疼钱，一看就知道花了不少。

老姚闻声走过来，顺口夸了李佳舒几句饼子摊得不错。李佳舒嘚瑟得要命，一旁的毛林浩吃起醋来："姚主任，我的馒头蒸得不好吗？"

老姚开始端水，笑道："也好也好。"

不仅夸，还和数学老师王喆一样，自掏腰包一边买了一个。

叶娜娜适时吹捧他："看看姚主任对你们多好啊！"

李佳舒嘴甜，当即附和道："姚主任最好了！"

毛林浩也跟风吹："姚主任英明！"

江乔更是夸张："姚主任明年当校长！"

把老姚给吓得，立刻摆摆手："不不不，这个就不必了。"

叶娜娜忍着笑，开始赶鸭子上架："你们这群孩子，平时没少干坏事让姚主任操心，好意思吗？看看姚主任对你们多好，都恨不得替你们把生菜洗了。"

老姚："啊？"

他可没恨不得啊！

江乔眨眨眼："啊？这不好吧？太麻烦姚主任了！"

"虽然我们的生菜没人帮忙洗了，但是也不能麻烦姚主任呀！"李佳舒拔高了一个声调。

老姚张了张嘴，当即放下手里一堆吃的，挽起袖子，开始洗生菜："嗐，这有什么麻烦的，不麻烦不麻烦。"

一旁的毛林浩见状又醋上了："姚主任能帮我发个面吗？我蒸馒头用。"

老姚："……"

叶娜娜瞥了眼，把身旁的王喆推给他："去，给你的数学课代表发面。"

王喆："……"

如此一来，周承诀这个班长，满载着全班人的希望，踏上了"出卖色相"的道路。

少年不紧不慢地离开煎饼摊，众目睽睽，在班主任的强烈逼迫之下，忍辱负重，光明正大地凑到了岑西身旁。

"你也笑得这么开心？"周承诀伸手掐了一下她的脸颊，"你怎么笑得出来？"

女孩仍旧眉眼弯弯，笑意直达眼底。

“你的私人专属，就这么被拿出来充公了，还傻乐？”周承诀说。

什么私人专属……

岑西抬眸瞪了他一眼，而后索性说：“独乐乐不如众乐乐。”

“哦……”少年尾音拖得极长，“行吧。”

几天的校运会终于圆满告终，一群人又疯了个周末，周一回校时，个个蔫蔫懒懒地趴在桌上。

这股戒断反应来得太过凶猛，即便是火箭班的学生，也没几个人能迅速找回学习状态。

“都给我收收心啊。”周一上午第一节课是叶娜娜的早读，她随手将教案往讲台上一丢，又敲了两下黑板，“该玩的也让你们玩够了吧？这不该是咱们火箭班的状态啊，接下来马上就有场考试。”

这话一出，班里一阵哀号。

虽说都是学习拔尖的学生，可也没有谁是天生热爱学习、热爱考试的。

是个人，听到要考试就烦。

毛林浩一边掏练习册，一边问：“娜姐，什么考试啊？”

他记得这个月月考刚结束，再往后只有期末考了，但还没到时间啊。

不过，南高向来是这个风气，三天一小考、五天一大考，时不时就加塞一场没有预告的考试，大家也早都习惯了。

“正要和你们说这个事。”叶娜娜说，“年底有个英语竞赛，英语老师应该和你们提过吧？”

“提——过——”

“咱们南高有四个参赛名额，这次考试就是为了挑选竞赛人选安排的。”叶娜娜幸灾乐祸道，“本来只要考英语一科就行了，不过你们老姚说，校运会结束大家心太散了，要好好抓抓你们的学习风气，给你们施加点压力，让你们赶紧找回紧迫感，所以索性直接安排了全科目的考试，和期中考那种大考没什么差别，大家要好好准备。”

叶娜娜话音刚落，下面又是一阵哀号。

“老姚丧心病狂！”

“我那天看老姚帮忙洗生菜，还以为他转性了，是我太年轻，被蒙蔽了双眼！”

“你偶像塌房了，老姚丧心病狂的人设都不会塌。”

“你能不能滚？”

叶娜娜任由大家发泄了一通，片刻后又开口维持秩序：“都安静点，我还没说完。”

“这个竞赛的含金量我想大家也早有耳闻，如果能拿到省三等奖以上，高考在英语类相关专业上就能加五到十分不等，非常可观啊！如果后续复赛能拿到全国三等奖以上，基本可以考虑保送了。”叶娜娜又说，“不过咱们才高一，复赛是不分年级统一比的，国赛拿奖的希望确实没那么大，把握好省赛已经很不错了。

“千军万马过独木桥，一分压死一船人，五到十分的加分，已经甩下成千上万人了。

“噢，对了，要提醒大家的是，这次竞赛基本属于各所学校尖子班之间的比拼了，主办方那边做了规定，每个学校参赛年级必须有一个班级的英语平均分超过一百三，才有资格派出学生参与之后的竞赛，也就是说，班里每一个人都不能松懈，别给学校拖后腿呀，压力给到咱们火箭班了。不过一百三十分对你们来说，应该不算太高的数字，希望大家都打起精神来，赶快找回状态。”

2

各校尖子班全员要求一百三十以上的平均分，这门槛其实是这项竞赛的老传统了，历年来都是如此，并非今年出的新规。

能进火箭班的学生，虽说不一定每个科目都拔尖，但总体来说各科成绩都拿得出手，像周承诀那种单科极度拉胯、纯靠其他科目拉开分值的选手，毕竟还是少数，基本就他一个。

大多数同学各科的分数相对来说比较均衡，尤其英语这种功能性较强的语言类科目，在学生和家长中还是很受重视的，火箭班学生大都能轻松稳定在一百二十五分上下微弱浮动。

之所以将全员平均分一百三设为参赛门槛，主要还是希望这帮重理轻文的孩子能为了比赛，稍微多抽点时间出来在这个科目上用用心。

比起其他学科，岑西的英语相对来说没那么好，之前的每一次考试，别的科目她都稍稍控了分，唯独英语这门用尽了全力。

然而最后考出来的成绩，还是没有达到她给自己悄悄设立的目标。

英语这门课比较讲究基础，嘉林师资力量薄弱，不少老师自身的水平也有限，因此从小学到初中，岑西基本靠自学。

基础没打牢，以中考的难度还不足以看出弊端，一到高中，难度拔高，成绩便很直观地被拉出差距。

从前她也能将英语的分数稳定在一百四以上，偶尔还能冲一冲满分，不过这些都建立在没有听力题的基础上。

嘉林不考听力，从嘉林出来的学生也几乎没练过这类题型，但南嘉要考。

岑西第一次接触听力考试，便是在入学的摸底考上。

简直令她措手不及，考得一塌糊涂。

嘉林本地老师的授课口音，和听力考试广播里的标准英伦腔，简直是天差地别。

加上语速过快，还伴随不少连音和习惯性吞词，没那么容易听懂。

岑西在听力这块丢了不少分，再加上南高自主出卷的难度又是省内最高的，打从上了高一之后，每次英语考试她的成绩都没超过一百三，最好的一次就是上回的期中考。

临近期中考的前一周，她几乎将其他科目的备考时间，全挪给了英语，然而还是只考了一百二十八分，没能上一百三。

虽说每回都有进步，但也只是一两分的进步。

拼了命努力却收效甚微，让人多少还是挺气馁的。

情绪向来稳定的岑西难得低落了两天。

她原以为自己藏得还不错，不过周承诀还是看出来了。

虽然看出来了，他却不知道该怎么安慰。

他破天荒地耐着性子把爸妈给他留的一墙书翻了个遍，又在网上搜了一整夜名言，死记硬背记下几句。

第二天晚上，按照惯例去小天台上吃夜宵的时候，他先是仿照听力广播的语速和语调，替她将考试原文重新过了两遍，待她全数听懂选对答案之后，再摆出一副信手拈来的样子，熟练地把他偷偷背了好几遍、演练了好几回的话淡定地脱口而出：“流水不争先，争的是滔滔不绝。”

岑西写笔记的笔尖顿住，忍不住抬眸看向他。

周承诀不自在地清了清嗓，别扭地别开脸，继续一本正经道：“一次两次的得失并不是最重要的，更重要的是保持稳定持久的进步。”

“你还读过《道德经》？”岑西的关注点有些跑偏。

周承诀轻“啧”了声，懒洋洋道：“瞧不起谁呢？”

“你昨晚在网上搜了多久啊？”岑西一针见血。

周承诀：“……”

那会儿南嘉正值盛夏的尾巴，夜里蝉鸣声依旧此起彼伏，大排扇“轰隆隆”作响，长桌之上，两杯冰镇橙子汽水正冒着气泡。

少男少女相视而坐，岑西忍不住低低笑出声，周承诀也轻扯了扯嘴角。

“谢谢你呀。”

周承诀没答她，只伸手探到她头顶不着调地揉了两下。

打那之后，岑西对英语这门学科的焦虑缓解了不少，觉得慢慢来也挺好，不必太过着急，毕竟距离高考还有两年多的时间，足够她往上再攀一攀。

只是没想到如今因为竞赛门槛，一百三这座大山一下又回到了她面前。

对于那仅有的四个竞赛名额，她没奢望过，但肯定不能做拖全班后腿的那个人。

因此突破一百三迫在眉睫。

岑西无法避免地再次陷入焦虑当中。

当天中午，她没和李佳舒她们一块去食堂，一个人安静地待在座位上，双手托在下巴处，捂着耳朵默默背起单词。

严序还没出院回校，没其他人敢喊周承诀一块吃饭，他便也没什么动静，仍旧坐在位置上刷数学卷子。

一份卷子很快写完，他偏头看了眼岑西：“走，去吃饭。”

岑西或许是太过投入，没应声，直到一只手腕被他拉起来，才后知后觉地抬眸：“怎么了？”

“带你去吃饭，下课很久了。”

“你去吧，我不去了。”

大考将近，时间紧迫，一分一秒于她而言都相当珍贵。

周承诀知道她是因为这次的考试有了压力，也懂得她想要把握时间的急切，但饭不能不吃，她本来就瘦得没几斤重，他不可能让她这么折腾自己。

不过，他也没再打扰她，一个人起身出了教室。

十来分钟之后，他拎着满满两手吃的回到座位上，将东西往岑西的课桌上一放，轻哼一声：“女孩的嘴，骗人的鬼。”

岑西：“……”

“也不知道那天晚上是谁甜滋滋地喊我名字，”他学着她的腔调，“周承诀，以后每天都一起吃饭吧。骗子。”

岑西：“……”

这不是……有点特殊情况嘛……

她确实饿了，这会儿闻到饭菜香，肚子不争气地叫了两声。

周承诀低笑两声，岑西难为情地伸手轻拍了他一下。

他懒洋洋地朝桌上一堆东西抬了抬下巴：“先吃，不差这几分钟。”

岑西没和他倔，听话地把午餐吃了。

期间，周承诀也不知在捣鼓什么，抱着手机敲个不停，一直到她吃完饭，他才将手机往她面前一推。

又是一个没见过的小程序页面。

“已经发你微信上了，用来练英语的，我做的，摸底考之后就开始做了，不过一直在完善，所以没急着发给你。”打从摸底考后发现她的英语水平有待提高，周承诀便开始着手设计这个软件。

“买了最标准的语音版权，全都收录在这里面了，可以听，可以对话，可以线上刷题，准确率和刷题量有实时刷新的排行榜，每道题都有解析，还配有弹幕功能。也就是说，以后用户多了，每题下面都有学生做完后的评论，可以是吐槽，也可以是知识点概括。这种形式能加深对题目的记忆，还挺有意思的。”周承诀说，“现在开发的时间还不长，我只投放到十多所大学做测试，题目下的评论还不太多，大部分是我写的。不过高一部分的内容已经做得很全面了，我还顺便用大数据给你画了重点，连刷几天，应付这次考试，绰绰有余。”

“该吃饭吃饭，该睡觉睡觉，不要太紧张。”周承诀轻轻扯了下嘴角，“拜托你把我未来的女朋友照顾好了。”

岑西不自在地瞪他一眼，注意力很快回到他发来的小程序上。

她点开来，尝试性地用了一会儿，发觉用起来很流畅，也非常容易上手。

目前来看，大部分题目下方的解析和吐槽都出自周承诀，有些评论扫一眼，甚至都能想象得到他的语气和表情，非常有意思，岑西被吸引着专注地连刷了半小时，突然觉得这些题好像真没那么难了。

周承诀方才出去的时候，还顺手买了盒洗好的葡萄回来。这会儿岑西埋头刷题，他则坐在边上悠闲地剥葡萄，时不时往她嘴里塞一颗，再安安静静地继续剥，没打扰她。

约莫又过了十来分钟，蒋意殊给岑西发来消息。

自从那天运动会两人一块摔跤过后，蒋意殊几乎每天雷打不动地给她发英语相关的东西。

有时候是她自己新总结出来的一些背诵技巧，有时候是她当天刷题过程中遇到的一些带有陷阱容易出错的语法解析。

除此之外，这些天无论蒋意殊刷了什么卷子，听了什么新闻稿，抑或是碰上什么值得写的题，都会给岑西顺带拍一份发过来，并且叮嘱她有时间可以写一写，听一听。

不只是叮嘱，每次发完两小时后，还会回过头来再抽查一遍她的进度。

这会儿又收到她发来的新闻稿听力，估计是她吃午饭的时候抽空听的。岑西想到周承诀做的小程序，转过头问他能不能把小程序分享给蒋意殊，似是为了说服他，她还特地把对方这些天不停给自己喂题的事一并说了。

“随你啊。”周承诀对这事倒并不在意，还说，“反正这程序本身也需要大量的互动积累，以后用户多了，还能给小‘过来’挣点狗粮钱。”

岑西开心地将小程序分享给了蒋意殊。

然而她不知道的是，身旁这位哥在意的是另一件事。

“你说她每天给你喂题？”周承诀不咸不淡地提了句。

“嗯。怎么了？”

“我还以为这事就我一个人干。”周承诀撇撇嘴，“难怪某人这几天敷衍我的回复那么简短。”

“知道了，三个字；好的，两个字；嗯，一个字。”周承诀翻着自己的聊天记录，“我可就只和你一个人聊。”

岑西：“……”

“发表一下感言。”他说。

“没什么感言，”岑西忍笑忍得很辛苦，随口说，“想吃葡萄。”

少年轻哼一声，收回眼神，继续低头给她剥葡萄。

大抵是叶娜娜的话给大家都带来了不少紧迫感，下午上课的时候，班里人的状态显然没有了开校运会那会儿的松弛散漫，个个都绷紧了神经。到了最后一节体育课时，就连平常最乐意打球的几个男生，都没了兴致，人手一本单词书抱着啃。

大家都是有头有脸的尖子生，哪怕竞赛没希望，也没人想当班里拖后腿的那一个。

体育课一结束，全班人立刻踩着下课铃一窝蜂回了教室。

哪料想一个两个进了教室，不经意扫到黑板上的字后，纷纷面面相觑，个个闭嘴噤声。

岑西一进到班里便觉得气氛有些古怪，后知后觉地看向黑板，上头写了一串句子。

用英文写的，字迹挺丑，写出来的话也恶意满满。

句子翻译过来的大致意思是，有些人自己成绩差就算了，还要拖全班后腿，不想四个竞赛名额全葬送在自己手上，不如趁早退学回家卖那一条十一块五的鱼。

这话很明显是针对岑西的。

上回英语考试，班里没上一百三的有十多个，但家里卖鱼的就岑西一个。

这么幼稚又低级的行为出自谁手，大家也都心知肚明。

之前朱捷平刚和岑西坐同桌时，就强行说她身上有鱼腥味，借此发难过，当时被李佳舒和江乔两人指着鼻子骂了半小时，之后才堪堪消停，没想到今天又发起病来。

岑西瞥了眼黑板，没管。

周承诀在她身后进门，很快也看见了黑板上那一串英文。

他神色当即沉了几分，紧了紧牙关，不想打扰班里人正常上课，忍着脾气没发难，冷着张脸走到讲台上，拿起黑板擦几下将那刺眼的句子擦了个干净。

教室里安静得针落可闻，周承诀生起气来板着张脸挺吓人的，底下的人大气都没敢喘一声。

倒是小群里炸开了锅。

李佳舒抱着手机狂喷：肯定是朱捷平这个傻缺！

毛林浩平时只顾着刷题当卷王，对班里这些事都不太了解，虽说先前和朱捷平也因为空调的事发生过矛盾，不过他心大转头就忘了个干净，此刻还没懂其中的弯弯绕绕，便问：怎么说？别人英语成绩好坏碍他什么事了？

江乔立刻给他科普：他可能觉得自己英语成绩不错，有希望拿到那竞赛名额，但是担心没法全员一百三，会导致咱们学校一个名额都没有，所以开始搞针对了呗。

馒头小王子：他英语成绩能排咱们班前四啊？

简直不敢相信我这么美：原本排不上，按照他最好的成绩算，顶多也就排个五六名，但估计是看严序腿断了考不了，周承诀又从来不参加英语竞赛。以前初中的时候，每回英语竞赛，周承诀即便在排名之内，也懒得去，一般都会把名额让出来给需要的人，再加上蒋意殊校运会的时候不是也受伤了？成绩可能多少也会受影响，这么算起来，估计也就把自己算到前四以内了。

江乔连发了好几个翻白眼的表情包：那他还真是要排除万难才能勉强够上呢。

馒头小王子：那他干吗老针对西姐啊？班里没上一百三的有十来个吧，我也没上啊。

小乔要努力变强：可能因为你两百多斤，能直接把他一屁股坐死，所以不太敢惹你。

馒头小王子：噢，那倒是。西姐好像就七八十斤的样子，看起来确实有点好欺负。

简直不敢相信我这么美：@橙 c，我记得前一阵，见过他老和赵一渠走在一块，赵一渠不是你老乡吗？难不成这个朱以前也是你们嘉林的？以前他和你是不是有过节啊？不然我真想不明白他发什么疯，为什么总针对你。

岑西想了许久后，才回了句：不知道，我对他没有任何印象。

然而，她盯着李佳舒说的“赵一渠”和朱捷平的那个姓氏，心里隐隐有了点猜测。

3

严序准备傍晚出院了，李佳舒急着去取她专门给严序定制的大礼，没和周承诀一块去医院。

周承诀陪岑西在班里再给她读了一套听力，半小时结束后，问她要不要一块去接严序。

岑西答应了，还说正好有礼物要带给他。

“你给他准备什么礼物，我给他发两个红包就行了，要你花什么钱？”周承诀一边说，一边哄骗着她把礼物给自己得了，严序那边，他有的是东西送。

岑西没答应，直到她在病房里掏出那份大礼，周承诀才被她逗得低低地笑出声。

病房里，严序脸都黑了。

岑西送了他一本书，史铁生的《我与地坛》。她送得很真诚，还贴心地在书封上贴了一张便利贴，上头写着“赶快好起来，等你腿好了，就能和周承诀一块踢球啦”。

“我只是轻微骨折，用不了一个月就能正常行走了。”严序说。

岑西点点头，仍旧一脸真诚：“嗯嗯，这本书正好用不了一个月就能看完。”

严序：“……”

她说得好严谨，他竟无法反驳。

严序看向周承诀：“你能管管吗？”后者摆摆手：“管不了，我俩一般是她管我。”

严序：“……”

他一点都不想和这种没出息的人做兄弟！

周承诀说完，又看向岑西，凉飕飕地翻起旧账：“你回他，用‘嗯嗯’，回我就一个‘嗯’？”

岑西：“怎么了？”

两人说小话间，李佳舒推着她的“大礼”姗姗来迟。

严序往病房门口一看，脸色更黑了。

李佳舒推了一辆专门定制的轮椅进来，还不是基础款，夹带了私货，不仅颜色采用了她偶像的应援色，轮椅前后两面都印了她偶像的海报。

“我再过两天就能拆石膏站起来了，你们一个两个的，到底在干吗？”严序深吸一口气，“能不能，请你们，都给我，滚出去？”

李佳舒压根没搭理他的诉求，兴奋地掏出一盒马克笔，招呼大家一块拥上去，在严序的石膏上热情地作画。

“反正过两天就要拆了，我们留点图案和寄语做个纪念嘛。”李佳舒边说边猖狂地涂涂画画，“哦对了，你别动，我再写几个愿望。”

严序：“……”

严序最后是被李佳舒按在那花里胡哨的轮椅上推出医院的。

不仅轮椅花里胡哨，他腿上的石膏也毫不逊色。除了有大家留下的各种寄语，李佳舒还嫌不够夺目，忍痛从书包里掏出几个“吧唧”别在上面。

严序这辈子没这么无语过，扬言要和李佳舒绝交。

两个“小学生”又叽叽喳喳吵了一路。

周承诀没和他们走一条路，独自送岑西回了“至死不鱼”。

两人并肩走在路上，他忽然回想起下午她听李佳舒提起朱捷平和赵一渠时的表情，一改从前提起赵一渠便吃味的惯性，微蹙眉心：“你和赵一渠关系一般？”

“嗯？”岑西一时没反应过来，片刻后，“嗯”了一声，随后很快又补充了句，“嗯嗯。”

周承诀没想到她还有心情来这茬，扯了下嘴角。

“我之前不是和你说过，初二那年，我成绩不小心考得有点好后，就总被人欺负？”岑西随口提，“那时候赵一渠还没转走，有几回我看他和那帮欺负我的人玩得挺好的。”

她分得清是非辨得明好坏，并不是对谁都友好善良，所以自始至终，她对赵一渠的态度都很平淡，哪怕对方总是笑脸相迎。

“那朱捷平？”要不是因为和岑西有关，朱捷平这种角色，周承诀这辈子估计都懒得用正眼瞧。

“我真不记得认识这个人。”岑西想了想，又说，“但是我猜测，他对我的敌意可能和我爸爸有关，他和我爸同姓，可能是那边某个没见过面的亲戚。”

“但你和你爸长得完全不像……”非要说起来，朱捷平长得倒确实和岑西那个爸有几分相似，周承诀对那个人渣的印象，只有那段监控里从他眼前闪过的短暂几秒钟，“朱捷平倒是和他一样又矮又丑，你好像都比他俩高。”

岑西高一就有一米六八，在南方女孩中确实不算矮。

“因为我不是他亲生的呀。”岑西提起这个事时，神色十分淡然，像是毫不在意般，“好像忘记和你说了，我不是他们的亲生女儿，是他们从孤儿院领养的，四岁左右才到他们家。”

“他俩最开始据说生不出孩子，就想领养一个，然后挑了我。”岑西笑笑，“可能我生来就比较倒霉吧，亲生父母不要我，把我扔在孤儿院门口。结果我被他们领养回去没多久，他俩就怀了弟弟，有了弟弟之后，也不想要我了。”

岑西语气平淡：“算了，现在提这个也没什么意思，我对他们没有任何期待，能离我远一点就很好了。”

空气沉默了一会儿，周承诀轻声问她：“你想过要找亲生父母吗？如果想的话，我或许可以帮到你。之前和你说过，我干爸一直在研究瞳孔识别技术，虽然还不太成熟，但已经有一些成功找到亲人的案例了。”

岑西摇摇头：“我不想，他们当年既然已经选择把我扔在孤儿院门口，不要我了，我还自讨没趣找回去干什么呢？”

“我将来会有自己的家，不是吗？”她抬眸看向他。

少年笃定道：“一定会有的。”

不仅会有属于你的家，还一定会有很多爱你的人。

或许是大家息事宁人的态度，给了朱捷平得寸进尺的勇气。

之后连着几天，几乎每天一到班级，就能在黑板上看到那一串英文。

李佳舒、江乔她们忍着脾气擦过好多次。

直到再次让周承诀撞见这场景，少年忍无可忍往讲台上一站，冷着脸往朱捷平的方向看去，凉凉的眼风中似是藏了无数把冰刃：“有劲没劲啊？”

原本还嘈杂的班级立刻噤了声。

“我以为都进火箭班了，大家各有能力和志向，不至于这么没品。”周承诀嗓音磁沉，冷冰冰道。

朱捷平压根经不起刺激，都还没被指名道姓，就已经受不了了：“你说谁没品？”

李佳舒立刻护短帮腔：“当然是谁写的谁没品啊。”

朱捷平脸色涨得通红，明明是他先挑事，可情绪最激动的也是他：“仗着家世背景好就能随意高高在上地骂人没品？”

李佳舒都快被他气笑了：“不是我说，说一句没品就骂人了？那你在黑板上写的那些‘优雅’词汇算什么？再说了，就事论事你扯什么家世背景？非要扯，长相、身高、体育、计算机，还有断层吊打你的成绩，随便拿一样出来，哪个不能高高在上？噢，除了那辣眼睛的语文成绩。”

严序好不容易回了趟学校，就碰上这么个事，不过也没收着脾气，扯了下嘴角嘲讽道：“我诀哥那哪是仗着家世背景骂人啊，他也就是仗着自己文盲，没什么好词好句积累，能想出‘没品’这么个文明的词汇已经很给你留面子了。”

岑西本来并不想搭理朱捷平这种低级的小人，但眼睁睁看着好朋友们一个接一个替自己出头，她也不想做个只能缩在别人身后的受气包。

女孩面无表情地走到讲台前，语气平静道：“瞧不上十一块五一条鱼的人难道不更高高在上吗？十一块五，什么概念呢？捡一个水瓶一分钱，十一块五需要捡一千一百五十个瓶子，也就是需要弯一千一百五十次腰。十一块五在条件不好的家庭，可以让全家吃一顿非常满足的饱饭。

“你有什么资格瞧不起十一块五？”

朱捷平怒气上头，吵起架来根本没水准：“捡垃圾很光荣吗？”

岑西的情绪仍旧平静到没有半点起伏：“靠自己双手吃饭，有什么不光荣的？”

朱捷平：“那你这么爱捡垃圾，反正成绩也拖后腿，不如直接退学去捡垃圾。”

“那不好意思了，我对接下来的考试还挺有信心的。”岑西向来谦虚，这还是第一次把话说得这么满，“至于拖后腿，下次考试你要不要跟我比比看？”

女孩过分平静的情绪几乎快要将朱捷平击溃，他顺手抄起课桌上的水瓶，正想往讲台上岑西的方向砸过去。

下一秒，他的手腕便被不知什么时候已然绕到他身后的周承诀狠狠捏住，那力道几乎能将他骨头都捏碎。

“我有没有和你说过，别动她？你动一下试试？”少年森冷的嗓音在他耳畔响起，话音很低，但威胁的意味十分明显，“这周老姚还没找到借口罚我写检讨，如果你想当素材，那我只能和你讲讲道理了。”

上一次他讲道理的时候，还是把隔壁技校的“红黄蓝绿”打到满地滚那回。

眼看着朱捷平已经被周承诀吓得没了半分气焰，那一边，岑西平静地朝讲台桌面伸出手。

原以为她要拿黑板擦把那串英文擦了，没想到她掠过了黑板擦，从纸盒里挑了根红色粉笔出来，看向朱捷平的方向，轻敲了两下黑板。

“看过来，语法有错误，我只教你一遍。”岑西用粉笔在他写下的那串英文上画了三个圈，“这个时态，你用错了，这里不能用第三人称，最后这个单词……你自己再背背清楚吧。”

班里安静了三秒钟，终于爆发了开学以来最激烈的一次哄堂大笑。

周承诀松开朱捷平的手腕，李佳舒适时给他递过来两张消毒湿巾。

他一边擦手，一边看着岑西淡定地走回自己身边的位置坐下。

把刚刚那场面回想了一遍，他终于忍不住低低笑出声来。

“挺厉害啊，怼得有模有样的。”

岑西脸颊后知后觉开始发烫，忙将他伸过来的手拍开。

震撼过后，严序掏出手机给周承诀疯狂发送感叹：你小子好眼光，刚刚看见了没？嘴皮子太利索了，和你干妈可有得一拼，这你以后吵得过她？

周承诀瞥了眼消息，随意给他回了一句：有什么可吵的，不都和你说了，我们之间，一般都是我听她的。

周承诀想了想又问：对了，她给你那书，你看了没？

小帅：没啊，动都没动过，我是喜欢看书的人？

zcj：那还我，我再买个别的送你。

小帅：你该不会喜欢上看书了吧……

zcj：我们文化人离开书活不了。

4

连着好几天，岑西几乎都在埋头复习英语，连带着周承诀这个考英语基本全凭语感的选手，都跟着一块练了不少听力。

要么和她一起听，要么他来念，她来写。

周末，按照先前的惯例，岑西至少会抽出一天时间去望江给周承诀补习语文，不过这周情况特殊，岑西得抓紧考前的每一分每一秒，于是和周承诀商量着补课暂缓一周，等考完之后给他补上。

只要她开口，周承诀就很难对她说不。

更何况在这种事情上，其实压根不需要跟他商量。

毕竟他那点语文成绩，再补也就那样，打从一开始他就不是为了那点分才答应江澜衣愿意补这门课的。

不过，他的语文补课暂缓，不代表岑西周末不用去望江。

望江那边宽敞、安静、不冷不热、要什么有什么，条件比烤鱼店的小天台好上太多了，适合她埋头学习。

课不用补，人必须得来。

周末一大早，周承诀就雷打不动地到“至死不鱼”报到了。

到店里买了一大堆早餐，顺便上天台把岑西一块打包带走。

南嘉的冬天潮湿寒凉，两人并肩走在去往望江的那条最熟悉的道上，说起话来都直冒白气。

周承诀一只手拎着两人的早餐，另一只手拎着岑西的书包。见她在边上搓着双手哈热气，他动作自然地把东西全数换到一只手拎着，将贴近她的那只手腾出来，拉过她冷冰冰的小手，用温热的掌心替她捂了捂，而后不由分说地握着塞进自己冲锋衣外套的口袋里。

到底是火箭班的，不过十分钟的步行路程，两人也没闲着。

周承诀念英语句子，岑西就立刻翻译成中文意思。

他说个中文句子，她又马上翻译成英语。

偶尔读音不太标准，周承诀便会严格地替她指出，再进行纠正。

这些天，两人只要走在一块，基本都是这么相处的。

短短几天时间，岑西的口语和听力都有了很大进步，也不像从前一样，只敢纸上谈兵，不愿大胆开口说，口音也逐渐向周承诀靠拢，咬字发音越发标准好听。

望江这边，只要不停电，常年恒温，一进门便感觉一股暖流涌遍全身。

还没等岑西换好拖鞋，小“过来”又叼着它那篮漂亮的发夹黏过来，要岑西替它梳乱糟糟的辫子了。

岑西弯腰抱起它往客厅走。

屋内的一切都和她前两天离开时没有任何变化，沙发上仍旧放着她常盖的那条绒毯，毯子上压了一本书，是她看到一半的闲书。

书全是周承诀的，他虽然不看，但知道岑西喜欢翻，便将陆景苑卧室里那一整面墙五花八门的书全数搬来了望江。

大多数书都进了主卧，岑西偶尔在他这边留宿时，睡前会看；少部分书放在客厅，周承诀还特地买了个小书架摆在她常窝着的那个沙发边上，几层全是她喜欢看的书。

平时来给他补习语文，安排他写题或写作文的时候，她在边上等待的工夫，不是刷卷子便是津津有味地翻看那些闲书。

不过，这两天没什么时间看了，岑西不舍地拿起来翻了两页，而后夹好书签放回小书架上。

周承诀轻笑了下："再忍两天，等考完了过来由你看，卧室里还有一墙书等着你慢慢看，以后有的是时间。"

周承诀将满满一手的早餐拿到餐桌上摆好的工夫，岑西已经替小"过来"梳妆打扮完了，这会儿正抱着绒毯窝在沙发上，歪着头，看起来没什么精神。

周承诀来客厅叫她先去吃早餐，见状问了句："困？"

她这一阵为了猛补英语，确实花了不少精力。

岑西点点头，如实说："昨晚小熬了个夜，后来就没怎么睡好。"

"那要不吃完早餐先回房间睡一会儿，等精神了再出来复习？"周承诀觉得不差这点时间，见不得她这么累，还是希望她能休息好。

岑西摇摇头，她没这么娇气，得抓紧时间。

周承诀管不了她，最后替她弄了杯美式过来。

岑西正用他那个程序放听力，见手边有东西，也没管是什么，心思仍在题上，随手拿起来便喝了一口。

她没喝过咖啡，一口进去小脸紧皱，抬眸看向周承诀时，表情带着点委屈："这是什么？"

"美式咖啡，提神的。"

"好苦……"岑西难得有些抗拒，她吃的苦已经够多了，不想再多尝。

美式，不加奶不加糖，确实苦得发涩。

周承诀平时喝惯了，没什么感觉，忘了岑西没接触过。

他转身去了趟水吧台，回来时，用手里一杯橙色的饮品换走了她的美式。

"这个不苦，试试看。"

岑西试探着接过，尝了一口，味道还挺不错，确实不苦，不过和他平时给自己弄的橙汁又不太一样："这是什么？"

"橙 C 美式。"

"噢。"她听过，之前送外卖也送过，就是没喝过。

岑西再喝了两口，很快又埋头刷起题来，整个人的状态略显紧绷。

周承诀往她面前一坐，随口问了句："很紧张啊？"

"嗯……"她坦白地说，"毕竟那天我在班里大放厥词……还是有点担心的。"

她谦虚惯了，第一次那么光明正大地下战书，面上挺横的，想起来多少有些心底发虚。

"出息。"周承诀扯了下嘴角，伸手揉了把她的头发，而后从桌上拿了张便利贴，在上面写了几笔，往她的杯子上一贴。

岑西顺着他的动作往那杯橙 C 美式看去，就见那杯身的便利贴上写了四个字“岑西没事”。

女孩愣了一瞬，反应过来后，忍不住笑了笑。

“没事，别紧张，相信你自己，”周承诀懒洋洋地笑笑，“也相信我。”

周一到校时，周承诀的课桌被一堆不属于他的东西占满。

除了水果、零食、饮料应有尽有，还有好几个笔筒，每个笔筒里都插了三支笔。

岑西的座位就挨着他，见这阵仗，有些蒙：“这是什么情况？”

“上贡！”李佳舒给她科普道，“南高老传统了，从初中开始就这样，一到大考就有不少人为了图个心安图个吉利，往周承诀这儿塞贡品，求他保佑，毕竟常年稳坐第一嘛。

“上次期中考也有，不过那回他来得早一些，一来就把一桌东西全弄到讲台上，让大家领回去，你可能正好没看见。”

岑西点点头，想了想，又说：“可是……等会儿第一场考试是语文呀……”

岑西话音刚落，班里人一窝蜂拥回周承诀的桌前，动作利落地将自己“上贡”的东西迅速收回。

李佳舒更是吓了个半死，一边搬一边说：“拿来吧你。”

周承诀：“……”

班里一时间变得闹哄哄的，叶娜娜从外头走进来，刚想骂一句最经典的“我刚走到楼梯口就听见你们的声音了，整个年级就数咱们班最吵”，不过想到周一正好要换组，索性也懒得说了。

“我记得这周要换组吧？动作快点，赶紧搬，早读课结束就要开始考试了。”

叶娜娜话音落下，班里人立刻行动起来。

周承诀这周换到了第四组，又正好坐最后一排。

火箭班里大多数学生都留在作为一号考场的本班，岑西每回考试都只让自己往上缓慢抬高一点点名次，这回正好被分在三号考场。

三号考场里大多是平行班学生，然而不巧的是，朱捷平和赵一渠正好也在这个考场。

由于之前想要堪堪压朱捷平一头，岑西对他的排名还是比较清楚的，只是没想到赵一渠竟然也在这个考场。

岑西并没有因为和他是老乡的关系，就过多关注赵一渠，原以为以他平时在班里积极表现努力上进的样子，成绩至少还像刚入学时那般，排在一号考场中后游，没想到会掉得这么厉害。

不过，岑西也只是有些感叹，没将注意力放在这件事上太久，进了考场后便往自己的座位找去。

上周五傍晚大家得知各自的考场分布后，都抽空提前来踩过点了，这会儿找起位置来很快。

岑西按照记忆往周五来过的那个座位走去，一坐下便觉得桌椅不太对劲。

课桌高低不平，歪歪斜斜的，一碰就晃。

椅子更是摇摇欲坠，想要坐稳都得努力找好角度。

岑西眉心微蹙，她记得上周五来的时候，这个班已经提前换好组了，今天不会再更换，因此她曾坐过这套桌椅，然而上周并没察觉出桌椅有问题。

不过，总体来说也能用，岑西从小到大倒霉惯了，倒觉得没什么，心态十分平稳，丝毫没受影响。

离考试开始还有将近二十分钟的时间，岑西规规矩矩地坐在自己的位置上，低头从书包里摸出手机，继续用那个小程序刷起英语题。

没一会儿，两个女生拿着零食和水果笑嘻嘻地摆到她桌上。

岑西愣了愣，抬眸看向来人，就听见两个小姑娘笑着解释道："你是火箭班的吧？我们俩早上来不及去你们班'上贡'，现在来你这儿沾沾喜气讨个吉利。"

不远处很快传来两个男生的嘲讽："你俩歇歇吧，虽然是火箭班但都掉到三号考场了，能是什么学霸，还讨吉利，不觉得晦气？"

"是啊。"另一个男生附和道，"咱们努努力没准还能冲进二号考场。"

"啧，火箭班也就那样吧，和我一个考场……"

这话一出，一旁捂着耳朵背名著题的朱捷平倒是不干了："你们说她就说她，关火箭班什么事？她只是靠贫困加分进的。"

"原来之前听说的那个加分进火箭班的，就是她啊。"男生嗤笑一声，"所以说加分进了有什么用？还不是就考这么几分。"

"考那么点分非要挤进去，班里人聊天估计都不愿意带她吧，差距太大，人家说什么听都听不懂，这怎么玩到一块？"

"也是可怜，丢死人，换我就老老实实在普通班混混就行了。"

这种话岑西也听多了，对她没什么影响，只是声音有些大，她觉得挺吵的，耳机里的听力都听不太清晰了，她下意识将音量调高了些。

倒是刚才那两个女生听不下去了："三号考场怎么了？你们不也在这个考场吗？骂别人怎么还顺带把自己一块骂进去了，说话可真难听。"

那两个男生仍旧用嘲讽的语气，嬉皮笑脸道："你俩怎么还替这种人说话呢，赶紧把东西收回去吧，省得沾上晦气，连三号考场都保不住了。"

几个男生的嗤笑声萦绕在耳畔，岑西面无表情地听完五道听力题，仍旧没有受到太多干扰。

正想往下继续刷，赵一渠突然出现在她桌前。

对方轻敲了下她桌面，岑西回过神来，抬眸不得已摘掉了耳机："有什么事吗？”

“你别在意那些人说的。”赵一渠笑着安慰道。

“哦，我没在意。”她压根懒得听。

“有不舒服的你就说出来，别影响了考试。”赵一渠仍旧坚持认为她在装不在意，“他们说话确实难听，我前两天碰上你爸了，还和他提了你几句。他看起来挺关心你的，你这次考好了，他肯定很开心。”

“你说碰见谁了？”岑西下意识蹙起眉心。

然而还没等赵一渠继续开口，耳边响起周承诀熟悉的低嗓：“不好意思，让一下。”

岑西的眉心忽地舒展开来，看向声音传来的方向。

就见周承诀往她桌前一站，有意无意地将赵一渠往边上推了推。

班里不少人的注意力一下被这边的动静吸引，等看清来人后，当即倒吸了一口气：“天哪！是周承诀吗？”

“啊啊啊，我天，大佬来我们考场干吗？”

周围的议论声一下大了不少，岑西心跳也控制不住飞快加速。她咬了下唇，说起话来都有些不太自然，稍稍压低了几分嗓音：“你、你来干吗？”

“有题不会，来问问你。”周承诀随手将一张卷子放到岑西的桌上，往她面前推了推，修长指节在卷面上点了两下，“帮我看看呗。”

岑西垂眸，视线落在他指的那道题上。

这题昨晚他俩在小天台上刚写过，两人都会，不仅会，还比了比谁的解题速度更快。

方才给岑西“上贡”的两个小姑娘，此刻兴奋得嗷嗷乱叫，往那两个男生那头翻了好几个白眼：“周承诀都亲自跑来问人家问题，刚才也不知道什么在大放厥词，还好意思瞧不起人，也没见周承诀问你们题啊！”

“怎么好意思说火箭班的不带她玩啊？你看看那边。”其中一个女生朝岑西周围抬了抬下巴，“那几个都是咱们年级的名人吧，李佳舒——周承诀的姑姑，名次一直都排年级前二十吧？”

“旁边那个叫江乔的，也特牛，别看她一副大小姐娇滴滴的模样，人家没掉过前十。”

“严序和那个胖子，叫什么来着，哦对，毛林浩，两个都是前五的选手吧？”

“周承诀就更不用说了，神坛上永远的第一名。”

“大佬团建啊这是！”两个女生冲另外两个男生瞥了眼，哼哼两声，嘲讽回去，“这不都围着那女生聊吗？怎么没找你们俩呀……”

岑西看着跟着周承诀过来的李佳舒、江乔，笑笑：“你们怎么都来了？”

“哎呀，反正离考试还有十来分钟，串串门，找你一块上个厕所。”江乔冲她眨眨眼，“顺便来给你撑个腰，走。”

三个女生很快手挽手一块出了考场。

周承诀敛起神色，瞥了眼一旁的赵一渠，没什么表情道："快考试了。"

"噢，好，谢谢提醒。"赵一渠尴尬地道了声谢，当即回了自己座位。

周承诀将卷子从岑西的课桌上收回来，不经意碰了碰桌沿，就见课桌立刻晃动起来。

距离开考还有不到五分钟的时候，岑西从洗手间回来了。

江乔她们在回来的路上进了一号考场，严序、毛林浩两人也已经离开，此刻她桌前只剩下周承诀一人安静地等着。

"你怎么还没走？"岑西回到座位前，问。

周承诀也没说别的，只将一杯橙C美式递给她，淡声道："岑西，没事，好好考，走了。"

岑西微微愣怔，回过神来，伸手接过后，坐回位置上。

坐下的一瞬间，那种摇摇欲坠的感觉没了。

椅子是结实的，桌子也丝毫不会晃荡。

她下意识转身看向周承诀离开的方向，少年的身影早已消失在考场后门。

女孩回过头，正打算将杯子放到桌上，不经意间瞥见桌面上那个熟悉的小坑。

印象中，那个坑是校运会那会儿，被她手机壳上的水钻磕出来的，在周承诀的桌子上。

而此刻，结实的桌子换到了她眼前。

她忽然懂了那天他和她说的那句话。

"没事，别紧张，相信你自己，也相信我。"

第五章
以为抓住了一整个盛夏

/

1

三天考完几场试后，周五上午，大家再次体验了一回南高如火箭般的改卷速度，有几科成绩已经出了。

人逢喜事精神爽，当天早上的语文课，叶娜娜抱着卷子来班里分发时，整个人神采奕奕，从里到外透着股嚣张的味道。

毛林浩仍旧是班里最积极踊跃调侃叶娜娜的选手：“老师，有好事啊？”

叶娜娜难得没反驳他，点点头，脸上笑容藏都藏不住：“还真有。”

“都拿到卷子了没？”叶娜娜招呼大家都坐下，“有几个好消息说一下。”

叶娜娜继续说：“这次考试的卷子改完好几科了，就差昨天傍晚最后考的那科还没出来，前两天考的单科排名已经到各个科任老师手上了。”

一听到成绩，班里有人立刻开始号：“这是好消息？”

话音刚落下，便有人接上：“早死早超生，怎么不算好消息呢？”

毛林浩再一次吐槽：“娜姐，你们真的没有自己的私生活吗？我们不提倡加班改卷！休假！全体老师休假！”

换作平时，他会收获叶娜娜一个白眼，并告诉他没有人搭理他的提倡，别痴心妄想了。不过看得出来，她今天心情颇好，难得给毛林浩好脸色看：“行，我期待你成为校长的那一天。”

严序也插科打诨来了一句：“老姚说，先从我尸体上踏过去，尔等不死，你顶多只能是副校长。”

班里一阵哄笑。

“好了好了，言归正传。照目前出的几科成绩来看，大家这次考得不错，算是没丢火箭班的脸。”叶娜娜扫了眼成绩表，“其他科的由各科老师自己和你们说，我就不多说了，光说语文这科，这次班里平均分过一百二了，并且……”

毛林浩：“娜姐，你说话能不能别大喘气？”

叶娜娜笑瞪他一眼，目光投向最后一排的周承诀：“并且，全班，我是说全班，没有低于一百分的同学。”

“什么概念呢？”叶娜娜面带笑容，嚣张地摊了摊手。

这意味着，就连语文曾考四十三分的周承诀，这次考试都把分数提上一百分了。

教室里突然安静下来，下一秒，几乎整个班的学生都转过身去，集体看向周承诀。

少年坐在最后一排，懒洋洋地靠在墙边，对这种大规模注视早已免疫，只漫不经心地往岑西的方向扫了眼，眼神和她对上之后，轻扯了下嘴角。

全班炸了，听取哇声一片。

毛林浩扯着嗓子：“震惊！诀哥的人设崩塌！”

周承诀：“……”

“考得不错哈，看样子肯花心思了。”叶娜娜心情好，任由班里人发了一阵疯，才继续说，“最高分是岑西，全年级唯一一个屹立不倒的一百四开头，一百四十七，很惊人的分数了。说实话，我教了这么多年语文，还没碰上过考这么高的。来，掌声继续。”

班里当即又响起一阵雷鸣般的掌声。

“另外，英语老师那边，据说也有个惊天好消息，具体我就不说了，等会儿上英语课，让英语老师自己和你们说。剩下的时间把卷子里个别题目挑出来讲一下，说多了你们反正也不爱听。”叶娜娜自顾自讲起卷子，没打算管底下那帮偷摸刷理科题的小崽子。

到了课间，几个性子比较急的学生，受不了叶娜娜卖的关子，溜去办公室探头探脑打探了一番，得来的情报确实让人颇感震惊。

“这次考试英语成绩绝了，听说我们班有三个考了满分，具体是谁还不太清楚。反正听说本来不是选前四参加竞赛嘛，然后正好因为三个并列第一，多给了两个名额，所以这次咱们学校应该能去六个。”毛林浩说。

“我的天，那第六名岂不是运气超绝！”

“应该说是第七名。”

“为什么？”

“因为周承诀那个英语分数肯定排在前六，但是他不参加英语竞赛，名额肯定要顺延到第七。”

“噢对，那第七名是谁？”

“目前还不清楚。”

八卦的时间总是过得飞快，上课铃没多久便打响，英语老师和叶娜娜一样，也是容光焕发进的班级。

“该打听的你们估计都打听得差不多了吧？”英语老师笑着将卷子发下

去，而后便开始公布成绩和排名。

三个满分当中，周承诀和蒋意殊都在大家的意料之中，只是没想到另外一个满分获得者居然是岑西。

回想起来，这几次考试她的成绩确实次次都在稳定上升，按照她往常的学习状态来看，最终能有这个结果，确实也在情理之中，只不过原以为需要更久的时间，短时间内能达到这个程度，只能说她的能力比想象中的还要不容小觑。

班里炸开了锅，不过大多数人对她还是心服口服的。

班里人平常没少问她题，其实早就有人觉得，她之前几次的成绩远低于她该有的分数和排名，今天这个成绩，倒是更符合她这么长时间下来的表现。

谁都知道，英语是她的短板，这次英语都直接冲到了满分，最后总成绩排名应该挺惊人的。

课间，有人开始讨论："你们说这回年级第一是谁？押一个。"

"肯定是周承诀啊，有什么好押的，他这回语文都上一百分了，其他科目不用说，肯定都满分，他不排第一谁排第一？"

"倒也是，他的理科好像就没扣过分，恐怖如斯。"

小富婆江乔当即开口："那我押周承诀，押一百块。"

李佳舒："我也押周承诀，押五毛。"

严序正打着游戏，闻言笑了下："你是真穷。"

"钱都给你定制轮椅了。"

"我谢谢你。"

毛林浩："我就问你们在押什么？还有别的选项？那我押十个馒头。"

话音刚落下，周承诀淡声开口："能不能押点贵的？我都怕捂馊了。"

这帮人是经得起激将的人吗？不可能。

周承诀这话一出，几个人迅速加码，反正就一个选项，毫无悬念，加多少都不可能亏。

李佳舒直接从五毛、一块涨到五十、一百，毛林浩把这辈子的馒头都随进去了。

等这群人上了头，周承诀才不紧不慢地开口："我押岑西。"

说完，他看向岑西，丝毫不在意自己是不是第一名，轻扯了下嘴角，指挥道："你也押你自己，赢了都归你。"

这周朱捷平又换到了二点五组旁边，一群人围在岑西这儿聊得欢乐，唯有他笑不出来："也不知道上哪儿抄的。"

周承诀前一秒嘴角还勾着点笑意，后一秒脸色立刻沉了下去。

要是骂他的，他压根懒得搭理，表情不会有丝毫变化，然而朱捷平这句话针对谁，大家心知肚明。

李佳舒真想上手揍朱捷平了："我们都懒得说你了，你还自己上赶着来丢脸？之前在黑板上嘲讽人嘲讽得挺开心，自己考了几分？第七名，要不是西西考满分，多拼了个竞赛名额回来，你连竞赛的边都沾不上。"

好死不死，朱捷平正好是那个卡着边拿到竞赛名额的第七名。

李佳舒想起这事就觉得晦气："靠别人赢来的名额去参赛，怎么还好意思开口嘲讽？我要是你，非得现场挖个地洞钻进去。"

朱捷平倒是脸皮厚，也庆幸自己运气好，搭上了末班车，这会儿语气还挺得意："第七名也是我自己考的，我就是有资格去竞赛，怎么了？你怎么不考个第七，是不喜欢吗？"

李佳舒这辈子很少碰上这么不要脸的，少见地语塞说不出话来。

下一秒，沉着张脸一直没开口的周承诀，冷不丁轻敲了下朱捷平的桌面，漫不经心地"嘶"了声，故作莫名其妙道："我好像没说过这次不参加吧？竞赛一共不就六个名额？你第七名，凑什么热闹？"

朱捷平猛地抬头，对上周承诀轻蔑的嗤笑。

少年语气散漫："不好意思了，我呢，对这次英语竞赛还挺感兴趣的。"

朱捷平被气得整张脸涨得通红，偏偏一点办法都没有。

李佳舒笑得差点仰过去："嗯？你怎么不考个第六？是不喜欢吗？"

然而，让朱捷平更气的事情还在后头。

傍晚全科成绩公布之后，年级排名表上，第一名的位置赫然写着岑西的名字。

李佳舒虽然因为打赌损失了一百块，不过此刻气死朱捷平的快乐，已经将这份伤痛彻底抵消。

"比周承诀还高十来分！南高的卷子可都是原创，拿着手机去网上搜都搜不到答案，你抄个第一我看看？"李佳舒恨不得揪着朱捷平的耳朵吼给他听。

岑西干掉周承诀，拿下万年不变的第一名这件事，瞬间在全年级甚至全校传遍了。

个个都跟疯了似的在议论，不过两个当事人倒是挺淡定。

严序戳了戳周承诀，调侃地问："对于第一名被岑西拿下这件事，你的体验感如何？"

"一直在体验，"周承诀似乎还挺享受，"早被她拿下了。"

严序："……"

大多数人震惊之余都替岑西开心，不过此次事件的最大受害者除了朱捷平，莫过于毛林浩了。

他觉得自己被周承诀做局了，他可是搭上了这辈子所有的馒头！这让他怎么活！

好在岑西也不好这口，怕捂馊，一个没要他的。

毛林浩当即感激涕零，发誓这辈子但凡有人敢欺负岑西，他第一个冲在前面，用自己两百多斤的重量，一屁股把人坐死！

吓得朱捷平都忍不住缩了缩脖子。

傍晚，周承诀帮岑西一块值完日，打算带她先去吃个晚餐，再把人送回店里。

不过岑西没答应，想趁着考完试有空了，回店里多帮帮忙。

周承诀也没有要左右她选择的意思，骑着自行车载她回去的时候，随意地问："你不是和电视台那边有稿件合作吗？"

"嗯。怎么了？"

"稿费没给你结？"

"有的，每次都很准时，有时候还会提前给。"岑西丝毫没有要瞒的意思。

她那点钱哪够他看的。

不过，对她而言还算挺可观，至少高中阶段的生活费基本不用愁了，甚至省省还能把大学需要的费用给攒出来。

"那你其实可以适当地让自己放松放松，你小姨那边，每个月按时交一部分钱给她，也不用让自己每天这么辛苦。"他确实见不得她天天在外头顶着刺骨寒风送外卖。

如果她愿意，以他的条件，能直接把她领回家当祖宗供着，哪需要受这些罪。

不过岑西不是那种性子，他也不能强求。

"不是这么算的，"女孩摇摇头，"小姨其实对我挺好的，我给过她钱，她没要。

"其实店里的收入，基本上都攥在我小姨夫手里，我小姨手头也没多少钱，挺困难的。她明明可以把我给她的钱收了自己用，就能让日子过得不那么紧巴巴，但是她没有。"岑西最开始也不明白为什么，后来想想也就懂了，"她不惦记我的钱，还让我藏好，应该是怕我的钱被小姨夫他们全部拿走。

"我后来也发现了，小姨夫不在店里，出远门开车送货的时候，她就不常叫我干活。大多数时候，都是为了让我忙给小姨夫和阿婆看的，其实就是给了我一个能留下的理由，我多帮点忙，看起来有点用，就不容易被他们赶走。"

周承诀没再吭声，岑西是吃着苦长大的，在这方面比他懂得多，他其实没有资格指手画脚，只能尽自己所能，多对她好一些。

晚上岑西替店里送了几趟外卖，回来的时候破天荒地在店里看到了赵一渠。

算起来，他好像挺久没来光顾过了，此刻和之前一样，正吃着刚出锅的拌面扁肉。

岑西觉得挺意外的，意外之余，没打算上前打招呼，本想转身回小天台，却又被赵一渠看见了，后者当即将她叫住。

“岑西？”

女孩无奈地回过头，想想也有点事要问他，索性往他跟前走。

小姨瞥了眼，似是认出来了，也笑着打了句招呼：“是小赵啊？好久没见你来了。”

“对，小姨。”赵一渠笑笑，明明岑西什么都没问，他却抬眸冲她解释，“我是好久没来了，这不前两天遇到你爸了，聊了两句，他还提起了嘉林那边，想想也好久没回去过了，挺怀念的，正好过来尝口嘉林熟悉的味道。”

小姨是嘉林人，店里的口味自然也是嘉林那边的。

岑西点点头，并不是很关心赵一渠为什么来，不过既然他主动又提了回她爸，她索性就直接问了：“你说你见到我爸了？”

“嗯。怎么了？”

“在哪儿见到的？”岑西微不可察地拧了拧眉。

“就在南高附近啊，池后巷那块。”

岑西紧了紧手心：“你说前两天见到的？”

“对啊。怎么了？”

岑西摇摇头：“没什么，你慢慢吃。”

也不知是不是心理作用，自打从赵一渠那儿听到他在南高附近遇上朱邱建这事后，一连好几天，岑西总觉得有什么人悄悄跟在自己身后。

原以为是周承诀，可大多数时候，她都是跟周承诀走在一块的。

即便是两人在一起，她仍旧有这种奇怪的感觉。

临近年关，学生们心态都逐渐松散，大部分人盼望着放寒假回家过年，老姚便开始在学校里猛抓校风校纪。

结果还真被他抓了点名堂出来。

三天抓了六对小情侣。

其实南高校风挺开放的，只要学习上不松懈，有些小打小闹就睁一只眼闭一只眼，别太过分就行。

可偏偏被老姚揪出来的这几对，近两次考试成绩下滑得都比较严重，把老姚给气得，开了个全校性的会，狠狠批评了半小时，并扬言接下来对此类事件还会严打，希望大家不要抱侥幸心理。

严序私底下还拿这事来调侃过周承诀，后者对这个倒是不怎么怕。

两人排名第一第二，上回考试两人的总成绩，不止在南高，哪怕在整个南嘉都出了名。

况且两人压根就没啥，他有分寸得很。

顶多是班长对语文课代表的合理关心，互帮互助，要多得体就有多得体。

不过，麻烦就麻烦在，比起他，语文课代表就显得比较老实。

老姚扬言要严打过后，岑西便以此为由，没再和他一块上下学过。

岑西倒不是真担心因为什么早恋的问题被抓。

那种被什么人悄悄跟着的怪异感觉太过强烈，她潜意识里隐隐觉得和她父亲有关，不愿意让周承诀因为自己受到影响，又恰好碰上严打，索性和周承诀说，以后上下学最好都别一块走。

周承诀以为岑西是担心被老姚抓了当典型，不想让她提心吊胆的，便顺了她的意。

可之前那么长时间，他早就习惯了天天缠在她身边，如今上下学不让一块走，小天台上也基本找不到她人，一连好几天说不上两句话，周承诀忍得都有些睡不着觉了。

一直等到英语竞赛那天，他终于有了合理的、光明正大出现在她身边的理由。

整个学校参加竞赛的总共就没几个人，几个学生住得也比较分散，又是在周末，学校便没再安排大家集合，只提前说了注意事项和时间地点，就让大家自行前往。

当天早上，周承诀叫了辆车，早早守在“至死不鱼”楼下，一见岑西从小天台上下来，便不由分说地拉过她，将人直接往车里塞。

“去考试，又不是去干什么别的。”周承诀不着调道，“老姚还能直接钻进车里来逮我们？”

岑西：“……”

“省点力气，留给考试用。”周承诀略显霸道地说。

说完，他直接歪着头往她肩膀上一靠，深吸了一口气，闭上眼：“别动，让我睡一会儿，好几天都没睡好了。”

岑西心跳漏了一拍，也没再说什么，两人一路闭目养神相安无事地到了考场。

竞赛考场设在南嘉大学，两人正好分在同一个考场，考完出来的时候，周承诀说顺便带她在大学里逛逛，岑西正好也没别的事，便答应了。

南嘉大学分数线极高，是很多学生梦寐以求的学校。

校园占地面积广，建设投入也极高，所到之处都像在画里一般美不胜收。

岑西没来过，新奇地左顾右盼，周承诀则是全程在替她拍照。

大学校园不比严谨的高中，两人长相都比较出众，从考场出来一路上遇上了好几个主动搭讪的。

男生女生都有。

女生大多数冲周承诀来的，可惜周承诀应付这种事太过熟练，基本上只要有女孩上前，他便举起岑西的手，假装两人是情侣，礼貌地说句抱歉，基本就能把人劝退。

难缠的是男生，一口一句“学长学妹”，让人烦得要命。

几次过后，周承诀的耐心有些耗尽，少爷脾气多少也开始压不住了。

跟前不知什么时候又多了个搭讪的男生，岑西先是礼貌地拒绝添加微信，又说了自己不是南嘉大学的学生，对方仍旧缠着不愿意走，笑着对岑西说：“学妹，以后考虑报南嘉大学吗？到时候学长可以来帮你搬行李。”

“不好意思啊，学妹喜欢年轻的。”周承诀终于没了最后一丝风度，冷眼打量了对方两秒，不着调道，“等她上了大学，你还搬得动行李吗？”

等终于把人弄走后，岑西忍不住笑了声。

“还笑？”少年闻声偏头瞥了她一眼，“不说别的，一心想着撬人墙脚，肯定不是什么好人。我哪怕只是你同学，都得提醒你擦亮眼睛。

“目前来说——

“目前别说。”

目前来说，他确实只是她同学。

岑西抿着唇忍俊不禁。

片刻后，她突然开了口：“周承诀。”

“嗯？”

“你有想过以后上哪所大学吗？”

“你呢？”

岑西想了想，说：“南嘉大学好像就挺不错的，我很喜欢南嘉，很喜欢这里。”

她所有温暖快乐的记忆都在南嘉，她好像舍不得离开这里了。

况且南嘉大学的分数线高得很，本就是火箭班的尖子生们梦寐以求的首选。

“那就这儿吧。”周承诀想都没想便脱口而出。

“嗯？”岑西不解地抬眸看向他。

“两年之后一起上大学吧。”周承诀伸手揉了揉她头顶，轻笑了声，“到时候帮你拉行李箱。”

2

周承诀家里不少亲戚都是从南嘉大学出来的，干妈汪月还在南嘉大学相当出名的法学院任教，因此他从前没少来过，对这所学校挺熟悉的，中午便带着岑西在学校里找了家味道不错的餐厅吃饭。

一直到出了大学校门，岑西再次察觉到那种不知被什么人偷偷跟随的怪异感。

这种感觉，最近一段时间她常有。

周承诀感受到岑西的不安：“怎么了？”

“没什么……”岑西摇摇头。

周承诀又定定地看了她两秒，像是想到了什么，似笑非笑道：“老姚管不到这里来，这又不是在南高，他也没那么闲。”

他显然会错了意，可岑西并不打算解释，误会了也好，多少算个正当理由。

“我……”岑西被那种奇怪的感觉弄得有些慌乱，当下脑子里只有一个念头，就是赶快和周承诀分开，别让他也被盯上，于是忙说，“我到前面路口坐公交车。”

话音刚落，女孩便加快了脚步。

然而周承诀反应也快，她前脚刚迈出去，少年后脚便追了上来，一把抓住她手腕：“坐什么公交车？我打了车，马上就到，一块回去。”

岑西不知道该怎么和他解释，若是挑明了说，他更不可能放任她一个人离开。

思索间，周承诀打的车很快到了两人跟前，少年二话没说开了车门，把她先弄进车里，自己再紧随其后。

上了车之后，岑西心里一直挂着事，整个人不怎么在状态。

周承诀觉察出些不对劲来，用探询的语调问：“你怎么了？没考好吗？”

她其实考得还不错，今天竞赛的大多数题，都在周承诀那个软件上做过类似的，没什么难度，她下意识地正想摇摇头，动作又一下顿住。她想不出更好的解释，周承诀又是个难糊弄的人，索性就这么认下来：“嗯……有点难……”

“能参赛就已经很不错了，第一次没什么经验，以后多的是机会。”周承诀说。

闻言，岑西垂下头。

周承诀试图让她打起点精神来：“况且你以后要是不打算学英语专业，这个竞赛成绩也没那么重要。南嘉大学而已，对别人来说高不可攀，但是以你的成绩，没什么可担心的。”

岑西的注意力稍稍被转移，心情轻松了些许。

然而，这份短暂的轻松只持续了不到半分钟的时间，伴随着刺耳的刹车声，车身不正常地往右猛偏了一下。

周承诀反应很快，整个人迅速往岑西面前一挡，将她牢牢护在他高大的身形之下。

好在只是有惊无险，片刻后，司机打着方向盘将车身稳下来，车子重新回到正轨。

这下耳边才终于响起司机的叫骂声：“都怎么开的车，自己不要命别上路祸害别人啊！”

周承诀这会儿没心思顾别的，松开岑西后，神情严肃，微拧着眉心，上下查看她的情况：“有没有哪里撞到？”

“没有……”且不说只是车身轻微偏移，就说周承诀方才的反应速度，和一瞬间用自己身子挡在她跟前的潜意识，哪怕真发生了什么碰撞，受伤的也只会是他。

岑西是真没事，就是这会儿心跳得很快，她总觉得方才的情况不是意外：“你呢，你怎么样？”

确认她真的没事后，少年才稍稍松了口气，对自己倒是不太在意地答她：“我没事。”

说完，周承诀才抬头朝司机的方向问了句：“师傅，刚刚什么情况？”

“嗐，也不知道从哪儿冒出来的破面包车，看着都快报废了，还能上道，竟然还给放到市区里来。”司机此刻刚刚将火气压下，语气比方才稍好了些，“胆儿还挺大，就开着这么一辆破车，还想别我，还好让我绕开了。”

岑西下意识转过身，透过车窗往后看去，就见那破面包车已经被十字路口的红绿灯甩下一大段距离，无奈地打起转向灯，正准备往另一个方向拐。

车身转过的一瞬间，副驾驶座上的身影一下从岑西眼底划过。

只那么一眼，那种熟悉的、令人憎恶的感觉立刻冲击着岑西的大脑。

是朱邱建，他真的在南嘉。

岑西并不知道他到底是压根没离开过，还是又回来了。

她只知道，方才那场小小的事故一定不是意外。

四十多分钟后，车子终于到了烤鱼店门口。

岑西没做过多停留，只和周承诀说了句“走了”，便立刻下车，头也不回地上了小天台。

周承诀的目光一直没离开过她，一直看着她的身影消失在楼梯尽头也没回过身瞧他一眼，自嘲地扯了下嘴角，而后便让司机把车开往望江。

没一会儿，周承诀的手机上收到了岑西发来的微信消息。

一看见消息是她发的，他就已经控制不住微勾了勾唇。

没料想一点进去却是他不想看的。

橙c：接下来这段时间，你还是别来找我了，放学也和之前一样，分开走吧。

zcj：？

橙c：刚刚回来的路上看见老姚了，不知道他有没有注意到我们。

zcj：我们是正经去参加竞赛，一块来回很正常。

岑西本就只是找了个借口，也不知道该怎么继续扯，索性直接给他发了句：还是注意一点，行吗？

她这句话一出，周承诀就知道自己又完蛋了，手指像不受控制似的在键盘上打着字，没两秒便给她回了个话：行。

周承诀到底还是不舍得让岑西为难，两人之间的相处模式又这么回到了竞赛前那种一天说不上两句话的状态。

按照惯例，南高历年都是高一下学期进行选科分班，虽说这几年已经是自由选科不分文理，可南高小班划分仍旧有重点偏向，因而最终绝大部分学生还是按照老一套的分类来选。

临近期末，叶娜娜也终于把选科这事拿到台面上来给大家提了提。

"选科单子发下去了，大家回去可以和家长稍微商量一下，然后签个名字，下周一交上来就行。"

叶娜娜对这事并不上心，火箭班的学生，大多数人早已有规划，要么家长有主见，要么自己有主见，基本轮不到班主任操心，况且历年来，排名靠前的几乎无脑选理，到最后整个班几乎没有什么人员流动。

大多数人也果然不出叶娜娜所料，拿到单子毫不犹豫地选完理科便塞到书包里，完全不需要思考时间。

周承诀这周终于换回到了岑西身边的座位，填完选科，他偏头往她那儿扫了眼："不填？"

"哦。"岑西从还没写完的数学题上分出点注意力来，问他，"你选什么？"

"理啊。"周承诀答得理所当然。

岑西没多想，也选了理科。

其实这么久以来，她忙于在当下苟活，已经耗尽心力，压根没有太多闲心去细想未来。

她没想过以后要做什么，对自己似乎也没有一个清晰的规划。

选文选理好像都差不多，既然大多数好朋友都选理，那她这么选，至少不会和大家分开。

傍晚放学的时候，周承诀收好书包，下意识等在岑西身侧。

她看他一眼，说："你先走吧。"

"老姚最近不抓这个了。"周承诀还想争取一下。

哪想到岑西一个字没多说，只抿着唇抬眸看了看他，没吭声。

周承诀无奈地轻扯了下嘴角，而后叹了口气，似是想起什么，从书包里掏出条围巾来，不太温柔地往她白净的脖颈上缠。直到将女孩的小脸都遮去大半，他才伸手掐了掐她脸蛋："行吧，你自己回，别太晚了。"

说罢，他将黑色书包往身上随意一挎，先行出了教室。

岑西在班里继续写完剩下那半份卷子，才收拾书包离开学校。

没想到刚回到小天台，便看见周承诀点了几份吃的，坐在了小天台长桌那个他常坐的位置上。

岑西的脚步停在楼梯口，周承诀闻声看过去，瞧见她那副表情，自行先开了口："我就是来吃个晚饭，不能连晚饭都不让吃吧？"

岑西摇摇头，她没这个意思，况且他本来就是店里的VIP，那张桌子原本也是因为他充钱了，专门给他准备的，他坐在那儿吃晚饭是理所当然的事。

似是为了让她安心，少年特意提了句："我来的时候没碰上老姚，放心吧。"

"嗯。"

岑西答完，放下书包，没像往常那般坐到他面前一块吃，而是立刻转身下楼，替小姨送外卖去了。

一顿晚饭，周承诀吃得冷冷清清。

小天台是露天的，他孤零零一个人坐着，寒风吹过来冷，心里也冷。

待岑西回来的时候，周承诀已经吃完东西，收拾干净桌面离开了。

然而，他人是离开了，小天台上多了个帐篷。

帐篷将那长桌严严实实包裹起来，岑西踏入其中，周身的寒凉立刻被全数遮挡。桌上放了几盒没动过的外卖，还摆了盆生机勃勃的浅色绣球花。

没一会儿，微信上收到周承诀的消息，就三个字：记得吃。

岑西回了个"好"，聊天框上方立刻出现了"对方正在输入"的字样。

周承诀许是不知道该说点什么，输入了半天，也没见他发过来什么东西。

许久后，桌上的手机才响起。

zcj：你那边很冷，来望江吗？

岑西很快回了个"不了"。

周承诀似是知道她会这么回，也没再劝，又给她发了条：那我过来一趟。

岑西马上回他：你别过来了。

周承诀仍旧回得很快：晚了。

消息发过来的一瞬间，少年的身影就出现在帐篷前，岑西仰头看向来人，就见他没什么表情地拉开自己外套的拉链，从里头掏出两个充好电的热水袋，语气带着点脾气，动作却十分体贴："给你送热水袋的，就这么不想让我来？没想多待，送完就走。"

他边说，边将其中一个往她手心里塞，而后给她指了指另一个："这个自己拿去放被窝里，一会儿睡觉多少能暖和点。"

说完，他没多停留，留下句"走了"，便立刻转身离开。

"周……"一个字脱口而出后，岑西立刻又咽了回去。小姑娘攥着手机，温热的眼泪控制不住砸在屏幕上。

约莫过了十来分钟，严序给岑西发来了消息。

简直不敢相信我这么帅：阿诀去找你了吗？

橙c：来过，又走了。

简直不敢相信我这么帅：你们没待在一块啊？

橙c：怎么了？

简直不敢相信我这么帅：也没什么，他队友那事，你应该多少知道点吧？前两年出的事，就是今天这个日子，这两年他一到这天情绪就不太对，可能不想你操心，就没和你提。你要是能联系得上他，就和他说说话吧。

没一会儿，周承诀也发来了消息。

zcj：我到家了，和你说一声。

zcj：不关心是吧？老姚又没在你手机里装监控。

zcj：这么冷淡啊。

岑西攥着手机，正打算回，就听见楼下烤鱼店传来一阵桌椅砸向地面发出的碎裂声响。

紧接着便是男人的辱骂和女人的尖叫。

这种打骂声于岑西而言太过熟悉，她条件反射般地抖了一下，心脏开始不受控制地剧烈跳动。

砸东西的声音还在继续，小姨夫口无遮拦的辱骂响彻在深夜，小姨哀求的抽泣声萦绕在耳畔，期间还夹杂着妹妹吓坏的哭腔，岑西攥起手机猛地冲下楼。

店内一片狼藉，无能的男人用拳头一下接一下砸在瘦弱女人的身上。

岑西几乎是想都没想便冲到店里，扑到小姨身前。然而那餐椅从高处往下砸落的一瞬间，已然满身伤痕的女人却猛地用尽力气，回身将岑西死死护在自己身下，生生将餐椅砸过来的力量挨下。

女人话音沙哑，显然没了多少力气："橙子，把妹妹带走，快点，别在这儿待着，也别让妹妹看，快。"

"可——"

"快！"

岑西来不及多想，起身抱起哭得上气不接下气的妹妹，捂住她的眼睛和耳朵，逃也般地将人带离店内。

身后不断传来女人的惨叫，岑西没有跑远，一边安抚着仍在抽泣的妹妹，一边强逼自己镇定下来，掏出手机准备报警。

女孩握着手机的手控制不住颤抖，下一秒，周承诀的电话突然打了进来。

岑西想不了那么多，当即接了起来："喂……"

周承诀原本只是想随意找个话题来听听她的声音，没想到电话一接通，还没来得及说话，就听出了不对劲："什么情况？"

没等岑西答，不远处烤鱼店内的嘈杂声已然传到周承诀那头，少年头脑清晰，很快猜出大概，立刻开口安抚她：“你别怕，我马上过来，我来报警，你有多远跑多远。”

周承诀到得比任何人都快，比想象中的还要快。

在烤鱼店附近找到岑西时，他第一反应便是检查她有没有事。

确认她没事后，他立刻冲向店内。

弱者的拳头只敢挥向更弱者，好在周承诀人高马大，又常年锻炼有素，进门不到一会儿便将小姨夫控制起来。

警察也来得很快，后续的一切便全部交由警方处理。

岑西原本想陪着小姨一块去医院，女人却坚持要她先把妹妹带走，别让小孩看到妈妈这个样子。

岑西没了办法，只能听话地抱着妹妹跟着周承诀离开烤鱼店。

夜已经很深了，两个高中生还带着一个四五岁大的小屁孩，也去不了什么别的地方，最后还是只能先回望江。

路上，岑西搂着妹妹，不停地在她背上轻抚着。

好在妹妹年纪着实不大，方才早早被岑西捂住眼睛带离，没有看到多少，很快便忘记恐惧，停止抽泣，安安静静地趴在她肩头。

周承诀跟在岑西身侧，见她瘦瘦小小的个头，还得抱着个吃得挺胖的小丫头，看不过去，索性开口：“要不我来？还有一段路要走，她看着挺沉的。”

他本意是心疼岑西，哪想到一句话惹到小屁孩了。

小孩当即奶声奶气地反驳：“不！沉！”

“不沉？”周承诀将计就计，“不信，我抱起来看看。”

小孩当即冲他伸出手，很快便到了周承诀那边。

等在周承诀的肩头趴好了，小姑娘冷不丁冲岑西提了句：“姐姐，是那个高高的帅哥哥。”

岑西：“什么？”

“没什么。”周承诀接过话茬，一手托着那小鬼，一手将岑西拎到马路内侧，同她换了个位置走。

回望江的路很安静，两人走得不快，岑西似是想到什么，问他：“这种事，是不是报了警也没什么用……”

她其实早就有过经验了，家暴大多归类为家庭内部矛盾，批评教育，顶多再罚点款，到头来还是关起门来算账，今晚过后，情况或许更加不容乐观。

若是不离婚，不会有好结果。

周承诀的沉默也恰恰说明了这一点。

“小姨刚刚还替我挡了椅子……”岑西垂下头，“我害怕到了明天，他放回来了……”

“这个你不用担心。”周承诀说，“接下来一段时间，他没什么机会回来。如果诉讼方面有需要，我可以让干妈帮帮忙。”

岑西道了声谢，不过她对小姨很了解，不到万不得已，小姨不会选择走到那一步。

三人一块到了望江后，岑西先替哭得满脸泪痕的妹妹简单洗把脸，自己再回卧室洗了个澡。

出来的时候，周承诀正懒洋洋地坐在沙发里。

妹妹拿着儿童电话手表给小“过来”拍照，拍完照后，顺便向周承诀炫耀：“这是姐姐给我买的。”

姐姐指的是岑西。

小姨对她的好她心里知道，大人不收她的钱，她只能尽自己所能对妹妹好点。小时候自己没有的东西，她若是能负担得起，便都会给妹妹。

电话手表是岑西拿到电视台发来的第一笔稿费时买的。

周承诀一听是岑西买的，倒是有了点兴趣，随口夸了句：“姐姐这么厉害啊？那你以后要好好爱姐姐。”

听得岑西脸颊一阵发热。

妹妹哪听得懂到底在夸谁，听完便更得意了，立刻人小鬼大地给他介绍：“还可以打电话哦，哥哥你有手机吗？你可以给我打电话。”

“我给你打电话干吗？”周承诀不常把自己的号码给出去，即便是对小孩，也一视同仁。

妹妹十分上道地说：“帮哥哥找姐姐。”

周承诀被说服了，当即笑着掏出手机：“行，打一个。”

岑西：“……”

时间已经很晚了，岑西没让妹妹再玩，抱着她回房间哄睡。

小孩本就睡得早，今晚又哭过，困意来得很快，没一会儿便趴在岑西身侧闭上了眼。

岑西安安静静地再陪了一会儿，期间，脑子里不断闪过严序不久前发来的消息。

见妹妹差不多睡熟后，她轻手轻脚地下床，出了卧室。

客厅里空空荡荡，只留了一盏灯，没有周承诀的身影。

岑西最后是在书房里找到他的。

他似乎没有要睡的意思，正站在书架前，盯着一张四人合影看。

岑西不知道这种情况下，自己出现在这里到底合不合适，犹豫着要不要进门时，周承诀先发现了她。

“还不睡？”

他似乎没有表现出抗拒的意思，岑西索性进了书房。

周承诀将目光从照片上挪开，岑西轻声开口："是你的队友们吗？"

"嗯。"周承诀随手拉了把软椅过来给她坐，"以前我们四个人一块训练，特充实，特有意思，现在四个人只剩三个了，一个走了，还有一个在病床上躺两年了，不知道什么时候才能醒过来。"

"是……发生了什么事吗？"

"离岸流。"周承诀表情沉沉的，"都是在泳池里争分夺秒的人，最后却被海浪吞没。

"我那时候要是动作再快一点就好了，最后只救上来两个，一个还因为缺氧久了，到现在都没法清醒，那个女人就是他的母亲。

"后来我们看见水就害怕，一个离开南嘉去了没有海的地方、一个躺在病床上、一个……已经去天上了。"

"你已经很厉害了。"岑西斟酌着语言安慰他，"我以前在书上看过这样一句话。

"人生就是，还在地上的人，一个一个往天上送，而先到了上面的人，就一个一个在天上接，兜了一个圈，终究会再相见的。"

"文绉绉的。"周承诀轻笑了下，"你大晚上的不睡觉，来给我上课了？还是说，想和我一块——"

"周承诀！"

"这么凶干吗？我是问你是不是想和我一块写一会儿题？"

岑西："……"

这天晚上，两人当真谁都没睡。

周承诀站在书架前，看了一夜的照片。

而岑西则是安安静静地窝在书房的小沙发上，默不作声地陪伴着。

期间，她脑子里不断回想小姨夫和她父亲的行径，掏出手机来找到汪月的微信，想问对方一点问题，又想到这么出名的大律师咨询费用一定很贵，她负担不起，也不能平白让对方给自己免费解答，最后只能自行上网搜索。

搜了一会儿，搜出了几本法学方面的书籍，正好周承诀的书架上有，她便挑了一本出来看，越看越精神。

第二天岑西带着妹妹回到烤鱼店时，小姨也已经从医院回来了。

昨晚周承诀和警察都来得很快，小姨没受太严重的伤，只需要稍微处理一下皮外伤口。

而正如昨晚周承诀说的那般，小姨夫虽也很快被放了出来，却没有什么空闲在家里待着。

"他有一单大货要拉，跑长途，怎么说也要到过年才能回来了。"小姨也松了口气，"到时候这事就过去了。"

岑西点点头，隐约觉得那单货的货主名有些熟悉，好像……是周承诀那个开私立医院和药品公司的干爸。

难怪周承诀昨晚这么肯定小姨夫不会有时间在店里待着了，想来应该是他帮了忙。

岑西回过神，又问："小姨夫他……为什么会突然动手？"

"他也不是第一次了。"小姨表情略显麻木，又说，"你爸回来了，你小姨夫知道了咱们之前给他钱的事。"

小姨虽然用的是"咱们"，可岑西知道，小姨肯定没说这钱是她拿的，否则小姨夫不会对小姨动手，而是直接上小天台把她攒的钱全抢了。

岑西点了个头，没多说什么，这两个人之间向来如此，所有的事全部点到为止。

3

周一，叶娜娜让各组组长收完分科表，上交之后没一会儿，岑西就被老姚和校长单独叫到办公室做思想工作去了。

原因无他，岑西以年级第一名的成绩，选报了文科。

要知道在南高，理科生才是重点培养目标，文科班甚至都没有单独划分出一个火箭班。

而岑西这种明显用来冲击高考状元的种子选手，在这样的环境下，冷不丁选了文科，必然引起校方的重视。

班里不少八卦的人，对岑西被单独叫走这事十分好奇，一个个追出去，扒在校长室外偷听。而后又赶在岑西回来之前先行回到班级，添油加醋大肆吹嘘了一番。

"咱们西姐选了文科这事，大家都听说了吧？"毛林浩拍着手，跟个说书似的站在讲台上。

严序当即偏头扫了周承诀一眼，见他神色如常，问："这事你知道吗？"

"不知道。"周承诀平静地答。

"那这你都能忍？好歹商量一下？"严序大概是从小到大管李佳舒管习惯了，下意识认为这种事应该要互相商量，他和李佳舒两人就选科这事，也开过小会。

"她一定有自己的规划和理由，这是她的自由，尊重和支持就好了。"周承诀并不觉得这是什么大事。

"那你俩得异地了。"严序笑得幸灾乐祸，"文科班和咱火箭班差了两层楼啊。"

"两层楼而已，"周承诀说，"我又不是没长腿。"

讲台上，毛林浩继续说书："校长和老姚一个劲劝啊，选理科，冲状元，到底为什么突然选文科啊？

“结果西姐愣是没打算说真正的原因，就一句话，直接把老姚和校长干服了。”

江乔受不了毛林浩这种大喘气停顿，立刻捧哏：“什么话啊？”

“咱西姐说，我如果选理科，南高大概率只会有一个高考状元，不是我就是周承诀，我选了文科，文理双料状元可能就都是南高的了。校长和老姚听了都没吱声了。”毛林浩激动了好半天，“不愧是我西姐！”

周承诀扯了扯嘴角。

班里正闹腾的时候，岑西回来了，她没懂大家在闹腾什么，淡定地走回自己座位上。

一旁的周承诀随口问了句：“为什么想读文科？”

岑西舔了下唇，没和老姚他们说的实话倒是和周承诀说了：“想学法。”

简简单单三个字，周承诀秒懂。

岑西有自己的心气，或许有一天，她能亲手将那群畜生绳之以法。

按照南高的老惯例，临近期末考的最后两周，各个班的课程表统一变更为总复习模式，取消所有副科，一天从早到晚就那么几个考试科目轮着上。

李佳舒不喜欢这种了无生趣的生活，成天在微信群里嚷嚷着要约着出去玩一玩，放松放松。

然而，小群里全是学霸中的学霸，平时或许还没那么紧绷，可到了该卷的时候，没一个人含糊松懈，没人理她。

好不容易熬到周末，李佳舒退而求其次，约着周末大家一块写写题，写完中午一起吃个饭总行吧，再卷，吃饭的时间也该有，总之她不想再一个人待在她爸妈眼皮子底下，怎么说都要出来喘口气。

严序、江乔他们总算答应了，不过岑西仍旧婉拒，她倒不是想躲起来偷偷卷，只是这阵子小姨夫刚出去跑长途，店里一时半会儿缺个人手，年关将近，临时雇也找不到人，她不上学的时候得多抽出点时间来帮帮忙。

结果没想到第二天一早，她才刚洗漱完准备下楼，就听见楼下传来一阵熟悉的谈笑声。

岑西从小天台的矮墙边探出脑袋，就见李佳舒、江乔、严序、毛林浩他们全来了，一人分了条围裙围上，挨个从小姨那儿要了点碎活干。几个人也没等岑西出现，就有模有样地在店里进进出出、忙忙碌碌起来。

这会儿不过六点出头，岑西也才刚起床没多久，脑子都还没完全清醒，双手扒在矮墙边，着实被眼前这场景弄蒙了。

下一秒，有人在她耳边打了个响指，岑西回过神，下意识转身的一瞬间，直直撞上周承诀结实的胸膛。

少年就站在她身后，微俯下身凑在她边上，被撞得漫不经心地偏了下头，而后闷闷地笑出声来，最后索性直接上手将她后脑勺往自己跟前一扣，大手在她睡得有些乱糟糟的头顶上轻轻揉了两下，片刻后才松开。

他没和其他几个一样，立刻加入到帮忙的队列当中，而是偷了个闲，先上来看看她。

岑西的脸颊被他磁沉的低笑弄得有些发烫："你们怎么全来了？"

"李佳舒、江乔他们说，好不容易约一趟，怎么能少了你。"周承诀动作自然地替她将外套拉链拉到顶，"干脆把聚的地方定在你店里得了，不是正好缺人手？"

"他们……能行吗？"一群少爷小姐，在家里都是娇生惯养长大的，饭来张口，衣来伸手，估计连菜都没洗过，岑西多少有些担心。

倒不是担心他们帮不上忙，而是怕店里的活大多又脏又累，他们应付不过来，万一再伤到哪里就不好了。

"放心吧，你小姨有分寸，只分了点简单的事给他们闹着玩。"周承诀说，"他们只是平时做得少，又不是完全什么生活技能都没有的傻子，将来都是要出社会的，端个盘子送个餐委屈不了人。"

说完，他又看了眼岑西此刻的模样，双眼还蒙眬，头发也不像平日里在学校那般齐整，看起来又傻又乖，怪可爱的。稍微凑近些，还能闻见她刚刚洗漱过后的清爽味道，他问了句："刚醒啊？"

岑西点点头。

"那再清醒一下，一会儿给你弄点早餐上来，吃完再说。"周承诀说完，不紧不慢地转身下楼，"你的那份活我替你干了，别着急下来。"

李佳舒他们虽没什么干活的经验，但胜在人多，又没有笨手笨脚的，几个人开开心心一通忙活下来，倒还真减轻了店里不少负担。

周末的小吃店，白天也就早餐那阵稍微忙些，忙完一阵闲下来后，小姨给几个孩子上了一桌子热腾腾的餐点，当作犒劳大家的，不需要他们掏钱。

打从小姨夫离店，小姨能更多地自己当家做主后，在这些事情上便明显大方了许多。岑西在店里没再挨过一回饿，不用周承诀操心，顿顿都有热菜热饭吃。

不过毕竟是小本生意，周承诀肯定不可能带着一群人来白吃白喝，让人家吃亏，面上没多说什么，背地里悄悄在收银台上压了三百块现金。

几个人热热闹闹、嘻嘻哈哈吃完早餐时，店里客人基本也散得差不多了，里里外外几张大圆桌都空着，李佳舒他们便毫不客气地霸占了一桌，一个个从书包里掏出期末复习卷子来写。

毛林浩昨晚偷偷地提前把卷子刷完了，这会儿被大家逮个正着，差点被弄到边上罚站，最后只能掏出周承诀做的那个程序来刷点英语题。

经由岑西英语满分、总分第一一战成名之后，周承诀那个刷题程序迅速在南高乃至整个南嘉初高中生间风靡，推广效果比买热搜还厉害。

如今刷题排行榜上的竞争比先前大得多，时时刻刻都在变动，稍有松懈便会立刻被刷下去。

毛林浩天生就喜欢卷，这种实时变动的排名更是让他欲罢不能，此刻一点进去，便先扫了眼排行榜，而后忍不住发出感叹："蒋意殊又排第一了！我昨晚刚熬了个通宵刷上去！"

李佳舒一个纸团砸过去："你昨晚不仅偷偷写卷子，还偷偷刷题！"

简直人神共愤！

毛林浩心虚地"嘿嘿"两声，缩起脖子继续刷题。

不过，听到他这么说，岑西忙掏出手机扫了眼微信，果不其然，蒋意殊又给她发来了督促的消息。

这姑娘挺有意思的，她曾和岑西说过，自己很想赢，太想赢，对第一名很有执念。

从她在刷题软件上的执着也能看出，她说的是真的。

打从岑西将软件推荐给她之后，她便每天坚持不懈地刷，一直到今天为止，没停过。

刚开始用户还不多，基本只有岑西和蒋意殊两个人在榜一榜二打得有来有回，后来涌入的同学多了，竞争激烈了些，岑西偶尔把时间花在其他科目上，没抽出空去软件上刷题，排名掉出前二后，便会立刻收到蒋意殊的督促。

她平时在班里还是不常主动和岑西说话，微信上也很少闲聊，唯有给岑西喂题这件事，自从开始后，就没再停过，每天不定时的英语相关分享雷打不动，除此之外便是监督她的刷题排名。

明明自己很想拿第一，很想赢，可对岑西这个十分有竞争力的对手从不藏着掖着。

最有意思的是，前一阵，周承诀将家园经营小游戏和这个刷题小程序关联到了一起后，岑西每次掉出前二，蒋意殊便会带着自己在游戏里养的小狗来她的小花园里拉屉屉泄愤，且拉在门前正中央的位置，排名掉几位，就拉几坨。

岑西每回被她催完，便立刻灰溜溜上线，先把屉屉铲了，再迅速去刷题，直到把名次刷回前二，蒋意殊才会罢休。

时间一久，岑西对英语这个科目竟然也有了种胸有成竹无所畏惧的感觉。

两周时间很快过去，期末考的排名和上回考试没有太大变动，岑西仍旧第一，英语仍旧满分，周承诀的语文仍旧咬在一百分以上，仍旧心满意足地被岑西压在下面。

领完成绩单和寒假作业，大家彻底解放，李佳舒兴奋地在班里问：“你们寒假打算怎么过？”

毛林浩说准备在家每天刷十份卷子，遭到了全体同学的唾弃。

小富婆江乔说：“我们全家去马尔代夫过，南嘉冬天冷，出去过个冬。”

严序对出远门没什么太大兴趣：“躺平，把排位打上去。”

李佳舒说：“那我去你家看漫画，我在自己家看，我妈又要说我。”

“随你。”严序打游戏的手一顿，拧眉，“你不会又要看那种没穿衣服的男的吧？”

“对啊。”李佳舒十分坦然。

“别来。”严序白了她一眼，“迟早把眼睛看瞎。”

李佳舒根本不搭理他，看向岑西：“西，你呢？要不要来我家串门？我囤了好多年货打算过年开吃。”

大过年的，别人家一家子团聚其乐融融，她哪好意思去打扰。岑西笑了笑，摇摇头说：“我去不了，我得回老家过年。”

“嘉林吗？”

“嗯……”

“那是有点远。”李佳舒说，“没事，过完年就回来了吧？到时候一块来玩，反正江乔他们也得过完年才回南嘉。”

周承诀收书包收到一半，动作顿住，偏头看向岑西，低声问：“你过年去嘉林？嘉林哪儿？”

“就，一个小村，很小的，导航都搜不到。”她没细说。

“什么时候去？”周承诀问完一句，又继续问，“什么时候回？”

“不好说，还没想好。”岑西其实并没有回去的打算，那里没人欢迎她，她根本没有所谓的家，“再说吧，估计是等到小姨休店。”

4

寒假期间，各家陆续团圆相聚，点烤鱼的人明显多了起来，岑西每天忙着到各处送外卖。要不是周承诀隔三岔五掐点来小天台上闲逛，她都很少有时间能和他碰上一面。

就这么一直忙到大年三十晚上，岑西终于送完了店里最后一份外卖，小姨也关掉门面，跟着小姨夫和婆婆回了男方那边的老家过年。

岑西不可能跟着去，只能一个人留在南嘉的小天台。

她白天在外面送了一整天外卖，此刻多少有些风尘仆仆。好歹是过年，虽说没有新年衣服，但总是要穿得干净点的，正打算回小隔间换身衣服，没料想到了门前才发现，老太太临走前还特意上了把平时没见过的锁。

也不知道是防贼还是防她。

好在岑西对开锁挺熟练，倒不至于就这么被关在门外，只可惜她从前经常被关，为了随时能开锁，有随身携带针线包的习惯，然而来了南嘉之后，再没遇上被关的情况，久而久之也不常将针线包带在身边，此刻衣兜里除了手机什么都没有，一时找不到工具，只能先在小帐篷里待着。

她正准备去附近没有休店的便利店买桶泡面，顺便问问有没有针线卖，不过还没起身，周承诀的视频电话便打了过来。

岑西心下一紧，当即将视频挂断，转而拨了个没有画面的语音电话过去。

那头很快将语音接了起来，少年带着点懒的磁沉嗓音从听筒中传来："不能视频？"

"我、我们村这边网络不是很好，视频可能会很卡……"

她怕他知道自己一个人留在南嘉过年，会让她一块去他家过，她不想大过年的，莫名其妙去破坏别人家团圆的气氛，于是便扯谎同他说，自己早上已经出发去了嘉林，此刻自然不能开视频，否则以他对小天台每一个角落的熟悉程度，仅一眼便会被他看穿。

周承诀一大早被接回了陆景苑，也不知晓她其实一直送外卖送到了刚才。

"在干吗？"周承诀问。

"嗯……马上要吃年夜饭了……"岑西算了算时间，胡诌道。

周承诀没质疑她，只继续问："你们年夜饭吃的什么？"

岑西这会儿已经买完泡面回来了，毕竟是年夜饭，她还难得大方地给自己加了两根香肠。女孩垂眸瞧了眼桌上的东西，继续按照想象中的菜单给他报。

一连报了一串菜名，周承诀一声不吭，岑西报到后面都有些心虚了，话音减弱，心想难道年夜饭不是这些吗？她其实没吃过年夜饭，确实不太了解。

想想，她又心虚地找补了一句："可能……各地的风俗习惯有差异，我们这边和你们那边吃的不太一样……"

"嗯，确实不太一样。"少年熟悉的嗓音忽然在小帐篷外响起，"别的地方我不太清楚，反正我们这边的风俗习惯，大过年的，不吃泡面。"

岑西猛然抬眸，正好撞入周承诀深邃的眼眸。

"走，跟我回家过年。"周承诀不由分说，拉起她的手腕便想把人带走。

岑西稍稍使了点劲，将手抽回来："不用了，泡面都泡好了，不吃很浪费。你回去吧，别耽误过年。"

"你让我把你一个人扔这儿？怎么想的？"周承诀索性在她面前坐下，直接将她那桶泡面拖到自己面前，而后拿起叉子吃了起来，边吃边将自己手机推到她面前，"你看看吧。"

手机上是他和江澜衣的微信聊天框。

妈：你马上去给我把西西带回来过年，带不回来，打断你的腿！

zcj：遵命。

zcj：她不肯跟我回。

妈：那你也别回来了，这点小事都办不了。

周承诀："看完了？你不跟我回去，我的腿都保不住。"

岑西："……"

岑西觉得这事有点蹊跷，下意识将聊天记录往上滑了滑。周承诀见状，连手上的叉子都来不及放下，当即要将手机拿回去，不过还是晚了一步。

而后就见聊天页面上多出了几行对话。

妈：你把西西接过来和我们一起过年。

zcj：妈您可以说得再凶点，不然不好使。

妈：行，那我再想想。

妈：那我就说，你接不回来，直接打断你的腿行吗？

这已经是江澜衣这知性了大半辈子的女士能想出来的，比较凶的话了。

周承诀也没再为难他妈，回了句：行。

妈：好的，那我们重新来一遍。

随后下面的便是岑西方才第一眼看到的内容。

周承诀不自在地捏了捏后颈，别开眼神，清了清嗓："花絮就别看了。"

岑西忍不住低低笑出声来。

"我家没别人，就我和我爸妈，你都见过好多回了，他们也都很喜欢你，光我后面这两回考试被你拉到一百分的语文成绩，就够他俩给你烧香上贡的了。"周承诀说。

岑西："……"

"晚一点严序、李佳舒他俩应该会过来串个门，到时候还能一块守岁开年，今晚都住我那儿。"周承诀半哄半诱，"走吧？泡面我都替你吃完了，没浪费。"

都到这个份上了，岑西再拒绝就有些不知好歹了，当即点头应下了。

比起往常的车水马龙，大年三十的南嘉显得尤为冷清，大多数人都返乡过年了，这会儿车道上放眼望去空空如也，全程畅通无阻。

车子刚在陆景苑门口停下，小"过来"像是预感到什么似的，从花园里拔腿奔了过来，摇着毛茸茸的小尾巴，双脚离地扒在车后座，猴急猴急地试图往车内看。

然而它个子太矮，根本看不见，急得团团转。

待岑西小心翼翼地开门下了车，小家伙一下扑到她怀里蹭个不停。

周承诀在一旁十分嫌弃地"啧"了声。

很快，江澜衣也从大厅内迎了出来，女人穿着一身温婉旗袍，披了条毛茸茸的坎肩，十分美丽动人。

岑西身上还穿着南高冬季校服外套，看起来还没江澜衣这种露胳膊露腿的款式保暖。女人二话没说直接将坎肩拿下来往她身上一裹，等将人带到玄关处后，拎出一个精致的包装袋塞到她手里："年夜饭还没好噢。咱们家吃得比较晚，你和阿诀两人正好上楼先洗个新年澡，换上过年衣服，换好下来差不多就能吃了。"

岑西没敢伸手接，回头求助般瞧了眼周承诀，哪料想后者不仅不替她拒绝，还抬了抬眉梢，让她去换上看看。

那袋子的精致程度一看就不便宜，她来蹭年夜饭已经很不好意思了，连吃带拿的事更做不出："阿姨，不用了，我去给你们帮个忙吧，我厨艺还可以的。"

"小孩下什么厨，你们等着吃就行了，让阿诀带你上楼。"江澜衣想了想，又说，"算了，我陪你先去试试，看看尺寸合不合身。"

江澜衣没管她的拒绝，很快将小姑娘带到自己的衣帽间，还体贴地替她脱下校服，再细心地教她一件件往身上搭。

这些事情从没有人教她做过，她不知道年夜饭吃的都是什么菜色，也没体验过过年穿新衣服的滋味，此刻眼眶忍不住发热。

此刻衣帽间内仅有两人，江澜衣想起岑西方才的反应，温柔地对她笑了笑，轻抚了两下她柔软的黑发，说："也不知道阿诀和你提过没有，阿姨小的时候，家里条件也不好，吃不饱穿不暖都是常事。人生中第一次穿新年衣服，也是在好朋友家，她的妈妈给我买的。"

江澜衣回忆起过往，忍不住觉得好笑："阿姨小时候可比你脸皮厚多了，别人给什么我都欣然接受。当时学费、生活费都是她家资助的，那时候我的想法就是，不论给我多少，只要我把握好机会，好好努力，以后肯定会有所成就，到时候多少都能还回去，不用着急拒绝，后来也果然如此。再后来，那个朋友成了阿诀的干妈，我们两家连房子都买在对门，她就住对面。"

"阿姨小时候被人帮助过，当初知道你的情况，就觉得也应该把人生的希望继续传递下去，一开始我单纯就是这么想的。"江澜衣仔细地替她将扣子一颗颗扣上，"后来是真觉得你这个小姑娘很招人喜欢呀，所以不要害怕接受，不要着急拒绝，和阿姨学着脸皮厚一些。"

岑西弯唇笑了下。

"看看，大小合适吗？"江澜衣问，"会不会不舒服？"

"不会，正正好。"岑西答。

"真好。"江澜衣也十分满意地打量了许久，"比周承诀好看多了。"

在外头等了老半天的周承诀："……"

晚上吃过年夜饭，周承诀爸妈各自给两个孩子准备了两个大红包。岑西最开始习惯性想拒绝，等到接收到江澜衣的眼神，想起她在衣帽间同自己耐心说的那么一长串话后，最后还是收下了。

她第一次收到压岁钱，还一口气收了五个红包。

周承诀爸妈一人给了一个，周承诀又把自己的两个塞她兜里，另外还有一个，是他专门包给她的。

寒假的时光匆匆过去，转眼又到了开学的日子。

岑西在进校门的时候和李佳舒碰上了，后者飞奔过来将人抱住，嘴里一个劲喊着“光阴似箭，好久不见”。两人习惯性手挽手朝教学楼走，等到了文科班楼层时才意识到，新的一年，一些好朋友似乎面临着分别。

周承诀拎着岑西的书包跟在两人身后，无语地看着李佳舒难舍难分一把鼻涕一把眼泪抱着岑西哭得稀里哗啦。

这场哭戏实在太久，最后是被周承诀无情打断的。

他示意严序将李佳舒拖走，而后继续拎着岑西的书包，陪着她一块去往文科班。

到了班级，他不紧不慢地倚靠在门边上，待岑西找好座位后，再光明正大地走上前，随手将她的书包放桌上，留下一句“中午食堂见”后，才若无其事回了火箭班。

文科班里几乎都是新同学生面孔，不过岑西不认识大家，大多数人可都知晓她。

两次考试力压周承诀登上第一名，再潇洒地选了文科，在年级里想不出名都难。

只是没想到，第一名与第二名居然相处得如此融洽。

这姑娘到底是何方神圣，竟能让周承诀这样的人心甘情愿跟在身后拎书包。

岑西和周承诀这帮人在一块待久了，早已习惯大家这种好奇的注视，淡定自若地往班内扫了眼，没几个熟脸。

不过令人意外的是，蒋意殊居然也在这个班，她理科成绩挺不错的，记得她之前还提过，父母希望她选理，岑西没想到会在文科班见到她。

两人成了同桌。

不过即便曾经都同属火箭班，如今又成了同桌，蒋意殊却仍旧只安安静静地坐在自己的位置上专心刷题，没有同她有过多热络的交流。

同样也没变的是，每天雷打不动给她喂题，催她刷排行，带着狗去她小花园里拉屉屉。

原以为分了文理班之后，和从前交好的几个朋友关系多少也会淡些，毕竟接触的时间肯定不如先前多。

不过，没想到李佳舒、江乔这两人时不时便跑下来串门，岑西偶尔也会回去。

最离谱的还得数周承诀，自打分班后便开始嫌楼上的开水不好喝，楼上的卫生间不好上，不论是接热水还是上洗手间，都得大老远往楼下走。

因此他经常在楼梯口或者岑西的班级门口，与她偶遇。

后来他甚至开始嫌火箭班的自习课写起题来没感觉，每天傍晚放了学，便会直接带着卷子来到文科班。

蒋意殊一见他来，立刻收拾书包走人，把自己的位置空出来。

周承诀就顺理成章、光明正大地坐到岑西边上，两人默契地写完一套卷子，再一块回家。

5

如果日子能一直像这样平淡无波地走下去就好了。

可人生似乎总是处处充满着事与愿违。

五月中旬，小姨夫终于跑完了最后一单长途货，重新回到店里干活。

周承诀知道这个事，和岑西提了南高学生宿舍更改了收费标准的事，说是有大笔捐款进账，补助了学生宿舍，如今收费很低，她如果愿意，可以去申请。

岑西觉得值得考虑，思索再三后，找老姚提交了申请。

不过，宿舍一般都在开学初进行统一安排，她临时申请，可能稍微需要一点时间安排。

岑西表示理解，也愿意等待。

然而，还未等来申请宿舍审批通过的好消息，便先等来了朱邱建的债主。

临近过年那会儿，朱邱建回了南嘉，在岑西身边悄悄跟了一阵后，不知怎的，又突然消失了几个月，等到再回来时，已经债台高筑。听小姨说，他被追债的剁了半只手掌，如今被追债的人追得满南嘉乱窜。

岑西的不安便是从此刻开始的。

那种被人悄悄跟踪的感觉再次涌上她心头，然而这一次显然比年前那会儿还要恐怖。

电动车几次被剐蹭，就连搭乘的公交车都几次被别停。

大抵是追债那边派来的人，每回都是不同的人，每回也都只是当作意外处理。

她不知道朱邱建到底欠了多少债款，以至于对方追得如此疯狂。

意外再次发生的那天，她和周承诀、李佳舒三人奉江女士之命回陆景苑一块吃个饭。

路上，李佳舒为了不当电灯泡，主动坐上副驾驶座，岑西和周承诀两人一块坐在后座，三人正聊着分班以来，两个班日常发生的乐子。

哪料想不远处，一辆货车飞驰而来，司机为了车子不与货车相撞，紧急猛打方向盘，瞬间撞上路旁一棵壮硕的绿榕。

绿叶成片散落在车头，李佳舒前一秒还在尖叫，后一秒便没了声，下意识用身体护着岑西的周承诀，这回没有上一次幸运。

血液从他黑色的碎发间流淌到下颌，一滴一滴落在岑西面前。少年结实有力的右手臂此刻也明显变了形状，整辆车上，唯有被他护在身下小空间里的女孩安然无恙。

警笛声、救护车声很快响在耳畔，几人一同被送往医院。

临上车前，岑西目光从那辆撞向护栏的大货车驾驶座扫过，里头的人她认得，之前她骑着电动车被他剐蹭过一次。

几家长辈全来了，急救室外站满了亲属。

里头不乏岑西认识的叔叔阿姨，可此刻的她，全车唯一一个安然无恙的人，根本不敢开口同他们说上任何一句话。

她一个人小心翼翼地坐在长椅上，不敢出声，不敢哭泣，不敢做出任何表情和反应。

严序不知是从哪里赶过来的，此刻气喘吁吁地从通道口狼狈地跑进来，双眼红得吓人，手都在抖。

岑西抬眸对上他的视线，脱口而出一声“对不起”。

然而，此刻的他没有心思管这个，只问她：“李佳舒呢？”

“在手术室——”岑西话音未落，严序已经从她眼前跑开，朝不远处的人群挤了进去，他看向程启天，“叔，她眼睛到底怎么回事？她以后还能看见吗？”

岑西猛地抬头，无助地朝声音响起的方向看去。

为什么会这样，为什么偏偏唯独她没有事？

她不记得那天到底等了多久，只记得两人被推出来后，一群长辈拥上去，将人护送回病房，全程她没有什么机会再靠近。

后来整个走廊只剩下她一个人安静地坐着，她不知道该去哪儿，能去哪儿，只能这么孤零零地坐在原地。

她甚至不配恐惧，不配哭泣，她一点伤都没有，有什么资格恐惧和哭泣？

再后来的记忆已经不太清晰了，她隐约记得，有人将一袋温热的麦当劳放进她手中，而后坐到了她身旁，话音里没有半点责怪，轻声对她说：“也不知道你们小孩喜欢吃点什么，看你在这儿坐挺久了，应该饿了。附近只有麦当劳，叔叔买了点，你尝尝看，我家小闺女从前挺喜欢的。”

岑西像是终于找到了一件能做的事，拆开纸袋，将东西一点一点麻木机械地往嘴里塞。

身旁坐着的人只无声陪伴着，偶尔将果汁递到她手中。

片刻后，她才壮着胆子，小心翼翼地开口问："叔叔，佳舒的眼睛怎么了？"

"和这场事故没太大关系，其实之前应该有几次迹象了，不过她没重视，据她说，有好几次眼睛模糊看不清，以为只是视力疲劳。"程启天说，"其实是她有回看演唱会的时候，不小心磕到后脑勺，在病床上躺了大半个月，里头有瘀血没清理干净，影响了视力。这次碰撞，只是恰好发现了问题。

"手术挺成功的，血块清除了，她眼睛不会有什么大问题，你别担心。"

小姑娘双眼红红的，终于敢掉那么一颗眼泪出来："那，周承诀呢……"

"他比佳舒伤势轻点，头上有点皮外伤，轻微脑震荡，右手折了，得打几个月石膏，其他没什么事，麻醉过了就会醒。"

岑西张着嘴，努力呼吸着空气，想哭却还是不敢发出任何声音。

半晌后，她才自言自语道："为什么我没有事？我瞎了废了都没关系。"

反正她这条命本来就是捡的，或许十多年前她被扔掉的时候就该死，如果当初直接死了，周承诀和李佳舒也不用受这些罪。

"怎么这么想呢？"程启天给她递了两张纸巾，"阿诀把你安然无恙护下来了，你没事就是对他最好的表扬。我们都应该替他开心，也替你开心，不是吗？"

岑西没有吭声，她实在没法这么去想。

接下来的一段时间，两人的病房始终有不认识的长辈守着，岑西试图去看过多次，却始终不知道该怎么开口。

最后还是周承诀脑袋没那么晕，稍稍恢复清醒后，才艰难地用扎着滞留针的左手给她拨了个视频。

视频接通的一瞬间，他开口的第一句仍旧是问她有没有事。

岑西说了没事。

他立刻朝她举了举自己被裹成粽子，不太美观但看起来能动能挥，好像没什么大碍的右手臂："那我都这样了，你不来看我？还有没有良心啊？"

他一边卖着惨，一边瞒着她自己其实因为脑震荡，已经连续吐了好多天的事。

岑西眼眶控制不住地红了红，周承诀当即止住了笑意："怎么哭了，谁欺负你了？"

"没有……你这个手……包得太丑了……"岑西一边掉眼泪，一边试图转移话题。

这点默契周承诀还是有的，闻言，他也没为难她，顺着她的话接下去："这还丑？最新款包扎方式，时尚潮流尖端，你懂不懂欣赏？你该不会觉得严序那个腿，包得有我这个好看吧？"

岑西又是哭又是笑："你的好看。"

周承诀冷哼一声，趁机说：“不信，你都不愿意来看。”

“什么时候来看我一回？”周承诀对着视频说，“我没法去学校的这几天，也希望你可以注意一点。”

岑西哭得蒙蒙的：“什么？”

“别我几天没去你们文科班，有男生蠢蠢欲动找你，你就开开心心和人家加微信。”周承诀勾了下唇说，“加微信很费电的知不知道？”

岑西吸了吸鼻子，笑瞪他一眼。

“问你呢，什么时候来看我？再不来我都快出院了。”周承诀又冲她撒起娇。

然而医院那边确实不方便，每天进病房的名额有限，她不可能霸占他那么多长辈进门的机会，她开不了这个口。

“等你出院吧？我去你家看你，医院那边不方便。”岑西说。

“也行，反正过两天我就回家了。”周承诀看得出她的顾虑，他不会让她为难。

周承诀的伤比李佳舒轻些，约莫一周过后办理了出院手续，被直接带回陆景苑休养。

被周承诀磨了好几天，周六上午，岑西终于鼓起勇气搭上了去往陆景苑方向的公交车。

公交车晃晃悠悠到达陆景苑附近时，已经过了上午十点。

此时的南嘉正值艳阳天，和当初她刚来的那个暑假十分相似。

岑西去过陆景苑多次，家里的阿姨也认得她，见她来了，挺开心的，忙替她开了门，直接将人放进去了。

周承诀的卧室在二楼，去往他卧室的路，她已经熟稔于心。

原以为他这种伤患肯定还在床上躺着，怕提前和他说，他就会下楼来接，她索性直接自行来到门口。

然而，几下敲门声过后无人应答，倒是从走廊的另一头传来熟悉的声音。

她记得当初第一回来的时候，周承诀和她提过，那边尽头是书房。

岑西没多想，听见他的声音便自觉朝那个方向走去。

她没想过会碰上周承诀和父母争吵的画面。

印象中，他们关系向来和睦，从未有过什么矛盾。

周父无奈又略显急切的嗓音从屋内传来，书房门敞着，岑西听得很真切。

“你必须马上出国，不然可能会再出现更严重的问题。”

“不可能，我走不了。”周承诀想都没想便立即拒绝。

“我们这是为了你好！”周父难得严厉，“别的事我们都很少管着你，这个事情不是小事！”

“为了我好。”周承诀冷笑一声，“您这样和当初爷爷逼您放弃做游戏，非要您出国学金融，有什么区别？”

“你们不能总逼我做不愿意的事。”周承诀语气平静却带着点冷，“我那会儿才多小，你们就非要把我送出国去，我适应不了，老外说了什么我都听不懂，还老受歧视。后来终于能听明白了，能适应了，也交到朋友了，英语说顺了，中文忘得差不多了，你们又非要把我弄回来。”

“我都没法沟通，一伙小崽子围着我欺负，喊我小老外，又打又骂的。”周承诀紧了紧牙关，“好不容易又熬过来了，也交了朋友，后来游泳出了那档子事，我说我下不了水了，看见水会想起他们，为什么非要劝我再试试？

“到了高中，我成绩一直也还行，偏偏要给我安排一次又一次的语文辅导，我说了我走竞赛都能保送，为什么偏偏——”

周承诀话音还未落，江澜衣不是个善于争吵的人，语气急了眼睛也忍不住酸涩：“你不是挺喜欢的吗？西西给你上——”

“最讨厌文绉绉的那一套了，我没说过吗？从来没喜欢过，妈，我应该和您说过很多次的。”周承诀兴许是被临时决定的出国计划气昏了头，话不过脑口不择言全盘托出。

屋外，岑西捏着一沓这几天刚刚替他写好的语文背诵资料，无措地站在原地。

她不知道他们为什么会吵成这个样子，这不是她想看到的。

该走的明明是她，她本来就没有家，去哪里都一样，只要她消失了，一切就迎刃而解了。

其实她本就不应该来，当初是她非要找上他。

她还和他说，她记性挺好的，她记得他，是她先找上他的。

一切都是她造成的。

如果她记性差一点就好了，如果当初她不考来南嘉就好了。

无数的自责充斥在岑西的脑海中，小姑娘捏着那沓文绉绉的东西，悄声离开了二楼，离开了这个给过她很多温暖的地方。

她把别人好好一个家搞得天翻地覆，她怎么好意思心安理得。

出了小花园没多久，周承诀的电话便打了过来。

岑西茫然地接起来，却说不出话来。

“怎么还没过来，不是说今天要来看我？又说话不算话是不是？”周承诀问。

岑西安静了半晌，最后才努力压抑住情绪，轻声开口：“今天我还有外卖要送，改天再来，对不起呀。”

六月的南嘉烈阳高悬，岑西漫无目的地从绿林枝丫下走过，无措地抬头。

刺眼的光线穿过林隙，无情地打在她遮挡在双眸的手指间。

那年风吹树响，蝉鸣不绝，我伸手触碰到骄阳，以为抓住了一整个盛夏。

不过有点可惜，那只是我以为。

第六章
前程似锦，一路繁花

/

1

陆景苑的安保很森严，从最初那道大门到内里的独栋别墅，中间还隔着私家公园以及大大小小的湖景，层层设卡，外人未经允许放行，根本没有进入的可能。

岑西一个人孤零零地在烈阳下走了半小时，终于在距离陆景苑一公里之外的林荫道上，找到了一个“熟悉面孔”。

那人也是这段时间多次跟踪她的人之一，大概也是朱邱建的债主派来追债的。

岑西买了一瓶冰镇矿泉水，平静地走到他面前，伸手将水递出去。

满脸麻子的黄毛被灼热的阳光晒得也有些蔫，见面前突然出现一瓶水，猛地抬头看向岑西：“小丫头片子，你还有胆子自己找上门来，不怕死吗？”

“不怕。”岑西情绪毫无波澜，死哪有活着难，语气轻浅地反问，“把我弄死了，你们就能拿到钱吗？”

麻子脸被她这话一噎，多少有些挂不住面子，索性一把接过她递过来的水，粗鲁地拧开瓶盖随手一丢，仰头几口将水猛灌了个干净。

岑西默默走到边上，将对方丢在草坪里的瓶盖捡回来，收进口袋里。

一瓶冰镇矿泉水下肚，多少抚平了些烈日暴晒出的燥意，麻子脸的语气也没方才暴躁了，不过说话仍旧粗鄙难听：“还钱，不还钱照样弄死你。”

“朱邱建欠了你们多少？”她甚至不想称那个人为我爸。

“三十万。”

“三十万值得你们开车撞人？”岑西知道他们是一伙的。

“那是个意外。”麻子脸表情变了变，“他原本是想弄点事吓唬吓唬你爸，让他老实还钱，哪想到没控制好……”

似是觉得自己气势弱了，他又开始扯起嗓门：“少废话，还钱，不还钱，这种事以后少不了！”

“我不是朱邱建亲生的，你们就是把我杀了他都不会管。”岑西自嘲道，

“我一个高中生，吃了上顿没下顿，哪来的三十万。”

“你没有，让你那有钱的男朋友给啊。”麻子脸朝陆景苑的方向抬了抬下巴，“那地儿从墙上抠点灰下来都不止三十万了！”

“他不是我男朋友。”岑西仍旧平静地说。

“少骗我，刚刚还见你进去了。”

“我只是他们家请的补课老师，原本也就是赚点上学吃饭的钱，现在出了这个事，连累他们的孩子受伤，已经被辞退了。”

“放屁！”

岑西将手里那沓语文辅导资料递给他。

麻子脸扫了眼：“什么乱七八糟的，看不懂！”

“补课时间是上午十点到十二点，现在才……”岑西瞧了眼手机上的时间，“不到十点半，我进去才几分钟就被赶出来了。”

“那我不管，还不上钱还找你麻烦。”

“你的同伙……兄弟，那个开货车的，已经被抓了，下场不用我说。”岑西也学着他朝陆景苑的方向抬了抬下巴，“住陆景苑的有钱人，有的是手段办他。

“三十万，分到你们手上也没多少吧？为了这点钱动那里面的少爷小姐，想把后半辈子搭进去？”

“少跟我废话，你没钱，把你爸找出来。”麻子脸显然知道其中的利害关系，确实如岑西所说的不值当，气势当即弱了不少，“我们都收到消息了，他最近不知道从哪儿又骗了不少钱，有钱了还躲着不还！”

岑西拧了拧眉心，在听到朱邱建不知道从哪儿骗到了钱后，不自觉攥紧了手心，心中隐隐冒出一些恶心的猜测。

“别让我逮到他！抓到了就打断他的腿，看他还敢跑！”麻子脸又看向岑西，“三十万还上，我们不会再找你麻烦；要是还不上，你就等着吧，不会放过你们！”

岑西没理他的狠话，只问：“你们去他老家找过吗？嘉林那边。”

“这不废话吗？都翻了个底朝天了，你家一个人也没有。”

“行。”岑西点点头，“留个联系方式吧，大哥，我能找到他，到时候通知你。”

周一上午大课间，岑西去了趟老姚的办公室。

老姚一见到来人是岑西，当即开口：“噢对，来得正好，我正要找你呢。那个，你的宿舍申请啊，批下来了。是这样的，一个是四人间宿舍，已经住了三个同学，剩个空床位，还有一个四人间是空的，你看是想要有伴一块住，还是想自己一个人清净点？要我说，还是一个人安安心心地——”

“抱歉姚主任。”岑西脸上满是歉意，“宿舍我可能不需要了……之前说的替南高再拿一个高考状元的话，大概也要食言了……想问问，办理转学或退学需要什么手续和证件，麻烦您了……”

接下来的几天，岑西请了假，买了张去往嘉林的大巴车票。

有些遗漏的东西她得回去找一趟，还得把朱邱建揪出来。

大巴上刺鼻的汽油味惹得岑西有些想吐，整个人昏昏沉沉地靠向车窗，又被颠得不得不重新坐正。

她冷不丁想起之前好几回坐车的时候，周承诀好像都在她身边，而且似乎只要他在自己身边，那一路便能靠着他舒舒服服睡个好觉，没有过像此刻这般坐立难安一个劲想吐的情况。

手机在出发之前便已经被她调成静音，此刻适时振动，没发出声响。

岑西垂眸瞧了眼，是周承诀打来的电话，她犹豫了许久，最终还是忍不住接了起来。

“喂？”

“你班里人说你请假了，身体不舒服？”少年关切又温柔的话音从听筒中传来，听得岑西眼眶忍不住酸了酸。

“没……”岑西努力想了个借口搪塞，“之前给电视台那边写的稿件反响挺不错的，他们就……帮我再报了个比赛，要过来现场参加当场写，在……隔壁市。”

怕他细问，这话说完，岑西便立刻换了个话题：“你最近怎么样？好点了吗？”

“我以为你都把我忘了，一次不来看我。”周承诀自嘲地轻笑了下，觉得她声音听起来蔫蔫的，没再纠结这个，问她，“在路上了？”

“嗯……坐车。”

“累了？”

“嗯……”

“累了睡一会儿。”周承诀似是猜到她会晕车，问，“书包带上了吗？”

岑西垂眸看了眼怀中的书包：“带了。怎么了？”

“你掏一下书包侧兜，我之前放了几片晕车贴在里面，你不是坐车容易吐？”周承诀说，“要是不舒服的话，正好能用上。”

岑西摸了下，还真有：“好。”

“睡吧，不吵你了，到了给我报个平安。”

“好……”

当天傍晚，她回到了小村，回到了阔别一年的那个连窗子都没有的杂物间。

正如麻子脸所说，屋里早就没人住了，房子比一年前又破败了不少，看起来被翻过多次，一片狼藉。

好在她落下的证件资料不值钱没人要，岑西在杂物间的几个柜子里稍微翻了翻，很快便找齐了。

找完东西，岑西没立刻离开，她还有点事要做。

岑西从文科班的大群里找到赵一渠的微信。

这人从头像到ID再到个人简介全部模仿着周承诀的风格来，她不自觉拧了拧眉，忍着厌恶，发送了好友申请。

对面很快通过，因为是从群里直接加的，赵一渠知道是岑西，当即发了好几条消息过来。

zyq：你怎么请假了？是发生了什么事吗？

zyq：有什么需要我帮忙的吗？

zyq：别和我客气。

岑西看着这几条消息，觉得挺可笑的，他总是将帮忙挂在嘴边，可次次害她的也是他。

小到故意将叶娜娜早就让他带给自己的衔接卷扣着，等到最后一天再一次性给她，状似不经意将她是贫困加分进入火箭班的消息散播出去，故意扣着她的校服费用不及时替她下订单，故意在考试前通知她朱邱建回来了，他明明知道朱邱建这个渣滓的存在，对她而言有多大的恐惧。

大到和欺负她的人称兄道弟，把她好不容易找到的藏身处透露出去，故意在朱捷平那儿煽风点火，让他和自己针锋相对，再有便是有意无意向朱邱建透露自己在南嘉的近况，以及……周承诀的家庭背景，还有和她之间的关系。

麻子脸口中所说的，朱邱建近期骗到了很大一笔钱，很有可能便是利用她的名头，从周承诀爸妈那儿敲诈的。

岑西深吸了一口气，强压下心中怒意，在键盘上敲起字来。

橙c：对，请假了几天，回了趟嘉林。想问问你，能不能帮我顺便拿一份这几天发的卷子，回去我好补一补。

赵一渠由于上学期成绩掉得很厉害，尤其理科各科均达不到火箭班的标准，面临着被退到平行班，因而在分科时，索性也直接选了文科，正好和岑西分到了同班。

zyq：当然没问题。不过你突然回嘉林做什么？

橙c：周承诀爸妈打算送我们一起出国，但是我爸妈想扣着我要钱，不放我走，所以我回了趟嘉林，准备把证件偷偷带走。

橙c：你别和我爸说。

她特地补了句。

赵一渠很快有了回复：好的，我肯定帮你保密。

接下来便只剩下等待。

夜里岑西搬了把椅子，安静地坐在老树下，仰头看着天空。

今晚的星星很多，她忽然想起自己之前和周承诀说过的话。

她活着没有家，也不知道如果死了，天上有没有人愿意接她。

正想着，周承诀打来了电话。

他的伤还没完全好，仍旧请了假在家里休养，不过已经从陆景苑搬回望江了。

他总觉得估计是陆景苑离烤鱼店太远，加上岑西对那边不太熟悉，不愿意过去，索性还是回望江住着离她近点，她想过来也更方便更没有顾虑，来去自如。

只是不知怎么的，他今天一整天都觉得有些心慌。

原本不想打扰岑西比赛，可想来想去他还是忍不住给她打了个电话。

岑西很快接起来。

“今天怎么样？”他问。

“还行，先……熟悉了一下场地。”岑西在大巴上时已经把这套说辞反复想了好多遍了，此刻应答如流。

“住得怎么样？酒店？还是什么统一安排的学生宿舍？”周承诀仍旧习惯性操心，“要是条件一般，你就去附近找个好点的酒店开个房睡，定位发我，我替你订。”

“不用了，住得挺好的。”岑西平静答他。

“什么时候回来啊？”周承诀问完，又有些不太自在，觉得人家是去干正经事，自己这样倒显得挺幼稚，于是又说，“也没什么，就你之前给我留的那些背诵的东西，我背一半了，你回来是不是要抽查了？你什么时候回来，给个准信，我怕你突然回来，没背完。”

岑西想起他说的那句最讨厌文绉绉的那套、从来没喜欢过的话，神色敛了敛。

那回她初到陆景苑，他对语文这门课表现出的抗拒确实很明显，后来估计只是为了让她多赚一些钱才硬着头皮开始学。

其实正如他所说的那样，语文成绩是好是坏于他而言根本毫无影响，如果真这么讨厌，确实不需要花那么多时间和精力。

岑西安静了两秒钟，突然说：“如果不想背，背不完，就少背点吧，没什么关系。”

电话那头的周承诀冷不丁愣怔一瞬，心底那种莫名的恐慌越发强烈。

岑西从前严苛得很，平时脾气软，但在补课上并不好说话，从前怎么让她减量她都没松过口，该背多少就得背，该写多少就得写，今晚突然这么慷慨，周承诀反倒不习惯了。

他微拧着眉，片刻后才开口：“算了，早背晚背都得背，你回来抽查的时候，我肯定全背完了，那点量，小意思。”

岑西没吭声，周承诀只能继续说：“如果累了你就早点休息。”

“嗯。”

“比完赛就早点回来。”周承诀嗓音磁沉，“别嫌我电话多，就是好多天没看见你了，怪想的。”

“……嗯。”

“晚安。”

“晚安。”

赵一渠果然不负岑西所望，把她要求保密的事全捅到朱邱建那儿去了。

只是夫妻俩来得比想象中的还要快些，朱邱建踹门而入的时候，岑西只能像从前的每一次那样，紧咬牙关躲进床底。

熟悉的翻箱倒柜声响起，岑西顺手打开手机录音。

朱邱建的叫骂声很快在杂物间里响起：“她已经回来过了，证件全没了。”

母亲在一旁小声道：“唉，反正没有监护人签字，她有证件也出不了国。”

“谁知道那帮有钱人还有没有什么门路，早知道多要点了！”朱邱建啐了一口唾沫。

“好了好了，你都已经管人家要了三十万了，还想要多少啊？咱们把债还了就行。”女人说。

“还什么还！三十万顶个屁用！还完我一个子儿都不剩了！”朱邱建说，“你是不知道，那家人多稀罕岑西这白眼狼，他家儿子连出车祸时都还护着那死丫头片子，三十万算什么？才三十万就想让我们同意她出国？想都别想！

“你就看吧！咱们死不松口，那就是抱了棵摇钱树回来，想要人，多少钱都得给我掏出来，三十万？三千万我再考虑把她卖出去。”

床下，岑西将拳头努力抵在嘴边，才迫使自己不发出一丝声响。

她强行让自己保持镇定，双手微抖着给麻子脸发去消息：你们快到了吗？欠了你们的钱，我替爸爸妈妈向你们道歉，我爸爸手里确实有三十万，但是我刚刚劝了他很久，他还是不愿意用来还债，我实在没办法了。他们现在还在家里，要不你们自己过来要吧。

消息发送成功之后，岑西按照从前熟悉的路径，从杂物间里悄悄溜了出去。

过了十来分钟，破败的旧屋里响起朱邱建一声接一声的惨叫。

岑西对这种声音十分熟悉，但从来没有一次觉得如此动听。

警察约莫是半小时之后到的，人赃并获，一网打尽。

朱邱建生生挨了半小时的拳打脚踢，几乎去了半条命，奄奄一息地瘫着，伤痕累累，双腿呈怪异姿势摆放，大抵是折了。

zcj

第一天。

4:01 分　删除

♡ 简直不敢相信我这么美、简直不敢相信我这么帅、馒头小王子、小乔要努力变强、橙 C 等 520 个朋友点赞

简直不敢相信我这么美：【第一天，什么第一天？ @zcj】

简直不敢相信我这么帅：【第一天，什么第一天？ @ 橙 c】

馒头小王子：【我想破脑子都想不出什么第一天！ @ 橙 c】

橙 c 回复馒头小王子：【他报了个课外辅导班想卷你，今天是第一天……】

zcj：……

兜了一个圈

DOULE YIGE QUAN

完结篇

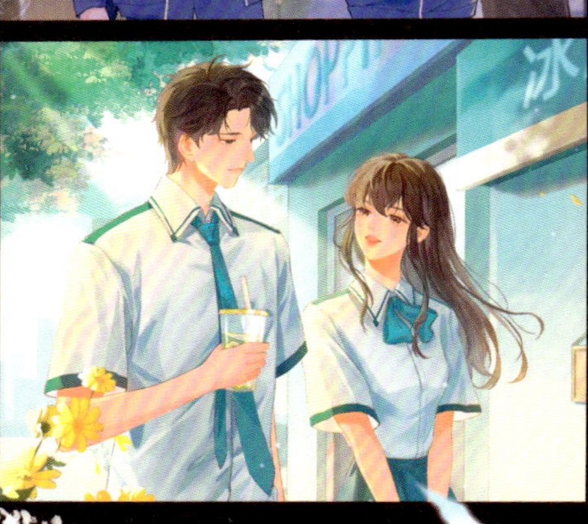

· DOULEYIGEQUAN ·

不过这样，他也没被警方放过，最后是用担架带走的。

要债的打架泄愤上了头，一场架好不容易打完，还没来得及找朱邱建要那三十万，就被一锅端了。

躲在角落里的女人眼睁睁看着丈夫朱邱建被打到残废，又被铐上手铐带走，恐惧达到顶点，本就不算牢固的心理防线很快被击溃，当即哭着报出了丈夫另一个落脚点。

那笔钱最后是在嘉林县郊外的一个铁皮屋里找到的。

周家给的三十万现金是连号的，每一张钱一旦带着号码流通出去，想要查他的行踪简直轻而易举，朱邱建还想要躲起来再敲上几笔，因而不敢立刻就花，加上钱拿到手的时间不长，便还没来得及挥霍。

经由警方清点过后发现，少了六万块钱。

据朱邱建的口供，他一分没动，那六万块钱到底是怎么没的，他也不清楚。

2

岑西回到南嘉，是高考的前一天。南高作为高考考场，提前一天给全校师生安排了放假，这时间用于清扫和布置考场。

岑西不用着急回学校，在大巴上用手机约了江澜衣，知道周承诀前不久已经搬回了望江，索性便将见面地点直接约在陆景苑。

她不想在事情还没处理清楚之前和他碰面。

距离和江澜衣约好的见面时间还有几个小时，岑西抽空先回了趟小姨的店。

从南嘉市汽车站出来，再辗转去到“至死不鱼”的这条路，岑西只走过两次。

第一回是去年暑假，她刚结束中考，只身一人来投靠小姨。

第二回便是今天，烈阳仍旧将她脸颊晒得通红，蓝白夏季校服仍旧被汗水浸透大半，不过烤鱼店却不复当时的光景。

没有忙碌的小姨，没有叽叽喳喳的妹妹，没有对她的到来心怀不满的阿婆，没有催着上菜的客人。

一周前，要债的抓不到朱邱建便闹到了这里，小姨夫见状丢下妻女，迅速拿走店里所剩无几的钱，带着亲妈一走了之。

要债的被逼急了，冲进店里能抢则抢能砸便砸，期间还失手伤了妹妹的一只眼睛。

那夜之后，人去楼空。

小姨带着妹妹不知躲去了哪里，岑西第二天便去了嘉林。

岑西回到南嘉别无去处，最终还是只能回到这里。

不久前还欣欣向荣的小店，如今变得破败不堪，目光所及之处均摇摇欲坠。

唯有周承诀当初替岑西焊好的铁艺楼梯还扎实稳固。

女孩木着脸，缓慢走向小天台，原本的小隔间已然被拆成几片废钢板堆叠丢弃在矮墙边，她跨过这些废钢板，找到她先前悄悄存放钞票的秘密基地。

——被废钢板包裹在内的矮墙处，有一块松动的红砖，将砖块抽离后，内里是个巴掌大的缝隙。

岑西不抱太大希望地来到熟悉的矮墙前，伸手抽动红砖的一瞬间，只觉得没从前轻松了。

她眉心微拧，稍稍加了些力道，砖块被艰难抽出的一瞬间，她控制不住往后跌坐到地上。

待目光重新回到那缝隙中时，她发现不仅她悄悄藏的钱没少，里头还多了一沓用废纸随意包裹的东西。

这秘密基地其实不止她一个人知晓。

之前有回为了给妹妹买零食，她不小心当着小家伙的面来取过钱，不过这么长时间下来，她在缝隙里藏的东西从没少过，便也没太放在心上。

岑西忙将那包东西拆开来，里面是一沓现金，零零碎碎的什么面额都有，底下夹了张随意从账本上撕下来的字条：橙子，小姨没办法继续带着你了，这里有八千多块，小姨还要给小妹治眼睛，实在拿不出更多，无能为力，愿你可以保护好自己。

看见小姨留给她的字条，岑西鼻酸了一下，又深吸了一口气，动作迅速地将这包钱以及她自己这几个月存的那些钱，全数装进书包里后，立刻转身下楼去往陆景苑。

她此刻没时间也没精力去回忆和伤感。

路上，她不停地给自己做心理建设。

所有事情皆因她而起，她实在不知道该如何再次面对江澜衣。

难堪、羞愧，恨不得直接拿命去换时光能够倒流，让一切回到起点，换她和大家从没相识过，只可惜她连命都不值钱，什么也换不了。

这一回，岑西仍旧一路畅通无阻地进了陆景苑，来到周承诀家。

江澜衣见到她的态度却没有丝毫改变，体贴地将人领进书房，还同往常一样，弄了不少甜品和果汁让她边聊边吃。

只不过岑西一点没敢动，直截了当地切入主题："阿姨，发生了这么多事情，我真的很抱歉。您和叔叔在背后的帮助我也都知道了，朱邱建已经被抓了，我并不是他们亲生的，他们对我也很差劲，您和叔叔不用因为顾及我，而放弃对他们的追责。"

女孩说着，便将一沓包好的现金推到江澜衣面前："三十万，警方追回了二十四万，剩下的六万块钱，我会还清。但是很抱歉，我现在能力有限，现在暂时只能先还您一万多块钱。"

说完，她又将一张银行卡递到江澜衣面前："以后我会把剩下的欠款打到这张卡上，还请您多给我一些时间，真的很抱歉。”

江澜衣眉心微蹙，什么也没接，察觉到她话里的不对劲，问：“打到卡上？你是准备离开南嘉？”

岑西张了张嘴，轻轻点了下头，而后努力挤出笑容：“我小姨在别的地方盘了家更大的店，准备全家搬到那边去生活，我向来是跟着她的，她要走，我肯定也要跟着一块走。”

江澜衣试图告知她自己的想法：“西西，这些事情其实和你没什么关系，你也是受害者，不必过多将责任揽到自己身上。另外，叔叔阿姨是真的在为你和阿诀一块出国的事情做准备，你父母……那两位那边即便不配合，我们还是可以走其他合法程序，就是过程中需要的时间会稍微久些。”

只不过事情还没办妥，两人也不好提前给孩子们打包票，因而没提。

“如果你们能一块出国，互相有个照应，不会再有什么意外打扰，一起学习一起生活，是最好的结果。”江澜衣温柔地劝道。

岑西微笑着摇摇头：“阿姨，您知道周承诀小时候在国外被外国小孩欺负过，后来回国又因为说不清话的问题被欺负的事吗？

“那时候他才八岁多，个头还没我高，被一群小男孩围着嘲笑、围着踹。他们抢走了他手里的午餐，再兜头泼到他身上，他好几天没吃过饭，却不知道要怎么清楚地向别人表达，只能自己一个人蹲在角落躲着，而这样的情况，当初在国外，他也经历过一年多。

“不停地换到新的陌生环境，不停地让自己学着适应，再不停地和好不容易交到的好友分别，他接受但不代表喜欢。”

岑西垂下头：“而南嘉有你们在，他有温暖和睦的家，有从小一起长大的兄弟姐妹。南高的老师同学都很喜欢他，他在自己的小圈子里活得游刃有余，有梦想、有快乐、有未来。

“没有发生这些事之前，您和叔叔也并没有过要将他重新送到国外去的打算，不是吗？”

那么只要她一个人安静地离开，一切都会回到原点，回到最好的样子。

反正她本来就没有家，去哪里都一样。

江澜衣沉默了良久，才开口：“阿姨并不能完全同意你的观点，但是你说的这些确实值得我们反思，可是西西——”

“我很依赖我的小姨，她要走，我不可能留下来，我会舍不得她。”岑西难得没等江澜衣说完，便直接开口道，“况且新店的条件比现在的好很多，我跟着过去，应该会过得比现在轻松很多……”

江澜衣定定地看了女孩许久，而后轻叹一口气，将桌上的钱和银行卡温柔地推了回去：“好，不过阿姨之前和你说过，很多事情不需要着急回报着急偿还，你这个年纪需要做的只有好好提升自己。那六万块钱，阿姨并不需要你来还，但如果你觉得还了会更安心些，阿姨也愿意收回这笔钱。但你要记得，不是现在，等以后，你长大了，有能力了，到时候再来和我提这件事，好吗？”

岑西紧了紧手心，抬眸看向她：“阿姨——”

“听话，西西。”

岑西眼眸微酸，轻点了点头。

“你准备什么时候走？”江澜衣开口问。

“还……要等小姨的意思，她要看看火车票时间，再定……”岑西心跳得飞快，她不想对面前这个温柔的女人撒谎，可她又不得不这么做。

“去看过阿诀了吗？”

岑西耷拉着脑袋，摇摇头。

“可以的话，去看看他吧，他很想你。”江澜衣笑了笑，“阿姨不知道他有没有经常给你打电话，不过阿姨想说的是，如果有，那么那些给你打电话的时间，几乎占满了他所有清醒的时间了。

“脑震荡，说起来也不严重，但是吐了很多天。别看他在电话里可能还有心思和你嬉皮笑脸的，其实整个人的精神状态远没有表现出来的那么好，躺在床上昏睡的时间很长，醒了就想给你打电话，电话里又什么都不和你说。

“阿诀从来不冲我和他爸撒娇，但对着你，可能会。”江澜衣轻叹一口气，“阿姨还是希望你再考虑清楚，先去看看他，去完之后再做决定。”

“我会去看他的。”岑西咬着唇，半晌才开口，“江阿姨，我要走这件事我想自己告诉他，您能不能先不要和他说？”

女人似是在思索什么，没应声，片刻后站起身，作势要朝门外走，边走边说：“西西，你稍等一会儿。”

岑西乖巧地坐在原地耐心等待，几分钟之后，江澜衣重新回到书房的时候，手上多出来一个精致的手提小皮箱。

女人将小皮箱放到岑西怀中。

小皮箱意外的沉，岑西疑惑地问了句：“是什么？”

江澜衣笑着说：“一些小零食，叔叔阿姨出差的时候带回来的。阿诀吃不来这些甜的，你带回去，在火车上解解馋，和小姨他们一块吃。”

她想了想，又补了句：“不过开封了容易潮，你等到了火车上再打开。”

3

离开陆景苑后，岑西又回了“至死不鱼”。

小天台上的帐篷成了她如今唯一能落脚的地方。

帐篷里，原本安安静静摆在长桌上的绣球花，已然被摔得一塌糊涂，花盆碎片散落一地。

岑西心疼地将碎片一片一片仔细捡回来，从小隔间的废墟中翻出她先前买来准备替李佳舒、江乔她们勾耳机套的钩针和毛线团，按照花盆的大小简单勾了个网兜，而后将花和土重新移回盆内，再小心翼翼地用网兜将碎片一片片固定好。

一切做完之后，天色已经渐渐暗了下来。

岑西将该带的东西收拾好放进书包，摸出手机，犹豫了许久才终于下定决心点开周承诀的聊天对话框。

界面上大多是他单方面发来的消息，出事之后的这些天，她回复得一直不多，甚至很多时候，她知道他发消息过来了，却不敢点进去看。

zcj：我醒了，你人呢？

zcj：视频通话，对方已取消。

zcj：还在比赛？抽空给我回个视频过来呗。

zcj：又困了，再睡会儿，我没回你就是没醒，你要是想过来直接自己进来，在望江。

zcj：还没回南嘉？

zcj：什么写作比赛，现场出本书吗？要这么长时间。

zcj：视频通话，对方已取消。

zcj：困了，继续睡，你要找我直接过来。

zcj：醒了。

zcj：中午吃这个，阿姨这几天过来望江这边做的。【图片】

zcj：晚上吃这些，阿姨做多了，你要是回来了就过来一块吃。【图片】

zcj：困，睡，过来。

zcj：醒。

zcj：小“过来”又在发疯，咬着发夹让我给它扎辫子，我哪会。【图片】

zcj：看看狗吗？

zcj：视频通话，对方已取消。

zcj：睡，来。

zcj：。

zcj：同学你有点高冷了，手机被偷了？

zcj：睡了，有空回消息。

zcj：李佳舒在家里憋疯了，她最近恢复得还挺好，她妈恩准她出门透两口气，看群没？严序让我问你想不想一块去玩玩，想的话他组个局聚聚，正好这两天高考，其他几个也都不用上课。

zcj：睡，来。

怕周承诀多想，岑西偶尔会回一两句，不过大多数时候还是他一个人的独角戏。

因为不敢细看，在江澜衣告知她之前，她并没有发现他一天内困和睡的次数多得十分不正常，甚至其实根本不是困了，只是晕了，撑不住必须得休息。

可他每回醒来便会立刻通知她。

最后一条聊天记录停在“睡”上，岑西猜测周承诀应该还没醒，抱着手机想了很久，最后还是给他发了条消息。

橙 c：醒了吗？我一会儿过去。

对话框半晌没有动静，屏幕上方也并没有像从前那般，在她消息发过去的下一秒，就立刻出现“对方正在输入”的字样。

岑西反倒稍稍松了口气，没等他回话，背上书包自行去了望江。

到了门口，她没选择按门铃，而是直接输密码进去。

屋内灯火通明，却十分安静，不见周承诀人影。

待她坐在玄关处换好拖鞋后，小“过来”才迷迷糊糊跑出来迎她，许是正在睡，听见她熟悉的声响，强撑着眼皮跑出来的。

小家伙果然如周承诀微信里发来的那般，顶着一头乱糟糟的辫子，半点没有她上回离开之前的精致模样。

不过，今晚它倒破天荒地没立刻叼着发夹篮子来吵要她扎，而是含着她垂落到脚踝的裤脚，一点一点将她扯着往卧室方向走。

不过去的不是周承诀的卧室，而是对门的客房。

客房门虚掩着，岑西轻手轻脚地推门而入，就见周承诀正安静地躺在床上，手上的石膏还没拆，搭在胸前，眉心微拧着，睡得挺沉。

床头柜上放了杯还在冒热气的水，边上放了袋药片，估计是阿姨打扫完卫生，临走前替他准备的。

岑西睨着那二十来颗五颜六色大小不一的药，死死咬着嘴唇，自责感攀升到极点。

她放下书包，在他床头的小沙发上坐下，就这么无声地陪在他身边。

小“过来”似是察觉出气氛的微妙，没像往常一般兴奋发疯，也乖巧地趴在岑西怀中，默不作声。

期间，李佳舒在小群里不停地计划着要出门放风，一分钟艾特八百遍全体成员。

江乔问她：你那眼睛能行吗？

李佳舒回复得相当迅速：简直不要太清晰，我现在去打一百米气步枪都能夺金。

严序立刻拆台：你可拉倒吧。

李佳舒休息了这么多天，虽然脑袋上的纱布还没拆，但整个人的状态倒是养得比周承诀好多了，元气十足、生龙活虎，哪是能让严序逞到口舌之快的角色，当即补了一句：前天严序在我卧室里换裤子没拉窗帘，我大老远，在楼下花园，透过落地窗，都能准确数清他内裤上有几个奥特曼。

小乔要努力变强：行，我信了，请您撤回这条消息，我并不想知道得这么详细。

馒头小王子：所以是几个？

简直不敢相信我这么帅：……

岑西将手机就这么放在小沙发的扶手上，淡笑着看着他们你一句我一句，热热闹闹地将页面不停地刷上去，某一瞬间感觉好像一切都回到了之前最美好的时候。

只不过不一样的是，她已经不太敢在群里主动说话了。

岑西一边拿出钩针和线团，耐心地继续勾着还没勾完的耳机套，一边时不时往群里看一眼，而后在屏幕前跟着一块笑。

约莫过了十来分钟，床上的少年开始有了清醒的迹象。

他还没睁眼，眉心已然拧得更深了些许，不太舒服地清了清嗓后，偏过头，缓慢地掀了掀眼皮后，眼神一下定住。

两人四目相对，周承诀愣愣地盯着岑西看了几秒，而后似乎不相信她此刻是真的就这么坐在他身边，用没打石膏的那只手捏了捏山根处，迫使自己更清醒一些。

一番小动作过后，他再次往岑西坐着的方向看去。

岑西见状，索性放下手里的东西，走到他床边，微俯下身去查看他的情况。

下一秒，周承诀也不管自己手上还带着伤，直接一把将凑到自己面前的小姑娘揽入怀中。

岑西没防备，一下跌到他胸膛上，少年闷哼一声，手上力道却没松懈半分。

他偏过头，整张脸埋在她颈窝间，深吸了好几口气，而后才舍得稍稍将人松开些："你自己说说，多久没过来了？"

少年嗓音带着些哑："发消息也就顶多回那么一两个字。"

岑西心跳得也有些厉害，稍稍转过头。

周承诀气息停滞一瞬，而后忽然轻笑了声，不着调地来了句："行，原谅你了。"

岑西："……"

岑西担心压到他，手肘努力地撑在床边，从他胸膛上支起身来。

周承诀也确实没恢复好，兴奋劲过了头后，那股晕乎乎的感觉立刻来势汹汹。

岑西见状，催他把药吃了。少年松开她，起身半靠在床头，接过她递来的温水，仰头一口气把那些药全吞了。

她说什么他就照做什么，连平时见了就想吐的药，他吃起来都有干劲了。

“饿吗？”岑西问。

周承诀这些天脑袋晕乎乎的，又吐得厉害，其实没什么胃口，不过听她这么问，当即点了点头：“饿。”

“那我给你做碗面条。”岑西说着便起身出了客房。

周承诀从床上下来，趿上拖鞋很快也跟了出去。

岑西动作很快，仅仅用了十来分钟，一碗香喷喷、热腾腾的面条就出了锅。

周承诀一只手臂还挂在胸前，也没逞强再上前去抢，见她端过来，只叮嘱了句：“小心点，别烫到。”

“嗯。”

周承诀很给面子地一口接一口吃了起来，岑西则坐到了他对面，继续勾耳机套。

期间，小“过来”终于叼着发夹来找岑西了，今晚它挑选的那个发夹，还是岑西前段时间给它勾的。

女孩笑笑，放下手中的东西，将它抱进怀中，仔仔细细地整理起那乱糟糟的辫子。

这场景，打从出车祸之后，已经很长一段时间没见过了，周承诀一边吃面一边抬眸瞧，忍不住勾了勾唇，而后又继续埋头吃。

一碗面条很快被他吃了个干净，其实他已经很久没吃过这么多东西了。

岑西知道他还没恢复好，容易头晕，见他吃完便催着他回去躺着。

“我晚上不走。”岑西说。

周承诀满意地点点头，任由她安排，要他回去躺着他就回去躺着。

岑西也如他刚才初醒时见到的那般，坐回床头的小沙发上，继续勾耳机套。

“你勾这个做什么？”周承诀随口问了句。

“之前佳舒、乔乔她们说在网上看到这种耳机套，觉得很喜欢，我说我会弄，答应要给她们做几个。这段时间耽搁了，一直没弄好。”岑西平静地答他。

提到李佳舒，周承诀终于想起了什么，问她：“李佳舒在群里发的疯你看了没？”

“嗯，看了。”岑西笑笑，又问他，“她的情况怎么样？”

“挺好的，还好提早发现了脑子里的血块，清了个干净，不然要是发现得晚了，还真有可能影响视力。”周承诀说，“不过这事之后，演唱会这种活动，她估计是别想参加了，之前她就是看演唱会的时候撞到了头。”

最后这一句，他其实是故意提的，他了解岑西的性子，不希望她过多地将本就不属于她的责任揽到自己肩上。

“那你什么想法？”周承诀问。

“嗯？什么？”岑西没懂。

“想一块去玩吗？李佳舒都要憋疯了，前两天听她说，她爸妈不让她走太远，只能就近选，所以好像联系了那个谁，打算再去趟那个度假村，上回我们一块去的那个祈留山庄。”周承诀问，“你想去吗？想去的话一块去一趟，正好这两天高三的高考，大家都不用去学校。”

“你也去？”岑西担心他的情况。

“我在家也憋很久了，一块去透透气？”周承诀又补了句，“你要是不想去，那我也不去，和他们说一声就行。”

岑西不想做那个扫兴的人：“那好吧，你确定你们俩可以？”

“当然，又不是去考试。”

“好。”岑西点点头，垂眸加快了手上的动作。

“改天再做呗，这么晚了，又不赶时间。”周承诀随口道。

“你睡吧，我在这儿陪你，顺便再勾一会儿，不然我怕来不及了。”

“李佳舒催你？”周承诀拧拧眉。

“不是。”岑西摇摇头，“也拖挺久了，总不能说话不算话。”

闻言，周承诀挑了挑眉梢，轻哼一声：“哦，懂了。”

岑西听着他话里阴阳怪气的。

“只有在我这儿敢说话不算话是吧？”周承诀伸手掐了掐她脸颊，“你就是窝里横。”

岑西：“……”

这晚夜里，周承诀睡得十分不安稳，醒来多次。每次睁眼都伴随着杂乱无章的心跳，第一反应便是看向身旁的小沙发。

岑西一直没睡，始终坐在那个位置继续手上的动作。

周承诀一边不想醒来看不见她，一边又不想她在床边生熬：“这么晚了还不睡？卧室都给你留着。”

见岑西摇头，周承诀又想把身下这张床让出来：“那你上来，我睡沙发。”

岑西仍旧摇头，只说自己白天睡多了，暂时不困。

“烤鱼店不忙了？”周承诀冷不丁地问。

他知道岑西只要一有时间便会守在店里帮忙，白天睡太多这种情况，在她身上几乎从未发生过。

女孩心下一紧，呼吸稍显慌乱，不过很快又敛起神色，若无其事道：“这两天……要高考了嘛，学校周围的店不让太热闹……”

周承诀自打车祸之后，还没来得及抽出精力去“至死不鱼”，因而压根还不知晓那边如今的情况，加上脑袋始终保持着昏昏沉沉的状态，还没恢复，反应便没从前那么快，觉得她说得还挺在理，少见地被糊弄了过去。

本想再催她赶快休息，那股晕劲很快又涌了上来，连带着胃内再次翻江倒海。

连着这么多天，周承诀已经对这种感觉十分熟悉。平常遇上这种情况，他肯定直接走到卧室内的洗手间去吐个干净，可这会儿岑西就在身边，少年强压下那股反胃的劲，悄悄朝她的方向扫了眼，而后下意识加快脚步往外面更远的洗手间走。

哪料想岑西很快放下手里的东西跟了出来。

周承诀努力让表情显得自然些，回过身去："你跟出来干吗？"

"我、我怕你一只手不方便，看看有没有什么需要帮忙的……"

"上厕所你也要帮忙？"少年勾了勾嘴角。

岑西没想到是这件事，脸颊当即烧了烧。

第二天一早严序和李佳舒便打了个车来望江楼下接人了。

"光阴似箭！我终于！又！和！你！们！见！面！了！"李佳舒兴奋地喊道。

严序霸占了副驾驶座的位置，把剩下三人全数赶到后座去。车子很快按照熟悉的路径驶向古巷爱心树，和其他几个人碰头集合一块出发。

这回一块出行的人和上回差不多，几乎都是熟面孔，大多数人经过那次短暂的旅行后，回到学校还经常约着在食堂吃饭，因而明显比初见时熟络得多，一见面便嚷着要再拍一回合影。

有人还打趣道："都这么熟了，谁都别跟上回似的那么装啊，姿势放开了摆。"

碍于周承诀一只手还打着石膏，谁也没同意再让他帮忙拍照，李佳舒倒是爱拍，可头上也缠着纱布，和周承诀是同一个待遇，一样不让瞎闹腾，碰不到相机。

林诗琪正准备随机抽取一位幸运路人帮个忙，岑西当即伸手接过林诗琪的相机道："我来。"

周承诀的脸色微不可察变了变，那种莫名其妙的心慌再次涌上心头。

他没来得及阻止，岑西已然拿着相机站到不远处的中心点，单手指挥大家站位。

一张接一张的大合照里独独少了一个她。

当天晚上，一群人约着回到祈留山庄滑雪场顶上的老位置，扎帐篷、摆烧烤架，一个没落下。

六月晚风卷着山间泥土的清香，温柔拂面，虽没了当初的寒凉，几个小女生仍旧凑在同一张毯子上聊个不停。

岑西将勾好的耳机套掏出来挨个分发，李佳舒看了赞不绝口，直接把自己的应援壳都给扒下来，换上了岑西亲手勾的。

周承诀见状，想起自家姑娘昨晚熬了个通宵，生生勾了一夜，每每他睁眼就能见到她神情专注地在勾，忍不住冲李佳舒开口道："不知道自己花钱上网买？"

李佳舒："西做的好看！这种水平的，网上有钱都买不到，少部分能做的，拿着钱排队都得排上大半年。"

"你是省事了，她得熬通宵知不知道？"周承诀说。

"啊！"李佳舒看向岑西，当即一把将她抱住，"你这么着急干吗呀？我们又不急着用，慢慢来就好了呀。"

岑西任由她搂着，嘴角却只能扬起个浅淡的弧度。

一场畅聊一直持续到了后半夜，谁都没有要回帐篷的意思。

毛林浩不知从哪儿哼哧哼哧抱了桶烟花回来："老板说，今晚没有流星，送一场烟火替代。"

山顶烟花绽放的一瞬间，气氛高涨到顶点，每个人都跟疯子似的，扯着嗓子喊什么的都有。

"明天高考了吧？那就祝学长学姐们旗开得胜金榜题名！"

"想毕业！什么时候可以毕业？我也想赶紧高考完解放！"

"所有人！等我们高考结束了再一块来庆祝一回！每个人都必须来！"

"等我考完了，我也要撕一回书，从南高的天文台楼顶撒下来，当着老姚的面撒！"

"加我一个！"

"那我也要！"

"哈哈哈哈！"

"那就祝大家心想事成！"

"噗——"

…………

"前程似锦，一路繁花！"

…………

"希望我再长高一点，比严序高就行。"

"那你没可能了，李佳舒！"

…………

"希望我能一口气谈八个体育生！"

"林诗琪你要点脸，出去别说是我妹！"

"噗——"

…………

李佳舒搂着迟迟未开口的岑西，笑得咯咯乐："西，安得广厦千万间！"

"大庇天下寒士俱欢颜！"江乔顺口便往下接。

他们都还记得独属于她的文绉绉。

这晚的每一个人都在笑，岑西也跟着大家一块笑。

黑夜笼去所有人的表情，只留下声音清晰可闻。

李佳舒整个人靠在岑西身上，笑着打趣道："西宝，你怎么笑得跟哭似的？"

"可能是，太开心了……"

也可能是，好舍不得大家啊……

4

一场盛大的狂欢，耗尽了所有人的精力，两天后一行人各自回到家中，无一不是倒头就昏睡。

当晚下了山已是深夜，周承诀没给岑西回"至死不鱼"的机会，直接让司机将车开往望江的地下车库。

岑西也没拒绝，乖巧地跟着他回到楼上，重新替小"过来"扎了漂亮的辫子，还安静地窝在周承诀床头的沙发边，抱着先前才看到一半的书继续往下看。

明明睡着前还听见书页一页一页地翻着。

明明她一直在他身边。

这一晚，周承诀倒是睡得很沉，夜里一次都没起来吐过。

第二天睡到将近中午十二点钟才堪堪睁眼。

他习惯性看向床头的小沙发，此刻小沙发上空空如也。

周承诀懒洋洋地下了床，趿上拖鞋往卧室外走，边走边随口叫人："岑西？"

少年出了门，原以为岑西是回他卧室睡觉去了，正打算去对门找她，却听见客厅和厨房那头传来了不小的声响。

他没多想，直接往声源处走去："岑——"

"岑西"两个字还未脱口而出，周承诀的话音便咽了回去："您怎么来了？"

客厅里坐着的人是江澜衣："顶着伤，带着佳舒、序序他们出去疯玩了两天，结果回来了还怎么都打不通电话，我能不担心吗？过来看看你是不是落山里了。"

"不至于。"

周承诀将视线投向厨房方向，中岛台前站着的是从陆景苑那边过来的阿姨。他负伤回望江的这些天，一直是这个阿姨在打理日常起居，阿姨正在给他做午餐，动静不小。

周承诀四处扫了眼，没找到岑西，边回头往卧室走，边掏出手机给岑西发消息：还没起？玩得这么累啊，早知道带你提前先回来，省得被他们几个疯子拉着熬通宵。

zcj：我进来了啊。

虽是在微信上同她说了，但周承诀还是轻敲了两下房门。

然而，并没有人应声。

他下意识看了眼手机上的时间。岑西有自己固定的生物钟，哪怕在他这儿偶尔会赖个床，可也从没睡到过这么晚。

那股莫名的心慌再次向他袭来，周承诀一时也顾不上什么所谓的礼貌，当即将房门把手拧开。

卧室内整洁干净，床铺平整得就像从没有人睡过。

周承诀下意识垂眸看向和她的微信聊天框，动作利落地往上翻了翻，以为落了什么她给自己发的消息没来得及看，然而并没有。

他当即又回到厨房，看向正在洗菜的阿姨："阿姨，您早上来的时候碰上岑西了吗？她有没有和您说——"

"没见着啊。"阿姨没等周承诀说完便回了话，"我早上六点出头就到这边了，没看见有其他人。"

明明只是一时找不到她，这种情况之前也有过很多回，可不知为什么，周承诀总觉得这一次让他心里忍不住发慌。

他脸色变了变，给岑西又发了几条消息过后，索性直接拨了个电话过去。

电话一直没有人接，向来淡定的少年开始坐立难安。

江澜衣见状，忙起身走过来："怎么了？哪儿不舒服吗？"

"妈，您来的路上，碰见岑西了吗？"

江澜衣摇摇头，反应了两秒后，忽地意识到了什么。

女人心下一紧，不知道该怎么和儿子开口。

岑西大抵还是选择了离开，而且并没有亲自和他说。

周承诀仍旧不断地打着电话，四下帮忙找人的阿姨突然从卧室长廊的方向小跑回来，上气不接下气地冲周承诀道："您卧室那边好像有电话铃声在响。"

周承诀几乎是想都没想便往那头跑去。

江澜衣掌心捂着半张脸，睨着儿子的背影，眼眶也控制不住开始发酸。

她也不知道，两个这么好的孩子，为什么最终还是会走到这个地步。

主卧的小茶几上，那部镶着水钻的手机不停地在响动。

周承诀将自己手里的电话挂断，茶几上那眼熟到不能再眼熟的手机便立刻停止响动。

手机边上放了个简陋的包装袋，里头的东西于周承诀而言仍旧眼熟得不得了。

她几乎将他送给她的每一样东西都还了回来。

就连那天夜里，他揣在怀中带到小天台上给她的两个热水袋，也原封不动地躺在小茶几上。

包装袋里还有本用来记账的笔记，里面详细记录了从两人相识到现在，他明里暗里为她花过的每一笔钱。

小到一瓶橙子汽水、两包假借李佳舒之手给她买的卫生棉、每月充值的话费，大到他替她还给林诗琪的两千多块钱和两次去祈留山庄的个人费用。

一笔一笔无一遗漏。

笔记本下面压了一沓用草稿纸包起来的钱。

她把该还的、能还的，仔仔细细算了个清清楚楚，一一装进这个简陋的包装袋里，全数奉还。

包括那部唯一能和她取得联系的手机，也一并物归原主。

“哎呀，你是不是和小姑娘闹别扭了？”门口传来阿姨的声音。阿姨在陆景苑做了很多年，几乎是看着周承诀长大的，这一年的时间，和岑西也有过不少接触，一眼便认出来那些东西全是她留下的，当即担忧地脱口而出道，“难怪那天见那小姑娘从宅子里匆匆跑出去之后，就没再见她来过了。”

周承诀拿着笔记本的手都控制不住在抖，闻言回过身，嗓音带着点哑：“什么匆匆跑出去？什么时候？”

“就您在宅子的书房里和先生太太吵起来那回……”阿姨话音不自觉降下，又下意识偏头瞧了眼身旁江澜衣的眼色，不知道这些话自己该不该同他讲。

少年脑海中一瞬间闪过那天情急之下脱口而出的每一句话。

岑西听见了。

难怪他问她什么时候回来的那晚，他不着调地叫她给自己减减量，向来严苛的她居然会一口答应。

可他自始至终不是这个意思。

他对她从没讨厌过。

少年放下手中的笔记本，完全不顾及手上还带着伤，几乎是想都没想便出门搭上电梯下了楼。

“阿诀，你冷静一点！”江澜衣也追了出去。

不过几天的光景，“至死不鱼”的招牌已经被拆下随意丢弃在店门口。

卷帘门降到一半，店内目光所及之处皆是狼藉。

江澜衣姗姗来迟，微喘着气，饶是提前做了点心理准备，还是被眼前的一幕吓了一跳。

“西西说，她小姨在别处盘了家店，条件比这儿好得多，她准备跟着小姨一块过去读书生活……”这话江澜衣先前听到时，便半信半疑，如今目睹眼前的一切，这话连她自己都没法相信了，更别说周承诀。

"呀，你们找这家人啊？"边上小卖部的老板娘正好往店外瞧了两眼，见两人杵在门前迟迟不走，随口搭了句腔，"找不到咯。他们是欠了你家钱吗？这家人的亲戚欠了好多钱，上礼拜被人追到店里来了，喏，弄成这样了，吓人得很，我都不敢探头。"

周承诀沉着脸，试图用手机拨通招牌上的订餐电话。

然而几个号码均已经变成了空号。

江澜衣忙冲那老板娘点了点头："大姐，那您知道他们后来去哪儿了吗？"

"哪能让我们知道啊，躲债的，躲哪儿去肯定不会往外说。那帮人多可怕啊，把小孩的眼睛都伤了。"中年女人叹着气摇头，"也就她另一个稍微大点的姑娘，高高瘦瘦的那个，胆子是真大，后来还一个人回这楼上住过几晚，你说这乌漆墨黑的竟然还能住人。

"不过，这两天倒是没见着了。"

周承诀听着手机里不断传来"您所拨打的电话是空号"的机械音，片刻后，忽地挂断电话，从通讯录里翻找出一个号码。

这个号码不再是空号，电话拨出几秒钟之后，听筒内响起一个小女孩稚嫩的嗓音："喂？哥哥？"

周承诀紧了紧手心，哑着嗓音问："嗯，西西姐姐有没有和你们在一起？"

"没有噢……好久没有见到姐姐了。"

小女孩话音落下，少年握着手机的手臂当即垂落在身侧，几乎快要说不出话来："妈……她被丢下了。

"她又、又一个人被丢下了。"

南嘉市汽车站里，岑西眼神麻木地站在行程表下，随意挑选了个时间最近、票价最便宜的目的地购买了车票。

大巴发动之际，那股难闻的汽油味一下涌入岑西鼻间，她强忍下那股作呕的冲劲，下意识将手探向书包侧兜。

摸出晕车贴的一瞬间，她眼眶忍不住酸了酸。

待到她缓过神来时，行程已然过半。

她耷拉着脑袋，目光落到怀中紧抱的小皮箱上。

想起江澜衣的话，她便将小皮箱打开。

面上那层果然如江澜衣所说，是各种各样的零食特产，岑西坐在大巴上没什么胃口，不打算立刻就吃，正准备将东西收好盖上皮箱时，冷不丁发现零食下面藏着的东西有些不太对劲。

女孩小心翼翼地往下翻了翻，在看见钞票的一瞬间，反应很快地用零食重新盖上。

她伸手探进去，很快便触碰到了一张小卡片。

卡片上的字迹娟秀漂亮：

西西，阿姨尊重你的所有选择，如果有需要帮助的地方，可以无条件联系阿姨，这里是十万块钱，希望你不要放弃学习，好好生活好好长大。

若短时间内不愿和我们产生交集，可以与这个号码取得联系：189××××××79，汪。

期待来年再相见。

那一年，岑西的突然离开在年级里引起了不小的议论。

有人传说隔壁市花了不少钱，直接重金挖走了这位年级第一。

学生私底下戏说老姚眼看要到手的双料状元梦破灭，运势不好，一看就没有当校长的命，以后顶多给他个副校长当当。

更多的人则将注意力放到两位文理状元苗子的八卦上。

“不知道大家听说过那位的经典检讨书没有？”有人压低声音聊着。

“哪一期的检讨？那位的每一期检讨我都听了。”

“没在全校面前公开读过，就上学期，在他们火箭班内部临时宣读的一期。”那人清了清嗓，“我听说那回的情况是，读理的那位大佬，一个劲逮着读文的那位讲题，语文课上讲数学题，那会儿老姚正严打鸳鸯，他们班主任为正班风，就顺手拿他开了个刀，让他十分钟内写个检讨出来。结果大佬写得飞快，没一会儿就懒洋洋地站起来念了，内容大概是这么说的。

“我对我上课说小话的行为进行检讨，下回万一再遇上这种情况，要是我这边同桌找我说话，括号，男的那个，好像是他哥们儿，我就让他立刻滚一边去；要是我另一边的同桌找我说话，括号，文科第一那个大佬，我就尽量抵制住诱惑，万一抵制不住，也会尽可能采取不出声，以写小字条的方式对她进行回应。”

“哇，这是检讨？这难道不是表白？”

“所以文科第一突然转走，是被老姚棒打鸳鸯了吧？”

“这老姚可真狠，文理第一都拆！”

“真的假的啊？我怎么觉得读理那位大神，好像反应并不是很强烈啊……”

岑西走的第一个月，小群里安静一片，大家默契地保持沉默，没人主动在群里说话。

后来，渐渐地，毛林浩重新开始将试题发进群里。

李佳舒也重新开始骂他卷，扬言要将他踢出群，以及继续开始在群里对严序喊打喊杀。

江乔重新开始在群里当起和事佬和捧哏王。

好像什么都没变，不过少了个人而已。

严序重新开始在群里拉人打游戏上分，求周承诀带飞，偶尔会和毛林浩讨论难题，周承诀偶尔也会把解题过程发在群里。

大多数人都回到了之前的样子。

只是有些时候，严序和毛林浩讨论不出个所以然来时，橙 c 不会再出来帮忙解答。

一群人找不到周承诀时，@ 橙 c 也没有半点作用了。

没人再提过岑西，好像她从未在他们的人生中出现过。

只是大家的耳机套似乎从祈留山庄那晚的狂欢之后，就没再换过。

而理科第一的那位大神更是像什么事都不曾发生过般，平静地上下学，稳定地考第一。

只是每天放学的时候，会去文科班那个固定的位置上，多写一份卷子再走。

只是每天离开教学楼后，会一个人先走到车棚，再去往校门，出了学校经过旧教堂，顺着池后巷那条坡平静地往下走，一直走到那家烤鱼店门口，而后踏着铁艺楼梯走上小天台，给满满一地绣球花耐心地浇完水后，点亮喇叭灯，任由大排扇呼呼作响，心无旁骛地坐在长桌前，一份接一份写着试卷。

最开始的那个月，他的语文成绩重新回到了他最嚣张的那个水平，久违的四十来分，气得老姚多追了两份他的检讨。

后来他的语文分数开始跟坐火箭似的往上蹿，一百出头、一百一、一百二、一百三，临近高考前的那回，以一百四十三分的成绩，干掉了考同一张语文试卷的文科班第二任第一名，成为年级里唯一一个考上一百四的选手。

只是如此而已。

光阴似箭，两年时间悄然而过。

岑西离开的那两年，周承诀的生活好像也没有什么太大变化。

高考结束那天，学生们陆陆续续走出考场，三五成群，无尽笑意。

教学楼里充斥着考生们解脱的呐喊，周承诀面无表情地经过走廊，偶尔抬头还能看见天文台上，同学们兴奋地将课本作业酣畅淋漓地撕成碎片。

老姚叉着腰拿着喇叭一个劲追着骂也完全无济于事。

漫天白色纸片散落。

撕书，拥抱，鲜花，狂欢。

只是好遗憾，每一个构成毕业的镜头，他的岑西都没有在身边一同参与。

第七章
意料之外的重逢

/

1

南嘉市电视台公益栏目策划办公室内，叹气声此起彼伏。

“完了，完了，下期要还是这个收视率，咱们这个节目可能真的得撤档了。”顶着头齐耳短发的女人齐小雨忍不住开始吐槽，“公益性质的民生节目，事事实事求是，搞不了太多花样，只能本本分分按既定流程走，除了在嘉宾上换花样，真的想不出什么招了……”

“你说该请的明星我们也请了，可收视率还是不行，明明一个个粉丝那么多，怎么播出效果就那么差，还不如汪律师来坐镇靠嘴皮子讲几个故事来得火热。”齐小雨叹了口气，“可惜汪律师最近好像特别忙。哎，岑西。”

“嗯？”

“透露一下，汪律师大概什么时候才会回南嘉啊？咱们台可不能没有她啊！”齐小雨哭丧着一张脸。

被点到名字的女孩淡然一笑，手上敲着键盘的动作没停，边打着字边答她：“下期肯定赶不及录的，她还在隔壁市忙希望小学的事，最快也得月底才能回来。”

“苍天啊！救救我吧！”

齐小雨号完，又重新进入猛敲键盘的状态。

一旁一个三十岁出头的黄发女人踩着高跟鞋从茶水间走回来，闻言笑道：“那天不是说了，南嘉大学确实有位大救星，叫什么，周——”

“周承诀！”齐小雨立刻报出这位帅哥大佬的尊姓大名，“听说他是当年高考理科状元，从南高出来的，人如校名，非常难搞啊……”

黄发女人杜薇笑道：“年少有为，前途势不可当，又是那么出众的长相，估计从小就是众星捧月的天之骄子，难搞正常，要是能请这位来做嘉宾，肯定比我们之前请的那些明星好使多了。大多数人都慕强，这种学术背景，和那些不是一个层次的。”

“难就难在，他难搞啊……比请明星还难。”齐小雨说，“请明星只需要花点经费，但是这位他不差钱啊。”

“哎，说到南嘉大。”齐小雨“嘶”了声，看向岑西，“西西，差点忘了，你不也在南嘉大上学嘛，认识这位吗？你们年龄好像差不多大啊。”

“不认识。”岑西敲键盘的手指一顿，摇摇头，莞尔道，“我怎么可能认识这么厉害的人，我们也不是同一届的。”

“噢对，他都大三了吧，你刚入学没一个月，不认识也正常。”齐小雨冲她挑挑眉，“能在同一所学校已经不容易了，以后找机会——”

齐小雨话还没说完，岑西的手机铃声便响了起来。

她说了声“抱歉”，很快将电话接通。

那头当即传来福利院社工阿姨焦急的话音：“西西，不好了，晶晶刚才和其他小朋友闹着玩的时候，不小心被弹珠砸到了眼睛，现在一直用手捂着喊疼，一个劲地哭，会不会出什么事啊？”

“您别着急，我现在马上过去接她到医院。”岑西说着便起身，拿起椅背上的包往身上一挎，朝杜薇打了个招呼，“薇姐，那我先走了？”

社工阿姨方才的声音很响，办公室里的几个人都听得见，加上这福利院本来就是电视台帮扶对象之一，大家对那边都很熟悉，听到出了这种事，没人会拦着岑西不让走。

杜薇毫不犹豫地点点头：“去吧，路上注意安全。”

祈天私立眼科医院主任医师办公室内，严序用一次性验尿杯给周承诀倒了一小杯橙汁。

这个颜色加上这个容器，某种既视感十分强烈。

周承诀嫌弃地别开眼，懒得伸手去接：“你们眼科还有这个？”

“别嫌弃啊，有的喝就不错了，这又不是我办公室。”严序说。

“你们头儿呢？”周承诀个头高，随意往办公桌上一坐，脚还能轻松搭在地上。

严序说：“刚刚有个小孩砸了眼睛，他正好去看看。”

周承诀：“你一个实习的，不跟着一块去？”

严序：“我那会儿在另一个患者那边，过来的时候已经没人了，听说那小孩怕生，也不好去太多人。怎么着？又准备走了？”

“嗯，临走前过来和干爸说一声，再顺路给你探个监。”

“……”

“都快三年了，各省状元报考的大学你还差几所没去过？”严序掰着手指头算，又说，“噢对，省状元找完了，还有市状元对吧？”

“她不可能只是市状元。”

那年高考结束后，各地出了新规，不允许对状元的名头进行炒作，因而大多地方连第一名的名字都没敢公布。

“那有没有可能——”

“没有。”周承诀不想听这些话，索性直接打断，偏头垂眸随意扫过办公桌面上放着的一份儿童个人基本资料。

福利院的小孩相较普通孩子比较特殊，他们大多由社工一对多照顾，身边没有亲生父母，以防有紧急情况，来医院时需要带上提前准备好的比较详细的个人资料。

表格里的内容是手写的。

周承诀睨着那十分熟悉的字迹，愣怔了将近半分钟之久。

“阿诀？”严序喊了他两回。

男人回过神，下巴朝那张表格的方向抬了抬：“那是什么？”

严序闻言看过去：“噢，刚刚那孩子的个人信息吧。我过来的时候，听几个护士说，那小孩的妈妈特年轻，看着跟个大学生似的。”

“她在哪儿？”周承诀脸色变了变，某种强烈的预感一下涌上心头。

“啊？”严序没反应过来。

“那小孩的妈妈，在哪儿？”周承诀向来沉稳的语气透出少见的迫切。

严序没懂他什么意思，只愣愣地给他指了指方向。

周承诀一刻没多做停留，像是有某种力量牵引着他往那个方向跑去。

走廊另一端尽头，岑西正蹲在一个五六岁大的小女孩面前，温柔地安抚着她的情绪。

“西西妈妈，我害怕……”小姑娘奶声奶气道。

福利院里的小孩管每一位社工和志愿者都叫妈妈，不论年纪大小，岑西显然已经习惯这样的称呼。

“不怕。”岑西将小姑娘往自己怀中搂了搂，“一会儿乖乖地跟着这个阿姨进去做检查就好哦，西西妈妈在外面等你，检查完了咱们就可以一块出去买糖吃。”

晶晶点点头，可临近要被带走去做检查时，还是忍不住带上点哭腔：“那西西妈妈要等我哦。”

小姑娘被牵进门的一瞬间，岑西只觉得手腕忽地被一股强烈的力道扣上。

下一秒，那人紧握着她手腕，生生将她带往不远处的安全通道。

岑西条件反射般地反抗，但目光在触及周承诀背影的一瞬间，失了力道。

那背影熟悉到过分，她的脚步莫名开始不听使唤地跟随着他。

将人带进楼梯间的一瞬间，男人直接反手将她扣到墙边。

高大的身形抵在她面前，周承诀一只手抓着她两只纤细的手腕，另一只手捏住她细软的下巴，迫使她抬头看向自己。灰暗的环境下，四年多没再有过交集的视线重新撞在一起。

“结婚了？还是有男朋友了？”男人嗓音哑得厉害，透着股抑制不住的怒气，又藏着股见不得人的委屈，他自嘲地扯了下嘴角，轻笑了声，“算了，管不了那么多了。”

岑西还没来得及反应过来他话里的意思，周承诀微凉的唇已经贴了上来。

他少见的不礼貌也不温柔，第一回如此亲密的触碰，便直接长驱直入，似是要掠夺她的全部气息，不放过每一寸角落。

岑西只觉得嘴唇发麻、舌根发麻，最后是头皮发麻。

她没见过这个样子的周承诀，霸道、进攻、占有，明明每一个词都那么陌生，却偏偏又觉得与他十分契合。

岑西不知道这个阔别多年如发泄般的吻到底持续了多久，只记得周承诀将她松开的时候，她已经顾不上任何事情，只会微张着嘴，止不住地喘气。

然而，眼前的男人似乎还不打算放过她。

他刚刚欺负过她的嘴唇已经游离至她温软的颈窝深处。

他好像对她脖颈的味道格外上瘾，从前还在南高时，就常凑到她跟前深吸一口气。

只是当初大家年龄都还小，不似此刻……贪婪。

饶是岑西，也想不出更好的形容词来描述。

通道门外传来小女孩“嗒嗒嗒”的脚步声，推开门的一瞬间，“西西”两个字被隔绝在外，听到周承诀耳朵里的，只剩下“妈妈”一词。

男人舌尖不悦地抵了抵脸颊，似是在压抑着某种暴怒的情绪。

他伸手将她被自己扯乱的领口收紧，而后用高大的身形将她完完全全遮挡在自己的怀抱之下。

眼见晶晶已经要走到跟前，岑西忙用双手抵住周承诀的胸膛：“先生，您放开我……”

“先生？”周承诀冷笑了声，“岑西，你别跟我装。”

他说完，偏头看向小姑娘，语气冷冰冰的：“你爸爸呢？”

“晶晶没有爸爸了。”小女孩奶声奶气地答他。

岑西总觉得那一瞬间，似乎是自己的错觉，周承诀在听到晶晶说自己没有爸爸了的时候，脸上的表情并非松一口气，而是闪过一丝微不可察的心疼及恼怒。

“那王八蛋死了？还是把你丢了？”周承诀的语气微怒。

岑西的眼眶酸了一瞬，弯了弯身从他手臂下逃开：“不用你管……”

然而周承诀并没有要立刻放她走的意思。

快五年了，他已经数不清多少次在梦里重演那天一睁眼，就再也找不到她的画面。

他太害怕体会这种感觉了。

周承诀的大手重新扣上岑西的手腕，不由分说地将人扯回自己跟前：“反正她说自己没爸了，岑西，我不介意当个后爹，你别想再跑了。”

2

那时的岑西很感谢这个安全通道里昏暗的光线，至少在当下，能很好地将她压抑了多年的委屈和动容完美隐藏。

某种舍不得的念头一闪而过后，便被岑西很好地掩饰起来。

她背对着周承诀，很快收敛起情绪，硬下心准备将手腕从他掌心里抽出。

原以为需要稍稍费点劲，可她似乎还是低估了周承诀对她的在意。

“叔叔，你这样抓住西西妈妈，西西妈妈的手手会疼噢……”小女孩清澈又稚嫩的嗓音在灰暗的楼梯间响起。

话音刚落，还没等岑西反应过来，周承诀已经在她使劲之前，率先松开了自己的手。

岑西短时间内重获自由，几步朝晶晶走去，到了小家伙面前蹲下，将人一把抱到自己的臂弯处，而后重新站起身来。

周承诀睨着她这熟练的动作，说不难受其实是假的。

这种心疼又嫉妒的复杂情绪打得他措手不及，可又不得不接受。

周承诀就这么默不作声地站在她身后，看着她一声声温柔地轻哄着怀中那个小宝贝。

周承诀给了自己将近一分钟的时间适应。

适应这个他从没想过会发生，却又切切实实摆在自己面前的结果。

就连他自己都没想到，仅是如此短暂的一分钟，他竟然已经坦然地接受了。

好像只要能找回她，只要能看到她安然无恙地站在自己面前，他似乎没有什么是不能接受的。

只要与岑西有关。

“刚刚做检查的阿姨说晶晶很乖哦，西西妈妈可以带晶晶一起去买糖吃吗？”小女孩乖巧地趴在岑西肩头，咂咂嘴，惦记起岑西方才答应过她的话。

“好呀，乖宝宝当然要奖励啦。”岑西轻笑了声，揉揉晶晶的小脑袋，准备拉开安全通道的门往外走。

那温软又熟悉的声线一下将周承诀的思绪拉了回来，安全通道门打开的一瞬间，被男人结实有力的手一下按了回去。

安全通道的门比较特殊，会自动往回拉，力道稍大些，关门声便很难控制好分贝。

怀中的小丫头很显然被突如其来的声响吓了一跳，一个瑟缩，下意识往岑西怀中钻了钻。

岑西揽着孩子的手一紧，几乎是脱口而出喊了声他的名字：“周承诀！”

他原本还微拧着眉，打算主动先开口说点什么，片刻后，眉心愉悦地舒展开来，骨节分明的手指还按在安全通道的门上没挪开，静谧的楼梯间内响起男人一声轻笑，周承诀嗓音磁沉道：“叫得挺顺口嘛，这不是还记得我叫什么名字吗？刚刚是谁一口一句‘先生’。”

岑西没回头看他此刻的表情，懊恼地咬着唇，沉默了两秒钟，又换上清冷的声线继续开口：“麻烦让一下，你这样会吓到孩子。”

周承诀眸光黯淡了些许，敛起了这几年几乎没再出现过的不着调，紧了紧牙关，视线在这对“母女”身上来回打量了片刻后，像是败下阵般，轻叹了口气，将手从门上收回来，垂眸看向那个被她抱在怀里的小东西：“抱歉。”

“叔叔不是故意要吓你的，你别害怕。”男人话音冷硬，对于哄小孩这件事，十分不熟练。

晶晶的两只小胖手挂在岑西细嫩的颈间，只敢悄悄探出一双圆溜溜的眼睛，没敢吭声。

最终还是岑西打破了空气中沉默的尴尬：“宝宝，我们走啦。”

晶晶小心翼翼地点点头：“好……”

“等会儿。”周承诀不知道该怎么在不吓到小的那个的情况下，强行把她留下，想了想，又觉得既然已经重新遇上，那么来日方长，也不急于这一时半刻，这才继续开口，“手机号留一个给我，准备去哪儿买糖，我开车送你们过去。”

“谢谢你，不过不用了。”岑西客气又疏离地拒绝了他的靠近，“那地方很近，开不了车。”

“行。”周承诀也不强求，只重复了一遍另一句，“手机号，留一个。”

岑西犹豫了两秒钟：“没有手机。”

周承诀这回确实快被她气笑了：“你还是一点都没变啊，岑西。”

“没手机是吧？”男人作势要替她把安全通道的门给开了，“走，我给你买，马上就去，顺便把卡也办了，然后把我的号码存进去。”

“周承诀，”岑西很少对人冷言冷语，更何况是在面对他的时候，他们从前几乎没有在这样奇怪的气氛中相处过，一股没来由的委屈莫名涌上心头，“你别这样，行吗？”

“你是不是以为这一套对我特别管用啊？”周承诀语气里带着讽意，可似乎又透着股藏不住的愉悦。

他这话一出，岑西也被自己这种少见的情绪吓了一跳，这么多年，她吃过那么多苦头，可是似乎总是在碰上他时，才会动不动就觉得委屈。

“对不起，我没这么觉得。”岑西垂着头，不好意思地道了歉。

这道歉听到周承诀耳朵里特别不是滋味。

他站在她身后，沉默了片刻，而后自嘲地扯了扯嘴角：“行。”

她那招对他确实特别管用，自始至终，一直都很管用。

话音落下，周承诀伸手替她将门开了，还用手臂的力道将门挡开，以便她抱着孩子顺利走出去。

待岑西出了门，他才松开手，也不受控地跟了出去。

“母女”俩走在前头，周承诀冷着脸，就这么老老实实跟在身后，也不敢跟得太紧，稍稍拉出了一个人的距离。

没走两步，晶晶捏在手心的个人信息单一个不小心掉落到地上。

周承诀也没多想，不想让岑西多弯一次腰，索性几步走上前，替她把单子捡了起来。

没料想将单子递出去的一瞬间，视线不经意扫过孩子的出生年月那栏，男人的动作顿住，而后很快将单子收了回来。

他仔细扫了两眼之后，自嘲地轻笑了声，开口叫住了面前这个他惦记了多年的人：“岑西。”

岑西脚步停顿一瞬，没打算回头，正准备继续往前走，便又听见他在身后慢悠悠道：“这孩子的出生年月日看着挺熟悉的。”

岑西闻言紧了紧手上的力道。

“如果我没记错的话，这天好像是我们的第一天。”周承诀不紧不慢地替她回忆，“那天晚上，某个人蹲在南高教学楼下和我说，周承诀，以后每天都一起吃饭吧，后来这个人当天晚上还跟我回了家。

“现在你告诉我，她那天晚上，在我家，当着我的面，神通广大地生出了这么个孩子？”

周承诀说完自嘲地笑了一下，见到岑西后，他果然脑子都不清醒了，她怎么可能会有这么大的孩子。

岑西没有吭声，也没有回头，脚步停顿一瞬后，又径直朝电梯的方向走。

周承诀自然不可能放任她就这么轻易地，再次从自己眼皮子底下消失，他手里拿着那张信息表，几步跟进了电梯。

他是赶在电梯门关闭之际进去的，刚一踏入，身后的门便缓缓关闭。男人高大的身形就这么挡在岑西面前，她想及时出去等下一趟的机会都没有，避无可避。

等严序找到这边过来时，走廊这头的人几乎散了个干净。

只留下个别嘀嘀咕咕的护士。

“看见周承诀了吗？”严序随口问。

这医院是程启天名下的，周承诀上大学之后，也投了点经费进来，加上严序打从读了医科后，没事就来院里实习取经，周承诀过来的次数便也多了起来，那张脸再加上那个身份背景，想不被院里的医生和护士记住都难，院里上下就没有不认识他的。

年轻小护士听到周承诀这名字，脸颊就忍不住偷偷红了红，害羞过后，又开始失落：“来过，又走了，追着个女人走的。”

“女人？”严序闻言诧异，他根本想象不出周承诀除了追着岑西跑，还能追着什么别的女人走，他想起方才周承诀魂都像被抽走似的表情，“什么女人？”

“就先前说的那个，被砸伤眼睛那个小孩的妈妈，看起来特年轻那个……”

严序几乎是一瞬间瞪大了双眼，也没顾上和小护士继续说什么，当即掏出手机给李佳舒发了条消息：岑西回南嘉了，你知道吗？

李佳舒缓了两秒钟，而后激动地发了一长串感叹号过来：什么时候？！她怎么！完全！没联系我！！

简直不敢相信我这么美：你看到她了？！在哪儿？现在还在吗？定位发我，我立刻过来！！呜呜呜，丢下我就走！一个电话都没打过！我等会儿一定要亲死她！

严序这会儿也还没平复好得知这个消息后震惊的心情，想了想，和她说：别过来了，人已经走了，周承诀追出去了，估计准备给人当后爹。

李佳舒人傻了：什么当后爹？

严序虽没见到那位年轻的妈妈，但以自己对周承诀的了解，再年轻漂亮的凑到他跟前，他都懒得分出心思看上一眼，能让他失魂落魄追着跑，甚至连孩子都有了，他都不放过的，除了岑西，不可能还有别的女人：我只是猜测啊，你别激动，具体我也不太清楚，就是岑西可能已经结婚有小孩了……然后你那位大侄子，好像已经上赶着去撬人家墙脚了……

李佳舒性子向来简单，一时都没法消化这么大的信息量，又发了一大串问号过来。

“信息表不要了？”电梯里，周承诀扬了扬手里的东西。

岑西一只手托着晶晶，腾出另一只手来将表格接过，语气是有意的疏离：“谢谢，麻烦了。”

“麻烦？”周承诀最受不了她对自己客客气气的态度，从前在南高上学的时候就是，如今更是，他恨不得她事事使唤自己，向来听不得她冲他道谢，男人轻哼一声，声线再度染上些冷硬，“我看你压根不担心麻烦我，东西掉了，叫住你也不愿意回个头，是不是就吃定我会给你送过来。”

“抱歉，我没这么想……”岑西话音弱下去，担心晶晶滑落，稍稍用力往上再托了一下。

周承诀见状，几乎是习惯性伸出手去帮忙。

其实方才那句话一出口，他就后悔了，他冲她发什么脾气。

“没让你道歉。”周承诀的语气立刻缓和下来，“对不起。”

岑西抱着晶晶，有意将脸往小孩身后藏了藏，不希望他发现自己此刻或许已然红得相当明显的眼眶，垂着头，不知道该怎么回他，后知后觉发现电梯迟迟没有动静，来不及多想，忙伸手按了一楼的按钮。

周承诀的眼神似乎一直停留在岑西身上没移开过，小姑娘的一举一动他尽收眼底。

岑西按下按钮的瞬间，身后适时响起他熟悉的低嗓：“药房在三楼，不用去拿药？”

他也如当初一样，从没变过，哪怕前一秒还被她疏离客气的态度惹得有了脾气，后一秒便又耐着心性周到地为她考虑起来。

“噢，要……”岑西也是刚反应过来。

正想重新腾出手来按三楼的按钮，周承诀已然先她一步，伸手替她按好了。

到了三楼，电梯门缓缓打开，周承诀下意识用手臂往门边一挡，待岑西安全走出去后，才收回手紧随其后。

“药单给我，我去拿。”男人自然地走在她身侧，朝边上的长椅抬了抬下巴，理所当然道，“你上那边坐着等会儿，抱着小孩也不方便。”

“不用——”

“不麻烦，给我。”周承诀冲她伸手，带着点哄的意味。

如今福利院条件不错，晶晶这小丫头还挺馋的，年纪虽小胃口却很好，院里的社工们也都宠孩子，把人养得肉嘟嘟的，确实有点重量，挺压手的。岑西自己没几斤重，抱了她一路，说不辛苦是假的，索性也不和周承诀矫情了，听话地坐到长椅上，从口袋里掏出药单递出去。

男人将单子接过，随意扫了眼便打算朝药房窗口走去，转身之际脚步忽地顿了下，而后回过头对岑西叮嘱了句：“等我。”

别又趁他不注意偷偷跑了。

这简简单单两个字背后的意思，双方都心知肚明。

岑西的睫毛不受控制地微微一颤，无声地点了点头。

似是对她的承诺还是不太放心，周承诀动作很快，从离开到回来，前后不超过五分钟。

岑西将药品接过，仍旧用那礼貌疏离的语气对他道了声谢。

周承诀快被她这态度惹得难受死了，语气里甚至带了些央求的意味：“你别这样行吗……”

岑西没答他。

这场重逢，本就在她意料之外。

更令她没想到的是方才那个令人猝不及防的吻。

她原以为多年过去，两人的生活圈子早已没有任何交集，他或许已经像上一回那样，压根不记得有她这么个人了，而这一次，只要她不主动去找他，他们或许就再也不会相见。

毕竟周承诀这样的天之骄子，幸运了一辈子，最倒霉的事情便是被她找上。

她离他的生活越远，于他而言就越好。

岑西回过神，努力让自己看起来对他毫不在意的样子，自顾自将药品收进小背包里，抱起晶晶继续朝电梯走。

下楼，出了医院，一直到她带着晶晶去附近超市买糖，周承诀始终没从她身边离开过。

到收银台前结账时，岑西终于低着头，从小背包里掏出手机准备付款。

那手机款式型号比几年前周承诀送她的那台还要老旧，一看就是她不舍得花钱，但又碍于处处需要用到手机，而不得不咬咬牙挑了款最便宜的买。

上了年头的东西，运行速度自然是比较慢的，期间还会伴随着各种各样的小广告弹窗和卡顿，点开支付软件都得费好些时间。

周承诀也没经过她同意，当即将自己的码递出去扫了下，直接把钱付了。

岑西闻声微拧着眉心，回头抬眸看向站在自己身后的男人。

周承诀似乎早已想好了说辞，朝晶晶示意了下，说："给小朋友买的。"

岑西张了张嘴，最终还是没多说什么，毕竟她也没资格替别人拒绝。

3

出了超市，烈日高悬于顶，岑西方才着急去福利院接晶晶到医院看眼睛，没顾得上其他，这会儿手头连把遮阳伞都没有，只能举起挎在腰间的小包，挡在晶晶额头上，替她遮去刺眼又灼热的光亮。

而她自己就这么被暴晒着，细汗从额前渗出，流经脸颊再到脖颈，她也毫不在意。

周承诀睨着她这个样子，蹙了蹙眉心，她向来如此，从来只把别人当回事，不曾心疼过她自己。

可他会心疼。

"回哪儿去？我送你们，我正好开了车过来，这个点的公交班次少，不好等。"周承诀知道岑西的脾气和习惯，打车这么奢侈的事，她不到万不得已是不会做的，"太晒了，别逞强。"

"你走吧，我没事。"岑西目光睨着公交站牌，忍着想看向他的冲动。

这倔脾气这么多年也还是没变，周承诀不知是该笑还是该气，没再多说什么，转身走了。

待他的脚步声渐渐消失在耳畔，岑西才控制不住转身回头朝他渐行渐远的背影看去。

眼眶酸涩不已，下巴控制不住隐隐抽动，她几乎是用尽了所有力气，才压抑住哭泣的冲动，张着嘴大口大口地喘着气，却又担心怀中的晶晶被自己这少见的情绪吓到，强忍着不敢发出声响。

这样应该……就好了吧?

他的耐心终于被她耗尽了。

然而令她没想到的是，约莫才过了两分钟，方才那个沉着脸离开的男人又重新回到了自己身边。

他手里多了把崭新的遮阳伞，上头还挂着未拆的吊牌，一看就是方才折返回超市刚买的。

周承诀站至她身后，几下将伞打开塞到她手里，淡声道：“别只知道顾着别人。”

说完，他转身大步离开了。

这回应该……彻底结束了吧。

晶晶还是挺敏感的，很快发现了岑西的不对劲，小声在她耳边道：“西西妈妈，你怎么了？怎么哭哭了？”

岑西回过神，收回视线，以防在小孩面前掉眼泪，她重新仰着头看向站牌处，强打起精神来，笑道：“哪有哭哭？西西妈妈是大人，不会哭哭的。”

晶晶的小手在岑西泛红的眼皮上，轻轻地抚摸了下，又奶声奶气地问：“那你的眼睛怎么红红的？”

“可能是天气太热啦，太阳公公晒的。”岑西揉揉晶晶的小脸蛋，软声软语地哄骗着。

然而她忘记了，晶晶虽年纪小，可从小没有爸妈，一直被丢在福利院这种大家庭里养的小孩，饶是被保护得再好，也比同龄小孩更懂事敏感些，没那么好糊弄。

晶晶眨眨眼，正想再问点什么，却忽地被不远处驶来的跑车声浪吸引了注意。

黑色超跑由远及近，最后竟就这么停在了岑西跟前。

小姑娘以为是自己挡了道，还稍稍往后退了两步。

哪料想还没等她站稳，车窗便降了下来。

周承诀朝车内偏了偏头，示意她：“上来，我送你们回去。我刚刚查了，这条路这个点没几个班次的公交车在路上，你非要等下去，起码得再熬上半小时。”

岑西无动于衷。

“西，只是送你一趟而已。”周承诀轻叹口气，想了想觉得还是只有这么说才管用，“太晒了，你熬得住，小孩熬得住吗？”

晶晶愣怔了两秒，冷不丁开始摇头，十分配合道：“熬不住！太阳公公晒得眼睛红红的！把西西妈妈都晒哭了！”

岑西：“……”

“快，这儿不能停太久，上来。”周承诀说罢，有意按了下喇叭。

结果一声喇叭过后，紧随其后的另一辆银灰色跑车也开始猛按起车喇叭。

周承诀大手捏了捏后颈，清了清嗓音一本正经道：“你看，后边人都催了，上来。”

后面那辆车的喇叭按得相当暴躁，岑西一时没敢再犹豫，忙踏下台阶，朝周承诀的车边走去。

没等她伸手，黑色跑车的门已经自动打开了，剪刀门缓缓朝上方抬起，十分嚣张惹眼。

晶晶看傻了，忍不住感叹：“哇，好厉害！西西妈妈快坐车车，有翅膀，还凉凉的！”

后面喇叭在催，怀里的小朋友在催，驾驶座上的男人也在哄着她上车。

岑西实在没时间想太多，没再耽搁上了车。

周承诀的车没载过小孩，因而也没什么安全座椅，岑西只能将晶晶抱坐在自己怀中。

好不容易坐定后，后面那辆跑车急促的喇叭声也终于停了。

岑西下意识回过头，透过后车窗，往身后那辆车的驾驶座扫了眼。

原本想看看怎么会有这么暴躁没耐心的人，结果盯着那人模模糊糊的轮廓，越看越觉得眼熟。

“怎么了？”周承诀打着方向盘转弯，随口问。

岑西轻摇了摇头，眼神还没收回来，只小声嘀咕了句：“后面那车里的人，怎么那么像……严序啊？”

周承诀原本还偏头看着她，此刻当即收回眼神，清了清嗓子：“是吗？他是大众脸，你可能看错了。”

“住哪儿？”周承诀状似不经意地问。

岑西报了福利院的地址。

“我是问你。”她说的那地址，周承诀方才已经在晶晶的个人信息表上看过了。

“一样。”岑西没打算瞒他，毕竟人都已经坐上车了，一会儿到了自然会发现。

周承诀微拧了拧眉，下意识抬眸透过后视镜看向坐在后排的岑西，最后还是没多说什么。

车子在路上开了半个多小时之后，岑西逐渐察觉出一些不对劲。

她虽才刚回南嘉几个月，对四五年间迅速发展的南嘉已经比较陌生了，可对福利院到医院这条路还是较为熟悉的。

毕竟院里的小孩多，感冒、发热、磕磕碰碰的情况不在少数，这家福利院又是祈天私立医院的帮扶对象之一，院里的孩子稍微有点情况，基本上能往这边送的都往这边送。

岑西回来的这几个月，来来回回已经送过很多趟了，对路上的周边环境，以及来回所需的时间，多少有个大差不离的概念。

然而周承诀这趟车已经开了将近半个小时，她连出了医院三分钟车程内的标志性建筑都还没看到。

“你绕路了？”岑西问得很直白。

“绕了。”周承诀回答得也很直白，“绕了好几圈了。我想和你多待会儿。”

岑西低下头，没再继续问，毕竟他又不是收费的的士，想绕就绕吧。

“赶时间吗？我看小孩睡得挺熟的。”他不仅绕路，连车速都降到了最低，平日里能拿到赛道上去放肆拼速度的超跑，此刻只能委委屈屈地在路上慢悠悠地遛。

晶晶玩了一早上，眼睛受伤后又害怕地哭了很久，到医院又是检查又是滴药水的，折腾了一遭，体力几乎已经耗尽。

好在眼睛没什么大问题，滴完眼药水后就安心了，再加上周承诀车内温度舒适，他开得又相当平稳，特别适合休息，小屁孩刚上车时还新奇地四处打量，没一会儿便安稳地闭上了眼。

岑西垂眸看了眼晶晶，也没吭声。

周承诀见岑西不说话却也没说赶时间，心下稍稍放松了些，嘴角也忍不住勾了勾，继续说：“带你在周边逛两圈，熟悉熟悉环境，这几年南嘉变化还挺大的。”

岑西仍旧没吭声，周承诀也不介意，只要想到她此刻正安安稳稳坐在自己车上，就已经很满足了。

他开着车，自顾自地继续说着话，偶尔也会抛一两个问句出去，她不答就算了，答了就是他赚到。

“回来多久了？”周承诀已经习惯了被无视，打着方向盘，也没指望她回答，在十字路口拐弯的时候，朝不远处天桥下的店面抬了抬下巴，和她说，“那家店味道还不错，里面有几道菜应该挺合你口味的，你要是有时间，可以带你过来尝尝看。”

“到时候叫上严序、李佳舒他们一起聚聚。”怕她不想和他单独来，他还特地补了一句。

许是车内气氛过于安逸，周承诀一句接一句给她介绍同她分享，岑西心里难免不太好受。

她本就不是个冷情冷性的人，面上的冷硬不过是对上他时，刻意装出来的。

“佳舒和江乔，还好吗？”小姑娘轻浅的话音从后座传来。

周承诀差点以为自己幻听了，心跳都控制不住快了许多，面上的愉悦藏都藏不住：“挺……一般的。”

他本想说挺好的，话到嘴边，又转了个弯。

岑西抬眸，神色染上担忧：“怎么了吗？”

“也没什么，没你在的那会儿那么活泼吧，你突然走了，李佳舒偷偷哭了很长一段时间，后来加上要准备高考，学习压力也比从前大，整个人比以前稳重了很多，不过偶尔也有爹毛的时候。”周承诀扯唇轻笑了声，“记得你走之后没多久，她和江乔两个人跑去你们文科班找蒋意殊大吵了一架。”

“蒋意殊？”岑西话里带着疑惑，“怎么会呢？”

在她的印象中，蒋意殊一直是文静话少、没什么脾气的女生，两人坐同桌的那段时间，蒋意殊除了一个劲给她分享英语题，就没有别的交流了。

岑西从没见她和谁起过冲突，况且李佳舒和江乔也都不是会主动挑事的性格，大家相处得一直非常和谐融洽。

“她俩发现蒋意殊带着狗去你的小花园里拉屎。”周承诀说起这件幼稚的事，也忍不住低低笑出声，“最开始发现的时候，两个人自己默默铲了，后来发现蒋意殊每天都来，觉得她是不是对你有意见，两个大小姐就忍不了了，直接冲到文科班找到她当面质问。

“蒋意殊这人的脾气你应该比我了解，你的同桌嘛，见到她俩气势汹汹地来，只不慌不忙平静地说了句‘你英语刷题排名掉得太快了，要督促你一下’，”周承诀似是又回忆起了她刚走的那段时间，那种难受的滋味一下又蔓延到胸腔，语气都落寞了不少，“把她俩堵得一句话都说不出来。”

“噢。”岑西点点头，也想起了从前的事，淡声道，“蒋意殊是这样的，她以前就这么干，我排名一掉她就来，也多亏了她督促，我英语成绩后面才可以那么稳。”

“不过后来没法上那个号了……”女孩话音弱下去，她当时离开前，把手机连带着手机卡，全部一并还给了周承诀，她从前用的，不论是微信号还是各种程序软件，都是和那张卡绑定的，还了之后便没法再登录任何账号。

也正因为如此，她不仅离开了周承诀，也斩断了南嘉其他好朋友和她取得联系的一切可能性。

“嗯。”周承诀只淡淡应了声，而后轻轻叹了口气，“后来的每一天，蒋意殊都会带着她的狗去你的花园里撒野，李佳舒和江乔就每天不定时上线去帮你铲，几个人就这么坚持了四五年。”

“我每天过去看，经常能碰到人。”周承诀似是看出了她的疑问，也没等她提，直接说了，“你的一院子绣球花还得我每天去侍弄呢。”

她离开了四五年，那个小游戏也四五年没再登录过，可她的小院子，是那个游戏里最热闹的地方，南嘉那群朋友每天都会来。

周承诀目视前方，平静地同她说："大家一直都很想你。"

岑西的睫毛颤了颤，没搭话。

周承诀开着车带岑西在市区绕了好几圈，最终还是老老实实将她送回了福利院。

晶晶在快下车前正好醒了，小孩睡完一觉很快又生龙活虎起来，先岑西一步下了车，蹦蹦跳跳冲进院子里找小伙伴们玩去了。

岑西还坐在车上，忙朝小家伙的背影，叮嘱了一句："小心一点哦，别跑那么快，眼睛刚刚受伤就忘了呀？"

晶晶已经跑远了，岑西也没再多说什么，反正人在院里，那么多社工阿姨盯着。

她收回视线准备下车，结果想起方才为了让晶晶睡得舒服些，将挎在身上的小包脱下来随手放在了旁边，这会儿找了半天没找着，正准备俯下身去看看是不是掉到座位下面了，就听见车门缓缓降了下来，紧接着便是落锁的声响。

岑西闻声，脊背一僵，直起身来，看看车门，又看向前面驾驶座上的男人，语气里是她自己都没察觉出来的娇："你干吗呀！"

"手机号是这个？"周承诀手上拎着她的小包，掏出手机给她拨了通电话。

铃声很快从小背包中传了出来，男人轻笑了声，手指在手机屏幕上继续点着："微信号也是这个号？还真是，好友申请给你发过去了，你通过一下。"

周承诀说着，便将手里的小背包还给她，而后抬了抬眉梢，示意她当面操作。

岑西没打算同意，拿着包便想开门下车。

不过很快便败下阵来，这车门没有他操控，她压根开不了。

岑西略显气恼地坐回原位，板着脸，微嘟着嘴，望向前排正懒洋洋地靠在椅背上的周承诀。

他知道她在无声地抗议，可偏偏她鲜有发脾气的习惯，压根不知道自己此刻这模样有多可爱，多招人喜欢。

"你别耍赖。"半晌，岑西才憋出这么一句，听起来怪幼稚的，可周承诀心头忍不住一酸，她走的那会儿，他们也不过就是正幼稚的年纪。

周承诀语气淡下来："不耍赖能行吗？"

他总不能还像当初那样，眼睁睁让她从自己身边悄无声息离开再次失去联络。

很快，小背包里再次响起熟悉的手机铃声，岑西抬眸看向周承诀："你打的？"

"没。"

岑西从包里翻出手机，看了眼来电显示，动作利落地将电话接了起来，语气比方才和周承诀说话时乖巧多了：“阿姨？”

电话那头的人是汪月女士：“刚刚听你们电视台的杜薇说，院里有小孩伤了眼睛？现在情况怎么样了？”

“噢，是，没什么大事，就是小孩闹着玩，不小心砸到了，好在力气小，也就疼了一会儿，主要还是心理上害怕。医生给开了点眼药水，滴了之后有心理安慰了就活蹦乱跳了。”岑西答。

“那就好。”汪月松了口气，“那你现在是在院里还是电视台那边，周围有别人吗？”

“在院里，刚到一会儿。”岑西说着，不自觉地往周承诀那边看了眼，犹豫了下，“没别人……”

驾驶座上的男人闻言轻笑了声。

岑西心虚地捂着手机，瞪了他一眼。

“噢，没别人啊，那我可以直接和你说了，我差不多还有二十来分钟就会到南嘉，正好有东西落了，回来取一趟。你晚上过来我家和我一块吃顿饭，给你介绍个人。”汪月笑道，“你们杜薇姐给我打了好几回电话了，说是再不回去录节目，节目那收视率怕是没救了。”

岑西笑笑：“是呀，前两期都只能靠咱们之前写好的几个稿子硬撑着。”

稿子是岑西写完，汪月再过目和润色的，内容质量都挺高，就是请来的嘉宾对这种很难吸粉的社会公益节目并不上心，不愿意下功夫，按照稿子讲故事都讲不流畅，比机器读稿还生硬，自然出不了汪月想要的那种效果。

“嗯，具体情况杜薇也跟我说了，但是我确实抽不开身回去录节目，正好今天得回来取点东西，可以给你们介绍个人救救场。晚上你来一趟，阿姨把他也约家里来。”汪月压低声量说了句，“要是能让他同意，你们节目下一期收视率肯定比那帮明星来都要好，不过这小子……反正我就是给你搭个线，成不成还是另说，另外这种事你别和台里其他人提，省得说我偏心只把资源留给你，背地里针对你。”

“嗯，好。”岑西懂她的意思。

挂了电话，岑西顺便看了眼手机上的时间，见离晚饭时间也没差几个小时了，只能看向前面的人：“我晚上还有事，你让我下车。”

“我晚上也有事，你把好友申请通过了，我立刻放你下去。”周承诀坚持道。

岑西不满地哼了声，硬着头皮点开微信小红点，通过了他发来的那条好友申请。

周承诀的手机号和微信号这么多年也没换过，还是原来那个。

岑西看到这久违的熟悉的头像和 ID，心里也忍不住一酸。

而周承诀已经动作利落地点进了她的朋友圈，只不过点了和没点也没什么差别，岑西仍旧保持着和从前差不多的习惯，很少发东西。

大部分是有关各类公益活动的宣传。

不过即便是这些，周承诀仍旧仔仔细细一条接一条看了下来。

几条内容很快看完，他意犹未尽。

这几年，他总是这样，空下来了就翻出岑西先前那个号的朋友圈反复看，哪怕没几条，刷完一遍又重新回过头再来一遍。

就这么反反复复在空荡荡的朋友圈里坚持了这么多年。

“不发动态啊？”几条看完后，他随口提。

岑西“嗯”了声：“也没什么好发的。”

“以后多发点，”周承诀自嘲地轻笑了声，“让我的朋友圈和生活都能热闹点。”

4

岑西回到社工宿舍后，先去洗了个头和澡。

毕竟晚上要去别人家吃饭做客，还得见汪月给她介绍的节目嘉宾，她总不好灰头土脸太过随意。

洗完出来准备吹头发的时候，瞥见随手放在桌上的手机亮了下，以为是汪月找她还有什么别的事，结果拿起来一看，是周承诀发来的消息。

看着这个曾经最熟悉的账号发来消息的界面，一瞬间，恍若隔世。

有四年多了吧，她有四年多的时间没再看过这样熟悉的弹窗，明明四年多前，他们是什么时候吃饭，什么时候睡觉，什么时候起床，什么时候上学，都会随口报备的关系。

岑西一边单手吹着头发，一边点进周承诀的朋友圈。

他的朋友圈没有设置什么时间限制，几年前的动态都还能一览无遗。

可也只有几年前的东西。

周承诀的朋友圈停留在了她离开的那一年，自她离开之后，没再发过任何东西。

随便扫一眼便能看到他从前在祈留山庄雪山顶上给她拍的照片，那桌他发烧时，她到望江给他做的早餐，以及某天半夜兴奋得睡不着，熬了个通宵发的“第一天”。

最新的一条应该是那年他们三个出车祸之后，岑西回了嘉林，却骗他去隔壁市参加比赛，没去看他，也不怎么回他消息，他半夜醒来给她报备完自己醒了，却依然没得到回复后，转而在朋友圈发了条看似模棱两可，实则暧昧至极的问句。

——“某些人总不回消息怎么办？”

虽是大半夜发的，可周承诀发朋友圈这个行为，本就不太常见，每回只要一发，评论区便极其热闹，明明他微信里压根没加多少好友，就光小群里那点人，一个来个好几条，都能搞出几个班的架势。

这条朋友圈岑西当晚就刷到了，她记得第一个跑出来评论的还是李佳舒。

李佳舒说，不是我，我总被拉黑。

毛林浩说，也不是我，我在吃馒头。

毛林浩继续说，我问你的题你还没回我呢，我也去发一条：有些人总不回消息怎么办！

严序姗姗来迟，立刻圈出重点，你给我把“些”字去掉，而后又直白道，你语文也考个一百四十三分和人家门当户对一下，兴许就愿意回你了。

严序后面这条评论一出，下面全部开始复制粘贴跟起了队形。

评论区热闹得下拉好几回都拉不到底。

而此刻，动态下面空空荡荡，没有一个人回复。岑西这才忽然想起，自己这个账号并没有和南高其他人加过好友，因此也看不见他们曾经发过的任何东西。

岑西如梦初醒，退出了周承诀的朋友圈。

周承诀的消息应该是在她下车没多久就发来的，问她到宿舍了没有。

紧接着便是问她晚上准备去哪儿办事，和他说一声，他能接送。

岑西本想回他一句不用，想了想，又将打好的两个字直接删除，点进他的头像，狠下心把人拉进了黑名单。

吹风机的轰鸣声掩盖了一切她不想听见的声响。

吹完头发后，岑西又去洗了把脸，顺便用浸过冷水的毛巾敷了敷略显红肿的眼睛，而后少见地没有抓紧时间坐到电脑前写稿，而是昏昏沉沉地爬到小床上，抱着被子愣愣出神。

再后来，岑西是被汪月的视频电话叫醒的。

汪月说差点忘记告诉她家里地址，挂了视频后，给她发了个定位过来。

岑西迷迷糊糊间点开定位，被“陆景苑”那三个熟悉的字惹得一个激灵，一下从床上坐了起来。

汪月工作能力很强，身兼多职，工作之余还参与了不少公益事业，因而常年在世界各地到处飞，并不久住南嘉。

加上前几年，她在隔壁常安市参与了一个重点帮扶项目，项目很大，时间跨度较长，她日常大多数时间住在常安。

岑西也跟随她在常安久居了四年。

期间，她不曾离开过常安，更没再回过南嘉，因而并不知晓汪月在南嘉的住处。

看着陆景苑那熟悉的定位，再联想到汪月先前打电话来和自己说的事，她心里不免生出些不得了的猜测。

岑西心跳莫名快了些许，下意识扫了眼时间，发现自己已经睡过头后，也没工夫继续细想，匆匆忙忙下床换了身衣服，把乱糟糟的头发简单梳好后，也来不及扎，拿起包便小跑着冲出社工宿舍。

没料想周承诀居然还没走，那辆惹眼的黑色跑车仍旧和几个小时之前一样，就这么堂而皇之地停在福利院门口不远处。

岑西当即停下脚步，本想转身绕道走，哪想到周承诀反应比她还快，没等她跑出去两步，便直接将人逮了回来。

“跑哪儿去？”周承诀不由分说地直接将人塞回车上，“都说了你要去哪儿我直接送你。”

一瞬间，岑西再次回到他的车后座，熟悉的落锁声响起，她只能放弃偷溜的幻想。

“你不是说你晚上也有事……”岑西不自在地低着头。

“先送你。”于他而言，哪有什么事能比得上她重要，“你把我拉黑了是吧？”

周承诀轻哼一声，也没等她回答，继续说：“把我拉回来，要去哪儿，定位发我。”

岑西没动静，犹豫片刻，只说了句：“陆景苑……”

周承诀手上动作一顿，回过头看向后座，眉梢微抬，表情里带着点询问的意味。

“不是……”岑西索性直接把自己手机上的导航递到他面前，“不是你家……”

周承诀垂眸扫了眼定位上的位置，而后微眯起眼，心里的诧异不比岑西方才看见时少。

那定位上显示的位置确实不是他家那栋，不过也不远，就在他家对面。

正对面。

简直就是字面意义上的，门当户对。

这下好了，连导航都省了，周承诀开着车载着她一路直接往自己家开。

岑西偏头往外看，看着车窗外不断后退的场景越渐熟悉，最后车子终于停在了那个她曾经也畅通无阻的小花园前。

待车子停稳后，车门缓缓往上升起，岑西拿起包下车，几乎是习惯性便往周承诀家的方向走。

她走了两步，脚步忽地顿住，而后在他微微勾起嘴角的注视之下，逃也似的换了个方向，跑向了汪月定位上的那栋别墅洋房。

两栋房子的格局差不多，别墅前同样也是个小花园，稍有不同的是，汪月这边的小花园里种满了漂亮的浅色绣球花。

岑西站在铁艺门前，稍稍出了一会儿神，一直到程启天走出来给她开门，她当即愣在原地。

不久前某种荒谬的猜测好似渐渐在得到印证。

“小姑娘，你来找汪阿姨的吧？”程启天笑着和她打了声招呼，斯文儒雅的气质一如几年前见过的那般，没有什么改变，不过听这话，他应该没认出她来。

岑西收回神，若无其事地扬起礼貌的笑容，冲他点了点头：“对，阿姨到了吗？”

“在里面下厨呢，说要亲自露一手给你们尝尝。”程启天冲她招招手，“来，进来吧。”

程启天招呼她到客厅坐下，给她端了几盘水果过来后，便重新挽起衣袖回厨房，和汪月一起忙活晚餐。

岑西端端正正地坐在沙发上，没敢四处张望，连摆到她面前的水果都一动不动，整个人稍显拘谨。

片刻后，边上的沙发忽然下陷。

岑西当即偏过头，就见周承诀已然光明正大地坐到了自己身旁，自如地伸手从茶几上拿了几颗车厘子塞到她手里。

“你怎么——”岑西一句话还没说完，汪月的声音便从不远处传来。

“都来了啊？”女人身上还戴着围裙，用手肘碰了碰紧随其后的丈夫，“你别来添乱了，去招呼一下。”

“我添乱？”程启天笑了，“你去招呼，下厨这种事还是我来吧，怕你把咱家厨房炸了。”

汪月白他一眼，又看向岑西，冲她使了使眼神，示意她身边这位就是今晚准备给她介绍的“大救星”。

岑西显然明白了她的意思，尴尬地偏头看了眼周承诀，又看向汪月。

她其实早该反应过来的，电视台栏目策划组那几个人天天挂在嘴边的，除了周承诀就没其他人。

程启天倒是听汪月提过要给从常安那边带过来的小女孩介绍资源的事，见沙发上的两个小辈谁都没动静，想到现在年轻人估计都不太好意思社交，于是率先开口打了个圆场：“我和你们阿姨还差两个菜没弄完，暂时可能没工夫和你们聊了。你俩看着差不多大，年轻人嘛，聊聊就能聊到一块了，别这么拘谨，要不先加个微信？”

“阿诀，你是男孩子，主动点儿。”程启天和岑西不熟，自然先向自己干儿子发话。

他知道这小子心性高，低调做好事出钱出力都愿意，可要让他抛头露面上什么电视台的节目，那就难说了。

不过，不管他愿不愿意，先把两个孩子的关系搞好了准没错。

周承诀强压着嘴角的弧度，不紧不慢地从口袋里掏出手机，“嘶”了声：“也不知道人家姑娘愿不愿意。”

周承诀点开自己和岑西的聊天框，将那个被拉黑的红色感叹号亮给她看。

“……”

岑西硬着头皮也拿出自己的手机，当着两个长辈的面，把周承诀从黑名单里拖了出来。

此刻两人坐在一块，头挨着头，正垂眸盯着同一处看。

程启天站在不远处睨着这个场景，总觉得似曾相识，好像什么时候见过。

“好了。”周承诀满意地开口，而后抬头朝汪月看去，“干妈，加上了。”

“和你说的事，你考虑考虑，能去就去。具体的，西西，你给他说一下哈。”汪月见周承诀这小子居然都愿意主动加人微信了，心下觉得事情应该成了大半，便准备折返回去继续捣鼓她那两道菜。

临走前，见程启天还愣在原地，汪月轻撞了下他的手臂：“看什么呢？锅都要烧煳了。”

“没什么，嘶，就是总觉得在什么地方见过两人这样……”程启天被拉回了注意力，也没再多想，跟在汪月身后一块回了厨房，边走还边笑说，“不是不让我添乱，锅烧煳了又赖上我了？”

汪月：“……”

晚上吃过饭，汪月让周承诀送岑西回去，周承诀没拒绝，还相当心甘情愿。

岑西也不好当着两个长辈的面耍什么小脾气，乖巧地道完别后便上了周承诀的车。

跑车发动之前，汪月仍旧不放心地出来叮嘱一句：“阿诀，回去好好考虑一下，能录就答应吧，人家小姑娘挺诚心请你的。”

“嗯……”周承诀含含糊糊地应了句。

“路上开车小心点。”汪月继续说。

这句周承诀倒是没含糊：“放心吧。”

岑西还在他车上呢，他怎么可能不小心。

待车子渐渐驶离陆景苑，岑西才稍稍松了口气。

驾驶座上忽然传来周承诀的低嗓：“这种事，你可以直接来找我。”

“别人联系不上我，你还联系不到我吗？”周承诀语气里带着点低落。

她岑西要是愿意，都不用吭声，勾勾手指，他就能立刻出现在她面前了。

“你不是不愿意参加露脸的节目吗？”岑西别开眼神看向窗外。

“你来问过我吗？”周承诀说，“你找过来，和外人找来，能一样吗？”

“不都是你一句话的事？”周承诀透过后视镜看向她。

“你要我求你吗？”岑西闷声问。

“不是求，”周承诀自嘲地扯了扯嘴角，“你吩咐我一声就成，只要你一句话，我什么不能答应？”

姓名：＿＿ 班级：＿＿ 学校：＿＿

第八章

还好你还在这里，从未走远

/

1

高考结束那年，距离那件事情过去也不过两年不到的时间。

岑西考了个榜首，各省高校录取分数线都还未出时，南嘉大招生办便已经打来了电话。

然而那时的她，并不似寻常金榜题名的考生那般兴奋激动，她平静地让对方给自己一周的时间，思考到底该不该回南嘉。

她并不知道朱邱建到底还有没有留下其他的烂摊子，一旦她回到南嘉，那些藏在暗处的危险或许会重新通过她，找上更多她身边的人。

可偏偏她答应过周承诀，以后要考同一所大学，他总说她老是说话不算话，可她只是有太多的迫不得已。

其实她也想信守承诺一回。

最后，她挑了个折中的办法，应了南嘉大的招生邀请，只不过申请了两年之后再入学。

两年时间说长不长说短也不短，她或许可以用这凭空多出来的两年做很多事，可以跟着汪月一块在常安那边的几个帮扶资助点照顾更多和她有着相同经历的孩子，可以在闲暇之余多写点稿件，争取将欠周家的那笔钱一点一点攒出来，除此之外，或许还能让某些潜在的危险逐渐放弃她，也能让南嘉的朋友们，彻底忘记她。

只不过最后一条没能如愿，两年时间匆匆过去，她竟然又和周承诀坐在了同一辆车里。

四年多的分别，他们谁都没能遗忘彼此。

晚上岑西还是回了福利院，她恢复入学的手续办晚了，学校还没来得及给她安排学生宿舍，只能暂时先继续住在社工宿舍过渡。

回到小单间后，岑西才刚把灯打开，便立刻收到了周承诀发来的消息。

zcj：明天有课吗？

zcj：只是想过来接你一趟，别防我跟防什么似的。

岑西犹豫片刻，最后给他回了一句：没。

周承诀仍旧同从前一样，对她的消息几乎是秒回。

zcj：行，早点休息，明天见。

zcj：晚安。

岑西没再回复，拿上换洗睡衣，去阳台外的洗手间简单再冲了个澡后，抱着笔记本电脑，坐到了自己的小床上。

混乱的一天还没结束，她还有稿子要赶。

打开电脑后，她做的第一件事便是点进邮箱查看是否有未读邮件，这是她这两年开始不断在各大平台投稿后养成的习惯。

未读邮件有七八封，一些是公众号的约稿意向，一些则是之前合作的稿件过审通知。

岑西一条条耐心礼貌地回复完后，掏出自己的记账本和计算器，默默将今日进账的稿费列进账本里，再熟练地计算好距离还清债务还差的具体金额。

看着数字在不断变小，向来平静的女孩少见地在电脑屏幕的荧光中勾了勾嘴角。

做完这一切后，她很快打开了文档。

噼里啪啦的键盘敲击声一直持续到夜里三点，岑西将终于写好的最新章节快速再过目两遍，确定没有错别字后，直接发布到了她过去半年持续投稿的那个阅读平台。

一天的工作终于结束，困倦迅速袭来，岑西倒头就睡。

第二天她仍旧起了个大早。

她昨晚和周承诀说今天没课，但其实有，还是早八。

福利院距离南嘉大有一个多小时的公交车程，岑西只好将闹钟定在六点出头，满打满算也只能睡三个小时。

闹钟响起的一瞬间，岑西少见地不受雷打不动的生物钟控制，苦着张脸抱着被子继续睡了过去。

等她再醒来时，觉得天都塌了。

这一睡就多睡了一个小时。

她忙从床上爬起来，十分不讲究地用冷水刷了牙洗了脸，胡乱找了件外衣套上，头发也来不及梳，就那么随意披散在身后，抓起笔记本电脑塞进书包后，跟个小疯子似的匆匆下了楼，而后便往大门冲去。

等快到门口时，她才忽然明白周承诀昨晚说的明天见到底是什么意思。

院门前，那辆她已经坐过两三回的跑车，此刻再次停在了那个熟悉的位置。

见她慌里慌张地冲出来，当即闪了两下车灯，而后车门又在她面前缓缓升起。

周承诀坐在驾驶座上，透过车窗没什么表情地看着她：“有早八啊？”

岑西："……"

她昨晚还和他说没课。

周承诀也懒得和她翻这个旧账，朝车内抬了抬下巴："上来，一起去，我也有课。"

岑西这会儿赶时间，也没工夫和他客气，熟练地坐进车里。

周承诀一边将车子发动，一边问："没吃早餐？"

虽是问句，但其实只是在陈述事实。

才刚问完，还没等岑西答，他便已经将一袋东西递到了她的面前："吃吧。"

跑车速度快，周承诀还带她直接上了高架，车子差不多快到校门口时，距离上课还有将近四十分钟。岑西担心他这车太过招摇，让他提前将自己放下来，周承诀知晓她的性子，也没和她争这个，直接在距离校门口十来米的地方停车放人。

他本想停好车就陪她一块往学校里走，哪想到不过是眨眼的工夫，这姑娘身边就凭空多出来个男的。

两人并肩走在南嘉大茂密的榕林大道上，相聊甚欢，看起来挺熟。

周承诀的脸色肉眼可见地沉了下来，坐在车里，给岑西又发了条消息过去：上午的课上到几点，中午接你去吃饭？

等了许久，一直没有等到岑西的回复，男人舌尖不悦地抵了抵脸颊，直接将手机随意扔到副驾驶座上。

约莫两分钟之后，伴随着轰鸣音浪的黑色跑车一瞬间从两人边上呼啸而过。

这天中午，周承诀在岑西上课的那栋楼下面等了许久，最后还是没接到人，倒是在朋友圈刷到了和她有关的内容：

"小学妹"来南嘉大一起吃的第一顿，感谢"学妹"款待了，笑。

下面附上的是两个食堂餐盘的照片。

照片虽然没有专门拍人，可画面右上角，餐盘边上握着汤匙的那只手，周承诀一眼便能认出是岑西的手。

这男的周承诀认识，叫江隔，和他同系，都是学计算机的，还是同一届的，成绩仅次于他，因而虽然没分在同一个班，但周承诀对他还是有所耳闻。

之前大二的时候，系里有个比赛派他俩一块去，就正好加了微信，难怪刚才看他有点眼熟。

可以，他求着哄着要带她去吃点好的，她连条消息都不肯回，倒是舍得自掏腰包请别人吃饭。

第二天一早，那辆带着脾气的黑色跑车还是准时停在了福利院门口，然而稍有不同的是，门前不再只有他一辆车。

距离他不远处还停了一辆白色大众。

透过车窗，周承诀目光落到了大众驾驶座的那个男人身上，是那天和岑西一块吃饭的那个男的。

周承诀眉心微拧了拧，重新看向五十米开外的社工宿舍楼。

约莫十来分钟过后，岑西拎着包从院子里走了出来。

她今天没起晚，便不再像昨天那般匆匆忙忙奔出来，而是慢条斯理地走着。

十月末的南嘉，气温骤降，天亮得越来越晚。

福利院在小山头，六点不到的清晨，整个小山头还笼罩在雾气之中，四周一片白茫茫，能见度不高。

岑西的脚步在即将要走到两辆车前时才忽然停下。

两辆车原本都安静地在雾色中等待，没一会儿，许是对方先失了耐心，兀自打开车灯冲岑西闪了两下。

她被突如其来的光亮晃到眼睛，下意识抬起手臂往眼前遮挡了下。

周承诀方才便拧起的眉头，此刻因隔壁这人突然打灯的举动控制不住地加深，又在眼睁睁看着岑西上了那人的车后，心情沉到了谷底。

“学长早。”女孩的声音虽轻浅，可在这静谧的清晨仍旧能被周承诀清晰捕捉到。

他当即将车子发动，音浪的巨响瞬间将隔壁两人的对话声彻底覆盖。

下一秒，黑色超跑带着轰鸣驶离院门口。

岑西紧攥的手心已然被指尖扎得泛起一抹红，片刻后，她才偏头看向那音浪消失的尽头，睫毛轻颤了下。

一连几天，周承诀的车没再出现在福利院门前。

只是岑西每天回到社工宿舍时，都能在门把手上看见几袋吃的。

东西的外包装十分眼熟，都是从前在望江一块吃外卖的时候，她最喜欢吃的那几家。

没想到这么多年，这几家店都还开着。

令岑西更没想到的是，这天晚上门把手上的夜宵中，居然还多了份她熟悉到不能再熟悉的、从她手上都送出去过不知道多少份的外卖。

拆开外卖袋的瞬间，“至死不鱼”那张宣传小卡片从中掉了出来。

卡片上，那令人发笑的宣传语仍旧一字不变，变了的只是那串点单号码。

岑西捏着小卡片，抱着腿坐在床上，犹豫许久，小心翼翼地拨通了那串陌生的号码。

等待电话接通期间，她的心已经快跳到了嗓子眼，正纠结着要不要挂断，一个似曾相识又稍显陌生的嗓音终于从电话那头传了过来。

“您好，‘至死不鱼’欢迎您光临！请问想吃点什么呢？我也可以给您一些推荐哦。”

岑西呼吸一滞，轻声道："你好……"

电话那头的人听到这声"你好"后，明显一愣，而后不敢置信地小声问了句："是姐姐吗？"

眼泪瞬间决堤，她没应声，手机那头的人显然也控制不住哭腔。

两个女孩就这么抱着电话哭了半晌，岑西才从嘴里溢出了声："嗯……"

小妹当即朝店内喊了两声："妈妈，是姐姐，是姐姐回来了！"

那头很快出现了一阵跌跌撞撞的声响，片刻后，小姨熟悉的声线从听筒中传了过来："是橙子吗？"

岑西又忍着哭腔"嗯"了声。

"真是橙子啊！"小姨当即也染上哭腔，"哎呀，你真是，这几年受苦了……"

这天，两人加上微信，三个曾经相依为命过的女人对着视频一聊便聊到了半夜，个个哭得稀里哗啦。

四年多过去，小妹长高了许多，听小姨说，在班上学习成绩很好，明明早早褪去了稚气，手腕上那块儿童手表却怎么也舍不得摘。

当时受伤的眼睛也早已恢复如常，看不出任何痕迹。

小姨说，那年她们入院不久，便被警方找到了，后来转到了祈天私立医院，医药费是好心的院方全数承担的。

小妹的手术是院长亲自操刀，手术做得很完美，术后恢复得也相当好。

待到出院的时候，之前经常和她一同上下学的那个周同学，已经把破败的烤鱼店买了下来，并且短时间内便将那一片狼藉重新打理到最初的样子。

出院时，是周承诀来接的，他将两人接回烤鱼店，没收她们任何钱，只求她能像从前一样，把"至死不鱼"继续开下去，并且保证，之后像追债这类事情，不可能会再次找上这家门店。

起初，小姨多少还有些担心。

可没想到周家说到做到，四年多过去了，她的烤鱼店开得蒸蒸日上，没再有过别的烦恼。

聊到后面，小妹已经睡过去了，她第二天还要上学，岑西和小姨都没再打扰她。

一通漫长的视频电话结束前，小姨依依不舍地要她一定抽时间回来看看。

说现在的日子比从前好过得多了，她们娘俩不用再看任何人的脸色，什么都能自己做主，小天台上加盖了一层屋子，专门给岑西装修了卧室，一直留着等她回来。

四年多来，再没有任何人来找过麻烦，如果她愿意回来，"至死不鱼"那儿永远有她的家。

四年多来，再没有任何人来找过麻烦。

到最后，岑西脑子里只剩下这句话不停地重播。

那是不是也意味着，或许，她真的可以和她们……还有他，重新再靠近一点点。

一通视频打完，手机都在发烫。

岑西去洗手间冲了把脸，调整好情绪后重新回到床上，翻出电脑，例行检查邮箱里的未读邮件。

随后再写了一个多小时的稿，才放任自己躺下休息。

第二天早上，岑西上的仍旧是江隔的车。

上车后，她从包里拿出电脑："走吧，稍微开慢点，我在车上接着赶稿。"

江隔打着方向盘，笑了声："这么拼？"

岑西已经翻开笔记本电脑开始敲键盘了，闻言，手上动作一顿，片刻后才淡声道："想快一点攒够钱。"

"你现在还有什么地方很急着用钱吗？如果是学费方面的问题，大学学费是可以申请助学贷款的。"江隔提醒道。

"不是，学费我有。"岑西一边打着字，一边含糊道，"就是……想再多攒点吧。"

如果能尽快把欠江阿姨的钱还清，她或许就能更坦然地站到周承诀面前了。

中午岑西上完课出来，正好和在隔壁教室上公共大课的江隔再次遇上。

两人一块下了楼，江隔问她："听说你们节目请到了周承诀？"

"嗯。"岑西脚步一滞，很快又恢复如常。

"厉害，简直是请到了大神。"江隔笑说，"虽然他是我们系的，我还加过他微信，不过从没见他发过东西，我也不敢和他说话，都不知道是不是已经被删了。"

"录制那天我能去看看吗？"江隔问。

"当然，那期的稿子你不是正好也有参与。"

江隔是南嘉大广播站的，和南嘉电视台偶尔也有合作。

"哎对了，过两天常安基地那个活动，你是不是得回去一趟？"江隔问。

"嗯，要回去的，那个活动前期本身就是我和汪阿姨做的。"岑西心不在焉地答。

江隔又继续说："我也会参加，到时候也得回去一趟，你要搭我的车一块走吗？"

正常来说，肯定是直接搭江隔的车回去最方便，然而此刻岑西却没有立刻开口答应。

她看到了教学楼不远处停着的那辆眼熟的黑色跑车。

她随口同江隔打了声招呼说要先走后，径直朝那个方向跑去。

一路上，她一直在计算自己身上背着的债务金额，按照目前她的稿费情况来看，或许不出一周，她就能攒够需要偿还的所有款项。

思及此，岑西的脚步便不由自主轻快了许多。

当她小跑到那辆车前时，车窗边不知什么时候多出了一个明艳漂亮的姑娘，一头栗色波浪卷披在身后，走近了还能闻见身上淡淡的香水味。

“周……”岑西到了嘴边的名字又弱了下去。

“什么事？”周承诀脸色不太好看，语气也略显生硬。

岑西看了看面前两人，再看了看周承诀那被打扰后的不悦神色，想想还是把话咽了回去：“没什么。”

接下来的几天，两人再没碰过面。

原因无他，岑西连着几天没课，索性连宿舍门都不出，天天窝在小床上写稿子，渴了喝水，饿了就吃泡面垫垫。

一直到节目录制当天，在房里关了好多天的岑西才终于再一次出现在福利院门前。

门前依旧停了两辆车。

两辆车都正好要去电视台。

岑西紧攥着背包带，想起周承诀那天的表情，最终还是上了江隔的车。

待两人到达节目录制现场时，周承诀已经到了有一会儿了。

杜薇和齐小雨正在和他对脚本，岑西则是坐在一旁和江隔讨论他提交过来的稿件。

录制分为上下两个半场，最终播出的内容会从两个半场中截取效果比较好的片段。

整个上半场，周承诀都是黑着脸的状态。

连杜薇这种在职场上摸爬滚打多年的女强人看着，都忍不住有些犯怵。

不过，齐小雨在监视器后面盯了一会儿，便激动地疯狂与杜薇耳语：“就是这个跩样，姐，我和你说，这期收视率必爆。”

杜薇有些傻眼，搞不清现在这些小女生的脑回路，不过效果好就行。上半场结束后，她开开心心地招呼大家先吃点水果和饮料休息休息。

周承诀的眼神自始至终没从岑西身上移开过，摄像机红点熄灭的一瞬间，杜薇请他到岑西他们旁边的圆桌落座。

周承诀原本还碍于在公众场合，必须保有该有的礼貌和修养，忍着脾气，就当没看见他们。

没料想才刚一靠近，就听到岑西同身旁那人道：“那到时候一起走，你提前叫我一声。”

周承诀积攒了多天的忍耐终于还是在她面前败下阵来。

“去哪儿？你还打算再去哪儿？”周承诀紧咬牙关，下颌肌肉都稍稍凸起，在圆桌的桌下，他死死将岑西的手腕攥进掌心，双眼带着控制不住的红，“我找你好苦，你又要去哪儿？”

岑西的睫毛轻颤了下：“周——”

“情书都写到一半了，小老师跑了。”周承诀自嘲地扯了下嘴角。

岑西鼻尖也忍不住泛酸，然而想到那天他在车里的神色，她也忍不住委屈，心便冷然些，语气也莫名冷冰冰：“我只会文绉绉的，教不了你。”

周承诀目不转睛地盯着她，手上力道也没松开：“我就喜欢文绉绉的。”

“你放手，周承诀……”岑西试图抽回自己的手腕。

“可能吗？”他怎么可能放得了手，明明方才还强势得不行的男人，此刻话音又莫名沉了下去，“你答应过我的，我在你这儿是第一个排的队，照轮，也该先轮到我。”

岑西眉眼也不再受控地红了：“我那天找过你了，我想问你有没有空，能不能送我去常安一趟，可是……可是你好像没什么空理我的样子。”

“什么？”

“过两天我要去常安，你能送我吗？没空就算了——”

“送，随时接送。”

2

周承诀答应得太过爽快，反倒让岑西不免又生出些心慌。

这一次，她又找上了他，她不知道自己的选择到底是不是对的。

她只知道，此刻的自己，好像真的有些开心。

而周承诀似乎比她还要开心。

下半场的录制，他的状态明显要比半小时之前好上不少，甚至在主持人不小心问到他名下社交软件与识别手段的核心关联技术时，他都会慷慨大方地分享几句。

有两回，就连主持人自己问完后，都觉得似乎有些不妥，抱歉地冲他笑道：“这个算不算机密？如果不能说可以不用说，后期也会将这段直接剪辑删除。”

周承诀自然心里有数，虽只是点到为止，但句句都给足节目面子。

江隔坐在不远处的圆桌边围观。

一开始还只是想近距离膜拜一下平时压根没什么机会接触到的同系大神，到后来，已经掏出笔记本电脑开始疯狂做笔记了。

岑西不是学计算机的，对他们专业相关的话题了解不多，忍不住小声问坐在隔壁不停敲键盘的江隔：“他把这些直接说出来，不会有什么影响吗？”

“放心吧，他刚上大一就能组建团队创立公司，不出半年时间就把名下几个亲自写的软件全部干上日活排行榜前十的人，什么能说，什么不能说，他心里有数的。”只有同行才更明白周承诀这个年纪，在这个行业中闯出这样的成绩，有多么惊为天人，江隔字里行间都带着崇拜，“给你打个更简单的比方，艺考的时候，让毕加索坐你面前，他画一笔你照着画一笔，能画出和他一模一样的图吗？”

岑西觉得确实挺有道理，点点头，目光又落到他此刻已然记得密密麻麻的笔记本屏幕上，问：“那你这是在记什么？”

“大佬的思维模式，还有一些很有用的知识点。”江隔知道自己这话似乎和方才的话有些矛盾，解释道，“这些点，他说出来，对他自己的东西没有影响，但是对我们来说，已经够学一阵子了。财神爷手指缝里漏点金粉，普通人能吃一辈子。”

“你们不是同一届的吗？”岑西一直知道周承诀厉害，但没想到在南嘉大学这种高校，一棒子砸下来，砸到的十个人里有九个是各地状元，剩下一个或许还是不用参加高考直接保送的竞赛天才，在这么一个众神团建的地方，他居然还是力压众神的佼佼者。

“我也是进了南嘉大之后，才深深体会到一些事，天赋这道鸿沟，是怎么努力都无法逾越的。就像你当初刚转来常安的时候，那个成绩，也是让学校里很多人绝望了好久啊。”江隔说，“咱俩不也是同一届的，你高考那个分数，再让我读十年高三也考不出来。”

岑西还在想他方才的那段话，沉默了许久后，突然认真地回他：“周承诀不止有天赋，也不是只靠天赋，他付出的努力不会比别人少。他也会刷题到深夜，他的书桌边也会有堆叠成山的草稿纸，天赋是他最不值得一提的东西。”

“这倒是。”江隔话音顿了顿，似是在回想，“我们系里确实有不少成绩还不错的学霸成天就是蹦迪、泡吧，玩得很疯还不怎么影响成绩，虽然成绩没这位神仙那么逆天，不过也够让人绝望了，但还真没听谁说过周承诀会去这种地方。”

“我听说他们班聚会他都从来不参与，酒吧、夜店这些词和他好像更是沾不上半点边。”江隔佩服道，“连酒都没人见他喝过，之前系里有人在传，有几回他不知道去什么别的地方回来，心情不好情绪很低落，室友见了，想带他出去买个醉放松放松，结果人家在这种时候，居然还能理智清醒地拒绝，最后掏了一瓶橙汁出来，一个人坐在阳台上默默地喝。”

“听说是和女朋友闹别扭了，对方躲着他不肯见面，我对这种传言表示存疑，我实在想不出什么天仙舍得躲着这样的大神不肯见面。”江隔说，“不过他经常喝橙汁倒是真的。”

“他……有女朋友？”

“嗯。偷偷给你八卦一下啊，我是听我们班一个向他告白被拒绝的女生透露的。”江隔捂着嘴小声道，“说是他早就有喜欢的人了，追了很多年，还没追上，还在努力，没有和别人发展的打算。听说他对每一个找上门来表白的女生都是这么说的，也不知道是拒绝模板，还是真事。”

“他以前是南高的吧？我前女友班上有个同学以前也是南高的，听那人说，周承诀以前对一个女生爱而不得。”江隔八卦起来甚至不输李佳舒。

“听说好像是什么文科班第一名。不过听说那个第一名没多久就转学了。”

岑西：“……”

“哎，你以前不也是南高的？你在学校里听没听说过这段？”江隔这才想起岑西先前貌似就是从南嘉转到常安的，忙碰了碰岑西的手肘，“你那时候认不认识周——”

江隔那句“认不认识周承诀”才说到一半，话音突然顿住，而后像是突然反应过来什么，身子慢慢往后倾斜了一寸：“你……”

岑西：“什么？”

“你转学前也是读文科的吧……”江隔意识到了什么。

岑西点点头。

“你……你的成绩不是转来常安之后才突然变那么好的吧？”江隔忍不住咽了咽口水。

岑西略显尴尬地冲他笑了下：“以前也……还行吧……”

她说得相当委婉谦虚，但江隔和她同校了两年，被她一个文科生用数学成绩吊打到服气之后，做了她好几年小弟，哪会听不出她这话的意思，她说的还行，基本上就是比谁都行。

那年从南高转走的文科班第一名，那个传说中他偶像爱而不得的文科班第一名，岑西本人，此刻就坐在他面前。

“西姐，你告诉我，那些传闻应该……不是真的吧……”江隔这会儿说话都有点抖了。

岑西舔了舔唇：“我也不太清楚……我很早就转走了嘛……”

“那就是说你们之前是认识的……”江隔已经想一头撞死在这里了，“我就说他刚才怎么突然坐到你边上，表情还那么奇怪，好像还和你说话了。”

江隔的心已经凉了半截：“我就说这几天福利院门口那辆车怎么那么眼熟！那是我诀哥的座驾啊！

“我就说这几天怎么好端端的，总有跑车从我边上猛地开过。”

要是南高的那个故事是真的，他觉得周承诀肯定很想直接开车撞上他。

“不好意思，我和他之间确实有一些小问题，所以本来是想让你帮帮忙的……”

她确实曾经想过，若是让周承诀看到，她的身边已经有了其他的人，或许他就不会再对自己有什么想法了。

可偏偏她又不忍心，不舍得。

“我本来还打算毕业之后看看有没有机会能进诀哥公司的……”江隔都快哭了，这下他还怎么进?

江隔话音刚落，那边周承诀已经录完后半场，不紧不慢地走到两人跟前了。

“回去之后把你这三年参加过的比赛和获得的奖项汇总一下，发我微信上，晚点我看看。要是没什么问题的话，欢迎你加入。”周承诀微沉的嗓音忽然响起。

江隔抬头看向来人，眼睛都看直了，说话声音都难掩激动：“哥，你记得我们加过微信啊。”

“嗯。”周承诀轻点了点头，淡定地扯了扯嘴角，“还看过你的朋友圈。”

江隔窃喜的笑容才绽放了不到三秒钟，突然后知后觉地想起什么，当即又僵在脸上。

他好像……才刚发过什么……不得了的东西。

那头杜薇又开始招呼大家吃东西，精致的外卖一份接一份往录制大厅送，水果、饮料、甜品、日料应有尽有，全是方才中场休息时，周承诀心情好，安排人送过来的。

杜薇一边招呼，一边朝周承诀这边走来：“真是破费了，你愿意来录这期节目，我们已经很感谢了，怎么还给大家点了这么多吃的。”

“一点小心意，大家开心就好。”

杜薇看向江隔：“走啊，一起去吃，怎么愣在这儿？”

江隔这会儿哪吃得下东西：“谢谢薇姐，我还有点事，就不吃了，先走一步。”

周承诀闻言，看向岑西：“那一会儿我送你回去?你的学长看起来好像有急事。”

岑西：“……”

江隔：“……”

小命要紧，江隔溜得飞快，路上还不忘抓紧时间按照周承诀吩咐的，在脑子里汇总自己这三年来获得的比赛奖项。

周承诀和杜薇打了声招呼，说是还有事，录制结束就不久留了，让大家吃得开心。

杜薇当然没有异议，还看向岑西，让她帮忙送送。毕竟这回人是她请来的，两人又是校友，想来应该有点交情，让岑西去送送合情合理。

岑西本也打算跟他一块走，自然不会拒绝。

出了录制大厅的门，待周围相熟的工作人员渐渐变少后，身边的男人便突然开始同她分析起辈分关系。

“你那学长和我同一个专业的。”周承诀冷不丁又提起江隔。

岑西淡淡地“嗯”了声。

“我们还是同一届的。”周承诀补充道。

岑西抿着唇。

“那这么算起来……”周承诀尾音拖得很长，欲言又止。

“你是不是也得喊我一句学长？”周承诀轻笑了声，“嗯？小学妹。”

岑西：“……”

两人并肩走出录制大厅外的长廊，周承诀偏头询问她：“电梯间在哪个方向？学长第一次来，没什么经验，还请学妹指个路。”

岑西觉得脸颊有些烧，压根不愿意抬头看他，加快脚步先他一步朝左边拐了个弯。

周承诀低笑一声，跟在她身后一块往那个方向走。

到了电梯门前，周承诀又先她一步触碰到按钮：“学长帮你按。”

岑西没忍住，幼稚地打了下他手臂，待电梯门一开便先行走入其中。

周承诀紧随其后，闷声低笑：“学妹的小动作还挺多。”

岑西忍无可忍：“……周承诀。”

“怎么对学长这个态度？”周承诀“啧啧”两声，轻摇摇头，“这届学妹脾气有点大。”

见他没有消停的样子，岑西趁着电梯里没外人，替他圈出重点：“这届学妹？看来学长您还挺关心历届学妹的。”

两人目视前方较着劲，偏偏南嘉电视台的电梯四周全是镜面，双方的目光避无可避，四目不必相对，都能毫无阻碍地进行眼神交流。

“你少往我头上扣罪名，我关心哪个学妹，你心里没点数吗？”电梯一直下到地下停车场，岑西没车，对停车场倒是没周承诀熟，这会儿倒是换周承诀带路了。两人出了电梯口，岑西没顾上太多，随便拐了个弯，被周承诀直接握住手腕拉了回来，而后听他懒洋洋道，“这边，学妹。”

岑西：“……”

到了那辆黑色超跑前，周承诀开了车门，将她先塞进去安顿好后，才不紧不慢地坐上驾驶座。

车门关上的一瞬间，周承诀微沉的嗓音才在这静谧的小空间里再次响起：“我规矩得很，这几年一直都是一个人过的，哪来的什么历届学妹。

“不就一个学妹，就这一个学妹，还不怎么爱搭理人。”

岑西感觉自己还是不说话比较好。

周承诀将车子发动，双手自然地搭在方向盘上，待车子平稳驶出地下停车场，开上大路，他才又不经意开口问她：“所以我到底什么时候没空理你了？”

不都是她不待见他，总将他晾在一边吗？

“我先找过你了，但是你好像没什么空理我的样子。”这话是岑西说的。

一直到录制结束，这句话还在周承诀脑子里盘旋。

到底是哪一次，他百思不得其解。

这会儿终于有机会问出来了。

岑西不自在地偏过头看向车窗外，语气带着点女孩子耍小脾气时特有的闷，断断续续地把那天在教学楼下，她走到他车边找他说话，他却一脸不悦，像是她打扰了他和别的学妹聊天的事，替他回忆了一遍。

经她委屈巴巴这么一说，周承诀记起了这么个事，不过记忆似乎与她控诉的稍有偏差，他不经意地微拧着眉，像是在努力回想：“有别的女生？”

他完全没有印象。

“高高瘦瘦的，栗色波浪卷，身上还香香的。”岑西少见地板着小脸，冲他哼一声，“打扰你们了，真是不好意思。”

这难得的阴阳怪气惹得周承诀忍不住低低笑了两声：“我真没印象，可能像你说的，是有人来找我，不过我估计都没注意到。”

“至于你说的热聊，那更不可能。”他当时的注意力全在岑西身上，见她身边还跟着个江隔，两人相聊甚欢，他都被气得个半死了，哪还有心思顾得上别人，“倒是你和你学长聊得挺开心。”

岑西：“……”

“你前脚刚和别的男人热聊完，后脚又跑来我这儿，谁知道你要和我说什么。”

他追在她身后这么多天，她半点好脸色都没给过他，那会儿他最怕的就是从她嘴里听到一句“你别再跟着我了”“放手”“让开”“不用”诸如此类拒绝的话。

这让他的脸色怎么好得起来。

“江隔是你特地找来的？”周承诀仍旧十分在意地问，还学着岑西先前略显故意的语气来了句，“学、长、早。”

岑西：“……”

“你才回南嘉多久，这么快就认识新朋友了。”他话里带着显而易见的酸。

江隔方才的反应他看得懂，和岑西肯定不是那种关系，可这么短的时间内，能和岑西这种慢热的人相处得那么自然，周承诀还是在意得很。

“他是我高中同学。”

话音刚落，岑西便察觉到车身忽然刹停了一瞬。

她下意识往周承诀的方向看去，就见他握着方向盘的手似乎攥得很紧，几近失去血色，青白一片。

片刻后，她忽然听见他轻叹了口气：“我也是你高中同学。”

岑西的心脏控制不住揪了一下："我，从南高转走之后去了常安，常安附中那边的高中同学。"

"嗯。"周承诀目视前方，良久才重新开口问，"后来两年你都是在常安附中读的？"

"嗯。"岑西点点头。

"挺好的。"至少是在同一个地方安安稳稳地读完了两年书，没再四处流离奔波，周承诀很少羡慕别人，可此刻心里有点酸溜溜的感觉，"两年高中同学，比我们还多一年。"

那小子真叫人嫉妒。

即便知道他们只是同学，只是普通的好朋友，可还是让他嫉妒得发狂。

"不过，这招对我没用，岑西。"两人静默了半晌，周承诀又将话题扯了回去。

"什么？"岑西一时没反应过来。

周承诀已经重新整理好了情绪，扯了下嘴角，又阴阳怪气地给她学了一遍："学、长、早。"

"这招没用，那天在医院找到你的时候，我应该就和你说得挺清楚了。"周承诀秉持礼貌和教养二十来年，还是第一次说出这么直白且离经叛道的话，"别说只是交个男朋友，你哪怕结婚生子有家庭了，我都一定会把你抢过来。"

岑西心跳猛地漏了一拍。

而后回想起那天重遇时他的反应，想来也挺有意思的，闹了那么大个乌龙，她轻笑一声："你那时候怎么会觉得晶晶是我的孩子？"

"医生和护士误导我了。"周承诀自嘲地扯了扯嘴角，"你那么优秀，不管去到哪里，应该很轻易就会碰上喜欢你的人。万一哪个臭小子命好，被你看上了，顺理成章结婚生子也不是什么不可能的事。

"但是跟别人，你想都别想。"

或许会有很多人想对她好，但他一定会做得更好，做到最好。

岑西咬着唇，脑海里一闪而过好多从前的事，而后忽然忍不住笑了笑，抬眸看向周承诀，替他回忆过去："我记得之前读高中的时候，有一个男同学曾经和我说过一句挺有道理的话，让我印象非常深刻。"

这才温情了多久，周承诀那股吃味的劲瞬间被她简简单单几句话再次勾了回来，他语气里带着浓浓的酸："岑西，你挺厉害的，满打满算读了三年高中，左边一个男同学，右边一个男同学，怎么那么多男同学喜欢找你说话？"

"不是你自己说的，我不管走到哪儿，都能轻易碰上喜欢我的人吗？"岑西抿唇憋着笑。

"行。"他就该少说两句。

"那个男同学和我说——"岑西语速慢悠悠的，正打算继续。

周承诀当即出声打断："学妹，学长不想听这个。"

岑西这回是真忍不住笑出了声，继续给他回忆："好像就是在南嘉大快出校门的那个地方吧，那回我和那个男同学一块去参加英语竞赛。"

周承诀微拧着眉，任由她继续说。

"比完赛出来我们一起吃了饭，吃完饭后，准备离开南嘉大的时候，有个学长上来找我要微信。"岑西说，"后来那个男同学和我说，想撬人墙脚的，肯定不是什么好人。"

周承诀："……"

"你这段故事，听起来还挺耳熟的。"周承诀这才舒展了眉心，忍不住扯了扯嘴角，是那年他趁着两人一块参加英语比赛的机会，光明正大地和岑西在南嘉大的榕林道散步。

"这个男同学说的话，你应该挺耳熟吧？"岑西眉眼弯弯，"那刚刚又是谁说，哪怕结婚生子有家庭，都一定要抢。"

"谁没年少轻狂不懂事的时候？"周承诀脸不红心不跳道，"我本来也不是什么好人。"

岑西："……"

"你入学手续办晚了，应该还没来得及搬到学校宿舍里吧？"周承诀话题转变得有些突然。

"嗯？噢，对。"岑西反应了一下。

"什么时候搬？"他又问。

"应该就是这两天了吧。怎么了？"岑西问。

"你不记得了？"周承诀透过后视镜，冲她抬了抬眉梢，"你刚刚说的那个男同学，那天是不是还和你说过，以后一起上大学，到时候帮你拉行李箱。"

回忆忽然再次涌现在脑海中——

"周承诀。"

"嗯？"

"你有想过以后上哪所大学吗？"

"你呢？"

"南嘉大学好像就挺不错的，我很喜欢南嘉，很喜欢这里。"

"那就这儿吧。"

"嗯？"

"两年之后一起上大学吧。到时候帮你拉行李箱。"

兜了一个圈，还好你还在这里，从未走远。

周承诀低笑了声："学妹，搬宿舍那天给学长打个电话，学长随叫随到。"

岑西："……"

3

打从那天开始，江隔的车没再在福利院门前出现过，而周承诀则是每天雷打不动的，准时准点过来耐心等候。

不过，今天是准备过来替岑西拉行李入住学生宿舍的，考虑到需要搬运的东西可能不少，周承诀便换了辆大 G 过来。

结果是他多虑了，岑西压根没多少东西要搬。

一台笔记本电脑、两三套换洗衣物、两双运动鞋和一双拖鞋，就构成了她的全部家当。

哪怕将洗手间里用到一半的洗发水、沐浴露全数带上，都填不满那小小的行李箱。

不过，周承诀说日常生活用品等到了学校那边再买新的，福利院这边用剩下的就继续留在这儿，反正岑西课余时间肯定会时不时过来，没必要带来带去。

东西整理到最后，周承诀一根手指头都能直接将她的行李箱拎起来。

“就这么点？”周承诀有些不可置信地问了句。

毕竟整天听严序在耳朵边吐槽，李佳舒出门旅游三天，都能搞出八个行李箱要他一个人搬。

“嗯。”岑西点点头，她本就才刚回南嘉，在这儿住的时间其实也不长，自然没多少东西。

非要说起来，其实岑西的习惯就是如此。

从前手头实在太紧，非必要的东西一定不会乱买，再加上从小到大没有一个安全固定的居住场所，经常被赶来赶去，随时可能面临着要离开，行李太多也不方便，因而到哪儿都不适合囤太多东西。

到如今，即便条件已经好了不少，手头也比过去宽裕得多，置办日常琐碎其实不成问题，可有些长久伴随的习惯没那么容易再改变。

周承诀再抬了抬手，掂量了下手里东西的重量：“学妹还挺懂得心疼人，这么为学长省事。”

岑西瞪了他一眼，最后还是忍不住笑骂了句：“别闹。”

“东西少点方便。”岑西打量了眼四周，注意到阳台上还挂着一件昨晚洗完晒出去的衣服没收，随手拿起靠在墙边的晾衣叉，准备将衣服收回来，边踮起脚尖，边随口继续道，“来去一身轻嘛。”

这话说者无心，听到周承诀耳朵里便心有余悸。男人此刻已然走到她身后，自然地伸手接过她手里的晾衣叉，轻轻松松地替她将挂在顶上的衣服取下来，闷闷的嗓音在她头顶响起：“所以你当初溜得那么快。”

岑西闻言噤了声，将脑袋直接向后仰，后脑勺正好抵在身后周承诀结实的胸膛上，难得稚气地就这么睁着一双无辜的大眼睛冲他眨巴眨巴。

周承诀收衣服的动作一顿，手臂就这么举着僵在空中。

岑西这个姿势，他只需要稍稍低下头，便能直接同她四目相对。

周承诀也确实这么做了，垂眸看她冲自己眨了两下眼，便开始觉得喉咙有些燥。

他不自在地舔了下唇，稍稍清清嗓后，状似一本正经地沉声道："大清早的，能别勾引人吗？"

岑西："……"

"你要是一直是现在这个样子，处境挺危险的，很容易破坏我们残存的、微弱的普通高中同学情谊。"周承诀见她没明白，继续直白道，"普通高中同学情谊被破坏光了，剩下的，就只有……胆大妄为的男女之情。"

岑西："……"

周承诀对上她无辜的眼神，勾起嘴角轻笑："我说过，我可不是什么好人。"

他三两句话，一下把岑西早起还未散尽的瞌睡虫都赶跑了，此刻非常精神。女孩沉默了两秒钟，而后迅速弯了下身，很快从他虚环着的怀抱中逃脱出来，头也不回地钻回小房间里。

阳台那边传来周承诀低低的笑声："跑什么？又不是没亲过。"

出了福利院大门，周承诀替岑西将那轻飘飘的行李箱放好后，两人一并上了车。

车子发动之时，岑西往不远处另一片停车的空地看了眼。

在江隔还不知道她和周承诀曾经有过一段同学情之前，那空地就是他每天停车的地方。

那几天，岑西每次都把周承诀晾在一边，故意坐他的车走。

此刻，她往那边看了眼，便想起来，冲周承诀提了句："听江隔说，你让他进你的公司了？"

"嗯。"周承诀佯装不在意从她嘴里听到其他男同学的名字，漫不经心道，"我看了他的简历，水平可以，做事挺积极，效率也挺高的，我只跟他随口提了一句'把简历发我微信上'，结果之后才不到一个小时，东西就整理好发过来了。"

"像我们这种互联网公司，本来就需要不断地纳入有能力有水平的新鲜血液，何乐而不为？"谈起公事，他语气里便全然没了少年时期的那种肆意不着调，更多的是沉稳、理智、运筹帷幄。

需要人才是一方面，另一方面，周承诀太了解岑西了。

这姑娘虽表面温软脾气好，但是非观十分清晰，看人也很准，能和她友好亲近相处这么多年的人，首先人品上必然是过关的，其次对她应该也很好。

即便他每次想起的时候，还是忍不住会嫉妒，不过不得不承认的是，比起嫉妒，他更多的还是庆幸。

庆幸这几年，她虽然离开了南嘉，离开了南高这个她总说舍不得的大家庭，但仍旧有其他新朋友对她好。

在这一点上，他对江隔是感谢的。

不过，江隔自己也争气，勤奋上进，只要一有机会就毫无保留地发挥最大水平，因而才刚进周承诀的公司短短没几天，就加入了一个前景十分可观的项目组，然后诀哥长诀哥短的，成天把周承诀挂在嘴边夸，夸得天上有地下无。

想到这儿，岑西笑着和周承诀提："他兴奋死了，每天拼得要命，说再拼一个月，估计都能直接把他那台车给换了。"

"赶紧换吧。"周承诀懒洋洋地扯了下嘴角，"早看那台车不顺眼了。"

都把她从他眼皮子底下接走多少回了。

"不过，还是要替他谢谢你。"岑西温声道。

毕竟她曾在江隔不知情的情况下，故意找他来气过周承诀，原本担心会连累他，没想到周承诀并没计较，还给了他这么好的机会。

回想起来，周承诀一直就是这么好的一个人，做任何事情都有他的原则和分寸。

她那句话倒是把周承诀气笑了："你和他什么关系，要你来替他谢谢我？"

岑西接话也挺快："就……普通高中同学情谊。"

周承诀冷哼一声。

似是因为不久前整理行李时，岑西脱口而出的那句"来去一身轻"，周承诀将她送到宿舍之前，专门带她去了趟超市。

从席子、床垫、四件套，到蚊帐、床帘以及各色洗护用品全数买了个遍，担心想得不够周全，还特地上网搜了个大一新生入学购物清单女生版，对着清单上列出来的产品挨个再买了一通。

特地换的车终于派上了用场，整台黑色大 G 被周承诀新买的东西塞得满满当当。

待坐上车后，他还煞有介事地抽了一张白纸出来，洋洋洒洒地快速写了几行字后，连纸带笔塞到岑西手上："签了。"

岑西定睛扫了眼内容，被标题上写的"自愿赠予协议"几个大字惹得忍不住发笑。

大致意思就是，这些东西是他周承诀本人，发自内心，自愿购买，并有极其强烈的赠予意愿，不希望也不允许对方返还，如若对方强行返还，则判处他翻十倍再次赠予。

"我友情提示你，你这个属于无效合同，签了也不具备法律效力。"岑西忍着笑，一本正经道。

“是吗？那还是岑律师专业。”周承诀一边将车继续往南嘉大开，一边调侃她，“不如岑律师替我重新起草一份？”

“那就不是这个价了。”岑西也跟他摆起了谱，“你们公司的法务部不是挺厉害？你要是好意思的话，也可以让他们帮你解决。”

“这有什么不好意思？不过，与其给外人挣，不如给你挣。”周承诀哪是在乎钱的人，恨不得变着法给她，“开个价吧，岑律师。”

两人没聊一会儿，车子很快到了女生宿舍楼下。

此刻已经不是刚开学全员搬宿舍的时候，周承诀作为男生，不方便陪岑西一块进女生宿舍，回头看着一车满满当当的行李，他直接走向宿管处，掏出手机给两三个宿管阿姨一人转了一个红包，让帮帮忙，把一车东西送上去，顺便替她整理整理。

几个阿姨欣然答应，当即动作利落地忙活起来。

岑西被周承诀按在车上没让她亲自动手，于是她就这么眼睁睁地看着一车东西被几个阿姨迅速搬空。

“我听同学说，宿管阿姨挺凶的……”岑西方才没下车，不知道周承诀干吗去了，猜想了下，问他，“你下去塞钱了？”

“嗯……”周承诀懒洋洋地看向她。

岑西无比心痛：“这钱不如让我来挣。”

搬行李而已，她什么不能扛？

周承诀偏过头看她，真是被气笑了：“我有没有和你说过，别什么钱都想着挣，就不知道放长线钓大鱼？”

岑西瞪了他一眼。

“这么着急就管上了？”周承诀冲她抬了抬眉梢。

4

岑西是个闲不住的人，向来是有活就上，很少有这种坐着干等的时候，原本打算和阿姨们一块搬，被周承诀霸道地拦下了，嘴上玩笑道，请了三个阿姨，钱都花了，没有多余的钱再给她赚，让她少惦记，其实就是见不得她总那么忙，想让她多休息会儿。

待宿管阿姨们将一整车的行李搬得差不多了，周承诀终于同意放岑西上楼去宿舍做个最后的收尾，顺便和新室友认识一下。

“那我上去啦，你快把车开走吧。”临下车前，岑西冲他打了个招呼。

方才岑西便注意到了，他们才刚将车子停到女生宿舍楼下没一会儿，周边驻足围观的人就明显多了起来。

最开始那拨人应该是正巧路过，要么一步三回头，要么直接停下举着手机拍照，后来的那拨人很明显是专门过来八卦凑热闹的，甚至还有一些学生，经过的时候低着头聚精会神看手机，没注意到周围的动静，经由身边好友提醒后，两人又偷偷折返回来，重新路过，经过车边时，再将脚步放慢，细细打量。

其实岑西不知道的是，除了车子惹眼，驾驶座上的人才是这帮人主要围观的目标。

要知道周承诀在南嘉大的风头可一点不输当初还在南高那会儿。

此刻昭然开着车停在女生宿舍楼下，校园网上的照片和八卦都快传疯了。

周承诀对学校里这种随处可见的注视基本早已习惯，没岑西那么不自在，倒是对她着急赶自己走的这个行为，很是委屈不满，转过身来盯着她，轻哼一声：“用完就丢？好无情啊。”

岑西有些心虚，解释道：“我还得上去再收拾一下……”

毕竟是她未来四年要住的宿舍，别人整理和她自己经手的自然不同。

周承诀说：“你收拾你的，不着急，收拾完了再下来，中午一块去吃饭。”

周承诀似是怕岑西拒绝，还没等她开口，立刻又说：“岑律师，咨询你个事，有个女孩高一的时候承诺过我，以后每天都要和我一块吃饭，后来总共也没吃上几回，人就跑了。能不能帮我分析分析，她这个行为，构不构成违约违法？”

岑西搭在车门上的手一顿，回过头看向他。

周承诀继续问：“如果构成，那能抓她吗？”

岑西觉得他幼稚死了，想笑又忍着没笑：“抓她干吗？”

“抓回家当压寨夫人。”周承诀很理所当然。

“……不构成。”岑西瞪了他一眼，“你这个想法倒是在违法的边缘疯狂试探了。”

“为啥？”周承诀曾经当文盲当得理直气壮，如今当法盲依旧脸不红心不跳，“我单身未婚，有房有车有经济能力，二十多年洁身自好，还不能有个夫人了？又不是要很多个，就只要一个，都不行？谁定的规矩？”

“那也不能违背对方当事人自身的意愿，这种事情，不是你想抓回去就能抓回去的，得看她自己愿不愿……”岑西话音弱下去，突然明白过来自己好像被他带进了坑里。

果然，她话音刚落，周承诀当即顺着她的话往下接了一句：“那当事人愿意吗？”

岑西心跳猛地加重了一拍，见他目光灼灼地睨着自己，紧张地别开眼神，小声道：“那我怎么知道，你这个案子又不是我负责的……”

“你还不打算负责了？”周承诀悠悠地反问了句。

岑西此刻总算彻底理解江隔那句话了。

能在读大三这个年纪以一己之力，直接带领整个团队成为行业翘楚的人，能是什么简单的人，三两句对话下来，就能轻松达到自己想要的目的。

周承诀其实压根没想和她玩心眼，一切看似环环相扣的话，不过是真情流露。

而岑西也正如他所预想的那样，没再接他的话茬，开门下车一气呵成。

男人单手搭在车窗框上，无奈地笑着摇摇头，伸手从车里拎了四个礼盒递给她。

见岑西蒙蒙地看着自己，他轻笑一声，解释道："带上去给室友们分分，搞好关系。"

她毕竟是突然搬进去的后来者，不提前搞搞关系，周承诀担心她会受委屈。

岑西没有他想得这么多，感动了一下，虽然觉得他考虑得周到，但仍旧犹豫着是否要上手去接。

"接。"周承诀没给她思考的时间，"一人一份，你也有。"

岑西抿唇笑了下："我也要和自己搞好关系啊？"

"是我要和你搞好关系。"周承诀直白道。

"噢。"岑西觉得脸颊微微有些烧，没再多说什么，转身溜得飞快。

周承诀闲散地靠在椅背上，目送她头也不回地进了宿舍楼，直至整个人消失后，他也没有要驱车离开的打算，就这么耐着心性在她楼下无止境地继续等待着。

岑西入学手续办得晚，宿舍便没有和同专业的同班同学分到一块。

四人间里的四个女生都来自不同院系。

意外的是，她竟然和蒋意殊分到了同一个宿舍。

岑西进门时，其他两位室友正好有课不在，屋里只有蒋意殊一个人坐在床下桌前，正埋头写题。

一开始，岑西还没认出蒋意殊来，推门而入之际，她抱歉地冲蒋意殊打了声招呼，说是突然搬了这么多行李进来，打扰到她了。

蒋意殊写题的时候十分专注，一般不会受外界干扰，岑西同她说话，她没半点反应，其实就连刚刚几个宿管阿姨来来回回进进出出好多趟，都没有让她分神。

见她没有搭理自己的意愿，岑西也没强求，道完歉，按照周承诀说的，把礼物挨个分发到几个室友桌上。

正准备拿着盆去洗手间打点清水回来时，蒋意殊终于勾上最后一个选项，放下笔，往岑西这边看了眼。

"岑西？"蒋意殊一向平静如水的情绪意外有了些波动。

岑西觉得声音耳熟，脚步当即顿住。

她回过头看清眼前人时，双眸也控制不住睁大了几分。

岑西没想到会在新宿舍里遇到故人，也没想到蒋意殊认出她之后，很快便将话题切入正题，女孩的神色还和从前一样认真，一本正经地控诉她："你的刷题排名掉了好多。"

岑西张了张嘴，一下都有些反应不过来。

蒋意殊没管她应没应声，继续问："我发给你的那些题和新闻稿，你都看了吗？"

岑西紧了紧手心。

"还能看得到吗？"蒋意殊像是什么都懂，却什么都没挑明说，"以后有空可以再看看，你的排名真的掉得很厉害，有时间再刷上来吧。"

岑西半晌才挤出一个"好"字。

蒋意殊说完，也没再同她过多寒暄，和两人从前坐同桌时的相处模式几乎没有差别。

岑西也不记得过了多久，久到她打完水回来，上上下下将桌椅全数擦好一遍，久到她把周承诀买的东西一样样分门别类放到适合的位置，久到她彻彻底底将自己的小天地整理清楚，拿起换洗衣服去浴室洗漱一番回来，久到屋外日头都渐渐落下，蒋意殊那边才重新有了动静。

她轻声道："你请了好久好久的假……"

"什么？"岑西手上动作顿住，似乎能明白蒋意殊的意思。

"落下的卷子都补完了吗？"蒋意殊继续问。

"什么卷子？"岑西心脏忽然跳得有些快。

"周承诀说你只是请假了，拜托我们班上的人把每天发下来的作业和卷子都替你留一份。一般当天放在你桌子抽屉里，他傍晚就会来班里取走给你带回去。"蒋意殊说，"班里的值日生说，他每天放学都会来你座位上写完一份卷子再走。"

"他把卷子带给你了吗？"蒋意殊平静地问。

岑西此刻只觉得眼眶微微发酸，说不出话来。

蒋意殊歪了下头，略显诧异地继续问："学校里的人都说，他每天都会带着卷子去'至死不鱼'的小天台上找你一起写卷子……"

岑西不记得自己当时回了蒋意殊什么，只记得从宿舍楼上跌跌撞撞跑下来时，心跳得很快，双眸也酸涩得发胀。她自己虽然看不见，但想也该想到，眼眶应该是通红的。

她原本准备出了校门打个车去"至死不鱼"一趟，没想到出了宿舍大门便看见周承诀的车仍旧停在原地没走。

她方才明明让他先走的，她不确定自己要收拾到什么时候，因而让他别等，可她上去了这么长时间，他怎么还在原地傻乎乎地等着她。

岑西跑出来的一瞬间，驾驶座上的人便注意到了她。

一开始两人距离隔得还有些远，周承诀看不清楚岑西的表情，见她出来了，便打了个双闪，示意她往自己这边来。

而后很快便察觉到她情绪不对劲。

周承诀眉心一紧，正准备下车时，岑西已经跑到了车边。

周承诀当即替她开了车门："怎么了？有人欺负你？"

"没……"岑西摇摇头，"你下午还有课吗？"

"没。"周承诀伸手掐了掐她脸颊，"不关心人啊，我都有你的课表。"

"你哪来的我课表？"话题不小心被他带偏。

周承诀："江隔送我的大礼。"

岑西："……"

"我想回一趟'至死不鱼'，行吗？"她其实一直很想回去看看，却总是不太敢回。

"行。"这词太久违了，周承诀根本无法抗拒。

周承诀载岑西过去的路上，她给小姨先发了条消息过去。

等两人到达店里时，女人已经专门替她做了一桌子菜。

小姨看起来似乎比四年前还年轻不少，会打扮了，脸上也没了胆怯和愁容。

岑西先前和小姨通过一次视频，那一夜，双方都躲在屏幕之后悄悄抹了眼泪，如今再见面，倒是都忍着没哭。

两个都是内敛含蓄的人，见了面，还是如从前一样不多话。

小姨只是笑着将岑西领到餐桌前坐下，让她慢慢吃，多吃点。

其实之前在店里一起生活的一年多里，她们鲜有机会一同在桌上吃饭。

两人都是闲暇之余抽空吃，吃的也都是当天剩下的食材。

但意外的是，今天这一桌子菜，竟然都是岑西爱吃的口味。

她一边安静地吃，一边打量起这陌生又熟悉的环境。

店里重新装潢过，比从前崭新了不少，可看得出来，格局摆设没有一点变动，和四年前如出一辙。

小姨似是能明白岑西今天回来的目的，待她吃完饭，由着周承诀带她到小天台上转转，没过多打扰。

小天台上的格局和从前的变化也不大，只是小隔间变成了更为结实的小二层，空间比从前大得多，布置得也更加漂亮舒适。

长桌周围的帐篷换成了精致的凉亭，矮墙周围种满了岑西最喜欢的浅色绣球花。

一切好像都在，只是一切都变得更美好了。

而长桌之上，放了厚厚几沓文科班习题和试卷。

从高一到高三的都有。

四年多的时间，周承诀从没停止过寻找岑西，却又在假装她从没离开过。

第九章
谢谢你等我这么久

/

1

一沓文科班的习题和试卷边上，还堆叠着厚厚的几个笔记本。

岑西对那几本笔记很熟悉，那是她熬了很多个夜晚，一笔一画亲手写的语文科目教学笔记，里面涵盖了高中三年语文科目相关的所有题型解析、背诵拆解巧记，以及各种可能会出现的作文主题和她对应每个主题写下的示例范文。

原本是针对周承诀的语文基础，专门为他整理的复习计划，本想临走前给他，可做到一半时才知道原来他很讨厌这些，当时岑西犹豫着要不要继续做下去，毕竟他不喜欢，她也不好强求。

后来她想了想，还是撑着最后一丝精力，耐着性子通宵达旦把笔记整理完了。

不过最后并没有给他，而是直接留在了小天台的长桌上。

她记得当初离开的时候，几本笔记还崭新，此刻已然染上时光流逝的痕迹。

不过并非像是经历过长时间风吹日晒那般发黄发旧，而是明显带着人为使用过的痕迹，随意翻动几页，还能从中看到一些多出来的、不属于她的笔迹。

而那笔迹岑西也相当熟悉，很显然是出自周承诀之手。

“这些，你都看过？”岑西一边翻看着熟悉的笔迹，一边不太敢相信地轻声问他。

“嗯。”周承诀语气懒洋洋的。

“你不是不喜欢吗……”她话音低低的。

“第一个月语文分数掉得太厉害了，也没人回来拯救我一下。”他说的第一个月，是她走的第一个月，他幼稚地故意考回了四十三分，以为她会回来管管他，结果并没有她的消息，周承诀自嘲地扯了扯嘴角，“想考好一点，只能自己看看了。”

“你不是走竞赛就能保送了……”他其实根本不需要多高的语文成绩。

“你可能不知道，我们南高文科班那边之前有个第一名，在老姚和校长面前说，要给他们考出两个高考状元。”周承诀笑笑，故作轻松道，“我觉得她最后肯定能做到，那我可不能拖后腿，不然怕配不上她了。”

岑西的泪水含在眼眶中打着转，快要呼之欲出时，周承诀的手机铃声适时响起，他扫了眼来电显示，见是严序，随手接了起来。

电话那头传来的声音十分嘈杂，七嘴八舌的，听起来应该不止有严序一个人。

周承诀嫌弃地将手机拿远了些，等那边吵吵嚷嚷的音量小了，才重新放到耳边继续听。

期间，对面似是提到了岑西，他下意识朝她的方向看了眼，而后很快走到她跟前，用另一只手抚上她微湿的眼睛。

眉梢微扬，手指轻轻摩挲，是无声却亲昵的安抚。

手机虽放在耳边，周承诀却没怎么用心听，注意力基本都在眼前人身上。

片刻后，那边终于说到了重点，周承诀垂眸看向岑西，提了句：“他们说想过来聚聚。”

“谁……”岑西心跳控制不住地加快了些许，心里其实知道他说的是谁。

“严序、李佳舒他们全都想过来。”周承诀询问她的意见，“想见见吗？”

他其实知道岑西是怎么想的。

明明已经悄悄回到南嘉几个月了，却不曾和任何一个过去相熟的好友联系过。

要不是当初在医院被他意外找到，他还死缠烂打在她身后追了这么长时间，他们两个或许都不会像今天这样，一同出现在这个曾经几乎每天一起吃饭、一起写卷子的地方。

而即便她已经能说服自己接受他的一次又一次靠近，却也从不曾提过要和其他几个好朋友见一面。

四年多实在太久了，时间能抹去很多东西。

她害怕大家不再熟络，不再亲密，不再有共同话题，不再像从前一样肆无忌惮相聊甚欢，她不知道自己能否再次融入到这个圈子里，害怕四年之后再次面对面，却只能悲哀地成为客套的陌生人。

可她又真的很想念大家。

周承诀看出了她的犹豫和纠结，怕她会后悔，温声说：“大家也都很想念你。”

“好……”

之后没说两句电话便挂断了。

“群里那几个全杀过来了。”周承诀说，“严序说都早就在路上了，估计十分钟之内会到，让我们先点几个菜，再搬两箱酒等着。”

“我下楼跟小姨说一声？”周承诀朝楼梯那头抬了抬下巴。

岑西一想到马上要和阔别多年的朋友再相见，既期待又有些担心，此刻也顾不上掉眼泪了，朝周承诀跟前又凑近了些许，难得没出息地小声同他说：“怎么办，我好紧张啊……”

“紧张什么？”周承诀轻掐了掐她脸颊，“每回见我的时候都挺冲，没觉得你紧张。”

倒是他次次紧张得要命。

“我算是知道了，”周承诀轻笑出声，“这么多年，你只会窝里横的脾气是一点没变。”

“喂……”岑西抬眸瞪他一眼，倒没反驳“窝里横”这个词。

“别紧张。”周承诀直接拉过她手腕，将人往楼下带，“常安省文科状元，赏脸见他们一面，他们几个都得给你磕一个。”

岑西：“……”

严序嘴里说着十分钟就到，其实满打满算还没过五分钟，车子就出现在“至死不鱼”门前了。

周承诀还在和小姨确认菜单，正准备问岑西想不想试试店里新出的生炊小目鱼，结果就听她冷不丁朝他问了句：“我怎么觉得那辆车特别眼熟呀？”

周承诀满不在意地转过身，往她示意的方向看过去，严序的车就那么堂而皇之地停在烤鱼店门前不远处的老榕树下。

好死不死，严序今天开的还是那天在医院外的公交车站猛朝岑西按喇叭的那辆。

周承诀反应了半秒钟，脸不红心不跳地开始扯：“噢，他这……大众车，外观都差不多……”

他不说大众车，岑西倒还没想起来，一说这词，她当即便想起那天他和自己说的那句“他是大众脸，你可能看错了”。

岑西抬眸瞪着他，朝他哼哼两声，故意曲解着拆穿他：“我见过大众车，江隔开的就是大众，看起来差远了。”

周承诀快被她给气笑了，知道她什么都懂了，索性也就破罐子破摔，顺着她的话继续乱聊：“江隔早该把那破车给换了。”

岑西：“……”

周承诀话音刚落，李佳舒已经从那辆十分“大众”的银色跑车上下来，飞奔进店里了。

岑西胡思乱想的操心压根没有发生。

李佳舒随手将周承诀往边上推出几米远，而后整个人直接朝岑西身上扑过去。

一句久违的“光阴似箭”脱口而出后，江乔紧随其后，也扑了上来，三个四年多没见过面的小姑娘此刻紧紧抱在一块哭，半点陌生的感觉都没有。

江乔哭到打鸣，第一次认同李佳舒的口头禅：“这回是真的光阴似箭了。”

毛林浩仍旧保持着两百多斤的胖墩身姿，从后头追进来，姗姗来迟，边喘着粗气，边冲周承诀和小姨的方向焦急询问着：“帮我点馒头了吗？上回过来李佳舒没给我点！”

毛林浩一句话，直接让三个正在哭的姑娘瞬间破功，前一秒还在哭，后一秒已经挂着眼泪搂在一块疯疯癫癫地笑了。

四年多了，他们分开了整整四年。

不过好在，大家都一如从前。

“至死不鱼”的生意比从前还要好上不少，隔壁连着两家店面都被小姨盘下来，打通装修成了包间，不过几个人还是选择了曾经最熟悉的店外露天大圆桌。

店里如今雇了许多长期全职服务员，大多数事情已经不需要小姨再像从前那般，透支着身体亲力亲为了，平时她得了空就在收银台前数数钱，今晚难得亲自上阵，专门为岑西这桌单独服务，因而菜虽才刚点，很快就一盘接一盘送了过来。

李佳舒见自己最喜欢的那道菜还没上，忙趁小姨送菜过来的空当，扯着嗓子撒娇问：“小姨，我喜欢的那个——”

她想问周承诀有没有给她点，结果菜名都还没说出口，女人便直接将话接过：“点了点了，你喜欢的那个菜下一盘就上。”

女人话音刚落，坐在对面的毛林浩也急不可耐了，张口又是一句：“小姨，我那个——”

“你的馒头也马上就来！”小姨显然已经对这帮人的喜好了如指掌，撅个屁股都知道要放什么屁，忙笑道，“别着急啊，阿诀给你点了五十个，一张桌子都放不下，一会儿给你放隔壁桌上。”

江乔笑道：“你一会儿直接搬去隔壁桌吃，别打扰我们。”

岑西眉眼弯弯地看着一圈人，随口问：“你们常来这儿啊？”

看起来不仅常来，貌似都已经混熟了，每个人都管她的小姨叫作小姨，女人也答应得十分自然。

“几乎每周都来。”江乔冲她眨眨眼，“小姨老是强行给我们打折。”

“每周？”岑西有些惊讶，“你们全都在南嘉啊？”

“对啊。”李佳舒一边逼迫严序替她剥小龙虾，一边冲她说，“咱们南嘉挺适合生活的，一般成绩过得去的都不愿意出省，火箭班的更是能上南嘉大就铁定往南嘉大走。”

“你猜我们是怎么知道你在这儿的？”李佳舒朝周承诀翻了个白眼，继续和岑西说，“之前严序说在医院遇上你了，我就说要找你，结果他说周承诀成天摆着张死人脸，他问都不敢问一句。本来想在学校里碰碰运气，看看能不能撞见你，结果也没遇上，好在……”

“好在我就知道，你回来了，周承诀肯定按捺不了多久，一定会有动静，学校里多少双眼睛盯着他啊，他一有动静，准上校园墙。”李佳舒冲岑西挑挑眉，“于是我这段时间频繁刷南嘉大的校园墙，今天，终于让我逮到你俩在女生宿舍楼下私会了！”

周承诀少见地为李佳舒的贴切用词比了个大拇指，表示赞许。

岑西：“……”

“噢对，曲年年和林诗琪她俩今天也刷到了，疯狂来戳我。要不是她俩这两天被系里派出去比赛，不在南嘉，今晚也会过来一块聚的。”江乔说。

“她们也都在南嘉呀？”岑西好奇地问。她喜欢听他们和自己聊大家的近况，总觉得这样也算是变相参与了过去。

“也在，不过不在南嘉大，在电影学院。”江乔点头笑道，“她们以后要拍戏当大明星啦。”

李佳舒这个追星狂魔理智地分析道：“年年当大明星希望比较大，毕竟到现在了一次恋爱没谈过，天生当明星的体质。诗琪悬一点，她两年谈了二十六个体育生，一看就容易塌房。”

江乔快笑喷了：“不过没事，她家有钱，可以带资进组。”

“她居然谈了二十六个体育生！”岑西对此感到颇为惊讶，一双水汪汪的鹿眼瞬间睁圆了。

这表情，看在周承诀眼里，可以用四个字来形容，双眼放光。

他冷不丁轻哼一声，脱下沾满小龙虾汤汁的一次性手套，伸手去掐岑西的脸蛋：“怎么，你很羡慕？”

岑西似是觉得他这阴阳怪气的语气也挺有意思，故意惹他：“二十六个体育生，谁不羡慕……”

“呵，可以。”周承诀板着张脸，把刚剥好的满满一盘小龙虾肉，十分不温柔地推到她面前，“爱吃不吃。”

“嗯？”毛林浩闻声从馒头堆里抬起头来，以为周承诀不把小龙虾分给岑西，当即忍痛割爱，“西姐，馒头吃吗？分你两个。”

岑西笑着摆摆手，一点也不委婉地拒绝了他。

严序受够了毛林浩一次吃二十个馒头的架势，忍不住吐槽：“我也是服了，这辈子除了他，我没见过这么能吃馒头的。”

“你还别说，”李佳舒开始逼严序替她剥第二盘小龙虾，“我最近在网上看的一本小说里头，还真有一个像毛林浩这么能吃馒头的。”

“真的。”提起这个话题，李佳舒来劲了，“而且我感觉书里那几个人和我们几个好像啊。”

“有像毛林浩一样，一顿能吃二十个馒头的。”

毛林浩：“嘻嘻。”

“有像乔乔一样，成天朝别人眨眼撒娇的。”

江乔冲她眨了下眼。

“有像周承诀那种，语文考试次次不及格的文盲。”

周承诀：“……”

“有像严序那种人丑嘴贱天天找人吵架的。”李佳舒捧着脸，弯弯眉眼笑道，“还有像我这种可可爱爱的。”

严序：“……你别恶心人，你就是天天看这种东西把脑子看坏的。”

李佳舒白了他一眼，继续说：“真的，我每次看都觉得，里面写的特别像咱们高一那会儿的事，越看越想哭。”

“噢对，连朱捷平那种又蠢又坏的都有。”李佳舒说，“不过那作者好像只写到高一的部分，我特想知道那个像朱捷平一样的蠢货，后来是不是也和朱捷平一样惨，不过没写到，而且这几天她都没更新……该不会不想写了吧。

“记得前几天还刷到一个挺大的动画公司制片人发动态说，想做这个小说的动画，但是暂时没联系上作者。

“作者好几天没上线了，不会是真不想写了吧？我记得之前评论区有读者留言，期待他们上大学，作者说，应该不会写到大学的部分。有人问为什么呀？她回复说，因为她也不知道后来大家都怎么样了，嘶——”李佳舒边说边开始有了些联想，“这该不会是什么真人真事吧？”

“什么呀，发在哪儿，给我看看？”江乔的好奇心立刻被勾了起来。

“就在那个‘兜圈’里，周承诀公司出的那个软件，最近很火的，你不会没有吧？别这么土啊，咱们学校的校园墙都是这软件的衍生品，能关联的。”

“我肯定下了啊，最近谁不用这个……”

“兜圈”是岑西转学那年，周承诀独自做的一个公益性社交软件，能发布动态、记录心情、记录日常，发布提问集思广益，能一同追星一同玩乐，还能和他之前做的刷题程序、经营小游戏以及各大学校的校园墙一并关联。由于几个程序在学生当中热度本就不低，加上可以互相关联，软件才刚出没多久，就迅速在学生群体中得到广泛使用。

较为不同的是，在这个软件上发布的任何一条动态下面，都会随机跟随一条寻亲启事，并且所有以“公开”形式发布在平台上的照片，都将用于人脸及瞳膜识别技术的大数据匹配。

技术和软件相结合，软件投入使用的初期便已经帮助到多个家庭找回失散多年的亲人。

李佳舒说得越多，岑西心跳得越快。她确实在“兜圈”上连载了一篇类似高中校园回忆录的小说，这几天也确实因为要赶电视台最新一期稿件，暂时没空继续更新。

她当初便是因为这个软件的特殊公益性，才选择了将文章发布在这个平台，但她没想到，这个软件竟然正好是周承诀做的。

其实她早该想到的。

明明每回点开“兜圈”的一瞬间，都能在开屏页面看到她几年前曾安慰过他的那句话——

“兜了一个圈，终究会再相见。”

只是当初在软件开屏上看到时，她只将这句话和寻亲公益相关联，并不知道这其实出自他之手。

她下意识看了眼身旁的周承诀，见他视线朝自己扫过来，又心虚地别开眼神，看向李佳舒，忙随意开口转移话题：“那个，朱捷平怎么了呀？他后来考哪儿去了？”

“嗅，他呀，还在复读。”李佳舒摊摊手。

“还在复读？”算起来，这应该是第三年了，岑西多少有些惊讶。

“这人一心想上南嘉大，咱们高考那年，他离南嘉大好像差了三十来分，本来也能上个理工的，结果之前被他嘲讽过的几个人全考上了南嘉大，他当然不甘心，快气疯了，就选择了复读。第二年差了一百八十来分，别说理工，一本都够不上，这他能忍？必然不能，今年已经开始继续复读了。”李佳舒说，“自己在家复读，老姚没让他进南高复读班。”

“为啥？老姚现在权力这么大了？”这新闻倒是真的新，连毛林浩也是今天才听说。

“老姚今年升副校长了。”李佳舒说，“不过不是因为权力大，南高复读班只收高出一本线三十分的复读生，他差远了。”

“天啊！想当初高一那会儿，他还是咱们火箭班的……”

“哎，不说他了，提了就烦。”李佳舒看向岑西，“西，你后来转学去了哪儿啊？”

“常安附中。”岑西如实答。

江乔好奇地冲她眨眨眼：“你们那边学校，有没有帅哥啊？”

江乔话音刚落，周承诀的视线又立刻往坐在自己身边的小姑娘脸上扫过去，明明盯着她看，还偏偏要装出一副若无其事、不经意的样子。

岑西接收到他的眼神，抿唇笑了下：“好多，都看不过来。”

“……很好。”周承诀凉飕飕地对她再次进行了肯定。

李佳舒这会儿正嫌严序剥虾壳剥得慢，怎么看他怎么不顺眼，当即冲岑西开口问道：“那你们学校那边还有比严序长得更丑的吗？”

严序剥虾壳的动作一顿：“啥？”

岑西捂着唇笑，他俩还是那么爱斗嘴。

周承诀推了盘剥好的小龙虾放到她面前，而后不咸不淡地替她回答：“有。”

李佳舒：“啊？你怎么知道？”

“我正好见过一个。”周承诀冷着张吃味的脸，光明正大道，“叫江隔，挺丑的。”

岑西：“……”

幼稚。

2

一群四五年没见过的朋友，再见面时，竟然没有半分尴尬，话题不断，笑料频出，互动亲昵自然，像是中间从未隔着分离的四年。

最开始，大家还在聊近况、聊变化，酒过三巡夜已渐深，情绪也到位了，一个个便开始回忆起往昔，气氛多少变得沉重了些。

李佳舒醉醺醺的，把平时没敢说的话全吐了个干净，对着岑西道：“你走之后，我们谁都不敢在周承诀面前说你已经走了，他说你只是请了一个比较长的假，卷子拿双份，一个人去食堂吃饭也要打双份菜，还是像以前一样经常跑去文科班那层楼打热水，经常一天到晚一句话不说，就这样每天循环地做着差不多的奇奇怪怪的事，我都担心他脑子出问题。”

“你脑子出问题，我诀哥的脑子都不可能出问题。”毛林浩誓死捍卫他诀哥，“诀哥后来语文还直接飙到了一百四十三分呢。”

严序笑了下，也开始冲岑西吐槽：“这哥们儿贼吓人，你见过谁没事动不动就从校服口袋里掏出本语文笔记背的？周承诀就这样，那几本语文笔记，他几乎每天都随身携带。”

“后来突然考出个一百四十三分来，把我吓一跳。”严序这会儿也有点醉，念着这数字，冷不丁想到几年前周承诀发的那条朋友圈，他“嘶”了声，看向周承诀，“阿诀，我记得之前你发过一条朋友圈，问某些人不回你消息怎么办？我那会儿应该是随便带了个节奏吧，说你考个一百四十三分和她门当户对了，她没准就回你了，不是……你该不会是当真了？”

“我说你怎么突然蹿到这个分数……”严序酒精上头，话说到最后，声音也弱了下去。

岑西最开始还在和李佳舒她们嘻嘻哈哈地笑着，到后来，喝酒的速度越来越快，像是在故意灌自己，一杯接一杯，没有要停的打算。

周承诀一开始觉得大家都长大了，也不想管她太多，便由着她喝，反正度数不高。

后来见她状态不太对，他连忙伸过手去，将酒杯抢了过来。

片刻后，小姑娘轻浅的笑意渐渐转变为低低的抽泣。

一桌子人，全是醉鬼，只剩下周承诀滴酒没沾，仍旧保持清醒。

周承诀的注意力就没从岑西身上挪开过，见状，他索性挪开自己那把椅子，直接蹲到她面前，仰头看着低垂着脑袋哭得略显委屈的她，温声问："怎么了？"

岑西摇摇头，没吭声。

周承诀伸手轻拍了两下她的脸颊，而后站起来，将她往自己身前一揽，一只手在她脑袋上轻揉着，似在安抚，另一只手掏出手机叫了几辆车来，将一桌子醉鬼挨个送走。

全数善后完，他抱歉地看向正在打扫餐桌的小姨："不好意思啊小姨，今晚可能不能帮您一块收拾了。"

"没事，这本来就是我自己的事。"小姨摆摆手，看向靠在他怀里哼哼唧唧似是在撒娇的岑西，操心道，"怎么喝了这么多？"

"是我一时没看住。"周承诀把责任往自己身上揽。

"那让她上楼睡吧，床铺都是新的干净的，早给她铺好了。"小姨说。

周承诀少见地没应声，俯身凑到岑西耳畔，用磁沉嗓音问她："和我回望江好不好？"

"唔……"岑西迷迷糊糊地在他怀里蹭了蹭。

"'过来'在望江，它也很想你，想去看看吗？"

岑西这会儿挺醉的，反应也慢多了，半晌才幅度很小地点点头："唔……"

周承诀轻松地将小小一只的她背起来，同小姨打了声招呼，直接将人从店里带走了。

时隔四年多，两人再一次一同出现在这座曾经最熟悉的、连接着望江和"至死不鱼"的大桥上。

昏黄的路灯下，两人的身影交叠在一块。

周承诀故意将脚步放慢了很多，一条十分钟不到的路，他背着她，生生走了半个多小时。

岑西乖巧地趴在他背上，双手没有多少力气地圈住他脖颈，温热的呼吸时不时环绕在他鼻息间。

也不知过了多久，小姑娘忽然含含糊糊地开了口，话音里还带着些哭腔："周承诀……"

"嗯？"她次次喊他的名字，他次次必有回应。

"你为什么想考高分？为什么……为什么还偏偏是一百四十三分啊……"岑西这会儿酒精上头，胆子也大了不少，就这么直白地问了出来，"你是不是……真信了啊……"

信了严序随口说的话。

“真信了。”他无奈地轻笑一声，“我找不到你，实在没有别的办法了，就想试试看，看看考到了这个分，你是不是真的会回我个消息。万一呢，不试试怎么知道……”

“可是我不知道……我没有回你……”酒精使然，所有的情绪在深夜时都控制不住放大，岑西的眼泪一滴接一滴砸在周承诀的肩头，“……对不起……周承诀，我原来觉得，我走了，你可以过得更好一些……”

“但是你好像过得不太好……”岑西吸着鼻子，“我那个时候，不知道怎么做才是对的，我运气总是不太好，好像怎么选择都是错的。没有人教过我，周承诀，我不知道……”

她甚至在不久之前，还对他冷言冷语，一个好脸色都没给过他，无视他次次开到自己面前的车，甚至试图用江隔将他气走。

他明明可以不用受这个气，明明可以不用将车一次又一次停到她面前，明明可以扭头就走，可为什么偏偏还是不断地朝她靠近。

“周承诀……对不起……”小姑娘呜咽着。

“岑西，”周承诀叫了声她的名字，打断了她的道歉，“你听着，在周承诀这儿，岑西永远不会有错。”

“是我不好，没有早点找到你。”周承诀温柔的嗓音里带着哄，“以后你可以跑慢一点，稍微给我留点时间。”

“对不起……”岑西此刻醉得有些厉害，只剩下这一句话。

“道歉就不用了，实在想的话，不如亲一下。”担心她滑下去，周承诀轻笑着把人往上托了托。

下一秒，温热柔软的唇瓣忽然贴上他的脖颈，男人脚步一顿，连呼吸都瞬间屏住。

他没想到她会这么听话。

更没想到，突如其来的亲密触碰之后，接着又是第二下。

一下。

两下。

三下。

…………

岑西还挺会挑地方的。

这个位置，比起脸颊、嘴唇这些地方，显然要更敏感些。

这种亲密接触对周承诀来说十分陌生。

他二十多年耀眼的人生中，只喜欢过岑西一个女生，所有的心思和精力几乎全挂在她身上，她走了，他就一个人过，因而从没体验过这种滋味。

仅仅是一个再平常不过的亲吻，便让他大脑不争气地空白了足足十余秒。

昏黄的路灯下，周承诀背着岑西，就这么在原地安静地停留了许久。

周遭针落可闻，静谧得只剩下小女生一下接一下小心翼翼亲吻他的微弱声响，和他失了节奏的呼吸声以及如雷般的心跳声。

许是今晚喝的量实在有些过头，抑或是她潜意识里想通过这种方式尽可能补偿他，这场突如其来的吻开始之后，便久久没有停下。

久到她圈着他脖颈的手越来越紧，久到两人的手心、脸颊、耳郭，浑身都越发滚烫，久到周承诀再次找回自己嗓音时，哑得压根没法听。

"岑西。"

"唔……"持续不断的吻终于短暂停下，岑西迷迷糊糊地在他脖颈处又蹭了蹭，而后脑袋软绵绵地歪到一侧，脸颊自然而然地靠在他结实可靠的肩膀上。

"你知道自己现在在干什么吗？"周承诀听着自己这不争气的嗓音，自嘲地扯了扯嘴角。

"知道。"说着，她滚烫的指尖还有意无意地，往自己嘴唇刚刚触碰过的地方轻轻抚过，"亲你。"

男人的喉结难耐地上下滚动了下，轻笑一声，无奈地问她："你到底醉没醉？"

"没醉！"小醉鬼皱起眉头，嗓音都大了些许。

那就是醉了，醉鬼一般都不会承认自己醉了。

"你知不知道自己现在亲的是谁？"短暂的停留过后，他又背着她不紧不慢地继续朝望江的方向走。

"亲你。"岑西答。

"那我是谁？"周承诀继续追问。

"嗯？"岑西已经没法思考，哼哼了两声，忽然傻乐起来，圈着他的手臂又稍稍加了些力道，强撑着自己支起软绵绵的上半身，一只手指有意无意地抓着他耳垂玩，而后凑到他耳边，似在说悄悄话般，声音绵软轻缓，"你是……周、周承欢……"

说完，小姑娘自顾自地笑了起来。

周承诀一愣，而后也无奈地低笑出声。

记忆似乎瞬间又被她随随便便一句话，轻而易举拉回到高一那年的校运会。

她摔了胳膊，孤零零一个人跑去水龙头下冲伤口，被他逮个正着，那是她第一次躲在他怀里悄悄哭。

她不愿去医务室，他就带着她回了教室。

她感叹带着期待长大的孩子，连名字都是美好的，他便用自己的名字来安慰她。

承受分别的苦，一听就不是什么好名字。

她笑说，那要叫周承欢吗？

那能听吗？他还是承受分别的苦好了。

再后来便是在医院重新遇到她之后的当天晚上，他的微信被她拉黑了，唯一能和她取得联系的，只剩下那串写在晶晶资料单上的联系人电话号码。

与她有关的一切，周承诀只需要看一眼便能永远铭记于心。

然而电话拨通过去，等来的却是直接挂断。

他这个号码，几年没换过。

哪怕当初顶着这张脸加上状元的名头进了南嘉大，没多久，手机号就被一些比较疯狂的爱慕者扒出来发到校园墙上疯传，持续很长一段时间，电话被打到爆，一天能收到上万条骚扰短信，他也没敢换过。

他怕她要是遇到什么事，想要回过头找自己帮忙时，会找不到他。

然而恰恰也因为如此，重逢后对方显然知道电话是他打来的。

他拨几次，她便挂断几次，后来索性连电话号码也直接进了她的黑名单，没法再将电话打通。

他连她的一丝声音都没机会听见。

那种折磨了他多年的分别的恐惧再次将他笼罩。

他生怕她因为这突如其来的重逢，又选择在他不知道的情况下，悄然离开。

他的车在福利院门前守了整整一夜。

他想见她，又怕吓到她，忍着没敢直接上楼找她。

他从漆黑的深夜，等到天际微微泛白，再到天光大亮，看着安静的院内逐渐恢复活力和朝气，这才动作利落地下车上楼敲响了她的房门。

屋内很快传来小姑娘趿着拖鞋啪嗒啪嗒走来的声响，木门打开的一瞬间，周承诀看着她顶着一头刚睡醒还未曾打理过的乱糟糟的头发，迷迷糊糊地探出头来问他："谁呀？"

"我……周——"他绷了一整夜的神经，在听到她仍旧带着睡意的声音后，陡然松懈下来，嗓音却仍旧哑得厉害，"周承欢……"

难听也无所谓，这分别的苦，谁爱受谁受去吧。

那天，他话音落下后，便没再开口，似是在等待她的审判。

小姑娘心还挺硬的，只愣怔了一瞬，而后便一声不吭地把门摔上。

但他看到了，十来分钟之后，她换好衣服背着包从屋里出来的时候，眼睛是红的。

"岑西，"周承诀无奈地笑过之后，又随意开口问她，"你那天是不是哭了？"

他没指望她能回答自己，毕竟她醉得这么厉害。

“嗯？”小姑娘又重新倒回他肩头，“嗯……”

傻乎乎的笑声似是又染上了哭腔，她笑着笑着又哭了：“对不起啊……我对你不太好，你就应该像他们一样，把我直接扔掉，然后大步往前走，肯定已经能走出很长一段路了……”

“路上没你有什么意思啊？”周承诀低声说，“那么远的路，我一个人也懒得走。”

“可我总是走错，”她无厘头地说着，“我总是不记得路，从南高回烤鱼店的那一小段路，我最开始都一直搞错。”

“所以我不是一直在等你？”周承诀说，“我放慢脚步，你只要愿意偷偷跟上来，我们就能一起走下去。

“中间或许会被红绿灯隔开一小段距离，那我就停下等你追上。实在不行，我就回过头找你，只要你愿意和我一起走，我一定就在你眼前。”

就像那年暑假从黄毛手下将她救下，他只是接了个电话，她就选择了一条同他背道而驰的路。

待到她察觉不对劲时，已然过去了不短的时间，那时间足够他离开，足够他回到望江。

可他没有。

她原路返回没多久，便在那条路上轻而易举再次遇到慢悠悠走着的他。

哪有这么多凑巧的事。

不过是他停下来等她。

他走路一向很快，还不是怕她跟不上，才悄悄放缓脚步，让她跟得轻松点。

只要她想，他就一定会在她眼前。

背上的女孩没了声，周承诀无声地弯着嘴角，他说他的，也没指望她真能答什么。

良久，那个醉得昏睡过去的女孩又有了点动静，在他背上无力地小小折腾一番后，难得娇气地抱怨了句：“你能不能抱紧点，我要被你丢下去了……”

男人闻声轻笑着，将她往上托了托：“放心吧，我不可能把你丢下。”

“再抱紧一点点。”她软乎乎的手臂再次圈上他的脖颈。

“好。”他再收紧了些托着她的力道。

“周承诀……你怎么这么烫啊？”岑西的脸颊贴着他，能感受到他传来的阵阵温热，“什么东西扑通扑通的……你怎么这么紧张啊？”

“……”

这姑娘是真能折腾人。

“周承诀，你是不是害怕我再亲你啊？”

周承诀低低地笑出声来：“我怕？”

“来，你亲，尽管来。”他故意颠了她两下。

“明天吧，我想睡觉了。”岑西的指尖在他滚烫的喉结处轻挠了两下。

3

第二天，岑西迷迷糊糊地在被窝里睡到将近中午才微微转醒。

其实她过去鲜有赖床的情况。

从前作息规律，夜里十二点睡清晨五点钟起，几乎雷打不动。

后来为了尽快多攒点钱，熬夜通宵成了家常便饭，可不论几点睡下，第二天仍旧能准点起床。

极少数几回赖床的经历，都在望江。

好像每回在这里，她都能睡得更安心踏实些，赖个床也毫无顾忌。

岑西还未从被子里探出脑袋来，整个人小小一只缩在其中，意识逐渐转醒，眼皮却沉得怎么也掀不开。

她记得昨晚应该是和李佳舒他们一块聚了餐，后来还喝了不少酒，原以为喝到几近断片，第二天醒来头痛欲裂必定难免，然而预想中的难受似乎并没有到来。

她只觉得仍旧有些困，还没完全清醒，嗓子带点痒，想喝口温水，肚子还有些饿，别的倒没有任何不适。

岑西此刻的记忆杂乱无章，对于昨晚喝醉之后发生的事，脑海中只剩下零零碎碎、模模糊糊不连贯的片段。

她记得被周承诀塞进被窝里睡觉之前，他好像给自己喂了碗什么东西，热腾腾的，味道还怪好喝的。那会儿她原本还有点想吐的感觉，胃里因为酒精的侵蚀，也后知后觉地有些不太好受，那碗东西被一口口喝完后，翻腾的胃里似乎就消停了不少，头也没那么晕了，仅剩下挥之不去的困意。

想来应该是那碗东西起了作用。

岑西就这么闷在被子里在床上滚了两圈，脑子里有一搭没一搭想了好半天，片刻后才发觉有些缺氧，皱着张小脸，从被窝里探出脑袋来，大口呼吸几口新鲜空气之后，才忽然察觉出些不对劲来。

身下的床好大，床铺也软得要命，怀中紧抱着的被子以及此刻正枕着的枕头，似乎都透着股陌生又熟悉的味道。

过去的几年，她自己赚了些钱后，还曾试图在商店里寻找相同味道的洗护用品，可一直没有找到类似的。

岑西这才反应过来，这里是望江，是周承诀家的卧室。

她昨晚是在这儿睡的。

他带她回来了。

此刻呼吸间尽是这种想念了很久的气息，岑西忍不住又收紧了几分手中的力道，将整张脸埋进被窝里，再深吸了几口气。

没一会儿，房门处传来轻微的推门声，听声音，不像是周承诀的动静。

况且周承诀不论在什么时候，都不会不经过她同意就随意推门而入。

那推门声仅仅响了片刻便消失了，门只被推开了一条不宽的缝隙，紧接着便传来了什么东西踏着柔软地毯缓缓朝床边走来的微弱声音。

在这个房子里，如果来的不是周承诀，那就只剩下小“过来”。

岑西软绵绵地从床中央滚到床沿边，而后撑起身子，从被窝里探出脑袋来，望向卧室房门方向。她耐心安静地等了一会儿，不远处的床尾沙发边终于出现了小狗的身影。

小家伙没像从前那样兴奋得又蹦又跳表演转圈，它的动作不再灵活，每一步都走得很缓慢。

唯有看向岑西的眼神不变，大眼睛闪着光亮，像是在说“好久不见，我来找你啦”。

只是它的步伐真的很慢。

明明从前一见到她，它都是飞奔过来的。

岑西想起身过去抱它，可见它很努力地在一步一步往自己的方向迈，又不想打扰，索性就这么坐在床上，朝它张开双手，等着它慢慢走进自己的怀抱。

须臾，屋外响起了轻轻的敲门声，似是担心惊扰还未睡醒的她，周承诀的敲门声极轻，说话声音也尽量压到最低，不过门已经被小“过来”开了个缝隙，再轻倒也能听得清：“醒了吗？小‘过来’是不是进来了？”

岑西“嗯”了声，嗓音带着些闷哑。

“那我进来了？”周承诀又询问了遍她的意思。

在得到岑西的同意后，他才推门而入。

“什么时候醒的？”他不紧不慢地往她跟前走来，手上还端着杯温水，“醒来不知道找我啊？”

“刚醒。”岑西自然地伸手接过他手里拿着的水杯。

明明他还没说是让她喝的，她潜意识里就已经知道这是给自己的。

温热的水流经喉咙，带走了初醒时那点微弱的痒意，嗓子舒服多了，话音也不再那么闷哑。

“被小‘过来’吵醒的？”周承诀又随口问了句。

“没，它进来之前我就已经醒了，只是还没来得及睁眼。”岑西有些不好意思地笑了笑，“我又赖床了。”

“想睡就多睡会儿。”周承诀就乐意见她放松依赖的状态。

两人说话间，小“过来”才慢悠悠地挪到岑西怀里。

岑西忙低下头去，凑到它脑袋边蹭了蹭，而后将它搂着，一下一下轻抚它那和自己一样乱糟糟的头毛。

“它是不是有些不舒服啊？”岑西想到小“过来”方才进门，以及慢悠悠挪步过来的状态，总觉得它有些不太对劲。

“怎么了？它前一阵才刚做过体检，应该没什么大问题。”周承诀说。

“它走得好慢呀，以前都是几步蹦着扑过来的……”岑西说到最后，似乎终于反应过来什么，话音已然弱了下去。

“‘过来’年纪大了。”周承诀平静道。

果然。

四年多，在人类的生命里都算不短的一段时间，于“过来”而言，更是占据了生命中的四分之一。

从前它还能灵活地上蹿下跳转圈鞠躬，如今却早没有了那种活力。

岑西鼻尖忍不住一酸，抱着它又深吸了两口气。

他们之间似乎真的浪费了太多时间。

就像昨晚她哭着问周承诀，她找了其他人来气他，他怎么还一点脾气都没有，他明明可以不再找她，明明有更多更好的选择在等着他，他怎么还是一次又一次接受着她的不理不睬，始终选择把车开到了她的面前。

周承诀说，他确实也是有脾气的。

他长这么大，受过最多的气，大概都是岑西给他的。

但他就是喜欢，那又有什么办法。

他被她找来当挡箭牌的其他男人气了两天，那两天他确实嫉妒得不能自已，于是那两天，他没有再开车来福利院接她。

是怕眼睁睁地看着她一次又一次上了别人的车，也是怕自己控制不好那异样的情绪，会在掌控之外将气撒到她身上。

他给自己两天时间整理心情，而后重新回到她的面前。

不过只有两天，他只吝啬地允许自己有两天的脾气。

多的一秒都不能再浪费，他们已经错过了太多太多，一天都浪费不起了。

周承诀知道岑西这会儿心里不好受，昨晚她趁着醉意在他面前大哭了一场，他明白，这几年，谁都不好受。

她一个劲向自己道歉，可她哪有什么错。

她只会比自己过得更难。

他的岑西只是太好了，喜欢把责任都揽到自己身上。

明明当时是他年纪太小，还没有独当一面的能力，还没来得及成长为能让她无所顾忌的人。

难过不应该由她来承受。

“不过你放心吧，它身体挺好的，每半年都有给它做一次体检，刚刚不是和你说了，前不久才刚出过检查结果，硬朗得很。它这个品种，其实是长寿的那种，照顾好了，我们还能陪它很久很久。”周承诀轻笑着伸手去掐她脸颊，掐完了才又重新站回身，话语轻松地说道，“你别看它走得慢，以为它是不是腿脚不好，它其实就是犯懒了。”

“噢，还有。”周承诀话语顿了顿。

岑西当即抬眸看向他：“还有什么？”

周承诀笑着走出卧室，片刻后又拿了一篮子发夹回来，递给她：“这家伙臭美，我努力过了，确实学不来你扎的那些辫子，带去宠物店，人家工作人员扎的，它好像也不太满意，出门也不好意思炫耀了。每次遛它，一遇上同伴就自卑，久而久之就变宅了，所以现在这么懒。

“真的。”

岑西半信半疑接过那篮发夹，作势要替“过来”扎。

小家伙见状，精神状态显然比方才好了不少，甚至隐隐有要在她怀里转圈的架势。

刚刚明明还一副走不动道的样子，差点把她眼泪都再次骗出来。

周承诀在边上低低地笑了声，很快从裤兜里掏出手机，对着床上一人一狗拍照片。

“这发夹上的东西，还是你给它勾的吧？”周承诀一边看着她手上的动作，一边随口提了句。

“唔……”岑西答得有点心虚。

这些都是她临走前勾的。

“连狗都有，就我没有。”

“……”

“好啦。”岑西索性无视他那句莫名其妙的争风吃醋，揉了揉“过来”的脸，“我们‘过来’真好看！”

“过来”最喜欢被夸，好几年没这么漂亮过了，这会儿一下子自信了不少，腿脚都变得利索了，仰头“汪汪”两声后，开心地从床上蹦下去，冲到有镜子的地方臭美去了。

屋内一瞬间只留下两人。

迟来的尴尬让岑西整个人都忍不住不自在起来，周承诀俯身作势要向她凑近些，她紧张得脑子一片空白，抓起手中那篮方才“过来”用剩下的发夹，举到周承诀面前，打断了他渐渐靠近的动作：“那个……”

岑西话音顿了顿，连她自己都觉得此刻的动作和想法十分荒谬，然而她这会儿太紧张了，一时也想不出别的法子来打破这股突如其来的尴尬：“那个，‘过来’的发夹还剩一些，你要吗？你刚刚不是说就你没有……”

周承诀动作一顿，而后控制不住低声笑了出来。

他是被她气笑的。

也是被她可爱到了。

“行啊，来，你给我戴。”周承诀见招拆招，再次俯身凑近她。

岑西坐在床上，眼见他的脸已经压了过来，她想跑都没法动弹。

她干吗要提这个？

这不刚好让他有理由光明正大地再次靠近？

岑西捏着发夹，整个人僵在原地，根本顾不上其他反应，只能任由他欺压到自己身前，而后毫不客气地在她嘴唇上碰了碰。

其实周承诀最开始没想在这个时候占她便宜，只是单纯地想叫她出去先把早餐吃了。

可偏偏她傻乎乎地给了自己一个机会，那他怎么忍得住。

仅是这样的蜻蜓点水浅尝辄止，他就已经用尽了全部自控力。

“你这是什么表情？”周承诀亲完人后，被她这惊讶又羞臊的表情惹得忍不住发笑，“干吗？又不是没亲过。”

岑西咬着嘴唇，瞪着他，他还好意思说。

周承诀饶有兴致地睨了她两秒钟，而后故作惊讶地问道：“你该不会忘了吧？我们昨晚的事……”

“忘了。”岑西的记忆虽然有些零散，但这会儿醒了有一会儿了，几个画面拼凑在一块，很容易就能回想起来到底发生了什么。

加上那酒其实不烈，她虽然醉了，但倒不至于完全断片。

可她脸皮到底还是薄，此刻有理由说忘记，自然不会承认记得。

“忘了？”周承诀摆出一副受到伤害的样子，骨节分明的手指搭上自己的睡衣领口，稍稍往边上扯出点距离来，露出脖颈上那点不浅不淡的痕迹，“岑律师，知道这些是什么吗？”

“什么……”岑西答得很是心虚。

“不知道？你们专业还没学到这些吗？那我给你科普科普？”周承诀压着嘴角的弧度，故作一本正经地说，“用你们的专业术语来说，应该叫作……机械性紫斑？”

“由于外力的因素，导致的皮下局部出血症状。”周承诀清了清嗓音，“通俗点来说，这东西叫作‘吻痕’。”

岑西：“……”

“你自己看看，你这个外力因素，力道不轻啊。”周承诀轻捏着她的下巴，“这么多证据都直接留我身上了，我就轻轻碰你一下，你这么紧张干吗？”

“……反正我不记得。”岑西试图狡辩。

“始乱终弃还想造我谣？”周承诀索性朝她又凑近了些，“来，你来我这边再啃一个，比一比，看看形状大小是不是你啃出来的。”

周承诀嘴角勾起的弧度根本就压不住了：“要我给岑律师案件重演一下吗？

“亲完脖子还不够，还嫌我衣服穿得厚，那只手啊，不停地往里钻——”

“我哪有？我只亲了脖子而已……”这多出来的事，她可不认。

周承诀话音停下，而后似笑非笑地冲她抬了抬眉梢：“嗯？这不都记得挺清楚嘛。

“假装忘了是吧？

“亲完就不认了是吧？

“岑律师，咨询你一下，女孩始乱终弃，亲完别人翻脸就不认账了，能把她抓起来判刑吗？”周承诀似是真的思考过这个问题，“比如抓起来判给受害者什么的？”

岑西：“……”

4

十月末的南嘉，天气已然渐渐变凉。

岑西准备从被窝中起来，习惯性想要找外衣来换时，才发现自己昨晚睡前并没有换上睡衣，贴身穿着的仍旧是白天那套内搭，只是脱去了外套。

她略显嫌弃地抬手，将手臂凑到鼻尖闻了闻，而后皱着张小脸，抬眸看向周承诀：“我昨晚没洗澡……”

这话明明是在吐槽自己，可偏偏多了股连她自己都没察觉出的，对周承诀娇气的控诉。

她没洗澡，那是因为她喝醉了，没办法自理。

那他滴酒没沾，肯定是清醒的，怎么能就这么放任她脏兮兮地直接上床。

周承诀闻言，也学着她那样子，凑到她身前深吸了几口气。

岑西对他再次的亲近仍旧有些害臊，躲闪着想要将他推开些，却还是难抵他的纠缠。

“喂……”岑西明知故问，“你干吗……”

“我闻闻。”周承诀一本正经道，“挺香的，能别对我女朋友要求这么高吗？”

“……毛病。”岑西本想佯装气恼，可偏偏压不住嘴角微微扬起的弧度，“你走开，我要去洗个澡。”

周承诀后知后觉，“嘶”了声，问她：“你刚刚那意思，是怪我不够细心，没在你上床前先替你洗个澡吧？”

“我才不是这个意思。”岑西嘴硬道。

“我倒是非常乐意，但是……”周承诀勾着唇，“我女朋友学法的，厉害得要命，我现在呢，暂时还没有正式的名分，有些事情没经过她同意，乘人之危，我怕她醒过来之后告我。”

岑西索性也和他演了起来：“那你胆子还挺小哦……”

“哦？那不如请岑律师指点一二？”周承诀脸上懒洋洋的笑意带着点坏，

“只要岑律师您一句话，什么我都能做。”

岑西：“……”

几年不见，这个人的不正经是日渐见长。

岑西没打算和他在这个话题上继续下去。

“我先洗个澡，不舒服，我早上没课。”岑西边说边起身下了床。

“等会儿。”

她昨晚是他直接抱进来的，周承诀说着便几步走出去替她拿了双毛茸茸的拖鞋进来，俯身放到她脚边。

毛绒拖鞋是高一那年入了冬，周承诀专门带她去买的，和夏天那双一样，也是粉色的，他也同样给自己添了双同款的蓝色。

几年过去，兜兜转转，这双拖鞋又重新回到了她脚上，仍旧柔软干净，没有半点变化。

不变的不仅仅是一双毛绒拖鞋，望江这里的一切，大到沙发桌椅、墙纸窗帘，小到水杯毛巾、抱枕床单，目光所及之处全部保持着她最初离开时的样子。

甚至连她临走前窝在他床头的小沙发上翻看一整夜的那本书，都仍旧摆在原位没动过，夹在书中的那枚书签，还是当初她随手放进去的。

后来岑西提起时，问他怎么不收起来，周承诀只是很平静、很理所当然地说，她回来之后肯定要接着看完的，收起来做什么。

“头疼吗？”见岑西趿上拖鞋下了床，周承诀习惯性走上前搭了把手，以防她宿醉之后起床昏昏沉沉站不稳。

岑西摇摇头：“不疼。你昨晚给我喝的什么？味道还挺好的。”

“解酒汤。”周承诀答。

“那么晚还有这种外卖啊？”岑西一点没感觉陌生地朝洗手间的方向走去，正准备用冷水扑扑脸，让自己快速清醒些，结果还没来得及，不紧不慢跟在她身后的周承诀已然伸出手去，将冷水调成温水。

“不是外卖，是我自己做的。”他答完，又操心地说，“什么天气，还用冷水。”

说罢，他还顺手拿过牙膏，直接替她挤好后，再将牙刷塞到她手上。

洗手台上的洗护用品的牌子和气味依旧一点没变。

“你还会做解酒汤啊？”岑西含着牙膏泡沫，一边刷牙，一边抬眸透过洗手台前的大镜子，和懒洋洋地倚靠在门框边看着她的周承诀对上视线，含含糊糊地问。

“瞧不起谁呢。”周承诀笑着说，“练了几年了，现在手艺好得很，以后你想吃什么，我都能给你做。”

岑西正弯腰漱口，没吭声。周承诀就这么安静地在她身后看着，脸上的笑意根本藏不住。

说来还真挺奇妙的，岑西不在的时候，他也曾做过许多在别人眼里看起来特别有意思的事情，来试图调动自己了无生趣的情绪。

攀岩、滑雪、飙车、跳伞，怎么刺激怎么来，可即便再刺激，周承诀内心都还是平静无波。

可此刻，他站在她身后不远处，就这么看着她在自己眼前，随意做着最平常琐碎的事情，他都忍不住心跳加速，无法抑制嘴角上扬的弧度。

周承诀就这么定定地看了一会儿，见岑西差不多要洗漱完了，便转身去了衣帽间，替她将从前落在这儿忘了带走的睡衣拿过来，放到浴室边的小沙发上。

“我记得你今天下午也没课吧？”周承诀问。

“唔。”岑西应了声，脸颊微带着温热地回过身，将他往浴室门外推。

“我要是非要留在这儿看，你也推不出去。”周承诀不正经地轻笑一声，“就问问你，要是下午没课，今天干脆也别回学校宿舍了，一会儿吃完饭，带你出去逛逛。要是觉得累，就留在家里再休息会儿，或者有什么稿子要写，你电脑没带过来也没关系，书房里给你弄了一台，直接用就行。我正好也没课，可以和你一起。”

能在这儿多留一会儿，让他多看几秒钟都好。

搬宿舍的事已经告一段落，除了过几天要回常安办一次活动，她这两天倒是真没什么事要忙。

岑西正准备点头应下，又忽地想起还有个重要的事没去做，又冲他摇了摇头，话音不自觉放软了些许：“我下午还有点事要处理，可能吃完饭就得走。”

周承诀说不失落肯定是假的，不过人都已经找回来了，他们今后有的是时间，他不是幼稚的人，自然不会用感情去牵绊耽误她的脚步，当即应了声好：“那吃完饭我送你，要去哪儿？”

岑西想了想，还是没将真实的目的地告诉他，只说：“先送我回趟福利院吧，有点东西落宿舍那边忘了拿。”

“成。”

岑西洗完澡出来时，周承诀已经做好了一桌子菜。

除了岑西从前爱吃的可乐鸡翅，还有八九种别的菜式，每道菜看起来都挺不错。

岑西穿着新换的睡衣坐到餐桌前，随手将衣袖捋到手肘处，扫了眼桌上的菜色，不太敢相信地看向周承诀：“这些真的都是你做的？”

“嗯。”

周承诀见岑西不信，直接将她从前留下的那部手机放到桌上，重新推到她面前："你的，带回去有空看看吧，大家应该都给你发了不少消息。"

尤其是他。

虽然知道这部手机就在自己身边，发再多消息她也收不到，可他总觉得有一天，一定能把手机还回到她手上，到时候她肯定都能看见。

这些年，他时不时就给她原来的那个微信号发消息。

哪怕再没收到过她的任何回复，和她的聊天框也依旧是置顶。

周承诀虽没打开过岑西的手机，没私自看过她里面的隐私，可每天都会替她将电充好，因而此刻她随手一点便能轻松地将手机打开。

映入眼帘的便是无数的未读消息红点，从前相识的那么多朋友，几乎每个人都给她发了不少的消息，李佳舒、江乔看到什么好玩有意思的东西，仍旧和她没离开时一样，隔三岔五转发到她的私聊里。

不过其中，还要数周承诀发得最多。

偶尔是闲聊，偶尔是分享日常，文字、语音、照片、视频，能想到的东西他都发过。

聊天记录里，他问得最多的便是"吃饭了吗""吃了什么"，然后再附上一张随手拍的自己正在吃的东西。

写作业时，他会先给她拍一份空白的卷面，然后说句"开始了"；写完了再告诉她一声，顺便问她一句写完没有，是否准备睡了。

即便没有应答，却日复一日这样重复地做着。

放学路上的落日黄昏，小天台上的花花草草，偶尔来"至死不鱼"门前那棵老榕树下蹭吃蹭喝的小流浪猫，大大小小一切他所见到所接触到的东西，都会在和她的聊天记录里留下痕迹。

岑西随手点开一个视频，视频里的场景看起来很眼熟，应该就是望江这边的厨房。

画面中，周承诀像模像样地戴着个围裙站在料理台前，一边洗鸡翅，一边往镜头这边瞥了眼，状态就和从前和她开视频聊天时一样，漫不经心地介绍道："今天再练练这个可乐鸡翅，报了个班学的，应该有长进。"

"好像要先下锅煎一下。"他一边回忆，一边将洗好的鸡翅倒进油锅里。

下一秒，手臂被蹦出来的热油溅到，少年无奈地"嘶"了声，又满不在意地冲镜头解释道："纯属意外，小问题，不影响。"

岑西忍不住笑了下，而后认认真真地将整个视频看完。

聊天记录里，这类视频的数量也不少，几乎见证了周承诀从什么菜都不会做，到后来一小时能做出一桌子菜的蜕变。

"信了？"周承诀问。

岑西点点头，目光仍旧没从那视频上挪开。

"人就在你面前，你盯着视频看？"周承诀这人也挺能耐的，酸起来连自己的醋都吃，“尝尝。”

周承诀夹了几筷子菜到她餐盘里，岑西尝了两口，眼睛都瞪圆了些。

“好吃？”周承诀勾了勾唇，从小到大被夸惯了的人，脸上竟还流露出对她夸奖的期待。

“好吃，特别好吃。”岑西自然不负他的期待，毫不吝啬地夸赞。

况且这些菜的味道确实好，这几年，周承诀肯定没少下功夫。

“喜欢就好，以后有得你吃。”周承诀像是拿着张试卷等待她的批判，在得到满意评分后，悄悄松了口气，“多吃点。”

岑西也没和他客气，吃得都停不下来。

周承诀自己倒是没吃多少，一顿饭的时间，不是顾着给她添菜、剥虾、剥螃蟹，就是拿着手机对着她一通拍，好像恨不得把她的每分每秒全数记录下来。

期间，他还挑了几张图，抽空往四年多没发过任何东西的朋友圈里发了条新动态。

岑西刚洗过澡，穿的还是睡衣，他不想把她这么私人的样子公开分享出去，因而挑的几张照片几乎全是对着一桌子菜拍的，只是画面的周围边角或多或少都会露出岑西的一只手或小半只胳膊，偶尔还有一截粉粉的睡衣袖口。

一眼就能看出身边有女孩子在。

要说照片还只是稍显暧昧，那他搭配的文案就直白得多了。

zcj：她说，特别好吃。

岑西的饭量仍旧没变，比起普通女生，她吃得明显更多。

从前在外人面前多少会有些不好意思，不过在周承诀面前，她就莫名很自在，除了最开始不相熟时，稍稍有些收敛，之后就没再掩藏过实力。

此刻三碗饭已经下肚，她似乎还有要继续努力的意思。

周承诀一边由着她吃，一边已经开始盘算起下一顿要怎么换着花样给她做了。

吃过饭，两人稍作休息之后，岑西便催着周承诀送自己出门。

到了福利院，岑西回了趟宿舍，几分钟之后，从里头提了个精致漂亮的小皮箱出来。

周承诀随手接过替她拎，掂了掂重量，微抬了抬眉梢：“什么东西？还挺沉的。”

岑西微怔一瞬，而后摇头：“没什么，到时候你就知道了。”

“行。”她愿意说就说，不愿意说他也不强求，只要不是计划着从他身边离开，其他的她想怎么样就怎么样。

“那接下来要去哪儿办事，回南嘉大？还是送你去电视台？”周承诀替她开了车门，把人送上座位安顿好后，才重新坐回驾驶座。

“陆景苑。”岑西说。

周承诀搭在方向盘上的动作一顿：“又去找干妈？她这几天好像不在南嘉吧？”

岑西摇摇头，冲他笑了笑：“去你家，我约了江阿姨。”

也就是周承诀的妈妈。

周承诀闻言下意识瞥了眼那个精致的小皮箱，微拧了拧眉心，心中隐隐有了些猜测。

然而，他什么都没问，她说要去见他妈，他就亲自送她去见。

到了陆景苑门口，周承诀正要伸手替她将皮箱拎起来一块下车进门，却被岑西按回驾驶座上。

男人轻轻抬了抬眉梢：“怎么了？”

“你在这儿等会儿。”岑西自行伸手将皮箱拿起抱到怀中，而后像是话里有话般再叮嘱了一句，“周承诀，你等等我。”

“好。”他答应得十分干脆。

这么多年他都等过来了，哪会差这一会儿。

陆景苑的书房内，江澜衣仍旧同几年前在这个地方见岑西那般，温柔地笑着给她泡了杯茶，只不过眼神里多了几分欣慰。

“终于等到你回来了。”江澜衣说。

她这话一出，岑西的眼睛便忍不住红了。

江澜衣见状，温声道：“还是小孩子啊。”

“听说你是常安的文科状元？”江澜衣问。

岑西对于她知道这件事并没有感到意外，毕竟，她将之前那部手机留在望江后，几乎就和所有人断了联络，包括当时在微信上持续向她约稿的汪月。

后来，她还是通过江澜衣在字条上留下的电话，才与汪月再次取得联系。

两人认识，想来这几年，江澜衣或多或少有通过汪月了解她的近况，只是按照她的意愿，并没有对她过多打扰。

岑西点点头。

江澜衣笑意渐深：“阿姨就知道，你肯定有非常好的路要走。”

“谢谢阿姨。”岑西说着，便将四年前江澜衣找借口给自己的精致皮箱重新还回到她面前，“阿姨，这里面是二十万。”

“那年您偷偷给了我十万，真的解了我的燃眉之急，不然那个时候我确实不知道该怎么办了，真的很谢谢您，阿姨。”她顿了顿，又继续道，“另外六万，是当年朱邱建从你们这边拿走的三十万中遗失的六万，剩下四万，就当是这几年我向您借这笔钱的利息。”

对于岑西这个举动，江澜衣也同样没有感到意外。

女人优雅地打开皮箱，并没有清点数目的打算，而是从中拿出四万，推回到岑西面前："如果还回这十六万，能让你安心些，那阿姨收下。"

"就当先替你们存着咯。"江澜衣不太正经地又补了一句，全然没有长辈的架子。

岑西被她一句话弄得有些蒙："啊？"

"没什么。"江澜衣清了清嗓子，又恢复到一本正经的状态，"剩下这四万，我不能收，阿姨又不是放高利贷的，平白拿你四万块利息。我怕被你汪阿姨告啊，诈骗小孩的钱。"

女人笑了笑："这钱要是收了，我会睡不着觉的。"

岑西张了张嘴，正准备说什么，被江澜衣开口打断："阿姨有个问题想问问你。"

"什么？"岑西很快被转移了话题。

"你小的时候，小名是不是叫小橙子？"江澜衣脸上带着八卦的笑容。

岑西不知道她怎么会冷不丁问起这个，想了想，说："也不算小名，也就我小姨经常这么叫我。她很早就在南嘉开店了，我小时候来找她，那会儿年龄小，她就叫我小橙子；后来我长大了，高中再来，她就只叫我橙子。怎么了？"

"果然。"江澜衣一副原来如此的表情，"那年你走的时候和我说的那些话，我是第一次听，阿诀要强，从小不爱和父母撒娇，小时候被人欺负的事没和我们说过，我们也是从你这儿才听说的。我当时在想，你是怎么知道的呢？"

"原本想，是不是阿诀和你玩得好，告诉你的，后来想想应该不是，他这小子要面子得很，在喜欢的女孩子面前应该不会随便提这些事。"江澜衣说，"所以当初在他被当成小老外欺负的时候，是你替他打走那些小孩的吧？原来，你们小时候就见过呀。"

岑西没再否认，轻轻点了下头。

"难怪。"江澜衣笑着，"阿诀找了你好多年，八九岁那会儿，有一次自行车比赛结束后，明明拿了头等奖，还奖励了一个小头盔，所有小朋友都开心得要命，就他一个冠军哭丧着脸。

"我和他爸爸问他怎么了，他也不说，就嚷嚷着要找小橙子。

"我们没明白，给他买了一袋子橙子，他不要，跟个小疯子似的满南嘉找人。

"我们最开始不知道他要找的到底是什么，以为他是一个人有些孤单，发小孩子脾气，于是带了'过来'回来给他做伴。"江澜衣回忆着，"当时要给'过来'起名字，问他最喜欢什么，他还是只会说小橙子，喜欢小橙子。

我和他爸爸说，那就给‘过来’取名‘小橙子’，把他给气得，差点把‘过来’丢出去。

“其实他心肠挺软的，又不舍得，就这么把‘过来’养在身边了，不过不许我们再叫它小橙子。”江澜衣笑道，“后来他就天天带着‘过来’继续满南嘉找人，动不动就去翻垃圾桶，也是闹不明白，这小子找人怎么老往垃圾桶里翻。

“原来是找你啊。”

岑西：“……”

“但是他怎么会去垃圾桶里翻？”江澜衣百思不得其解。

岑西慢悠悠道：“可能是……因为小时候我带着他一起去垃圾桶里翻找过瓶子……”

江澜衣忍不住捂着嘴笑起来：“你们还真有意思。”

“那好啦，他总算是把你找回来了。”

江澜衣笑着拍了拍那精致的小皮箱，说起话来比周承诀还直白：“那阿姨就先替未来儿媳妇保管一下，到时候你俩结婚了，我再包成红包还给你。”

岑西被这一连串的称呼吓得忍不住瞪大了眼睛。

江澜衣动作一顿，惊讶地冲她眨眨眼：“怎么这个表情？”

她痛心疾首：“不会吧？”

岑西没懂。

“周承诀这小子这么没能耐啊？”江澜衣简直无语，开始怀疑周承诀到底是不是亲生的，“你都回来多久了，他还没追到人啊？动作太慢了。”

岑西：“……”

“不应该啊，他爸爸以前动作可快了。”江澜衣“啧啧”两声，“周承诀，丢人啊。”

岑西感觉脸颊发热，不知道要说什么。

“唉，被这小子气死了。”江澜衣看向岑西，“西西，你下午有空吗？要是没什么事，和我一块出去逛逛街吧？”

岑西尴尬地抠了抠手指头：“那个……周承诀在外面等着。”

“噢！那、那咱们下次再约。”江澜衣挥挥手，“去吧去吧，我就不耽误你们了，改天我让他爸爸说说他。”

岑西从陆景苑出来时，手上的皮箱已经没了。

周承诀坐在驾驶座上等她，见她出来了，直接从车上下来，几步走到了她跟前，心里没来由地有些紧张：“你们聊了什么？”

“怎么这个表情啊？”周承诀少见地有些慌，“什么事？和我说，我都能解决，只要你开口。”

他用手轻捏了捏她下巴，身上的黑色冲锋衣敞着。

下一秒，小姑娘直接撞到他怀中，紧紧将他抱着，双手从敞开的冲锋衣里探进去，直接圈在他腰上，脸颊紧贴着他胸膛。

周承诀心跳瞬间加速得厉害，双手僵在半空中，片刻后才反应过来，紧紧将人环抱住，嗓音微哑："怎么了？"

"让你久等啦，周承诀。"岑西脑袋轻轻在他胸膛上蹭了蹭，闷闷的嗓音传出来，"谢谢你等了我这么久。"

第十章

梦是真的，现实也是真的

/

1

这个突如其来的拥抱持续了很长一段时间，岑西没松手，周承诀抱着她的力道也越发收紧。

一直到不远处别墅入户门厅传来花瓶被意外碰碎的声响，岑西才从周承诀怀中稍稍探出一双圆溜溜的鹿眼来，侧脸仍旧贴在他不太平静的胸膛上，扭过头，看向声源处。

花瓶是被悄悄躲在门后偷看的江澜衣碰倒的，她看得太投入，根本没顾得上身旁还有个半个人高的花瓶，本想用手机多拍几张照片，没料想做贼心虚，激动得刚从口袋里掏出手机，手肘便一下将花瓶撞倒在地，砸了个粉碎。

周承诀是面对着家门的，在看向藏在门后的江澜衣时，表情多少有些无语，他将想冲亲妈翻白眼的冲动压了下来，只平静地扫了她一眼。

既然都已经被发现了，江澜衣也没什么好躲躲藏藏的了。

女人从门后探出半个身子来，冲两人挥了挥手，尴尬的笑容里带着破坏小孩好事的心虚："我就是路过，什么都没看见，你们继续，继续哈。"

说罢，江澜衣一边毫不讲究地用脚拨开地上的花瓶碎片，一边将两扇门缓缓关上，边关还边自顾自嘀咕着吐槽道："这花瓶质量太差，下次换两个不倒翁在这儿站着。"

岑西："……"

周承诀："……"

岑西在周承诀怀中静默了两秒钟，而后准备将圈在他腰间的手收回。

她才收到一半，却被他一把扣了回去。

"哎……"岑西脑袋往后仰了仰，下巴抵在周承诀身前，抬眸看向他。

"我妈不是让我们继续？那再继续一会儿好了。"周承诀难得这么听江澜衣的话，"年轻人还是不要违背长辈的意思。"

"……"

岑西被他扣在怀中，忍不住闷声笑出来。

“你们两个刚刚聊了什么？”半晌，头顶终于传来周承诀微沉的嗓音。

“唔……”岑西不知道到底该怎么和他说，索性先推着人坐回车上。

两人一块坐进车里，周承诀目光瞥见她手里捏着的几沓现金，随口问了句：“那是什么钱？”

“噢，这个啊。”岑西思索片刻，准备逗逗他，佯装失落地低下头去，语气也沉重了几分，“你妈妈给我的……”

周承诀一见她这种表情、这个状态就条件反射般心中一紧，眉心当即轻蹙起，语调都跟着凝重了些许：“什么意思？”

“阿姨说……说……说她已经知道我们的事了，让我拿钱走人，别再纠缠着你……”岑西委屈地咬了下唇，将头埋得更低了些。

“我妈的情报是不是有什么问题？”周承诀觉得她话里有误。

“嗯？”岑西没懂，偏头看向他。

“不一直都是我在努力纠缠，嗯？”这种好事他可没摊上过，“我在你这儿，什么时候有过被纠缠的待遇？”

岑西：“……”

这是他此刻应该关注的重点吗？

周承诀说完，注意力终于又重新回到岑西手中的那沓钱上，后知后觉地冲她抬了下眉梢，语气里也带了点委屈：“所以……又把我卖了？”

周承诀自嘲地扯了下嘴角：“我都差点忘了，你高中就没少干这种事。”

她卖他卖得可熟练了，又是替江乔递情书，又是替林诗琪约他去度假村。

“……”岑西觉得这时候还是不说话为好。

“拿来，我看看。”周承诀冲她伸出手，掌心朝上，勾了勾。

“什么？”岑西问。

“赃款。”周承诀朝她手里那沓钱抬了抬下巴，“我数数。”

他说罢，也没等岑西把钱交过来，直接自行伸手去够。

钱都是岑西刚从银行取出来的，连扎带都还在上头，四沓钱分得清清楚楚，连数都不用再数，扫一眼就知道是四万。

“四万？”周承诀都快被这两位气笑了，“我在你这儿就只值四万是吧？”

“比四年前是涨了点，不过也不多，你还真收了。”

岑西心虚地舔了舔嘴唇。

“……真有出息啊！”周承诀还试图教她，“就不知道多要点？往高了喊啊。”

“我妈也是，四万怎么好意思拿得出手？”周承诀又开始吐槽亲妈，“这要传出去，她拿四万块钱‘砸人’，不知道在她们那个圈子里还怎么混得下去。”

“你早说啊。”周承诀随手将钱丢回这个小财迷怀里，俯身过去凑到她面前，气不打一处来。

岑西被他突如其来的靠近惹得呼吸一滞，心跳控制不住快了些许。

“直接来我这儿找我要，你要多少我能不给你？”周承诀轻捏着她下巴，迫使她抬眸看向自己，一本正经道，“开个价。”

“嗯？”

“要多少才能让你纠缠我一下，你直接开个价。”周承诀语气里甚至都带上了点恨铁不成钢的味道，无奈道，“这么多年了，你还没学会放长线钓大鱼。”

明明在他这儿，她都不用开口，他都恨不得把一切都掏给她。

岑西忍不住笑了笑，也没再和他继续开玩笑，把这钱的来龙去脉简单地给他解释了一下。说完后，她看了眼他的表情，像是松了口气般：“之前欠的，我已经全部还清了。”

“那现在……”

“你想和我谈个恋爱吗，周承诀？”

岑西郑重其事地朝他伸出手，手便很快被周承诀霸道地一把握住。

“这还用问吗？”他求之不得。

“虽然我已经把欠的都还完了……”岑西试图提醒他，“但是以你的条件和我谈恋爱，你还是很亏的……你需不需要再考虑考——”

“考虑”两个字还没说完，周承诀强势的吻已经落了下来，直接将她没来得及问完的话堵了回去。

良久后，岑西才重新获得喘息的机会。

周承诀握着她的手心，眼睛有一些红：“有什么可亏的，我不会的你正好会，你没有的我又正好有，没人比我们更般配了。”

岑西紧张得手心都有些发热。

“你说呢？女朋友。”他一口一句女朋友，惹得岑西都不好意思看他。

岑西迟迟没有开口，这一回，周承诀似乎没打算轻易放过她。

“怎么不说话了，女朋友？”周承诀一边发动车子驶出陆景苑，一边将女朋友三个字时时挂在嘴边。

“在害羞吗？女朋友。

“一会儿想去哪儿啊？女朋友。

“回望江吗？女朋友。”

岑西：“……周承诀，开车别说话。”

身份转变得太过突然，周承诀惊喜和兴奋的感觉一直持续到了半夜。

岑西第二天一早得跑趟电视台，晚上早早就睡下了，周承诀在望江偌大的客厅里一个人坐着，怎么都睡不着，不敢打扰女朋友，索性去打扰群友。

他点开平常不怎么查看的那些群，南嘉那伙人的小群、公司高层管理群、各项目技术研发群，所有他能想到的群，都点开了一遍，而后一句话没说，直接往各个群里发起了红包。

一直发，不断地发。

他也记不清当天晚上到底发了多少个红包，只记得稍作休息时，手机的机身都热得能烫手。

一帮人深夜被红包炸出来，激动地领完后，纷纷询问他是不是有喜事。

周承诀虽没打算把私事拿出来细说，但还是忍不住想炫耀一下，坦白地回了个“有”。

之后大家再问什么，他就不说话了，只继续不停地发着红包。

大家收得开心，他发得也开心。

第二天一早，周承诀名下的所有软件、游戏、程序，基本上只要使用过他公司出品软件的用户，都收到了官方免费赠予的相关福利道具。

出手十分大方，好几个软件都带着创始人的名字直接冲上热搜。

网上不少用户纷纷开始热议，这是老板有什么好事发生吗?

没一会儿，好几个新用户顶着原始头像和原始ID，立刻在评论区里奔走相告起来。

说是内部工作人员透露，确实有好事，老板亲口承认的，还在团队各个群里发了一夜的红包，疑似彻夜未眠。

周承诀确实彻夜未眠，他砸红包砸到了后半夜，砸到群里那些人都抵住了金钱的诱惑，纷纷倒头睡去，才堪堪收手罢休。

然而即便如此，他还是兴奋得睡不着。

后半夜，他甚至把从前高中那会儿，岑西给他整理的背诵笔记都给重新翻了出来，就这么莫名其妙地坐在沙发上背了起来，一口气背了小半本，才稍稍平复那不争气的心跳。

天光微微泛白之际，卧室那边好像有了动静。

周承诀一听到岑西醒了，就坐不住了，正想起身过去，那动静又消失了，估计是醒来上了个洗手间，又迷迷糊糊跑回床上睡起了回笼觉。

周承诀无奈地笑着摇摇头，没敢打扰她，最后索性去了对面浴室，冲了个澡换了身衣服。

全数结束之后，岑西穿着睡衣睡眼蒙眬地抱着“过来”走了出来。

“醒了，女朋友。”周承诀正巧也从对面客卧里走出来，和她迎面遇上。

岑西眼睛还没睁开，蒙蒙地朝他点了点头，走到客厅的沙发坐下，给“过来”扎起了辫子。

“大清早的，抱狗都不抱男朋友。”周承诀跟在身后，一并坐到她边上，“这种情况构不构成犯罪？岑律师。”

岑西：“……”

“能给男朋友抱一下吗？”周承诀见她终于替“过来”扎好了辫子，立刻见缝插针刷起了存在感。

岑西偏过头去定睛瞧了他一眼，终于还是遂了他的愿，软绵绵地一头扎进他怀中，闭上眼睛，一副准备要继续补个觉的样子，话语里带着难得的撒娇意味：“好困啊……”

“困就再去睡会儿。”周承诀抱起她就准备往卧室走。

“不行，一会儿要去趟电视台。”岑西微拧了拧眉心，努力让自己清醒，“对了，我要去常安了，你之前说过要送我，有空吗？要是没空的话，我和江隔一块回去也行……”

周承诀就差没把怀里这小王八蛋直接丢出去，偏偏还舍不得：“江隔没空。”

“有事找自己男朋友就行了，别找外人，听到没有？”周承诀将人放回床上，轻捏了捏她下巴。

“唔……”

岑西抱着被子再赖了十多分钟的床，闹铃再次响起。

她无奈地伸手关掉，这回是真的不能再睡了。

说来确实挺奇妙的，她每回在周承诀这儿，总能没心没肺地睡得特别安稳。

去常安的行程安排在下午。

周承诀先送岑西回了趟电视台，她取了点便携的仪器设备后便回了他车上。

周承诀又带她去那天从医院出来之后，路过的天桥边上那家味道不错的餐厅吃了个饭，而后便载着她驱车前往常安。

常安虽然是外省城市，不过位置其实紧挨着南嘉市，开车过去不到三小时。

不过不凑巧的是，下午吃过饭后，两个地区间便开始不间断地下起大雨。

岑西需要去的目的地在常安市的一个小山头，大雨使得整条盘山公路都被白茫茫的雾气笼罩，能见度很低。

期间，不时还有部分地段出现了山体滑坡的迹象。

为了保证行车安全，周承诀有意放慢了车速，不求尽快到达，只求一路平稳周全。

三小时的路程，不得已开了将近六个多小时。

不过好在一路上有惊无险，最终还是将岑西毫发无损地送到了常安山头的一所希望小学。

周承诀对这个地方其实是有印象的。

这地方是汪月和程启天长期帮扶的项目之一，他父母或多或少也一并参与了，后来他自己的公司有了起色，也尽自己所能，跟着程启天一块，四处资助过不少项目。

他恰好给常安希望小学捐过一栋宿舍楼。

他怎么都没想过，岑西离开的这几年，竟然就那么刚好的，一直住在这个地方。

六个多小时的车程结束时，天色已经全数暗了下来。

暴雨仍旧不断清洗着大地，期间还伴随着恐怖的电闪雷鸣。

岑西在这边一住就是四年，和学校里的每个老师和工作人员都相处得十分熟络，校长阿姨也疼她，听闻她回来，早早便在学校大门前等待。

见车灯打过来，忙给他们开了电动门。

周承诀直接将车开进校园，循着仅仅来过一次的记忆，把车停在了宿舍楼门前。

“你怎么知道是这儿？”岑西略显惊讶。

毕竟这学校里的楼还挺多的。

“你男朋友什么不知道？别动，坐好了，我先下。”周承诀抽了把伞出来，下了车，走到岑西那侧，替她拉开车门，一把黑色大伞高举在车门顶上，替她将风雨遮挡得严严实实。

两人一块进了宿舍楼时，周承诀的黑色衣袖湿了大半，倒是岑西清清爽爽的，没沾到半滴雨。

校长走到岑西跟前，温柔地抱了抱她：“呀，去南嘉还长了点肉哟。”

岑西下意识地抬眸看了眼周承诀，而后不好意思地冲校长笑笑：“嗯……成天吃个不停。”

其实是周承诀成天投喂个不停，福利院宿舍的门把手上的好吃的几乎没断过。

“那就好那就好，是好事，你本来就太瘦了。”校长揽着岑西轻拍了拍她肩膀，“我还担心你突然回去，又要熬瘦一点。”

说罢，她终于注意到了边上站着的高个男生：“这位是——”

“哎哟。”校长仰着头定睛一瞧，很快把周承诀认了出来，“这不是……”

“阿姨好啊。”周承诀礼貌地打了声招呼。

“哎呀，怎么是你送小西回来的？噢……也是。”校长没等周承诀开口，便继续自顾自说道，“小汪让你送的吧？”

她显然知道汪月和周承诀的关系。

岑西诧异的眼神在两人之间来回扫着。

周承诀轻笑一声，低头凑到她耳边：“你脚下这栋楼，不才，是我们公司捐的。”

岑西：“啊？！”

“那这么晚了，你应该没打算马上回去吧？”校长看了眼室外的天，“这还下着暴雨呢。”

闻言，岑西也偏头看向周承诀，眼神里也满是询问的意味。

她记得听江隔说过，周承诀这几天其实是有些忙的，估计送完她就得赶回去，也正因为这个，她早上原本没想让他送。

“想我留下来？”周承诀接收到她的眼神，暧昧地问了句。

岑西不自在地别开脸：“你自己看……”

但她又怕他真打算顶着电闪雷鸣赶回去，还是忍不住补了句：“雨太大了，也不急这一会儿……”

“噢……那就是舍不得我走。”

“……”

“那行，留。”

两人说完小话，周承诀重新看向校长：“我不急着回去，过一夜再走吧，一会儿去附近找个酒店。”

“这附近哪有什么条件好的酒店啊，别折腾了，不如就在学校宿舍楼里凑合一晚。”校长朝岑西那儿抬了抬下巴，“小西之前一直就住在这儿，她房间还留着呢，你俩又认识，正好做个伴。”

这倒是正中周承诀下怀，他对这样的安排十分满意，当即朝边上害臊的女朋友扫了眼，勾了勾嘴角：“那也只好这样了，我确实没那么讲究，和她凑合一晚也行。”

周承诀俯身凑到女朋友耳边，用只有两人才听得见的音量低声道：“就是不知道女朋友愿不愿意？”

岑西：“……”

不过还没等岑西说话，校长又开口了：“噢，那也不用那么凑合，这宿舍楼里房间多着呢，我随便给你开一间新的。”

周承诀不愿相信：“怎么会有这么多空房间？”

校长笑道：“那还不是要谢谢你捐得多。”

周承诀：“……”

2

三人一同往宿舍楼上走。

岑西被校长牵在身边，轻言软语地聊着她离开这几个月间发生的事。

大多数时候是校长问，岑西答。

周承诀则是替岑西拎着行李，不紧不慢地跟在两人身后。

到了三楼，校长领着两人沿着廊道走，一直走到楼层的尽头才停下。

“这间吧？”校长看向周承诀，顺口再补了句，“这边正好是最末尾一间，旁的人没事不会经过，清净点，不会有人打扰。”

周承诀对居住条件倒是并不关心，他在意的主要还是离岑西的房间近不近。

他没立即应声，只是礼貌地冲校长笑笑，而后装作不经意地随口问了句："那她住哪儿啊？"

"噢，小西住她原来那间。"校长不明所以，随手往楼上指了指说，"房间一直给她留着呢，我没让人动过。她上周和我说这两天会回来一趟，我就提前替她把被褥之类的洗好晒了晒，直接住没问题的。"

"楼上啊……"周承诀瞥了眼正躲在校长身后偷笑的女朋友，收回眼神，试图同校长商量，"阿姨，还有别的房间吗？"

不是说挺多空房间的？那不同房，好歹住隔壁吧，连楼层都不在同一层算怎么回事。

"有的。"校长点点头，并没看出周承诀的用意，如实告知，"六楼和七楼也有空房间，你要是想住高点也行。"

周承诀看向岑西，直接问："你住几楼？"

岑西朝他伸出四根手指头，还俏皮地弯了弯："四楼。"

那还不如住三楼离得近，周承诀不死心地再问了校长一句："那……四楼还有空房间吗？我正好顺路替她把行李一块拿上去……"

校长似是在回想，片刻后抱歉地冲周承诀摇摇头："四楼倒是真没有了。"

周承诀也没再坚持，表示理解地点点头："那没事，我住这儿就行，麻烦您了。"

"没事，我们还得谢谢你送小西回来一趟，今天天气还不怎么好。"

校长从小包里掏了一把钥匙出来，替周承诀开了房门，按亮屋内的灯后，便将钥匙塞他手里。

周承诀对自己今晚即将要住的环境丝毫不关心，只随意扫了眼，便朝楼上抬了抬下巴，冲岑西道："走吧，我送你上去。"

说完，他又冲校长道了声谢，而后说："那我送她上去就行了，您回去休息吧，现在时间也不早了。"

岑西闻言，倒是附和了他一句："对，您明天不是一早就得起？快去休息吧，我都熟门熟路了。"

"我就是来看看你，好几个月没见了，现在看到你好好的，我也就放心了。"校长点点头，朝两人打了声招呼，"那我先走了？你们也早点休息。"

"好。"

周承诀前一秒刚礼貌地送走校长，下一秒，眼神立刻变了。

黑夜里，这种带着侵略和占有的表情让岑西的心跳控制不住漏了一拍。

她甚至有些不敢直视他的眼睛，心虚地别开脸，转身作势要直接上楼。

不过，周承诀没给她这个机会，很快将人逮了回来："跑什么？"

岑西这会儿倒是很乖地冲他笑了下，而后朝他替自己拎着的东西伸出手去："我自己拿。"

"不用。"周承诀朝楼梯的方向示意了下，让她带路。

"也不能把全部东西都让你一个人拿呀。"岑西跟在他身边。

"有什么不能的？"周承诀理所当然地教她，"男朋友就是拿来使唤的，这点事都做不了，怎么好意思让你跟我谈恋爱。"

"噢。"

聊两句天的工夫，两人就已经到了岑西的房间门口。

她熟练地从包里掏出钥匙开了门，正准备把灯打开，就听见身边男人动作很快地将手里的东西随手往地上一放，下一秒，她整个人被他抵到了墙面上。

周承诀一手扣着她手腕，一手探到她身后，用手护着她后脑勺，不让她直接碰到冰凉的墙面，而后细密绵长的吻便落了下来。

第二次唇舌相触来得同样强势霸道，不过比起在医院里突如其来的那一回，这一次，周承诀的动作明显没了第一次的青涩。

岑西很快便有些招架不住了，舌根被绞得发麻，呼吸也被彻底打乱节奏，甚至连腿都忍不住发软。

"我喘不上气了，周承诀……"良久之后，岑西从他唇齿间委屈巴巴地溢出一句讨饶。

周承诀这才终于放过她，扣着她后脑勺的大手轻揉了两下她黑长的发丝，而后稍稍拉开些距离："没用。"

岑西："……"

"还站得稳吗？"他方才亲她的时候，便感觉到她身子不断地往下坠，到后来还得松开她手腕，直接揽上她腰间，给足力道，才不至于让她掉下去。

岑西没吭声，那看来是真站不稳了。

周承诀低低笑出声来，将人抱起来，就着屋外投射进来的微弱光亮，走到床边，将她稳稳当当地放下。

亲归亲，周承诀没再有其他太过分的行为。

毕竟这地方是学校宿舍，什么场合能做什么样的事，他还是有分寸的。

岑西松开方才紧抱着的他手臂，后知后觉地发现他衣袖已然全数被雨水打湿，正准备伸手开灯看看情况，却被周承诀适时出声阻止。

"你确定现在要开灯？"他问。

"嗯？"岑西没懂。

"你现在这个样子……"周承诀欲言又止，似笑非笑继续道，"我怕你看到自己现在这个样子，会不好意思。"

岑西脸颊控制不住地烧起来，手忙脚乱地把方才在亲吻间，被他情不自禁扯开的两颗扣子仔细扣上，而后又扯平了衣摆，最后再捋了捋被他揉乱的发丝。

一切重新打理好之后，她也不急着开灯了，只别扭地冲他道：“你快下去吧，衣服都淋湿了，快去洗个澡换个衣服……噢对了，你有衣服换吗？”

他原本没有要在这边过夜的打算，自然不会特意带行李，岑西正想着要不要替他找人借一借，结果就听他说：“有，车里有之前准备的行李，我一会儿去拿。”

周承诀说完便若无其事地揉了把她头顶，语气带着些亲昵：“走了。”

“好……”岑西话音落下，目送他出了房间后，才不自觉地抱着双腿，将下巴抵在膝盖上，微微出神。

她忽然想起在“至死不鱼”和李佳舒他们喝到烂醉之后，严序曾不经意间以玩笑的口吻说过，说她离开之后，周承诀的生活除了上学和创业，只要一有时间，便会去到各个地方试图找到她。

一来二去次数多了，几乎每辆车上都会准备简单的行李，以便他随时能驱车去往下一个地方找她。

这几年，周承诀总在担心岑西会居无定所。

可其实他自己何尝不是。

出神间，床上的手机响起。

岑西的注意力被拉回来，摸过手机看了眼，是江隔发来的消息。

她差点忘了，过两天希望小学这边的公益活动江隔也会来参加。

正想问问他到常安了没有，结果却见他发来向她请假的消息。

打个嗝：抱歉了西姐，这次我不能回去了，抽不开身。

橙c：怎么了吗？

江隔是知道岑西和周承诀的关系的，便毫不担心地将项目进展随意和她说了。

打个嗝：最近程医生那边的识别技术有了新的突破，我们软件团队这边准备尽快将新技术融入到程序里，这几天一直在加班加点忙这个。

橙c：那你别来了，我们这儿人手也够，也别太着急，多注意休息。

打个嗝：谢了，我们大家都想程序尽快改进，哪怕快一秒，就有更多家庭多一分希望啊。不过我们其实还好，最忙的是你家那位。

岑西对这样的称呼还不太适应：……

江隔继续说：别害臊啊，哈哈，这几天真有他忙的，他明天估计就得赶回南嘉来，有些东西没他亲自上手还真弄不了。

打个嗝：而且估计是竞争对手从哪儿知道我们这边要有大动作了，这几天总在网上带一些莫名其妙的节奏黑我们。不过也没什么大事，硬技术在手，笑看疯狗。

江隔还得继续加班，岑西回了个笑哭的表情包，两人便没再继续聊。

岑西这会儿其实没有多少睡意，想到江隔方才的话，躺在床上翻来覆去有些睡不着，索性点进软件里看了眼。

难听的节奏并没有刷到太多，估计早就被技术部门随手清理了，剩下的都是些无伤大雅的吐槽。

虽无伤大雅，可毕竟也都是指着周承诀的心血骂的，这种东西在研发团队那边估计早就看多了，可岑西看在眼里，多少还是会不舒服。

一些小号从软件的使用感到界面配色审美统统吐槽了个遍，甚至还有人提出，每条动态下方随机跟随的寻人启事小框实在影响美观。

认为大家本意是分享发布自己随手拍的日常美照，强行将寻人广告紧随其后，十分破坏美感，觉得没有意义，甚至上升到道德绑架。

觉得网友不过是普通用户，并没有义务用自己创作的内容，为寻人广告引流。

不少人趁机说，没给广告费凭什么让大家帮忙找人，要么给钱要么隐藏寻人条。

一句句冷冰冰的声讨让岑西辗转反侧，她索性又坐起来，抱着手机打开备忘录，默默开始编辑起小作文。

她常年经手文字工作，写东西的速度很快，没一会儿就完成了一篇自媒体风格的文案，准备将东西发出去时，才想起自己此刻用的好像是连载那部小说的账号。

岑西犹豫了一会儿，忽然想起她在"兜圈"里似乎还有另一个账号。

几年前，周承诀给她写的那个小游戏，如今也很火爆，游戏账号和社交平台能直接关联，她那个游戏账号还在，在"兜圈"上应该能直接使用。

岑西没想太多，很快把账号切换过去，而后在热门话题广场中发了条"没有美感，但有温度"的小作文。

小作文简洁明了，条理清晰，适应了现在片段化阅读的节奏，字字句句针针见血，反驳得十分犀利到位。很快便有不少网友在热门广场刷到，而后自发进行点赞、评论和转载。

——顶顶顶，有些人真是想钱想疯了，平台免费让你用，一毛钱管理费没收过，平时你们发那些广告也从不限制流量，到头来贴一条寻人启事都好意思蹬鼻子上脸找人要钱？你们打广告给平台抽成了吗？广告钱没少挣吧？

——别的不说，这软件免费帮多少家庭找到孩子了？人家研发团队没说要一分钱，你们这些赚得盆满钵满的倒连人血馒头都不肯放过。

岑西没参与之后的骂战，出完一口气后，打开电脑正准备继续写点稿子，就听见门外忽然传来了微弱的敲门声。

她开电脑的动作一顿，轻声朝外头问了句：“谁啊？”

“你热恋中的男朋友。”周承诀不要脸的嗓音在门后沉沉响起。

岑西忍不住笑了下，下床趿上拖鞋去给他开门。

门外，周承诀手上拿了件新外套，身上穿的却还是之前被雨打湿的。

“怎么了？”岑西问，“你怎么还没洗呀？”

“哦，我房间的淋浴设施是坏的。”他朝她屋内抬了抬下巴，“来女朋友这儿借用一下，不影响吧？”

岑西忍着笑，侧过身给他让了条道，让他进来：“不影响，你洗吧。”

男生洗澡挺快的，周承诀进去没一会儿就换好衣服出来了。

岑西一边敲着键盘，一边抬眸看他一眼，说：“你洗好了就早点去睡吧。”

“……哦。”周承诀不情不愿地出了房门。

没过两分钟，屋外又响起了敲门声。

这回，岑西不用问都知道是谁了，偏偏还是忍不住问了句：“谁呀？”

“你日思夜想的男朋友。”周承诀脸不红心不跳地答。

岑西：“……”

她又跑下床替他开了门：“怎么了？”

“我房间那边……枕头有点……不是那么舒服，你这儿还有多的吗？给我一个。”周承诀一边编，一边说。

岑西没拆穿他，并且当真拿了个枕头给他。

周承诀接过枕头，板着张脸又离开了。

约莫三分钟过去，屋外再次响起敲门声。

这回岑西直接给他开了门。

“又有什么不好用了？”岑西憋着笑。

“没有，我就是有个问题想咨询一下岑律师，今晚咨询不到，我都睡不好觉。”

“你说。”

周承诀不自在地捏了捏脖颈：“我就是想问问，有的女孩子，说是谈恋爱了，有男朋友了，结果还是一点都不热情不主动，连分别都感受不到她的依依不舍，这种行为，构不构成犯罪？多少都对她男朋友的心灵造成了一定程度的创伤吧？”

“……别想了，不构成。”岑西这回是真的忍不住笑了，“不过你倒是可以帮我问问她男朋友。”

“什么？”

“问问他今晚要不要干脆在我这儿睡算了。”

3

岑西这话一出，周承诀微扬的嘴角便再也压不住了，可偏偏还挺要面子，到了这个时候，还想着拿乔。

他佯装不在意般清了清嗓子，故意敛起神色，试图控制那不争气的心跳，沉声煞有介事道："行，你的这个诉求呢，我会替你向他转达，不过他同不同意，这个就另说了。毕竟我看她男朋友应该是挺正经的一个人，也不知道人家愿不愿意。"

"……"

岑西看着他拿腔带调，见他装得还挺来劲，直接来了句："噢，既然不愿意那就算了，毕竟我也是学法的，不会随意做出些强迫人的事。"

周承诀微抬了抬眉梢，眼见到手的好事马上要飞，自然不可能放任不管："说出来的话还能收回？你们学法的这么不讲信用？"

岑西也陪着他装出一副苦恼失落的样子："那怎么办吗……"

"你也别太难过，我替你想想办法。"周承诀思考了半晌，而后脸不红心不跳地给出了一个看似完美的建议，"不如你强迫他吧。"

"什么？"

"偶尔强迫一下也没关系，他也不是个爱计较的人。"周承诀继续劝说道。

"好。"岑西想到江隔刚刚说的，他忙得连轴转都还抽开身专程开车送自己过来一趟，心忍不住软了软，索性遂了他的愿，"周承诀。"

"嗯？"

"请问我能强迫你今晚和我一起睡吗？"岑西邀请得相当直白。

周承诀脸上的笑意真的压不住了，只能别开眼神往边上望了望："不太好吧？我是正经人。"

"那偶尔不正经一下也没关系吧？"岑西继续道。

"那……也行吧。"周承诀重新看向她，勉为其难地应了声，"看在你这么渴望的份上。"

还没等她让开身，周承诀这个被强迫的人，已经十分主动地自行进门，并反手将门锁上了。

"这么兴奋啊，女朋友。"他得了便宜还卖乖，伸手掐了掐她漾着笑容的脸颊，"不就答应和你过个夜，至于笑得这么开心？出息。"

"……"

夜虽已渐深，但两人似乎都没有太多睡意。

周承诀把带来的枕头随手往她床上的枕头边一放，终于开始四下打量起这个小小的房间。

比起南嘉福利院那个她才刚住过两三个月的宿舍，这里显然多了不少她生活过的痕迹。

零零碎碎的小东西更多一些，布置得也更加温馨，随处可见她亲手做的各色小摆件，书桌上还堆了不少高中阶段的课本、作业和草稿纸。

看到这些东西，周承诀忽然觉得心里稍稍有了点安慰。

课本、草稿纸这些能卖钱的东西，她都一一留着，还有闲暇时间亲手做些有意思的小玩意，想来这四年多，她过得应该没有他想象中那么糟糕。

好在如此。

周承诀东瞧瞧西看看，最后从她桌上顺走了她在常安附中上学时戴的校牌。

岑西觉得好笑："你拿这个干吗呀？"

"没看过你那个时候的样子。"周承诀平静地答。

岑西站在他身侧，闻言也有些说不出话来，无声地挽上他的手臂，脑袋贴着他蹭了蹭。

"你明天是不是得赶回南嘉去？"岑西又想起刚才江隔说的话。

"干吗？这么快就想让我走？"周承诀回过身去，轻捏了捏她的下巴。

周承诀其实不太愿意和她说自己忙，怕她把责任往自己身上揽，怕她又偷偷自责愧疚。

岑西没提他工作上的事，只说："你明天不是还有课？"

"你怎么知道？"周承诀随口问。

"你课表上写的啊。"岑西理所当然道。

"都拿到我的课表了？"周承诀对此感到十分满意，"可以，有进步。"

"不是你自己发给我的吗？"岑西茫然地冲他眨了眨眼。

"……"他都忘了是自己主动发的了。

"是有，明天得回去，应该还得起早。"他倒不是真赶回去上课，其实那课表里大半专业课他都提前修完了，主要还是为了忙项目的事。

岑西有些心疼他，说："那早点睡吧。"

"这么迫不及待了？"周承诀故意逗她。

岑西无语，没接他这茬，只轻推着人往她的小床边走。

"我的床比较小。"她原本想表达的是，这里条件一般，和望江或者陆景苑的环境肯定没法比，怕他嫌弃，提前打预防针。

结果周承诀来了一句："小点正好。"

岑西阅读理解能力自然是强的，闻言瞪了他一眼。

"你睡里边，我怕你掉下来。"岑西这小床是挨着墙摆放的，周承诀自然而然地让她睡到里侧，自己则在外边拦着。

小姑娘动作利落地钻进被窝里，下一秒，似是回想起什么，躺下的动作一顿，不太好意思地回过头看向他："忘了和你说……我今天晚上没洗澡……"

常安的冬天比南嘉来得还要早些，温度也低得多，加上这所希望小学地处山头，海拔也比城里更高些，要更冷不少。她早上从望江离开前刚洗过一回澡，又没像周承诀那般被雨水打湿浸透，因而便没有顶着寒冷空气冲澡的打算。

她的担心显然是多余的。

说得夸张些，她整个人从头发丝到脚指头，周承诀都爱不释手。

“我有没有跟你说过，别对我女朋友要求这么多？”周承诀掀开被子躺到她身侧，一把将人揽进怀中，“这不挺香的。”

岑西低笑出声：“那你对我男朋友要求倒是挺高的。”

“我洗了。”周承诀理所当然道。

静谧的黑夜中，不太平静的呼吸声显得尤为明显。

岑西面朝着墙的方向侧躺着，周承诀则是贴着她单薄的脊背，将小小一只的她全数纳入臂弯之中。

两人就这么安静地抱了一会儿，周承诀的手便开始不太老实地在她身上做起了小动作。

岑西只觉得他指尖所到之处，皆控制不住起了战栗，脊背微微一僵，心跳加速呼之欲出。

“周承诀……”她有些害怕，忍不住轻声喊了句他的名字。

“嗯……”周承诀轻笑一声，大手还停留在她腰间没离开，只不过也没有继续做什么更过分的动作，“你要提前适应一下了，我们都是成年人了。”

岑西呼吸一滞，心跳得飞快，没应声，但也没有反驳。

他们是男女朋友，他的话没什么错。

就是从前再亲昵，也顶多就是牵牵手，如今一下子有些转变不过来。

下一秒，周承诀将人抱得更紧了些，下巴抵在她发顶，嗓音微哑地轻声道：“放心吧，我有分寸的。”

“不会在这里委屈我的女朋友。”周承诀安抚道，“你安心睡。”

岑西心下难免动容，她知道不论在什么情况下，周承诀总会将她的感受放在第一位，永远给足尊重。

想到这儿，小姑娘忍不住在他怀里翻了个身，换成面对面相拥的姿势，而后乖巧地贴近他胸膛。

她的小手在被窝里探啊探，主动圈上他劲瘦的腰，整个人缩到他怀中。

“考验我啊？”周承诀任由她在自己怀中折腾，怎么动弹都行，察觉到她软绵绵地靠近后，低笑了声，“岑老师出的题是越来越难了。”

岑西弯了弯唇，软声问他：“你最近是不是很忙很累？”

“不累。”周承诀是真没觉得累，其实这样的工作强度他已经持续了四年多了，到如今，几乎已经成了习惯。

岑西离开的那天，他就意识到，如果当时的他能够独当一面，一个人扛起责任，庇护她周全，那么在她遇到任何困难的时候，或许就不必像这样东躲西藏，只需要安心站至他身后，因而他开始逼着自己在短时间内迅速成长。

四年多没有她的时光，他尚且是这样打拼过来的，此刻她就这样体贴地枕在自己臂弯，他简直幸福得要命，怎么可能还会觉得累。

岑西也知道他平时虽然偶尔喜欢在自己面前装装可怜，而真正忙和累的事，他从不会拿出来诉苦，她知道他不希望自己操心。

岑西多少有些心疼，往他怀中凑得更近了些，小声道："辛苦了，男朋友。"

"嗯……"周承诀闭着眼睛，弯了弯唇，大手在她发顶揉了揉，"再叫一声。"

"男朋友。"岑西心软地满足他。

"岑西，"周承诀清了清微哑的嗓音，"我觉得我可能得再去冲个冷水澡。"

4

周承诀其实还有事要忙，知道岑西第二天也得早起为活动做准备，担心她因为自己休息不好，便没和她说，索性陪着她一块睡。

等到她熟睡之后，他才轻手轻脚地下了床，取了自己的电脑回来，坐在她过去几年日日挑灯夜战的书桌前，加班加点忙起白天耽误的公事。

夜里，岑西睡得迷迷糊糊之际翻了个身，明明这么多年都是独自一人睡的，却在不经意间触碰到身旁一片空空荡荡时，不自觉地拧了拧眉心。

片刻后，她忍着困意努力睁了睁眼，发现身边确实没人之后，一瞬间有些怀疑昨晚的一切，甚至回南嘉之后这么长时间里发生的所有与周承诀有关的事，是不是其实根本不是真的，而是她做的一个虚无缥缈的美梦。

就像从前的很多个夜晚，她也曾在睡梦中一遍又一遍幻想过与他重逢、与他牵手、与他相恋、与他无话不说的场景。

可美梦总是短暂，幻想也终归是幻想，梦醒之后，她又不得不面对这空荡荡的、只有她一个人的小房间。

而此刻，她从睡梦中醒来，目光所及之处和过去四年多的每一次醒来没有任何差别，她还是在这个地方，身边还是没有周承诀。

她有些恍惚。

静谧的深夜中，岑西双手紧攥着被角，鼻尖忍不住酸了酸。

明明这一次的感觉这么真切，他的模样那么清晰，他的声音好像就在耳边，枕间似乎都还留有他熟悉的味道。

可为什么还是假的？

她原本早就该习惯的，然而这夜的失落感比从前每一次来得都要更加凶猛些，岑西紧咬着嘴唇，努力将即将夺眶而出的眼泪逼回去。

眼泪于她而言没有半点作用，这点她也早就清楚。

她学着每次梦醒后的故作镇定，可偏偏今晚有些失控。

她的呼吸开始变得沉重急促，紧攥着被单的指尖也透过薄薄的布料深深扎进掌心。

越是试图平复情绪，身体却越是控制不住跟随心跳颤动。

抽噎从嘴角溢出的一瞬间，头顶上方忽地亮起微弱的光，在黑暗中也并不刺眼，更像是某种触手可及的希望。

而就在这样的光亮之中，周承诀清晰的面庞由远及近，就这么真真切切地出现在了岑西面前。

他俯下身，宽大的掌心带着真实的温热，就这么轻轻探到她脸颊上，而他磁沉的嗓音同时响在她耳畔："怎么了？不舒服还是做噩梦了？"

岑西愣怔了两秒钟，而后忍了半晌的眼泪终于不受控制地夺眶而出。

她睁着眼，不敢相信似的就这么盯着他瞧了一遍又一遍，想伸手触碰，却又怕易碎的幻境因为自己的逾矩转瞬即逝。

眼泪就这么一颗接一颗无声地往下掉，她张了张嘴，大口地呼吸着空气，却一句话都不敢说。

周承诀觉得她这样的状态实在太过反常，眉心微蹙，神情有些凝重。

他忙将修长的指节往她脖颈深处探了探，确认小姑娘的体温正常后，又轻抚了抚她脸颊，语气里带着哄的意味，连音量都不敢太高："怎么了？是不是不舒服？"

岑西感受着从他的手传递到脸庞的温度，却还是一声不吭。

"肚子疼？"周承诀耐着性子猜，"饿了？还是胃不舒服？"

周承诀少见地有些慌乱，岑西反应了几秒钟，小心翼翼地从被窝里抽出一只手来，轻轻覆上贴在自己脸颊处的大手。

在触及那真实的温热之后，她缓缓将他骨节分明的手指攥紧，试探的嗓音轻声响起："周承诀……"

见她终于愿意开口说话了，周承诀悄悄松了口气，用被她紧攥的手轻捏了捏她的脸颊："怎么哭了？"

"你是真的吗？"她鼓起勇气问。

"什么？"男人好笑道。

"你抱我一下吧？"岑西仰躺着睨着他，用另一只手轻扯了扯他的衣摆。

周承诀几乎是想都没想便伸手将她纳入自己宽厚温暖的怀抱，甚至担心她着凉，直接连带着将她裹成一团的柔软被褥，一并抱起来，让她直接就这么坐到自己怀中，大手在她略显凌乱的发顶轻轻揉了揉。

这样的力道和触感都实在太过真实，岑西也渐渐从半夜惊醒的恍惚中清醒过来，控制不住地撇了撇嘴，带着少见的娇气将脸埋在他胸膛上。

滚烫的眼泪将他的睡衣打湿一片，周承诀似是忽然明白了什么，没再开口问她，而是像刚才一样，一下接一下轻抚着她发顶，半晌才附在她耳边沉声道：“都过去了，岑西，你回了南嘉，我也找到了你，我们已经是男女朋友了，未来还会结婚，有共同的小家，所有的事情都是真实在发生和即将会发生的。”

此刻周承诀的心脏被揪着般生疼。

他原以为怀中这个姑娘总是冷情冷性，永远平静无波澜，似乎习惯了独立，习惯了看淡一切感情，包括和他在一起这件事，似乎也只是他百般强求，她才心软应付。

他一边强势靠近，一边示弱卖惨，想尽各种办法让她分出注意力来看完自己这场一个人控制不住心动的独角戏，从没想过，原来她对自己的思念和期待也不曾少过。

他从前觉得，比起她对自己有好感，他显然爱她要多得多。

虽然觉得这些都是他应该做的，可偶尔幼稚的时候，也会希望她对自己有着和他渴望她那般势均力敌的热烈。

可今晚他突然不这么想了。

他宁愿她再没心没肺一些都好，不曾对自己投入过多少感情，也不用在分开时对自己有多少怀念。

她只是平常地去到一个新的地方，开始一段新的人生，接触和认识到很多新的朋友。

哪怕渐渐遗忘南嘉的一切，渐渐将他这个无关紧要的高一同桌抛诸脑后都好。

好过她在深夜一次又一次从梦中醒来，逼着自己接受这个身边空无一人的现实。

他甚至不敢去想，她会有多少次像今晚这样，无助地躲在被子里独自面对失控的情绪。

而那些时候，他都不在。

“岑西。”周承诀的嗓音再次在她耳畔响起。

“嗯……”

“女朋友。”周承诀又换了个称呼。

“……嗯。”

“宝贝。”周承诀亲昵地吻了吻她的耳郭。

女孩这回没吭声了。

周承诀低低地轻笑了声：“都是真的，这些称呼我以后都会经常叫，梦里能听见，你醒来一样能听见。

“梦是真的，现实也是真的，不管是梦境还是现实，我都会一直在。”

5

那股劲儿过了之后，岑西后知后觉开始难为情起来，别别扭扭地裹着被子从他怀中逃离，滚了几下，面朝着墙缩了起来。

周承诀在她身后看着觉得有些好笑，伸手去碰她脸颊，被她一手拍开，不过仍旧没好意思回头。

“你干吗？”他低低笑出声来。

被子里的人半晌才闷闷地憋出一句：“没干吗。”

周承诀就这么坐在床边没离开，屋内静默片刻，岑西终于开口问他了：“你怎么半夜不睡觉？”

不过身子仍旧背对着人。

“有点公事稍微处理一下。”周承诀怕她多想，说得很含糊。

“加班啊？”岑西问。

“嗯……”他满不在意地答了句。

周承诀的话音落下之际，岑西又裹着被子滚了几圈，一下扎到他身边，轻轻握上他的手：“那你快去加班，早点弄完早点休息。”

两人都是学霸出身，其实互相都能理解那股刻在骨子里的拼劲，她自己也常常忙到深夜，知道很多事情拖不了，即便心疼对方，也不会无脑要求他不顾一切放下该忙的事，强行休息。

周承诀冲她点点头，大手像是安抚般，在她脸颊上轻拍了两下，而后替她将被子掖好，才起身重新坐回书桌前。

岑西方才迷迷糊糊醒了一遭，睡意消减了不少，此刻睁眼望着天花板，都不敢回想自己刚刚到底发了什么疯，又想起周承诀贴在她耳边轻声哄着的那些话，脸颊便止不住地烧起来。

后来她索性起身下床去了趟洗手间，试图用冷水给自己的脸降个温，顺便洗去不久之前窝在周承诀怀里哭哭唧唧留下的一脸罪证。

坐在书桌前轻敲着键盘的男人听到身后床上有动静，立刻回头看过去：“要去洗手间？”

“嗯，洗个脸。”岑西佯装若无其事地看了他一眼，“你专心点，很晚了。”

周承诀被她一本正经的语气给惹笑了：“这么严格啊。”

说罢，他当即回过身去，明明这卧室是岑西久居四年的地方，于她而言肯定最为熟悉，洗手间又就在一墙之隔的阳台上，他偏偏还有些不放心她一个人摸黑出去，忍不住又悄悄回了两次头，一只手敲着键盘，另一只手搭在书桌上，打开手机里的电筒，朝她离开的方向举着，试图给她添更多的光亮。

洗完脸之后，岑西整个人平静了许多，她没再多想别的，走到一旁的小桌边，给周承诀冲了一杯温热的红枣水。

“你忙完赶紧睡。”岑西将红枣水搁在他桌前，双手自然而然地落在他肩颈处轻捏了几下。

周承诀敲键盘的手微微一滞，话音都带着些受宠若惊的不自在，没出息道：“加个班，待遇这么好？”

“不许说话。”岑西别扭道。

“好好好。”周承诀低低笑了声，不过还是单手探到自己肩膀上，在她替他揉捏的手背上，轻拍了两下，“你赶紧去休息吧，我差不多也快好了。”

“那我等等你。”

“去睡。”

见岑西没吭声，周承诀不太正经地又补了句：“你这样，我很容易就想不务正业，干点别的。”

小姑娘逃也似的回了被窝。

也不知是岑西那杯简简单单的红枣水起了作用，还是她体贴地替他捏了几下肩头让他精神倍增，抑或是他忽然意识到，身后还有她在等他，总之，这晚后来周承诀的效率明显又提高了不少，不出一会儿工夫便干净利落地处理完白天落下那些事。

关掉电脑回到岑西身边时，发觉这姑娘其实还没睡着，可偏偏在他走到跟前时，她拙劣地闭上眼开始装睡。

周承诀轻笑一声，也没拆穿她，只默默地躺回她身边，将人搂回怀中，而后在她耳边说一句“久等了宝贝”，在感受到她贴在自己胸膛上的脊背瞬间僵硬时，蔫坏地勾了下唇。

后半夜两人都睡得十分安稳。

天光大亮之际，周承诀先岑西一步睁了眼，顺手按掉她提前定好的闹钟，再一点一点用亲吻来扰她的清梦。

岑西睁眼便看到了周承诀抵在自己眼前那张清晰的脸。

她暂时还没习惯这样的亲昵，心动之余，又是抑制不住地羞臊。

她索性将脸埋回他怀里，不看他也不让他看自己，而后温暾地憋出一句：“你是不是准备走了？”

“嗯。”周承诀吻了吻她发顶，嗓音带着初醒的微哑，“要赶在饭点前到公司一趟。”

周承诀没等她答，主动诱导：“说点好听的。”

岑西笑：“舍不得你。”

周承诀满意了，起身换衣服时，还顺手将想要一并起床送他的岑西一把塞回被窝里：“不用你送，你再睡会儿。”

“我也得起了。”岑西道。

周承诀压不住嘴角溢出的笑意，冲她抬了抬眉梢：“真舍不得我啊？”

岑西也弯了弯唇，十分顺他的意：“嗯。”

“那我不走了。”

周承诀说笑归说笑，手上扣纽扣的动作还是没停下，利落地换完衣服拿上行李便出了门。

到最后也没舍得让岑西起来送他一程。

只不过他离开之后没多久，岑西放在枕边的手机便振动了几下。

消息是周承诀发过来的。

zcj：刚刚我从你房间出来的时候碰上熟人了。

zcj：我干妈来了。

zcj：她在楼梯口那边眼睁睁看着我从你这个房间出来的。

zcj：不过问题也不大，我们的事，我妈估计早在背地里和她聊过几回了。

zcj：你别害臊，我们又不是高中生了。

岑西本来还觉得没什么，可被他这么模棱两可地一说，她反倒觉得有种莫名的心虚。

明明他们昨晚也没做什么过分的事，怎么被他说得这么暧昧。

岑西突然有些紧张。

她总觉得汪月于她而言有种特别的感觉。

汪月和其他人挺不一样的。

不像江澜衣那样，对她无条件维护和夸奖，也不像小姨那般，只默默做些力所能及、为她着想的事，不敢过问和干涉她太多。

她接受了汪月的帮助，被汪月接到身边后，两人之间的关系莫名拉近得很快。

汪月也常夸她，但她若是有什么做得不太正确的地方，汪月便会毫不犹豫地指出，并引导她做出更周全的判断，以及选择更加成熟的处理方式。

不吝啬夸奖，也敢于批评，丝毫不担心会因严厉而生出嫌隙。

岑西的人生中一直缺乏正确的带领，从小到大都只能靠自己摸着石头过河，没走歪路，能有今天，已经用尽了全力。

不过这样辛苦又无奈的困境，在遇到汪月之后便消减了许多。

汪月不仅敢于亲近她，敢于引导她，在生活很多细枝末节方面，都愿意耐心地将自己所有的经验一点点分享给她。

和她聊过理想，聊过志向，聊过今后愿意为之奋斗的目标。

在深入地了解过她的想法后，会支持，会提出自己的观点和建议，还会冷静理智地与她一并商讨，为她未来几年做出清晰的规划。

甚至于在必要的时候提供帮助，用自己的人脉和资源为她铺平想走的路。

在岑西成长的过程中，没有人扮演过这样的角色，因而她对汪月的感觉十分复杂，既觉得陌生，又忍不住依赖，还隐隐担心这样的关系稍纵即逝。

她和汪月聊过未来，有着明确且清晰的目标。

她其实有很多该完成的任务要去做。

她不知道她在这样一个年纪，冷不丁地抽出时间和精力来，与一个男孩子发展一段恋情，会不会让对自己寄予期待的汪月失望。

这一瞬间，她甚至突然理解了当初蒋意殊在那场跑步比赛上拼了命也要往前冲的架势，赛后蒋意殊对她说，她父母对她期望太高了，她太想赢了。

当初岑西还曾悄悄羡慕过她，虽然压力大，可至少还有父母给予期望，她这辈子还没体验过这样甜蜜的痛苦。

而过去的四年多，她似乎偷偷尝到了些许。

可她的压力比蒋意殊要大得多，蒋意殊面对亲生父母，都尚且担心他们失望，她的亲生父母再失望，也没有选择放弃过她，而她不一样，她已经被放弃过太多次了，实在错不起。

她的人生没有容错率，稍有不慎或许就会被抛弃。

可她如今偏偏又多了些贪心，不想让人失望，却又实在放不下周承诀。

门外，熟悉的脚步声由远及近，岑西心跳控制不住加速得厉害。

她连睡衣都来不及换，汪月便已经敲响了房门。

房门开启的一瞬间，岑西低垂着脑袋，像是做错事后等待最后的判决般，绝望无措。

下一秒，汪月的轻笑声响起："怎么这个表情？那小子欺负你了？"

岑西茫然地抬眸看向她，黑睫轻扇两下，张了张嘴，却一个字都没说出来。

她方才短时间内在脑海里努力思考了许多种说辞，可偏偏没有应对汪月这种反应的。

"怎么啦？"汪月都快被她这如临大敌的表情给弄蒙了，笑着伸手轻拍了拍她脸颊，"发什么呆？害臊啊？"

岑西又眨了下眼。

"哎呀，有什么好害臊的？你就该和周承诀那小子学学那厚脸皮。"汪月自然地揽过她，一并走进屋里，"你们两个小屁孩儿的事，我都听我先生还有你江阿姨说了。"

"那天你来过我家之后，程启天就一直说你眼熟，说尤其你和周承诀坐一块的时候，更眼熟了。"汪月好笑道，"他绞尽脑汁想了一晚上，后来终于想起来了，还挺八卦地立刻跟我分享了，说是你俩高中的时候，他就见过你。"

"你说我怎么就没想到呢？"明明是江澜衣叫她帮的忙，周承诀这小子高中那点事，她后来也知道个大概，她带了岑西四年多，偏偏没把岑西和周承诀联想到一块，"后来我就找你江阿姨聊了个通宵，聊得眼泪都出来了，好在你俩现在都挺好的。"

岑西没想到这事竟然就这么轻轻松松地翻了篇，所有她不想看到的事情都没有发生，她悄悄松了口气，愣在原地迟迟没有动弹。

汪月倒是比她自如得多，自行往阳台外的小厨房走，边走边问：“你烧了水没有？太渴了，我车上就一瓶饮料，甜的，越喝越渴，得喝点凉白开缓缓。”

“噢，有的。”岑西回过神来，“那个是我喝过——”

“没事。”

她话还没说完，汪月已经拿起了岑西喝过的粉色马克杯。

汪月看起来是真渴了，直接将她喝剩的那点水一饮而尽，随后放下杯子，偏头看向她：“走，下楼去，我带了点好吃的过来，一起去拿。”

“好……”

第十一章

别人有，我女朋友就得有

/

1

为期两天的公益活动很快就圆满地落下了帷幕。

天公作美放晴了两天，也终于在活动结束的当天晚上，迫不及待地将憋了两天的大雨重新倾泻而下。

岑西第二天还有课要上，便拒绝了周承诀专程过来接她的提议。

原本打算当天晚上就跟随汪月的车，启程赶回南嘉，没想到暴雨留人，雨势大到根本没法看清车前方的路，参与活动的大多数外地志愿者都被困在了这座小山头。

一行人无奈地拎着行李各回各屋。

小山头除了一所希望小学，没有更多商店、餐馆，更点不到外卖，唯一能吃饭的地方只有食堂。

岑西随意吃了点，便回房翻出笔记本电脑来，准备继续写稿。

写之前，她想起忙了好些天，忘了查看的邮件，于是很快切换到邮箱界面。

几天积攒下来的未读邮件还不少，岑西大致浏览了一遍，里头大多数内容和从前差不了多少，正准备统一回复时，注意力忽地被一个陌生账号吸引。

她没给这个账号投过稿，双方也从来没有合作过。

然而，那邮件的标题却让她忍不住心跳加速。

岑西忙点进去，仔细阅读了一遍正文内容。

那是一条来自文化行业内龙头公司的版权售卖意向征询。

岑西很早就听说过这家公司，该公司出品的实体书籍以及漫画、动画等衍生品，在业内的知名度数一数二。

畅销书无数，热播漫改更是影响了各个年龄层的读者。

而此刻，该公司竟然在邮件中表达了对她半年前，在社交平台上连载的回忆录的青睐，向她发出出版以及漫改的邀请。

岑西一瞬间都有些不敢相信自己的眼睛。

她赶忙打开网页，再次搜索了下这家公司的具体信息，在确认邮箱账号无误，并非恶搞之后，忍不住攥紧手心，以便压抑住内心难以平复的喜悦。

夜里七点出头，汪月不知从哪儿搜刮来两盒自热小火锅，把岑西逮来自己屋里一块吃。

希望小学宿舍楼里每间房都是一样的格局，空间不大，也没有专门的餐厅，两人索性直接搬了张折叠小桌子，又随手拿了两张毯子，就这么面对面盘腿坐在地上吃了起来。

吃了没一会儿，岑西便把方才看到的邮件跟汪月说了。

虽说事以密成，财不外露，可在这方面，她对汪月从不设防，向来有什么说什么。

汪月一听，自然是替岑西高兴的，高兴之余，还停下筷子，立刻抱起手机了解了下对方公司这几年的风评，而后满意道："可以，这家很不错，在法律方面也没有什么纠纷前科，可以放心合作。"

"打算怎么规划啊？"汪月欣慰地给她夹了几筷子肥牛卷。

岑西知道她问的是什么，想了想，说："之前不是说过，如果赚到钱了，先尽自己所能，给之前接触过的几个希望小学捐点卫生巾这类女性必需品。"

汪月十分赞同："是，这些东西确实还是很缺，而且不能只给钱，一定要把物品落实到位，不然这部分钱不一定真能变成卫生巾，切实到达小姑娘们手上。"

她很有经验地提醒道。

岑西点点头，再说了一些曾经也和汪月交流过的期望，最后说："如果还有余力的话，我想在南嘉供个小小的房子，不用太好，单身公寓就行。"

不一定要多好的地段，也不一定要多大的面积，不需要崭新，不需要漂亮，只需要能容纳下她，给她提供一个永远不会被赶走的栖身地就好。

汪月依旧十分赞同地点点头："想法不错，以我刚刚对那个公司历年开出的版权条件的了解情况来看，你这个愿望也不难实现。"

岑西抿唇笑了笑。

"恭喜你啦，我们小岑西也要有自己的家了。"汪月笑着又给她添了几筷子肉。

吃过东西，两人一块把小桌板收拾干净。

屋外电闪雷鸣，汪月带了岑西四年多，知道她对这种雷雨天多少有些阴影，便叫她今晚在自己房里留宿。

岑西点头应下，回自己房间洗完澡换好睡衣后，便抱着枕头回了汪月的宿舍。

两个女人躺在一个被窝里，哪怕年龄差了二十来岁，也同样有聊不完的夜话。

汪月没了白天惯有的一本正经，八卦之心也忍不住燃起，戳戳岑西，好笑地问她：“你连我和你江阿姨的礼物都想好了，就没想过要给周承诀那小子准备点什么？”

岑西一时语塞，不知道该怎么开口。

其实她想过的，她怎么会漏了周承诀，可她又有意省略了这部分，还是不怎么敢在汪月面前直接提。

“说呀，有什么不敢说的？”汪月想到那天白天刚见到岑西时的表情，直白道，“那天早上我就觉得你情绪有点不太对，那会儿没反应过来，觉得你在害臊，现在想想，不是。”

“阿姨都带你四年多了，你还有什么不敢说的？”汪月语气温柔地引导她同自己沟通。

岑西最后还是缓缓将自己的想法全盘托出。

“傻孩子，我对你的期望确实高，但这是基于你的天赋和资质给出的判断，并且……”汪月轻叹一口气，揉揉她脑袋，“阿姨从来没有要求你一定要飞到多高，只希望看到你走对的路就好，过程幸福快乐才是最重要的。有好的结果自然是锦上添花，但也不用过多苛求”

“没有人会轻易放弃你的。”汪月说，“你怎么会给自己这么大的压力呢？”

“我小的时候……可能是因为身体不好吧，发了高烧，我亲生父母估计觉得养不活我，干脆连治都不愿意替我治，就直接把我扔在孤儿院门口。社工阿姨说捡到我的时候，我整个人都是通红的，都怕烧傻了。”岑西还是第一次和汪月吐露这么早之前的事情，“后来我在养父母那儿没住多久，他们就有了弟弟，我稍微多吃一口饭，他们就恨不得把我赶走。有一回，弟弟在池子边玩，不小心掉到水里，我着急下去救他，但是不会游泳，也掉下去了。他们认为这是我的错，救起弟弟，却把我留在水里，差点淹死。可是我不是故意要发烧的，弟弟也不是我推到水里的。”

不是她的错，她尚且都要承担那么可怕的后果，很多事情她根本赌不起。

这些事情，汪月其实也是第一次听岑西说起，原以为她只是家境太差，需要帮助，并不知道一个年纪这么小的姑娘，经历过那么多事。她实在有些心疼，忍不住像个母亲般将她揽在怀中轻声安抚：“我们小岑西过去只是遇到了一些不太好的人，现在坏运气用完啦，以后会有很多很多人爱你。”

夜里十点多钟，雨势来得越发凶猛，周围几处山路都出现了塌方的迹象，半山腰成片矮小的民房惨遭泥石流冲击。这块片区留守老人和儿童居多，多数属于行动不太便利的群体，天灾来势汹汹，部分村民无法及时撤离，深陷其中。

希望小学宿舍楼走廊上响起杂乱的脚步声，原本早早睡下的志愿者们一个通知一个，换好衣服后成群结队下了楼。

屋外混乱的动静不小，很快将岑西和汪月一并惊扰，两人询问完情况，当即动作利落地起身换衣服，紧随支援队伍。

常安多地受彻夜不断的暴雨侵袭，医疗救援队伍吃紧，汪月努力了许久才幸运地捕捉到一丝丝信号，与处在隔壁南嘉的程启天成功取得联系，让他尽快安排一些有经验的急救团队前往支援。

程启天这二十多年陪着汪月一起处理过不少这样的突发情况，很快便做出应急反应。

夜里两点多钟，周承诀刚刚结束一天的工作，指尖疲惫地在山根处捏了捏，习惯性摸过手机想给岑西发条消息。正要发出消息前，他扫了眼时间，见时间太晚，怕打扰她休息，又利落地把编辑好的文字全数删除。

正准备去休息室洗漱一下小睡一会儿觉，没承想严序却突然来了电话。

周承诀将电话接通，还没来得及开口，就听见严序语气急促地问："岑西这两天在常安？"

"嗯。"

"常安今晚出事了，暴雨引发泥石流，我们要去救援，你要不要一块走？"严序知道这事周承诀肯定很快就会知道，岑西在那儿，周承诀不可能坐视不管，必定会去，与其让他只身前往，不如让他跟着救援队一块去，多少更安全些。

周承诀几乎毫不犹豫道："你们现在到哪儿了？地址发我，我马上过去。"

一路上，他握着方向盘的手都控制不住在抖。

到了地点换了车，周承诀沉着脸握着手机，一个接一个电话不断地打到岑西的号码上。

然而那边一次都没接通过。

"只是信号中断了，常安那边好多地方都这样，你别多想。"严序也知道这种事没法安慰，周承诀一秒钟没见到人，悬着的心就一秒都别想安。

救援车队到了山脚便没法再往上开，所有人必须下车徒步前往。

整个急救团队里大多数人都有应对突发天灾的经验，唯独周承诀没有，可偏偏他手上扛的东西最多，上山的步伐最快。

后半程，他几乎是只身一人先行闯入半山腰重灾区。

暴雨如注，电闪雷鸣之间混杂着老人与小孩此起彼伏的哭喊和尖叫。

他这辈子没有哪一刻比此刻更绝望。

他明明已经到达了目的地，却没有看到岑西的身影，也没有听到她的声音。

他要找她，却没有办法对近在眼前的求救视若无睹，他只能尽自己所能，不知疲倦地一个接一个将被困孩童从泥泞之中抱出来，递交给身后已然奋斗了几个小时、筋疲力尽的志愿者们。

每遇上一个，他都会询问一遍岑西的消息，偏偏就是没有人看见她。

时间一分一秒流逝，洪水渐渐积涨至腰腹，水势越高，周承诀心中不断被唤起的对水的阴影便越发强烈。

然而，他此刻没有精力去顾及这份恐惧，他更害怕的是，在混浊不清的水里找到岑西。

不知道第几个孩子被他从矮房中抱出来，正要转身交给志愿者之际，身后突然传来一个熟悉的声音：“周承诀？”

男人的动作停滞一瞬，回身看到他找了许久的人毫发无损地出现在眼前时，他眼睛控制不住地红了红。

然而，此景此情不容他感情用事。

周承诀很快将情绪敛去：“有没有受伤？”

岑西立即摇摇头，朝他伸手。

在确认岑西安然无恙后，周承诀整个人比方才冷静得多，默契地将孩子交到她手中后，只多了一句叮嘱：“带着小孩往上走，去安全的地方待着，别再下来。”

“那你小心点。”岑西担心道。

“上去！”

一场深夜的紧急撤离持续了将近四个小时，在片区负责人清点完人头，确认无一遇险后，终于告一段落，所有人收队前往山头希望小学休整。

今晚好在不远处的山头，就有不少因前两天的公益活动不远千里从各地赶来的志愿者积极帮助，加上程启天派过来的救援团队也来得十分及时，伤重情况较少，部分人擦了些皮外伤，大多数人只是受到了惊吓，需要稍作安定休息。

因而临时布置的救援大厅内，气氛还是比较轻松。

相较来说，参与救援打头阵的几个男人反倒添了几处明显的伤。

岑西忙着冲葡萄糖水给泪眼汪汪的小朋友们，一时也顾不上大人那边。

严序守在救援大厅那头，一边跟着院里的师哥师姐们一并给他们简单处理伤口，一边分出神来操心身旁正替其他村民调整扭伤腕骨的周承诀：“你行不行啊？”

“这点经验还是有的。”他以前在游泳队的时候，没少应付过这类跌打扭伤的问题。

“不是，我是说你手臂上的擦伤，要不要先处理一下？”严序拧着眉，朝他左手臂抬了抬下巴。

周承诀满不在意地瞥了眼，而后若无其事地继续手上的动作：“你不和我说，估计一会儿都愈合了，这点小伤也叫伤？”

“行，死了也没人管你。”严序包扎完手上这个，面无表情地抬眸，“下一个——”

他话音顿住，而后冲端着葡萄糖水走过来的岑西打了声招呼：“哟，西姐。”

岑西冲他笑了下，正准备把手里的葡萄糖水递给他，就听见不远处的身后传来了周承诀一听就不太正常的嗓音：“能过来一下吗，女朋友？”

岑西：“……”

严序转身瞥他一眼，差点没被他那样子气笑了，回头冲岑西说：“你赶紧去看看吧，再晚来不及了。”

再晚伤口就要愈合了。

“什么？”岑西没懂，不过还是小跑到了周承诀跟前，“你怎么了？”

周承诀还挺有模有样地把手臂那屁大点伤口递到她眼前：“重伤了，没有女朋友心疼，可能会死。”

岑西：“……”

2

岑西握上他手臂，牵到跟前仔细瞧了眼，片刻后二话没说转身去严序身旁的临时台面上找东西。

“找什么？”周承诀目光追着她，“我帮你找。”

“我找找看有没有放大镜，”岑西一本正经道，“不然看不见你的伤口。”

“……”周承诀低低笑出声来。

第一次见被人内涵了，还挺享受挺开心的。

严序嫌弃地瞥周承诀一眼，“啧”了声，他兄弟在岑西面前是真挺没出息的，从高一到现在，这不争气的样子就没变过。

不过，岑西到底还是心疼他大半夜刚加完班，又连夜从南嘉赶过来帮忙，因而嘴上吐槽归吐槽，最后还是从严序那儿找了点药水和棉签过来，按着他坐到一旁长凳上。

“嘶，轻点啊，女朋友。”周承诀的手臂搭在她一只掌心上，语气做作，“能吹一下吗？还挺疼的。”

岑西和严序：“……”

“你说这伤这么重，我今晚还能自理吗？”周承诀冷不丁问了句。

岑西和严序：“……”

周承诀继续不要脸道：“这么重的伤，今晚怕是不能一个人睡了。”

“西姐，你松开他，让他死吧。”严序已经听不下去了。

周承诀的手臂还被岑西轻轻捧着上药，懒洋洋地往严序那头瞥了眼，“啧啧”两声，轻摇了摇头：“人类的嫉妒心有时候真的很可怕。”

“自己没有女朋友心疼，就看不惯别人有。”周承诀继续悠悠道。

严序：“……”

周承诀闲散地往身后墙面一靠，视线黏在岑西身上，最后总结陈词：“有女朋友真好！”

白天晴了一会儿后，又开始不间断地下起小雨，雨势虽不如昨晚大，可下山的道路阻隔还未清，救援队一行人只能暂时在学校宿舍楼留宿。

好在六七两层楼的空房多，两人一间便能全数住下。

程启天跟着汪月一起招呼大家来取钥匙。

严序处理完手头最后一个伤患，习惯性给双手消了遍毒后，便也去领了把钥匙回来。

他边走边有一搭没一搭地将钥匙往上抛，再接住，等走到仍旧在缠着岑西撒娇的某个不要脸的人身旁时，才无语地开了个口：“差不多得了你，今晚我俩一间，603 啊，我先上去洗澡了。”

严序说完，还没来得及走，就听见周承诀煞有介事地拒绝道：“条件有限，环境比较艰苦，我和我女朋友凑合一间就行了，不准备占用公共资源。”

严序快被周承诀给气笑了：“要不咱俩干脆打一架得了，我现在真看不惯你。”

当晚周承诀睡得并不踏实。

白天他虽表现得云淡风轻，还有闲心跟两人插科打诨，可其实心里对那看不见底的混浊仍旧有些害怕。

洪水及腰的一瞬间，几个队友淹没在海中的画面立刻冲击着他的脑海，那种无力的眩晕感再次袭来。

若不是当时他手里托着个小孩，岑西还等在他身后不远处并不安全的位置上，他或许已经控制不住一头扎进了深渊。

这一夜，他做了好久的噩梦，梦里他眼睁睁看着那分不清是海水还是洪水的东西，发了疯般将他身边熟悉的、珍视的人，一个又一个吞没，周承诀少见地被噩梦惊醒，出了一身冷汗。

似是还未分清梦境和现实，他猛地一转身，在对上岑西迷迷糊糊担忧的眼神时，才松了一口气，而后一把将人死死揽到怀中。

感受到强有力的拥抱，以及他不太正常的心跳，岑西的睡意都消失了大半，忙主动伸手回抱着他：“怎么了？”

周承诀的表情倒仍旧没什么太大变化，也没多说别的，只嗓音微沉地说：“让我抱会儿。”

岑西乖巧地偎在他怀中，一只手轻轻地在他脊背上安抚着，空出另一只手来，仔细替他擦拭额前的冷汗。

她想到了昨天凌晨那场暴雨之下，陷在洪水泥潭中的他。

当时她就站在他身后，能察觉出他状态的不对劲。

其实她后来曾和江澜衣交流过，得知周承诀自那次事故之后，再遇到类似有深水的场景，都会控制不住眩晕和心悸。

从心理上来说，是事故后遗症，这种状态其实很危险，如若打开心结，一不小心碰上突发状况便容易出事，从前她和丈夫希望周承诀再尝试尝试游泳，也并非是希望他在这个项目上能再取得多么高的成就，只是希望他能克服心理障碍，于未来而言，也能少一分风险。

只是他心中有阴影，很抵触，一直收效甚微。

思及此，岑西往他怀中再贴紧了些，试图让他情绪缓和下来，半晌才轻声问："是梦到他们了吗？"

"一个接一个被水吞了，"他收紧了几分手中的力道，话音沉下去，"还有你。"

他最怕的就是没法护她周全。

"我没事呀，你看。"这种情况之下，岑西也不知如何安慰才比较妥当，只能尽可能让他安心。

"嗯。"

一夜过去，周承诀又恢复了常态，一行人搭乘同一辆车回南嘉，路上，他还是会时不时在严序面前女朋友长女朋友短地秀上几波。

像是什么事都没发生过。

回南嘉后，两人的生活终于踏上了平静的正轨，恋爱、学习、工作，哪样都不耽误，充实得很。

上课期间，岑西大多数时候还是住在南嘉大学校宿舍里。

到了周末，她偶尔会回福利院看看小孩，帮忙做做事，偶尔又会去店里和小姨聊聊天，给小姨打打下手，不过如今也就是闲着没事去帮帮忙，远不像高中那会儿，有干不完的活。

有时候待得比较晚了，她便会在小天台的卧室留宿一晚，不过更多的时候则是在周承诀软磨硬泡下，跟着他回望江过夜。

这天周末，周承诀要加班，原本想让岑西去他公司玩玩，不过岑西先前答应了小妹，下午要陪她一块去逛逛书店，教她买些好用的教辅，只好答应他下次再过去，而后背着电脑来了"至死不鱼"。

下午逛完书店，两人一块回了烤鱼店，没承想刚回到小天台，就看到周承诀抱了台笔记本电脑，正坐在那张长桌前专心致志地敲着键盘。

岑西忍不住多看了几眼这画面。

某一瞬间，她总觉得像是回到了几年前在南嘉读高一的时候。

那年的周承诀也如此刻这般，时不时就往烤鱼店的小天台上跑。

不是来吃夜宵的，就是带着卷子来写题的。

每次都喜欢与她面对面坐在长桌前。

“你怎么过来了？”岑西弯唇笑了下，径直走到他对面那个她从前十分熟悉的座位边坐下，而后自然地从背包里掏出自己的电脑摆到桌上。

周承诀说：“女朋友不来公司陪我加班，那我只能自己送上门了。”

“你还在忙啊？”她看着他一边说话，一边敲键盘。

“嗯。”周承诀伸手捏了捏后颈，稍微活动活动身体，“还有点事没做完。”

“感觉你最近好像特别忙。”就连江隔都忙得不说话了，岑西打开笔记本电脑，“那我写稿。”

周承诀低低笑出声来：“女朋友？”

“嗯？”

“我以为你会说，你最近好像特别忙，那我抱抱你，或者亲一下什么的。”周承诀好气又好笑地冲她摇摇头，“结果你给我来一句，那我写稿。”

“爱淡了，女朋友。”周承诀悠悠道。

岑西抿着唇又忍不住笑：“等我写完今天的稿再说。”

“稿子什么时候排到我前面了？”周承诀“嘶”了声，“我怎么记得，我在你这儿一直是第一个排队的，怎么还有插队的？还是爱淡了……”

“……”

两人贫了几句，很快又双双进入到工作状态。

说来也挺感慨，当初在这个小天台上，两个高中生一人一张卷子面对面坐着安静地刷。

而如今，同样在这个小天台上，两个大学生一人一台电脑面对面坐着安静地敲。

兜兜转转，好在眼前人依旧是从前的少年人。

3

临近期末，大大小小的考试不断，原本还会时不时约个烧烤、打两把游戏的小群霎时间变得安静不少。

群里个个是南高卷王出身，均默契地选择应付完期末考，待过年再联络感情。

周承诀在和岑西联络感情这方面，并没有选择参与他们的默契，仍旧三不五时用各种方式在岑西面前刷点存在感。

不过论忙，年关将至，没人比他更忙。

而岑西因为学的法律专业，要考试的内容很多。

她对于期末考又不只是要求能低分飘过便万事大吉，她是奔着一等奖学金去的，在南嘉大这种一竿子打倒十个路人，九个都有可能是高考状元的学校，饶是她学习能力再强，记忆力再好，期末周也得比往常花费更多的精力在复习上，能专门抽出来谈恋爱的时间也少了不少。

周承诀不仅要忙考试，还得忙项目上的事，待在公司的时间比待在学校的时间多。

岑西怕影响他工作，很少会主动打扰他。

一般都是周承诀忙里偷闲，开车来宿舍楼下接人出去一起吃个饭。不过近期似是忙疯了，实在抽不开身，因此最近两周，两人大多数时候的恋爱模式，不得已从线下转为了线上。

一天十几个小时的视频通话就这么不间断挂着。

好几回，岑西几乎才刚睁眼，就接到了周承诀发来的视频邀请。

她窝在床上抱着被子，迷迷糊糊地摸出振动的手机，随手插上耳机，也顾不上自己此刻还是没刷牙没洗脸毫无形象可言的状态，就这么直接将视频接了起来。

因为时间比较早，宿舍里还有人在休息，她也不好和他说话，就随手将手机往枕边一架，让镜头正对着自己的脸，而后蒙蒙地揉着眼睛往视频里的周承诀瞥上两眼，又毫无顾忌地缩在被窝里再次闭眼睡了过去。

视频那头的男人正在洗手间里洗漱，一边刷牙一边看着她继续睡回笼觉，明明只是再寻常不过的一个画面，偏偏叫他看了又看，都没舍得挪开眼。

周承诀没出声打扰她，任由她睡，不过也没将视频挂断，洗漱完换好衣服，又带着手机去给“过来”添粮添水，全程变相让她一同参与自己的日常生活。

待岑西安安稳稳睡完一个短暂的回笼觉，伸着懒腰打着哈欠转醒时，周承诀那边的画面背景俨然已经从家里转到了公司。

岑西还得复习，也不打算再赖床，拿上手机便动作利落地下了床。

她如往常一样，一边和周承诀通着视频，一边下了床，洗漱过后回到桌前抓上宿舍钥匙，偏头往蒋意姝那边看了眼，轻声问对方：“吃早餐了吗？要不要一起去吃？”

蒋意姝半晌才反应过来岑西在同自己说话，摘掉耳机看向她，动作十分迟缓地轻摇了摇头：“不用了，我没时间吃。”

“早餐还是要吃的，不然胃会饿坏的。”岑西总觉得她的状态看起来不太对劲，“是复习压力很大吗？其实你平时都在学，不用担心期末考的。”

比起她四处跑副业，蒋意姝几乎是一门心思扎在学业上，按理来说，根本无须担心成绩。

“考第一很难，但是我要拿第一才行。”蒋意姝摇摇头，看起来有些焦虑，“高考那年，我爸妈要求我报了他们选的专业，他们给我铺好了路，但是我不想走，大二的时候自己偷偷转了专业，把他们气得要命，所以我必须拿第一，证明给他们看我的选择没有错。”

在处理和父母的关系上，岑西比蒋意姝还要缺乏经验，认为自己没什么资格给她建议或安慰，只能轻拍了拍她肩膀，让她别太焦虑，说一会儿给她带份早餐回来。

周承诀见岑西有动静了，一边敲着键盘一边问她：“昨天应该又有几个快递，你去拿了吗？”

宿舍里只剩下蒋意殊一个人戴着耳机坐在桌前埋头刷题，其他两个室友洗漱完就去了图书馆，因此岑西也敢轻声开口回他了：“还没，一会儿吃完早餐去拿，你又买了东西啊？”

“嗯。”

“你怎么老给我买这么多东西？”岑西一边刷牙，一边含含糊糊地说他，“我宿舍里都要堆不下了。”

“看到觉得挺适合你的就买了。”周承诀理所当然道，“堆不下了改天我去接你的时候，整理一些搬回望江堆着，反正望江这边有的是房间让你放。”

“然后你再接着买是吧？”岑西捧了一手温水，清洗脸上的洗面奶泡沫。

“嗯。”周承诀懒洋洋地轻笑一声，“就想给你买啊。”

这也是两人在一起之后，他莫名养成的小习惯之一。

双方忙起来，没法时时刻刻见到面的时候，他就常常用给她买东西的方式解压，一边买，一边想着她不停收东西的画面，觉得忙起工作来都更有干劲。

人到不了跟前，那就让礼物先替他就位。

自从周承诀养成了这个习惯，岑西那边的快递就没再断过。

衣食住行从头到脚几乎所能想到的用到的，就没有周承诀落下的。

岑西这辈子第一次感受到，自己手头的钱居然也有完全花不出去，毫无用武之地的一天。

除此之外，周承诀这个人还染上了“攀比”的毛病。

不过倒不是拿自己和别人比什么，他这个毛病还比较特殊。

看见身边有什么兄弟、下属之类的人，给自己女朋友或者太太送点包包、首饰，他便会受到启发，没隔多久就给岑西也买上一堆。

比如有一回，岑西难得被拐回望江睡了一夜，第二天清晨醒来时，细嫩的颈间除了多出些不堪入目的机械性紫斑，还多出了条一看就价值不菲的项链。

这东西肯定是周承诀趁她睡着时随手给她戴上的，等她发现时，追问他多少钱。

“我说便宜，你能信？”

岑西自然没法相信。

周承诀知道她的个性，平时包办她日常所需的一切，就已经费了点功夫才让她勉强习惯，如今越发大手笔，他也不知道该怎么说才能让她欣然接受，本想瞒一瞒，可他也知道，岑西其实并不是那么好糊弄的人，犹豫半晌，还是坦白地报了个数。

不过没等她开口，他又理所当然地补了一句：“别人都有，我女朋友凭什么没有？”

岑西又好气又好笑，但也不好得了便宜还卖乖，正想动手把项链摘下来还他，偏偏他还不许。

"别摘啊。"周承诀难得一本正经道，"我没什么恋爱经验，但还是有一点学习能力的，别人有，我女朋友就得有。"

女孩没有不爱听好听话的，饶是岑西也逃脱不掉这种俗套，无奈只能用指尖轻戳着他胸膛，小声道："你这是攀比……"

"没和人家比，顶多算做了点参考。"周承诀揉揉她发顶，"你就当为你花钱是我的兴趣吧。"

岑西下巴抵在他身上，仰头看他，小声嘀咕："太贵了，万一丢了怎么办……"

"丢了正好换条新的。"

岑西双手掐上他的脸："你是不是钱多烧得慌！"

"嗯……"周承诀任由她掐，低低笑出声，"忙了一天，一回头发现赚来的钱没人帮忙花，浑身上下难受得要命，觉得这一天算是白忙了。"

"所以还得请女朋友帮帮忙花。"周承诀理所当然对她提出请求，"你努力花，我努力赚，大家一起努力。"

似是为了应验努力赚这句话，周承诀之后的几天变得尤其忙，连抽空吃饭的机会都不多，也就礼物快递仍旧不间断地往岑西的宿舍楼送。

周六这天上午，岑西刚刚结束完一场准备挺久的专业课考试。

她复习得很到位，加上课外时不时有汪月这种身经百战的人专门指点，对很多法条、案例都理解得更加透彻，哪怕根本没有按照老师画的重点针对性复习，考起试来也得心应手。

整张卷子写完，甚至还剩下将近半小时的时间，她稍稍检查完便提前交了卷。

她知道周承诀最近忙得抽不开身，担心他知道自己考完试，会强行安排出点时间出来带她去放松放松，因而压根没告诉他自己考完试的事，准备回"至死不鱼"做些他平常喜欢吃的菜，直接去他公司陪他吃顿午饭。

去之前，她还专门找江隔问了问情况，要是她去了会影响周承诀工作，她就打消这个念头。

不过，这种事只能问江隔，毕竟如果问周承诀，他定会毫不犹豫让她直接过去。

周承诀确实比她想象中还要忙上许多，不过意外的是，江隔不但没说让她别去，反而是语气委婉地让她最好能早些去一趟。

说是眼看着软件要再上一个台阶，有人坐不住了，这几天不停地在网上带节奏抹黑，周承诀对此有些动气了，似乎在准备一些大动作，忙得有些不把自己身体当回事，要是她能来一趟就再好不过了。

毕竟这个世界上，能安抚好周承诀的，好像也就只剩下岑西一个了。

岑西近来忙着复习考试，也没怎么上网，并不知道网络上的动向，听江隔这么一说，忙点开软件看了眼。

再加上江隔的简单叙述，很快将事情的来龙去脉了解了个大概。

起因就是不久前，有个用户开始在平台上大肆发布该软件存在泄露用户隐私的言论，说是在软件私信界面和好友互发的，没有在平台公开发布过的照片，竟然被平台直接流传出去。

此事一出，很快引起大量用户的恐慌。

这年头，有个梗叫“死前都得撑着最后一口气把聊天记录删干净”，如果连这么隐私的内容都能随意流传出去，那么这个软件还有谁敢放心使用。

岑西提着保温桶来到周承诀的工作室时，他正面无表情地坐在办公桌前对着电脑忙。

似是比较投入，没注意到有人进门。

岑西对他此刻这种状态还挺陌生的。

两人打从高中相熟之后，她就没再见他用这种样子面对过自己，他总会将温柔、闲散、不着调的少年模样留给她。

岑西悄悄看了会儿，最后还是缓步走向周承诀，将手里的保温桶轻轻放到他桌前。

意识到有人突然进来，周承诀下意识蹙起眉心，抬眸的一瞬间，在见到来人是岑西后，微拧的眉头几乎是条件反射般舒展开来。

“你怎么过来了？”周承诀放下手中工作，明显有些惊喜，“也没和我说一声，我好去接你。”

“查岗哪有提前说的？”岑西有意和他开些轻松的玩笑。

男人扯了扯嘴角，朝她摆了个“请”的手势：“那你查吧，我老实得很。”

“先过来吃饭吧，我做的。”岑西见他办公桌上摆不开，索性把保温桶拿到一旁的茶几上。

旁人的话，周承诀听不进去，助理将外卖一份接一份地往办公室送，也不一定见他动动筷子，但只要岑西开口，他必定是立刻照办。

女孩话音刚落，周承诀就已经从老板椅上起身走到沙发前了。

他接过她递过来的碗筷，忙尝了两口，夸完好吃后，又说：“以后别自己做，想过来直接过来就好，我带你出去吃，或者点外卖也行。”

“我做的菜还不如外卖？”岑西挑挑眉。

“可能吗？”周承诀伸手掐了下她脸蛋，“不想我女朋友做这些事情，该玩玩，该休息休息，花钱能解决的事，你就别自己动手，要么我来。”

两人在一起的大多数时候，他也确实一直如他口中说的那样去做，就是最近实在忙得抽不开身。

想到这儿，岑西忍不住看了看他，不想影响他吃饭，一直等到他差不多吃完了，才提起刚才从江隔那儿了解到的，以及网上看到的那些事。

周承诀闻言，神色倒没她想象中那般，有什么太大变化，看起来一副不太在意的模样。

反倒是岑西有些担忧，问他："是真的存在隐私泄露问题吗？后台能查到吗？"

周承诀对她也不设防，抽了几张纸巾擦完嘴后，没什么保留地同她说："为了查档备案，后台肯定是能查询到用户的所有信息记录，但是不到万不得已，我们不可能会擅自去调取。经过技术查证，她这组照片的数据最早出现在平台的日期，就是她开始带节奏的日期，也就是说，不需要通过查询聊天记录就可以知道，这组照片即便是存在泄露问题，也不是从我们这个软件泄露出去的。"

"也就是说，其实她根本没在这个软件的私聊中，与好友互发过那些所谓的泄露的照片？"岑西反应向来快，即便碰上不是自己熟悉的专业领域，也能一点就通。

"聪明。"周承诀还有心情笑着夸她，"好厉害啊女朋友！"

岑西白他一眼，继续认真地问："那不能直接调取公布她所有的聊天记录作为佐证吗？"

岑西不常把时间花在网络上，没见识过太多腥风血雨，想法自然比较单纯。

周承诀摇摇头，耐心地给她分析："首先，网友肯定会质疑你证据的真实性，自己查自己，还是搞互联网的，什么证据造不出来；其次，如果发布聊天记录，那就正中对方下怀，说明用户聊天记录在我们平台就是不安全的，随时有可能被官方擅自曝光，影响会更恶劣。"

岑西想了想，又问他："那报警呢？直接让警方介入，不就可以顺理成章调取聊天记录并公示？"

"理论上来说，这确实是最便捷的办法，但是呢，这事说小不小，说大也不大，没必要占用公共资源，也不一定会受理。"周承诀轻笑一声，"况且我其实不想走到这步。"

"为什么？"岑西问。

周承诀平静道："这个出面的用户应该是我那个队友的母亲，你见过的。"

"她做这件事，应该有人在背后指导，还可能收了对方的钱，报警对她没好处。"周承诀往沙发背上一靠，"她毕竟是我队友的母亲。"

岑西咬了咬唇，她知道周承诀表面上看起来挺冷淡的，但骨子里很重情义，这于他而言确实为难："那……能查出来是谁在背后引导吗？"

"我心里有数。"周承诀朝她点了下头，"这次的事，我主要想动的也是他们。"

"那，有比较好的办法吗？"岑西有些担心，毕竟如果不选择报警，这看起来就像个死局。

周承诀摇摇头，表情忽地有些凝重，长叹一口气："这个事情比较难办……"

岑西紧了紧手心，她还是第一次看到他这么束手无策的样子："那——"

哪料想，她一句安慰的话还没憋出来，就看见周承诀又忽地带了抹坏笑，不着调地朝她抬了抬眉梢，而后摊开双手，摆出个向她发出邀请的姿势，毫不担心道："如果你现在能过来让我抱一下的话，这个事情可能也没那么难办了。"

岑西："……"

4

接下来的几天，岑西除了应付最后几场简单的考试，其余时间几乎都会背着电脑来周承诀的工作室陪他一同奋战。

虽然他工作上的事情，她帮不上什么忙，不过既然她在的时候，周承诀的情绪就会好上不少，而她需要忙的事，也几乎都能通过电脑解决，并不需要在某个固定场所，那么在这样的特殊时期，她多来陪陪他也好。

岑西一连去了好几天，大多数时候，她都是一个人安静地抱着电脑坐在沙发上写稿，没有什么必要情况，不会出声去打扰周承诀。

倒是周承诀自己情况挺多，时不时给自己放几分钟假，起身走到沙发边，往她身上一靠，搂着人闭目养神一会儿后，又像是充好电般回到办公桌前继续忙碌。

来来回回，乐此不疲。

最开始的两天，岑西垂眸看着枕在自己身上休息的男人，忍不住问他："我总来你这儿，是不是容易影响你？"

"影响什么？"周承诀手上抱着她的力道收紧了几分，"你来之后，我效率都高了不少，还能抽出点时间休息。"

既然如此，岑西也只能由着他。

不过在工作室里待久了，难免也会想出去活动活动，因而每到饭点时，岑西就会下楼去周边商场、餐饮店简单逛一圈，给两人打包点好吃的回去。

更多的时候，她还会顺便多买些水果、奶茶、小零食之类的东西，带回他公司，给和他一同加班忙碌的队友们加加餐。

互联网公司，大多数人年纪都不大，很多人和江隔、周承诀一样，还都是南嘉大在读大学生，和岑西没有太大年龄差距，甚至有的还是同龄，大家插科打诨起来也都没什么顾忌，拿了吃的嘴就甜，一口一个"西西"叫得十分熟络。

外面分东西分得热热闹闹，几句"西西"都直接传到周承诀耳朵边了。

他闻声放下手里的工作，走出办公室，就这么懒洋洋地倚靠在门框边，看着他女朋友光明正大地在他公司里笼络人心。

等她一圈分完，手里东西几乎空了，除了两人一会儿要吃的午餐，只剩下两杯橙汁。

岑西拎着东西正准备往周承诀的办公室走，结果一回身便撞上他似笑非笑的表情。

周承诀侧开半边身子，给她让出进门的空间，待她回来后，又反手把门关上，而后随意地朝外面的方向抬了抬下巴，不咸不淡道："现在花样挺多啊。"

岑西笑瞪他一眼："跟你学的啊。"

"什么？"周承诀跟在她身后，坐到她对面的沙发上。

岑西没直接回他，只是递了杯橙汁到他手里，而后学着他高一那会儿对自己说话的腔调淡淡道："喝吧，别人都有。"

周承诀接过橙汁愣了会儿，片刻后反应过来，低低笑出声来，故意拖长尾音："噢……为了给我买，故意给所有人都买了是吧？"

周承诀不着调道："想追我啊，同桌？"

岑西忍着笑："……"

吃过饭，周承诀很快又专心投入到工作中去。岑西把校对完的稿子整理好发送到之前签下的版权合作方邮箱后，开始在网上搜寻一些与周承诀当年事故相关的新闻，试图尽自己所能，给他帮一点忙，不过她没有太大把握，就没提前和他说这个事。

两人一忙就忙到夜里八点多钟，周承诀瞥了眼时间，率先放下手里工作，说要领她出门吃个夜宵。岑西也没拒绝，合上电脑，稍微整理了一下衣服，便和他一块下到停车场。

车子从缓坡开往地面，经过公司大楼后门的一瞬间，岑西透过车窗，隐约看见了两个熟悉的身影。

她不自觉拧起眉，贴在车窗上再仔细看了会儿，在看清两人的模样之后，眉心越发皱紧。

"怎么会这样？"岑西不自觉嘀咕了句。

"怎么了？"周承诀打着方向盘，随口问。

"我刚刚看到江隔了。"

"嗯。"

"他怎么会和赵一渠认识？"这不是个好兆头，岑西忍不住感到心慌。

她说完，下意识看向周承诀，见他表情没有丝毫变化，甚至还带着些早已知晓的淡定，忍不住问他："你怎么一点都不惊讶？"

"那天我不是和你说过，网上那件事，背后有人恶意引导。"周承诀顿了顿，说，“就是赵一渠，和他所在的公司。那家游戏公司也算是家老牌公司了，在业内知名度不小，老板年龄和我爸差不多，从我爸刚创立游戏公司那会儿，就跟着他一起干了，不过人品不太行，行事作风挺下作的，没多久就离开公司自立门户。”

“这么多年下来，时不时就喜欢玩一手脏的，不过即便是这样，风头还是被我爸压着，估计多少有些不甘心，搞不掉老的，就盯上我了。”周承诀扯了下嘴角，不屑地轻笑了下，注意到岑西担忧的表情，他云淡风轻道，“不过你别担心，我爸念那一点点旧情，给他留了一条活路，懒得处理他，但我不一样，我只是一个普普通通的大学生，和他也没什么交情，惹到我的地盘上，就没有轻易放过的道理。”

岑西转过脸，看向这位普普通通的大学生：“那江隔……怎么回事？”

“你相信江隔吗？”周承诀冷不丁问了句。

岑西沉默了两秒，还是答他：“相信。”

“那你相信我吗？”周承诀又问。

这一次，岑西没像刚才那般犹豫，笃定地点点头：“相信。”

周承诀被她这不假思索的肯定小小地取悦了一番，而后平静道：“那你还担心什么？相信我们就好了。”

岑西似是反应过来什么，摸出手机上网刷了些几个公司几个平台之间的相关舆论动态。

她这两天忙着写稿和查找当年事故的消息，错过了不少最新进展。

几家公司似是在对同一个新程序进行竞价，其中要数周承诀公司和赵一渠那边竞争得最激烈，已经将价格打到了一个高不可攀的天文数字，而双方均还死咬着不肯放手。

据网上消息说，那个新程序便是出自江隔之手，更直白些说，就是江隔私自从周承诀公司带出的核心技术。

不得不说，岑西在看到这个消息时，心里控制不住泛起一阵凉意，然而一想到周承诀刚刚问自己的那句“你相信江隔吗”，她当即冷静下来，花了两分钟不到的时间，理清了思绪。

“难怪你们这几天一直放任那个谣言不管。”岑西直白地问出自己的想法，“你们想把价格抬得再高点，然后让赵一渠他们接盘？”

“这么聪明啊，女朋友。”周承诀勾起嘴角。

唯有让负面舆论四起，让平台显得摇摇欲坠，给人一种无力回天的感觉，才能让赵一渠他们误以为周承诀这边已经将江隔带出的所谓“核心技术”当作最后一根救命稻草，这样一来，他们疯狂抬价的行为才不会让对方起疑，促使赵一渠那边跟着不断加码。

待到将价格抬到一定高度，再脱手，一旦对方以为胜券在握高价接盘，就离把公司拱手相让不远了。

周承诀压根没把这场舆论战放在眼里，自始至终，他想要的，一直都是直接吞下对方整个公司。

难怪连网暴挨骂都应付得如此平静，根本不屑一顾。

岑西理清思路后又问：“那赵一渠会怎么样？”

“就看他上不上头，敢不敢背着老板自作主张抢下江隔那个程序了。”周承诀将车缓缓停到一家酒店门口，“他要是真敢，那老头不会放过他。”

周承诀领岑西下了车，将车钥匙随手丢给迎宾门童，事不关己、云淡风轻地朝酒店抬了抬下巴，对岑西说：“这家的菜做得不错，早就想带你尝尝了。”

周承诀从公司出来之前就把餐提前订下了，等两人进门时，菜已经上齐，可以直接开吃了。

岑西一边吃着他不断往自己碗里添的东西，一边诧异地问：“赵一渠是怎么进那公司的，看起来位置还不低？我记得佳舒她们和我说过，他后来成绩越来越差，最后好像心态崩了，都没参加高考？”

那年他没撑到高考就退了学，可偏偏又不甘心，学着周承诀的样子，自学计算机，四处花心思找门路，试图和周承诀走上相同的道路。

他自始至终将周承诀视作假想敌，成绩优异，家境优渥，天之骄子，做什么都很有天赋，什么都高他一头，就连他喜欢的岑西也喜欢周承诀，明明是他先遇上她的。

也正因为这些，赵一渠对江隔的“叛变”深信不疑，他认为江隔和自己是同类人，都活在周承诀的阴影之下，都处处被周承诀压一头，都被周承诀抢走了求而不得的女生。

周承诀清了清嗓音，不太想给岑西提那些肮脏龌龊上不了台面的事，也不怎么习惯在背后传播他人的私生活，只委婉地回了句，他门路多，而后便只一个劲顾着要她多吃点，好好吃饭，不聊不相干的人。

饭后回到公司，周承诀又开始忙碌，岑西则好奇地朝江隔问了一嘴。

江隔倒是什么都说的性子，直接甩了好几条六十秒的长语音过来。

大致意思便是，赵一渠这人为了往上爬，简直不择手段，学历能力不够就身子来凑……

再加上脏点子多，目前在公司小有话语权。

岑西听了后恶心得打了个冷战。

周承诀安静了两秒后，又忽然轻笑一声道：“这事结束之后，他的事应该也瞒不住了，到时候那两位估计还得打个离婚官司。岑律师，那两位家产还是很可观的，这个离婚案子打下来，律师费可不便宜，有没有兴趣练练手？”

岑西咬着唇，见他还有心思开玩笑，倒也松了口气，而后也忍不住跟着笑：“想想确实有些心动。”

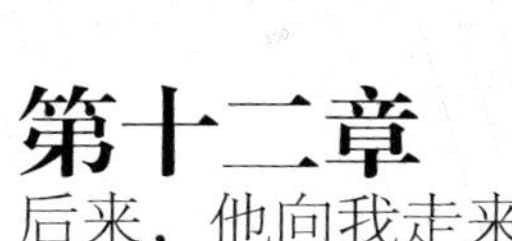

第十二章 后来，他向我走来

/

1

次日上午十点过半，江隔给周承诀发了条消息过来，简简单单两个字，“成了”。

那一声消息提示音响起时，正坐在沙发上仔细查看几年前旧报道的岑西，似是有感应般停下手中的动作，抬眸往周承诀的方向看去。

他在看过消息后，同样也是第一时间望向她，四目相对之际，周承诀懒洋洋地往椅背一靠，冲她勾起个意料之中的笑，把江隔方才消息里的话转述给她：“成了。”

岑西眸间不自觉染上一抹笑意，她自然知道这两个字意味着什么。

赵一渠果然上钩了，自作主张以高得相当离谱的价格抢下了江隔私下带走的“核心”技术。

“那网上那些事？”岑西还是有些担心。

周承诀倒一副气定神闲的模样：“别想太多，我有安排。”

岑西看着自己这几天查询到的新闻，犹豫再三，还是问了周承诀一句：“你那个队友已经醒了，这事你知道吗？”

“嗯。”其实从事发到今天，那位队友的一切医疗费以及康复开支，都是由他全权包办，周承诀不仅了解对方的近况，还曾私下去疗养院看过他多次，只不过对于对方母亲近几年来的胡搅蛮缠均只字未提。

“那他妈妈……”

“他不知道他妈妈这些年做的事，我也没打算跟他提。”周承诀轻叹一口气，“能醒来已经是万幸，只希望他尽快把身体养好吧，我也就是挨两句骂而已，没什么。”

岑西点点头，却没吭声，午饭过后说是有事要回学校一趟，便没在周承诀的办公室继续待着。

第二天一早，赵一渠所在公司“寻觅”平台竞价成功的消息才官宣没多久，还没来得及抽出时间庆祝，便忽然有网友在网上带起节奏。

说是那组所谓“泄露隐私”的照片，最早好像在寻觅上刷到过，日期远早于那位声讨的受害者在“兜圈”私聊中发布照片的时间，如若非要说泄露信息，应该也是寻觅那边出的问题，没有实际证据能证明此次事件与“兜圈”相关。

该条动态下方，还附带了一张煞有介事的截图，截图的界面来自寻觅，图中显示着那组照片最初在寻觅上的发布时间，确实早于声讨者给出的“兜圈”私聊记录时间，而且该图还是声讨者用户在自己同名账号上公开发布的。

这条质疑一出，沸沸扬扬闹了好些天的舆论风向瞬间倒戈大半，不少网友戏称，大家骂了半天，结果骂错了对象，更有人直接指出，寻觅和“兜圈”两大平台这段时间正好都处在新技术革新激烈竞争的阶段，这个节骨眼上，突然天降大锅给“兜圈”背，很难不怀疑背后有人为操作因素。

该不会是对家花大价钱联系到当事人强行造的黑料吧?

而到底是哪一方在操作，参考不久前竞价成功的新闻便能轻松知晓。

这些天，舆论风波的既得利益者——寻觅。

一时间，两大平台上的用户都开始强烈要求寻觅给出一个合理的回应。

寻觅高层办公室内，刚刚以超高价抢下“兜圈”核心技术的赵一渠显然有些坐不住了。

他此次竞价，为的就是彻底拖垮周承诀，偏偏在这个紧要关头，网上的舆论风向发生了反转，如果处理不当，造成原本稳定的用户群体大量流失，平台很可能直接被淘汰，而高价抢入囊中的技术也将成为毫无用武之地的废品，等待他的很可能是几辈子也还不清的债务，以及望不到头的牢狱之灾。

而这些原本是他为周承诀精心准备的，他根本没想过，这些一时间怎么突然成了他的困境。

明明那女人发布的图片，是他联系上对方之后才着手现做的，两个月前根本不存在这张图，更不可能公开在寻觅平台上发布过。

很显然，周承诀反咬他的那张图，也并不具备任何真实性。

舆论热度越来越高，寻觅高层已然开始向他施压。

火烧眉毛之际，赵一渠只能要求平台技术部门，立刻查询那女人在寻觅平台所使用过的每一个账户，并将该用户在寻觅上的一切历史动态全数调取。

几分钟之后，寻觅官方账号直接发布了几条证据长图。长图中，不论是那女人在寻觅公开平台发布过的内容，还是与各个账户的私聊记录，均清晰罗列。

寻觅官方表示，根据后台查证，该用户在寻觅平台的过往动态以及聊天记录中，均不曾发布过所谓泄露隐私的照片，原爆料者提供的图片为P图恶意造谣，且从聊天记录中可以得知，寻觅官方仅在消息泄露事件发生后，通过私信联系过该用户，询问是否需要提供维权帮助，对方无回复，因此寻觅方并不存在所谓的幕后花大价钱引导等恶劣行为。

以上为寻觅官方对此次事件的回应自证与澄清，而两小时前针对寻觅官方的P图恶意造谣事件，我们也希望友商团队能够给出合理的解释@兜圈。

这条回应是赵一渠亲自编辑的，写到最后，甚至已经控制不住流露出明显的个人情感，公然将矛头直指周承诀方。

他原以为能通过这般有理有据、态度强硬的自证，再次扭转舆论风向，扳回一城，然而事情却并没有如他所愿。

这届网友的头脑比他想象中要清晰得多。

不过几分钟的时间，便有大量用户开始质疑寻觅官方此次的自证行为。

——到底是谁给你们的勇气，可以擅自公示该用户的所有聊天记录？别和我们说征得当事人同意了，你们自己发布的官号联系对方的聊天记录中可没这部分内容哦。要么记录造假删改，要么就是公然侵犯用户隐私。

——这难道不比所谓的信息泄露更加可怕？谁知道哪天一个不注意招惹官方，就直接被公开聊天记录了。

——这事果然是你们策划的吧？自己平台有这种侵犯隐私的习惯，才知道用这样的由头去抹黑对家。

——还好意思官方公然下场要求对方回应，你看人家理你们吗？他们这点至少比你们强，处于舆论风口浪尖好几天了，也没想过直接公开用户的聊天记录。

——吓死人，以后谁还敢用寻觅？一言不合爆你聊天记录哦。卸载卸载。

——卸载 +10086

舆论发酵没多久，又有眼尖的人发现，聊天记录中，寻觅官方号询问该用户需不需要提供帮助的时间，似乎恰好就在对方发布维权声讨动态的一分钟之内。

然而那会儿事情压根还没发酵，并没有什么热度，寻觅官方居然能在一分钟时间内看见，看完，并立刻联系帮助？

这难道不是事先准备好的聊天记录？

这一看就是提前知道那人会在这之后发布这些东西。

这个发现一出，越来越多的人开始质疑信息泄露的真实性，大家纷纷跑回最初那位声讨者的动态下留言，质问是否收了黑钱，告知若是真收了钱，是要吃牢饭的，跟着便是大量网友帮忙艾特网警，要求介入调查。

对方不过是个五十出头的妇人，原以为自己不论对周承诀做什么，他都会像从前那般，忍让无视，任由她胡作非为，发泄对儿子出事的悲痛。

她没想到这件事会闹到这个地步。

网友的不断质疑霎时给了她极大的精神压力，很快，她便将赵一渠在“兜圈”上通过私人账号联系她的聊天记录截图发了出来，表示自己确实是受人指使，对方确实要给钱，但她没有收下那笔钱。

该聊天记录是她自己发的，里面清晰展示了赵一渠从联系她，到策划整件造谣事件的来龙去脉。

这段内容是通过“兜圈”平台发的，寻觅那边没法用技术手段强行删除，只能任由其传播扩散，私下再安排水军转移视线，认为这聊天记录也只能代表这个用户确实受人指使恶意造谣，但并非与寻觅有关。

然而寻觅高层大抵也没想过，他家这些年在圈内黑手不断，早已树敌无数，很快便有多家互联网公司大小高层账号出来公开对赵一渠的账号进行身份认证，表示这个账号确实属于寻觅工作人员赵一渠。这人当初用这个账号给自家投过简历，而赵一渠的身份，网上一搜就搜得出来，几个月前他便已经和寻觅高层密切绑定。

事情发酵到这个地步，整个事件的脉络便已经清晰地浮出水面。

不少网友吃瓜之余，捋了捋来龙去脉之后，突然发出感叹：这个聊天记录太实锤了，其实“兜圈”这边后台肯定有这份记录，要是一开始就发出来，也能直接自证清白吧，不过平台宁愿自己挨骂，也不侵犯用户隐私，不像某不知名平台，随便把人一辈子老底都翻出来发……

——对比高下立现，立刻卸载那边。

——插句嘴，寻觅那边捐个款，平台都收超高手续费，这边好像是不用的，听说在寻觅上发布寻人请求，还得先在平台押悬赏费，这不是变相集资？真是想钱想疯了。

——而且这个寻人创意本来就是“兜圈”这边先有的。

——再插一句嘴，寻觅这个平台压根没有照片识别系统，就和普通平台没什么差别，所以这阵才在那儿高价竞抢“兜圈”核心技术。

网上热议到最后，周承诀方可谓大获全胜，软件下载量激增，平台内流量短时间内达到了断层高峰。

周承诀气定神闲地坐在办公室里，平静地结束和江隔的电话后，当即看向守在一旁稍显不太淡定的岑西，轻笑道：“江隔说，寻觅那边已经联系他抵押脱手的事了。”

这也就意味着，这个难啃的骨头，他爸放任多年不啃，他一个普普通通的大学生刚在业内崭露头角，就立刻毫不犹豫地啃下了。

岑西松了口气。

“这么紧张啊？”周承诀见她这表情，好笑道，“破产了大不了女朋友养，我女朋友特厉害，又是律师，又会写文章，又出书又出动画的，可有钱了，软饭管够。”

岑西瞪了他一眼。

“实在不行，我们再一块去捡空瓶子卖钱。”周承诀继续贫嘴。

岑西：“……”

岑西抱着手机继续刷，边刷边和周承诀随口提一句：“赵一渠好像说要告你。”

“他也得有这个机会，牢都蹲不完。”周承诀满不在意地轻笑道，“让他来告，正好给我女朋友练练手，到时候赚来的赔偿金都归你。”

岑西：“……”

寻觅那边，周承诀已经派出江隔过去处理低价接盘的事宜，事情看似圆满告一段落，然而树大招风，他才初出茅庐便风头过盛，自然有无数双眼睛在暗处盯着他。

仅仅是他带着岑西出门吃顿饭的工夫，网上热议的话题又换了好几轮。

不少人吃了一大圈瓜之后，还不过瘾，开始起底最开始挑起事端的那个女人，为什么连钱都不收，就愿意出面被人当枪使。

没一会儿，几年前海边那场事故的相关议论立刻上了热搜。

这件事当初闹得并不大，并没有太多新闻报道过，一时间，大家只能对那个女人曾经在网络上发布过的声讨内容进行讨论。

不少人开始议论起传言的真实性，猜测到底是不是真的，如若是真的，这平台也挺毒，创始人害死自己昔日好队友，现在还开个公益平台当好人，该不是心虚想做点好事赎罪吧。

也有人说，真要把队友害死了，干吗不直接报警，在网上发了好几年，也不舍得报个警，怀疑真实性。

不过大多数人还是更愿意为弱势的一方发声。

一时间，谣言再次四起，创始人周承诀也很快重登头条，骂声居多。

岑西难得一边吃饭一边分心刷手机，看到满屏的抹黑谩骂，气得饭都吃不下了。

挨骂的当事人倒是云淡风轻，看起来丝毫不在意网上的骂名，还耐着心性给岑西剥了一只又一只虾。

只可惜这姑娘正在气头上，对送到眼前的虾无动于衷。

“先吃饭。”周承诀无奈又好笑道。

岑西情绪很少这么不稳定，咬着唇，不知在想些什么，半晌才张嘴吃下他喂到面前的虾肉：“你还笑……”

“骂两句而已，有什么关系。”不痛不痒的，他早习惯了。

但岑西不这么认为，认真地道：“我不想看他们骂你。”

“心疼我啊？”周承诀控制不住地勾了勾唇。

岑西难得没否认他这不正经的问话，点头“嗯”了声。

男人抬了抬眉梢，嘴角上扬的弧度根本压不住，片刻后，来了一句：“那骂得好。”

能让他被女朋友心疼，多骂一会儿也值。

岑西：“……”

2

吃过晚饭，周承诀带着岑西一块回了望江。

小姑娘少见地没有一进门就去找“过来”玩，而是拿着手机一头扎进书房。

周承诀懒洋洋地靠在门框边，看着她动作利落地将书房的电脑打开，随口问了句：“要赶稿？”

岑西想了两秒，答他：“嗯……你先去洗澡吧。”

“成。”周承诀一般也不会在她干正事的时候过多打扰，闻言拿了睡衣就往浴室走。

夜里八点出头，岑西登上那个前不久才在“兜圈”上为平台争议写过文章的账号，带着全网热议话题，一连发布了好几条她这几天努力收集到的，关于几年前那场事故的真实报道。

有各类新闻网站的截屏，还有一些甚至是从纸媒报刊上拍下来的照片。

多则报道清晰记录了当年的事发过程：

事情的起因是某景区开放性海滩出现离岸流，多名游客深陷其中，当天恰好有四位省级游泳运动员赛后路过参与救援，最后多名游客均获救，遗憾的是，一名运动员因体力不支英勇牺牲，其余两名运动员被队友救起，其中一人因脑部缺氧损伤，昏迷未醒，望大众永远对大自然保持敬畏。

其中，昏迷未醒的便是该博主的儿子，而那个救完游客又救了两名队友的运动员，就是网友们骂了几个小时的创始人周承诀。

几则新闻一发出便再次登顶热榜，不少人纷纷表示未知全貌不予置评，还好方才一直保持观望态度。

也有少部分人仍旧质疑几条报道的真实性，毕竟在这个P图盛行的时代，多少假图都能用技术轻易做出来，更何况还是专门玩互联网的计算机大佬。

紧接着，该账号又直接发布了一条视频。

视频中，一个二十出头、身形高大却略显瘦弱的男生，穿着疗养院的病号服，平静地出现在画面中，语气缓慢条理却清晰地向网友们完整讲述了当年那场事故的来龙去脉。

前半部分与几则报道里的内容相差无几，后半部分，他还特别强调了，这些年，他的所有医疗费用和后续疗养康复费用，以及他父母的生活所需，均由队友周承诀提供。他昏迷了很多年，队友当初在海边没有放弃过他，后来也没有，甚至对他母亲的无理宣泄都十分忍让包容。他很感激也很愧疚，想要通过这条视频表达自己的谢意，以及替母亲向周承诀道歉。

视频中男生的脸很快与几年前那几则报道中昏迷的运动员对上了号，而他母亲先前所使用的、用来造谣平台泄露信息的账号，也将之前散播的一切谣言清空，而后将这条道歉视频转发并置顶。

周承诀洗了个澡的工夫，他亲爱的女朋友就这么背着他在网上干了件大事。

等周承诀打开手机时，微信里的消息已经快炸了。

无外乎是南嘉那帮同学朋友把岑西的账号给认出来了，纷纷来感叹周承诀命好，在网上挨骂都有女朋友出面精准维护。

周承诀后知后觉地上网逛了一圈，被全网指着鼻子骂的时候，心跳都没此刻剧烈。

他当即回到书房，把正在敲键盘的岑西从软椅上提溜起来，直接锁进怀里，一手托着她，一手捏着她下巴："你干的？"

"唔……在报纸上看到你队友的长相，才知道见过他，我刚回南嘉那阵，正好去那个疗养院帮过忙，还和他说过话。"岑西怕周承诀会在意自己擅自做主，让他队友知道他母亲的所作所为，并且出面澄清，索性直接搂上他脖颈，整个人依偎进他怀中，难得摆出个撒娇的态度来说，"不想让他们一直骂你……"

周承诀心跳快得根本停不下来，还没来得及说话，就听岑西又继续说："就像你爸念旧交情，不动寻觅，你动了。那你顾及队友情，我反正和他又不熟……"

那这件事就由她来做。

周承诀半晌说不出话来，最后只低低地笑出声，将怀中撒娇耍赖的小姑娘搂得更紧些："我又没说你什么。

"谢谢你啊，女朋友。"

周承诀坐到离岑西不远处的小沙发上，掏出手机把那群人发来的羡慕扫了几遍，而后发了个朋友圈：有女朋友真好。

严序是第一个赶来评论区的，小群里的其他人很快紧随其后。

这边热热闹闹，网上也没闲着。

几场风波过后，周承诀这个创始人可谓是此刻热榜上最受关注的人。

不少吃瓜群众吃瓜没吃过瘾，回过头再扫了几遍那几则报道，惊觉这位创始人长相似乎有那么些出众。

甚至不只是出众，那张脸，那个身形，加到一块，放到娱乐圈都能随便乱杀。

再配上二十出头的年纪、不容小觑的能力手段以及家世背景，全网瞬间沸腾了。

——我要早知道这边老板这么帅，我还用什么寻觅，立刻卸载。

——别卸载了，听说寻觅也被收购了，很快就是同一个老板的了，咱们可以雨露均沾。

——姐妹们，清醒点，这种长相背景的，肯定玩得很花。

——玩得花大家就一起玩，反正我也不是什么好人！

这些调侃出来没多久，很快有南嘉大的学生顶着小号跑出来给大家科普了周承诀这号人物。

那些网上随手就能查得到的嚣张背景就没人再赘述了，大多数人科普的都是学校里流传的那段，他在高中时期对文科班第一名爱而不得的青春伤痛往事。

说他看着像玩得花的，其实只愿意和一个人玩，而且听说人家还不跟他玩，大学这几年都单着。

大多数人不相信。

没多久，连从前南高上下几届学生全出来提了这个事，添油加醋地把以前学校里有关周承诀和岑西两人的传闻再绘声绘色地传播了好几遍。

李佳舒、江乔两人也兴奋地在网上上蹿下跳，甚至还顶着同届南高校友身份，加入了传播故事的战局。

这两人和岑西、周承诀都熟，发出来的细节自然比其他普通校友多，没一会儿便有网友发出质疑：你俩说的这些，怎么那么像我最近追的一个小说？真的假的啊？别不是从言情小说里随便看了个桥段来往他俩身上套。

李佳舒经由对方这么一说，也回了句：你说的那本我有追，其实我也觉得挺像，但我说的也是真事，可能是巧合吧，我最近反正把那小说当代餐来看了。

两人这么一说，很快有一群小姑娘问到作者名，跑到账号下看小说去了。

没一会儿，看完的人回来说，我怎么感觉连有些细节都对上了。

——比如小说里那男生给那女生专门做了个英语刷题软件，不就是最近最火的那个。

——比如小说里那男生给那女生专门做了个经营类小游戏，不还是最近最火的那个。

——比如小说里说那男生在那女生离开之后，还每天去对方的小花园里浇水，大家可以搜搜创始人的游戏账号，里面每次浇水遛狗都有记录，去看看是不是每天打卡不间断。

网友的速度比想象中快得多：去搜完回来了，确实是有记录，每天都有，自己家的狗不遛都要替对方遛。

——而且那女生的花园门牌号是一号，创始人自己都只是二号，真是专门做来给那女生玩的……

——他俩在游戏里的房子、小花园还真和小说里写的一样，是门对门的。

——那小说该不会是什么知情人士写的吧？什么细节都对上了。

一时间，网上嗑CP嗑得热火朝天，岑西对着电脑屏幕发出的荧光，敲键盘也敲得指尖冒火星，对网上后续发生的事一概不知。

她好久没更新了，离给版权方那边交下册稿件的最后期限也没剩多长时间了，因而忙完周承诀的事，她就开始抓紧时间写后续的稿件。

一直写到夜里十一点出头，最新章节终于收好了尾，她稍稍浏览两遍，没察觉出什么问题后，便点开之前连载的账号，将文章更新了出去。

然而令她没想到的是，她浑浑噩噩写了几小时文后，竟忘了将不久前替周承诀发布澄清视频的账号更换成连载小说的那个常用账号，小说的最新章节就这么被发布在了小号上。

而这件事，她还是在半小时之后，在李佳舒激动的电话连环轰炸之下才意识到的。

等到她上号删除已经来不及了，早被传遍了。

——我的代餐小说最新更新章节怎么会出现在这个账号上？！

——这两个号是同一个人的？！

——只有我一个人发现，这个之前出面写长文帮平台说话，今天又是发旧报道又是找来当事人为创始人澄清的账号，在游戏里关联的就是那个一号小花园吗？

——？！

——冷知识，她在那个英语刷题软件里关联的账号，也是第一个使用者。

——我就说怎么什么细节都能对上！

——所以这两人是he了吗？小说里都还没写到呢，爱而不得的文科班第一名强势开小号维护理科班第一。

李佳舒在得知自己天天追的东西出自岑西之手后，兴奋得恨不得把身旁的严序晃死，而后在看到上述评论后，看热闹不嫌事大地直接把周承诀最新一条朋友圈截图发了出去：最新进展，创始人朋友圈实况：有女朋友真好。

——这说的就是今晚的事吧。

——嗑到了。

全网开始对着岑西连载的那篇小说抠细节，甚至有曾经在南高读书时，就对岑西与周承诀相当好奇的校友参与热议，一边对着小说里描写的桥段，一边从南高校园墙上翻照片，什么陈年老图都翻出来了。

军训被罚绕海边放烟火、古巷爱心树下捏脸对视大合照，以及各种当年校友们提供的抓拍图，一股脑地全往"兜圈"上发。

岑西都不知道自己之前居然还有这么多照片。

全网的狂欢，是一个人的悲伤。

岑西这马甲掉得太突然，她一点心理准备都没有。

周承诀也是刚知道李佳舒成天念叨的那本书，竟然就是他女朋友写的，这会儿正窝在沙发上逐字翻看，笑容就没从脸上消失过。

他边看，还边点评："这个地方，你会错意了，我没冲你生气，我就是讨厌那个赵一渠，我哪知道你俩以前是老乡，我以为你才刚认识他，就和他聊熟了。"

"这赵一渠挺蠢的，你来例假还给你送冰水。"周承诀轻哼了声，"那水我就是故意喝的。"

岑西："……"

"别看了。"岑西欲哭无泪，"这种东西你们文盲又看不懂……"

周承诀低低地笑出声。

岑西被他笑得想要掐死他的心都有了，少见地走到他跟前，伸手把他手机抽走，丢到一旁沙发上，而后直接面对面跨坐到他腿上，强行打断他继续看下去的动作，双手揪住他两只耳朵，难得娇气道："不许看！"

周承诀笑得肩膀都发颤："好，不看书，看你。"

沙发上，刚刚才被无情丢弃的手机忽然一连振动了好几下，周承诀偏过脸去扫了眼，正想伸手拿过来，却又被岑西一把握住："你还想看？！"

"没有。"周承诀怕她气得动作太大，从自己身上摔下去，忙伸出一只手来揽着她的腰，让她坐稳些，而后才笑着说，"有人给我发消息，好像是江隔。"

一听是江隔，估计是工作上有什么事要联系他，岑西这才稍稍松开手，气鼓鼓地瞪他一眼，也没从他身上下来。

周承诀忍着笑摸过手机，点开消息的一瞬间，他脸上笑容微不可察地变了变。

打个嗝：西姐的照片以前没在咱平台上发过吗?

打个嗝：刚才一下子多了一堆照片出来。

打个嗝：结果后台识别系统好像自动出了个匹配结果，相似度非常非常高。

3

紧随其后的是一张匹配结果的对比图。

图片是江隔对着后台数据显示屏直接拍下的，没那么清晰，但仍旧能一眼分辨出照片上的人。

左边那些图，是岑西高一在南嘉读书时的照片，有几张甚至是周承诀亲手拍的。

她还没走那年，他没事就喜欢拿着相机替她拍照，拍完还常常忍不住发个动态，引得严序他们一群人在评论区疯狂调侃。

这些图至今还保留在他朋友圈里没有删除，且一直对所有好友永久可见。

他从不曾试图隐藏岑西在自己生活中出现过的痕迹，永远大大方方宣告身边有她的存在。

因此这些照片今晚会流传到网络上并不奇怪，而他也一眼就能肯定，照片上的人肯定是岑西。

至于匹配结果对比图右边的部分，就难免让他有些惊讶和意外了。

照片上的人是汪月和程启天。

周承诀对这两人可谓是再熟悉不过，深知这二十年来，他们从没放弃过寻找遗失女儿的下落。

打从软件面世之初，程启天就第一时间将自己和太太的信息以及照片录入系统。

最开始，软件还不大，用户较少数据也较少，几乎没有出现过相似度较高的匹配结果。

即便希望渺茫，两人还是坚持时不时在平台更新动态，在自己多年经手的公益活动中，努力将软件推广给更多的受众群体。

之后平台用户激增，后台也有了较为庞大的数据库，然而那时匹配技术还不成熟，一连几个月，每天都能出现疑似高度相似的对比，哪怕最后次次都以遗憾失望告终，两人仍旧没放弃过任何一次能够与对方取得联系的机会。饶是相似对象远在天边，山高水远，他们总会一次又一次朝着丁点寻找到女儿的希望奔赴，不知疲倦。

后来随着技术的不断完善革新，近几个月几乎没再出现过错误的匹配结果。

周承诀看着江隔发来的消息出神，扶在岑西腰间的大手不自觉收紧了几分力道。

女孩察觉出些不对劲，不免又有些担心地问他："怎么了？又出什么事了吗？"

"没事。"

周承诀回过神，试图转移话题："江隔说还在压寻觅那边的价，我让他自己做主，反正之后那边的团队也是直接交给他来领导。寻觅毕竟在业内坚持这么多年了，老板不行，技术团队还是有点价值的。"

岑西的注意力确实成功被他转移，有些惊讶地睁了睁眼："你这么信任他呀？"

要说岑西信任他，那倒可以理解，毕竟两人相识四年，关系一直不错。

她当初刚转学到常安，其实也遇到不少困难。

两人一文一理不同班，但恰好在学校的英语竞赛培训班相识。

江隔虽在学习上和她较过劲，但都是良性竞争，课余时帮了她不少忙。

以至于她在常安读高中的两年，过得其实还算平静安稳。

然而周承诀不过才和他认识不到几个月的时间。

“不是信任他，是信任你。”周承诀直白道，“我女朋友严选，我有什么好不放心的。”

岑西不太好意思地抿唇，笑着瞪了他一眼。

“就当送他个小谢礼。”周承诀摸着她脸颊，拇指在女孩的眼下轻抚了抚，“谢谢他在常安帮忙照顾过你。”

岑西羽睫轻扇，神情有些动容。

不过，周承诀也没正经多久，话音刚落又继续道：“也谢谢他没被你看上，只能沦落为普通高中同学。”

岑西忍不住笑：“你有毛病啊，周承诀。”

周承诀还有些记仇：“等他接手寻觅之后，收入就不是按月薪算了，让他赶紧把那破车换了，那车在我面前抢过你好几回，实在看不惯。”

岑西：“……”

这晚，周承诀陪着岑西一块入睡时，难得没像往常那般不规矩地动手动脚，只在临睡前，将人温柔地揽在怀中，下巴抵在她发顶上，轻声问：“你之前说，你小的时候是被扔在孤儿院门口的？”

周承诀明显感觉到怀中女孩脊背一僵，忙将她搂得更紧些：“我就问问，你不想说就不说。”

“也没什么，都过去这么多年了。”岑西似是因他的力道平添了几分安全感，方才微微僵直的脊背又稍稍松懈下来，“就被扔在院门边上，冻了一夜，刚发现的时候都不会动了。院长阿姨说我那会儿烧得特别高，可能是病得太厉害，觉得养不活吧。”

“大概什么岁数？”周承诀又问。

“三岁不到？”岑西其实也不太清楚，太早的事她已经没有什么记忆了，如今所知道的，也不过是听外人转述，“好像路都还走不稳。”

“三岁……”

“怎么了？”

“没什么，随便问问。”

岑西索性在他臂弯间翻了个身，换成面对面的姿势后，重新窝进他怀中。

周承诀怜惜地吻了吻她额头，大手在她背上一下接一下轻抚着，待将人哄睡之后，才抽空给江隔回了条消息，让对方先不要声张这件事，等他亲自来处理。

第二天一早，周承诀没将仍在熟睡的岑西叫醒，起床替她准备好一桌早点后，才回到卧室附在她耳边轻声提了句有事要去办，让她好好睡，醒来把早餐吃了。

岑西抱着被子，迷迷糊糊地点了点头，又沉沉睡去。

周承诀没像往常一样出门便往公司去，而是回了趟陆景苑。

匹配流程分为几个步骤，大数据初步对比出结果后，后台还有更进一步的技术分析，这个阶段往往还需要花费几天时间，第二次得出结果后，才会交由当事人双方自行商议是否愿意进行亲子鉴定。

而在此之前，他必须把从前那些事先彻底了解个清楚。

前一段时间，岑西陪着周承诀一块熬，又是赶稿子又是替他找旧报道，还想尽办法去疗养院那儿找他队友出面，再加上悄悄为他提心吊胆了好多天，整个人的精力确实耗费了不少。

昨天所有事情尘埃落定，当晚好不容易放下心来睡了个安安稳稳的踏实觉，这天便少见的，一觉直接睡到大中午。

她从床上软绵绵地转醒时，床的另一侧已经空了许久，屋外没有什么动静，周承诀应该还没回来。

岑西往周承诀那边挪了挪，抱着他的枕头再懒洋洋地赖了十分钟床，而后才不紧不慢起床洗漱，去餐厅把他早上替她温着的一桌子餐点吃了。

吃完早餐，她给周承诀打了个电话，得知他还在忙后，索性带上电脑回到学校宿舍，提前为之后几天即将到来的最后几场期末考试做准备。

回到宿舍时，室友们难得都在，平常总泡在图书馆的那两个小姑娘，此时也围在蒋意殊桌旁。

“怎么了？”岑西见状问了句。

“意殊好像对期末考试特别紧张，这几天一直在通宵。”其中一个女生压低嗓音凑到岑西耳边担心道，“我们怕她身体吃不消，你和她更熟悉些，要不劝劝她？”

然而蒋意殊似乎并不打算听劝，见到岑西朝自己走来，也只是微拧着眉心同她说：“我一定要考第一，我不想让他们失望，你们别再劝我了，我心里有数。”

岑西总觉得蒋意殊如今的心理状态不太好，可对方拒绝沟通，她也不知该怎么办才好，只能在尽量不打扰蒋意殊的情况下，时不时替她去食堂买点饭菜跑跑腿，再像她从前给自己喂题那般，尽自己所能替她整理些，两人之间有重叠的大课复习备考重点提纲。

几天的考试时间很快过去，最后一场考试结束后，似是因为担心成绩，蒋意殊紧绷的神经仍旧没有半点松懈迹象。

岑西正打算拉她一块去校外吃点好吃的放松放松，结果却被几条突如其来的私信彻底打乱计划。

她这些天为了应付考试，除了偶尔接接周承诀的电话，就没怎么看手机，再加上不久前，她才刚在网上掉过马，她一想起这事就不好意思再碰那几个社交平台，一连几天过去，她在“兜圈”上两个账号的评论和私信已经堆积到爆炸。

考了几天试后，她终于有勇气将这些内容逐一点开，点开后快速扫了几眼，催更和嗑糖的占大多数。

评论里还有人说，姐姐这么厉害，能不能出本书，教教大家如何把那种天之骄子拿捏得服服帖帖。

有人回复道，这不已经快出书了嘛，大家想学的赶快买起来。

然而她的注意力很快被几条刺眼的陌生人私信吸引。

对方ID是一串原始数字，很显然是为了给她发消息，特地临时注册的账号。

——小白眼狼，老子终于放出来了，你现在能耐了，和你那个小男朋友在网上这么出名啊，赚了不少钱吧？你爹被你害得蹲了这么多年牢，不得给点钱花花？

——别假装看不见消息，你从小吃我的喝我的，长大了发达了，就连爹妈都不认了是吧？你俩现在在网上是名人，我要是把这些事全抖出去，看你和你那小男朋友有没有好果子吃。

——识相点就把钱给我打过来，不然我肯定在网上扒你一层皮。

是朱邱建，他居然已经出狱了。

也是，他虽然作恶多端，但当初能控告他的有力证据不多，最后实际能定的罪并不全，总共也没判几年，算算日子，确实差不多能出来了。

岑西不自觉紧了紧手上力道，泛白的指尖深深扎进掌心。

她努力深吸了几口气后，强行让自己镇定下来，而后忍着恶心给这个账号回了条消息：你是谁？

虽然对面这令人作呕的口吻，一看就知道是朱邱建，但岑西还是有意地开始确认他的信息。

对面似乎一直在死守着她的回信，消息刚发出去没多久，就有了动静：我是谁？你还敢问？！我是你爹！白眼狼！

岑西紧拧着眉，自动忽略这个恶心的称呼，继续问：我凭什么相信你不是骗子冒名顶替的？

岑西没等对面回复，又继续发：如果你真的是本人，我可以和你商量，但我必须先确认你确实是他。毕竟网上骗子多，可以的话，你能拿着身份证拍张照片给我吗？

朱邱建似是要钱心切，也没多想，很快发了张手持身份证的照片过来。

岑西紧握着手心，努力不去看照片里那张熟悉又恐怖的脸，继续问：你要多少？

朱邱建：五百万，少一个子儿我们就网上见。

岑西：我没有这么多钱。

朱邱建：你少骗老子，我看网上说了，你那书还有什么动画片，卖了不少钱，都够在南嘉买好几套房子了。五百万拿不出来，蒙鬼呢？再说了，你没有，你那有钱的男朋友还拿不出？我只给你一天时间，一天内没收到这笔钱，你就等着被全网追着骂吧。

岑西想了想，回复：我拿不出这么多钱，当初妈妈从周家给的那三十万里偷走的六万块，我都花了四年多时间才攒齐还上。

朱邱建突然被她说蒙了：什么六万块？

岑西：妈妈拿走了六万，她没和你说吗？

朱邱建看着这简单几句话，一瞬间怒气上涌，不仅没和他说，这几万块钱他一毛没花着，还因为这数额多判了点时间。

周家给的那三十万现金是连号的，在警局有备案，一旦流通出去，很容易就会被找到，但这几年，丢失的六万块钱一直没有下落，那说明这笔钱并没有被花掉。

能悄无声息地在朱邱建眼皮子底下偷到这笔钱，却又始终没胆子花的，想来也就是那个懦弱却溺爱儿子的女人，估计是想把六万块钱悄悄攒起来，给她亲儿子当老婆本。

岑西同朱邱建说完这些后，没再理会他后面持续不断再发过来的污言秽语，抓紧下班前的最后一小时，带着手机去了趟公证处，将方才的聊天记录以及朱邱建发过来的手持身份证照片全数进行证据固定。

之后便打了个车直接去往警局，安静地等待即将到来的狂风暴雨。

她知道朱邱建不会放过她。

果然，不过半小时出头的工夫，朱邱建便已经顶着那个刚刚才和她联系过的账号，直接在平台上发布了一连串的控诉。

控诉含辛茹苦养育大的女儿，出人头地后就立刻抛弃穷苦的父母，母亲卧病在床她不闻不问，父亲腿脚不便她也视若无睹，简直是白眼狼。

长文中还附上了几张岑西小时候在嘉林的照片，来加以佐证亲子关系的真实性。

有时候舆论就是这么可笑，跟风者从不思考，有人带领就跟着跑。

顷刻间，网暴和质疑又立刻像洪水猛兽般朝岑西席卷而来。

岑西浏览了几眼，并没有选择在网上自证，而是带着方才公证好的证据，以及从几年前一直保存至今的电梯监控视频和在嘉林床底录到的音频，直接报了警。

做完一切之后，她平静地去了趟从前常和周承诀一块逛的超市，按照两人喜欢的口味买了一推车食材，而后拎着满满两手东西回到望江。

到家之后，她动作利落地做好一桌子菜，而后便回浴室洗了个澡，出来时，发现手机已经快被周承诀的电话打爆了。

她擦干手上的水，忙将还在振动的手机接了起来：“怎么了？”

“你在哪儿？”周承诀在电话中的语气明显失了往常惯有的沉稳淡定，就连前些天面对那场关系到公司存亡的博弈时，都没见过他如此慌乱，“我打了你好多个电话，你现在在哪儿？我马上过来找你。”

“岑西，你别躲我，也别想着走，我现在有足够的能力处理任何事情，请你相信我，给我个机会。”周承诀语速很快，“网上的事情我已经在解决，朱邱建那边我也不会放过他，他影响不到我们，你别走，你——”

“我在家呀。”岑西没等他说完，平静地开了口，“我刚刚洗澡去了，手机放在客厅，没听见响声……”

那边沉默了数十秒，岑西能明显听到跑车的轰鸣声，忍不住操心道：“你开车小心点，要不先挂了吧？”

“你真的在家？”周承诀还是忍不住再确认一遍。

“嗯。我做了好多好吃的菜，你晚上回来吃饭吗？”岑西温声问。

“回，等我。”周承诀再重复了遍，“你等我。”

“好。”岑西说，“那先挂了吧，你专心开车。”

“别挂，就这么通着吧。”他没有见到人，悬着的心始终放不下。

周承诀回来的速度比岑西想象中还要快些，推门而入之时，屋内亮着暖黄的灯，“过来”闻声开心地挪到门前迎接他，并得意地给他炫耀了岑西刚刚给它扎好的辫子。

餐厅那边菜香四溢，岑西见周承诀回来了，从满满一桌子饭菜前站起身，替他盛了碗松软的米饭：“回来啦。洗手吃饭吧。”

周承诀这会儿哪顾得上吃，几步走到岑西跟前，一把将人死死揽进怀中，嘴唇贴在她耳根处吻了又吻，磁沉的嗓音直穿心脏：“不许走，听见没有？”

“我没走。”岑西伸手回抱住他，“我不会再走了。”

“网上那些东西你别看。”周承诀沉声道，“我会解决。”

岑西满不在意地轻笑了下：“你别那么担心呀，前几天你不还跟我说，挨骂而已，又没什么。”

“那是骂我，骂你不行。”

就如她所说的那般，她不想看他被人骂，而他更不可能放任她被欺负。

4

周承诀的行动力也快得令人咋舌，在得知岑西已经报过警、固过证后，一顿晚饭的工夫，便已经安排后台技术人员，将网上那些和岑西有关的谣言全数封禁清除。

警方的办事效率同样高得让人十分安心，仅仅两小时后便出了蓝底白字的公告，条理清晰地平息了这场闹剧。

当天晚上，两人吃过饭，还顺便窝在沙发上一起看了场电影。

岑西将傍晚去超市买的那袋零食和水果拎到茶几前，从中挑了袋薯片拆开，拿了两片塞进周承诀嘴里后，软绵绵地直接往他身上一躺，小脑袋枕在他腿上，一边吃薯片一边惬意地看起电影来。

周承诀没看进多少电影内容，眼神和心思基本全程都只停留在岑西身上。

这夜，他一秒都没合过眼。

生怕再像那年那般，醒来就再也看不见她的身影。

岑西安稳地睡了一夜，醒来的时候发现自己像只小八爪鱼似的，正趴在周承诀身上，双手双脚全缠着他。

她揉了揉眼睛，反应过来时，多少觉得有些尴尬，正准备悄悄起身下床，却被他一把握住手腕："去哪儿？"

"上洗手间……"

"我陪你去。"

岑西："……"

周承诀都快被她的悄悄离开弄出心理阴影来了。

"我今天要回学校一趟。"岑西说。

"我陪你一起去。"

"不用，我就是回去看看蒋意殊，我感觉她情绪不太对，昨天考完试也没见她放松下来。"岑西索性将双手圈上他脖颈，郑重其事道，"我真不跑，你放心吧。"

"知道了。"周承诀索性就着这个姿势，直接将她从床上抱起来，径直把人抱到洗手间才放下，想起今天差不多要出比对结果了，便也没坚持，"那晚点我去接你。"

"好。"

这天宿舍里的气氛比往常还要压抑些许。

蒋意殊正趴在桌前无声地啜泣，其余两个室友被吓得不敢出声，只能静静地守在她身旁，面面相觑。

见岑西回来了，她俩也不敢开口说话，最后还是用手机打好字再给她看：她出了几门成绩，有几科只考到第二名，一会儿她爸妈要来了，她好像很紧张……

岑西朝两人点点头，却也不知该如何是好，只能将一袋温热的草莓牛奶小心翼翼地放到蒋意殊的手心。

蒋意殊这才稍稍抬起头，满脸无助地望向她："怎么办岑西，我没有考到第一？他们一定会觉得我很丢人……我要是没有考到第一，他们是不是就会放弃我？"

"怎么会呢……"岑西不自觉低下头去，"他们是你的爸爸妈妈呀，是这个世界上最爱你的人，怎么会轻易放弃你……”

她说出这句话的时候，其实自己都有些没法说服自己。

毕竟她从未在亲生父母那儿体会过毫无条件的爱，她只是生了个小小的病，就被放弃了。

宿舍门外忽地响起一阵陌生的脚步声，紧接着便传来一个中年女人的声音：“意殊，你是在这个宿舍吗？爸爸妈妈来接你了。”

这话一出，原本情绪还稍有缓和的蒋意殊脸色冷不丁一变，突然从桌前站起身来，而后不管不顾地掠过岑西，掠过刚进门的父母，头也不回地朝宿舍外奔去。

两夫妻被女儿这阵仗吓得愣在原地，倒是岑西反应更快些，起身立刻就追了出去。

岑西不知道蒋意殊到底要跑去哪儿，但觉得她可能会做出些不理智的事，因而半分不敢松懈，只能死死追在她身后。

一连追了好几栋楼，最后终于在食堂后面的湖畔停下脚步。

蒋意殊动作很快地从半人高的围栏边翻了出去。

“意殊！”岑西忙将人叫住。

“你别管我了，我不想让我爸妈知道我只考了第二名，他们肯定很失望。”蒋意殊双眼通红，作势便要往湖中跃。

“不会的。”岑西连忙上前几步也翻了出去，一手抓着栏杆，一手扯住蒋意殊的手腕，“你知道吗？我认识一个阿姨，她对我很好，你知道我没有爸爸妈妈，有的时候偶尔会偷偷把她当作妈妈来看待。有一阵子我也很害怕让她失望，可是后来有天晚上，她对我说，只要我们不走歪路，开开心心体验过程就好，可以有目标，但是不必苛求结果。没有人会轻易对我们失望。”

“她只是一个我认识不到五年的阿姨，都尚且是这么认为的，更何况那是从小将你养大的爸爸妈妈。”岑西稍稍收紧手心，“刚刚我追着你跑的时候，忽然想到高一那次校运会，我们一起比长跑，你摔倒昏过去了，你知道吗，那个时候你爸爸妈妈着急疯了，他们根本不关心你到底是第一名还是第二名，你爸爸只一个劲地在说救救他的女儿。”

“你不知道，那个时候我可羡慕你了。”岑西的眼睛不自觉地泛起酸涩，可还是朝她笑了笑，“那天我还和周承诀说，你爸爸妈妈一定好爱你，从你的名字就能看出来，意殊，你的存在对他们来说就已经有非常特殊的意义了。

“那场比赛，你虽然没有拿到第一名，可是后来他们对你失望了吗？”

蒋意殊红着眼睛摇摇头，她的爸妈甚至都没去在意第一名是谁。

而那个第一名，受了伤也没什么人发现，没什么人关心，最后也不过只拿了五十块钱奖金。

“那你很幸运不是吗？别紧张，他们真的很爱你。”岑西笑笑，继续轻声说，

“别总抓住小小的遗憾不放，对自己好一点，这个世界上还有好多好多美好的事情等着你去体验，日照金山，河流江川，每一处都比这潭湖水更值得你去探索。”

这些话似是在对蒋意殊说，其实也是在劝她自己。

“岑西……”

湖畔很快传来蒋意殊父母的哭喊声：“意殊，快上来，爸爸妈妈还要带你去吃好吃的。”

“你看，他们其实已经知道你考了第二名，可是他们只是想来接你回家，带你去吃好吃的而已。”岑西轻声劝她，“上来吧，意殊。”

“岑西，这里好滑，我害怕，我上不去了。”蒋意殊这会儿没了一头扎进水里的心思，脚下的处境让她进退两难，根本不敢动弹。

岑西不敢松开抓着蒋意殊腕间的手，可两人在这里实在耗了太久，她抓着围栏的手臂生生承载了两个人的重量，体力也逐渐透支，只能努力加大另一只手的力道，试图将蒋意殊赶快从那布满青苔的石块上扯回来。

然而她到底没那么大力气，顷刻间，蒋意殊脚下控制不住一滑，整个人直接摔落到湖里，而与她紧紧牵着手的岑西也因这突如其来的力道，一同摔进深渊。

冰冷的湖水没过头顶的一瞬间，岑西只听到湖畔周围全是尖叫和哭喊声。

是蒋意殊的爸爸妈妈在叫人救他们的女儿，在为他们的女儿心急如焚。

多年前差点被淹死在水里的记忆忽然涌现在脑海中，那时候，周围也如此刻一般，全是尖叫和哭喊声，同样没人在乎她，他们在为弟弟心急如焚。

那一次，她不记得费了多大的劲，才九死一生靠自己爬上岸边。

不过人一辈子哪可能幸运两次，她运气本来就不太好，死里逃生的大运哪可能让她撞上两回。

明明不久前才劝过蒋意殊，可她偏偏还是忍不住抓着遗憾不放，如果她也能有爱她的爸爸妈妈就好了。

那样她至少应该不会年纪轻轻就这么死在这冰冷的湖水里没人管。

也不知道周承诀会伤心多久，希望他不要难过太久，早点把她这个答应了他不会跑、却还是没留下来的，不讲信用的人忘掉。

浑身越发冰冷，到了这一刻，她突然忍不住怀念周承诀的怀抱，要是临走前再多抱抱他就好了。

岑西不会水，还害怕水，掉进水里之后，甚至连挣扎都没了力气，只能无助地仰着头，什么都做不了。

思绪逐渐混乱之际，她隐约感觉到湖畔似乎传来了些不一样的声音，那着急的呼喊声听起来甚至有些熟悉。

他们好像在叫她的名字。

不只是有人在叫蒋意殊，似乎也有人在喊她。

是爸爸妈妈吗？是老天看她快走了，才心软送她的礼物吗？

还是说这么快，她就已经到了上面。

下一秒，不太平静的湖面再次被打破。

好像有人跳进了湖里。

好像有人游到了她的身边。

好像有人将她紧紧揽入了自己的怀抱。

这个力道好熟悉，这个怀抱也似曾相识。

是有人来救她了吗？她都没想过，居然也会有人来救她。

她居然没有被放弃。

出水的一瞬间，岑西顾不上其他，只一个劲不停地咳嗽，已经大口地呼吸着久违的新鲜空气。

她也不知道自己是不是在水下缺氧太久，此刻脑子不太清醒，已经出现了幻听，总觉得有人在喊她女儿，喊她宝贝，不是在喊蒋意殊，是真的在喊她。

之后她便控制不住闭眼倒在了那个熟悉的怀抱中，什么都不知道了。

岑西再醒来时，是在医院的病床上。

病床周围围了一圈人，小姨、周承诀、周承诀爸妈，还有李佳舒、江乔她们，全来了。

就连汪阿姨和程叔叔都来了。

只不过他们两个的情绪好像有些不太对劲，两人的眼睛都红得要命，就这么一直看着她，像是在哭。

岑西被这架势弄蒙了，下意识看向身旁的周承诀，稍显无措地从被子下面探出手去扯他的衣摆。

周承诀很快察觉到她的小动作，忙将她微凉的小手握紧："醒了？"

岑西缓缓点点头，小声问他："叔叔阿姨他们怎么了？"

"他们……"周承诀话音顿了顿，偏头看向汪月、程启天，又回过头来看向岑西，"他们不是叔叔阿姨。"

"什么？"岑西没懂。

"匹配结果出来了，他们很有可能是你的亲生父母。"

岑西不自觉睁圆了眼，无力地扯了扯嘴角，小声自嘲道："不可能啊……我爸爸妈妈早就不要我了……"

而汪阿姨和程叔叔连对陌生人都很好，不可能是会做出丢弃亲生女儿这种事的人。

"没有不要你，爸爸妈妈从来没有不要你。"饶是在职场上伶牙俐齿的汪月，此刻面对着自己失散多年失而复得的女儿，也没法再说出太多有条理的话来，只一个劲重复着这一句。

“是爸爸不好，”程启天说，“是爸爸不小心把你弄丢了。”

周承诀：“你两岁那年，干爸抱着你回家的路上，正好遇到有人突发事故倒地，周围围了一圈人都束手无策，他作为一名医生，第一反应就是立刻为对方采取急救措施，只是没想到替人做完心肺复苏之后，就怎么也找不到你了。”

“应该是人贩子趁机拐走了你，而你估计因为惊吓过度，高烧不退，对方不敢带你去医院治，也不想花这个钱，怕养不活，所以才直接把你扔在孤儿院门口。”周承诀揉了揉她发顶，“你的爸爸妈妈从来没有想过不要你，这么多年，他们连再生一个孩子的想法都没有过，只一心想把你找回来，把他们唯一的宝贝找回来。”

“你受苦了，妈妈的宝贝。”汪月小心翼翼地牵过岑西的另一只手，一下又一下心疼地揉捏着。

接下来的几天，岑西第一次体验到有爸妈到底是什么滋味。

好吃的营养餐一天八顿往她病床前送，她每天几乎睁眼就有东西要吃。

一连几天下来，岑西忍不住扒着周承诀的手，小声道：“我其实没什么事了，根本不用再住院，也不用天天吃这么多补品。”

“你捏捏我肚子，你看，我感觉都长出两层肉来了。”岑西冲他挺了挺小肚子。

周承诀自然不会放过这样的好机会，伸手往她腰间探去，轻轻捏了两下，而后道：“这也叫肉？”

岑西：“……”

“我看你就得再多吃两顿。”

岑西：“……”

“那是你爸妈，你自己和他们说去吧。”周承诀勾着唇打趣道，“女婿在丈母娘家一般没什么资格插嘴。”

岑西：“……”

出院当天是程启天开车来接的，周承诀难得不用当司机，陪着岑西一块坐在后座，而后一个劲往她身边凑。

程启天一边开车，一边透过后视镜看向后座，清了清嗓子，不太自然地出声提醒道：“坐车还是各坐各的比较安全……”

周承诀：“……”

岑西忍不住抿唇笑了下。

周承诀无奈地直起身，伸手轻掐了下她脸蛋：“对了，警方那边抓到朱邱建了。”

事发那天晚上，朱邱建就忽然不见了踪影，人是今早在水城被捕的。

汪月闻声说：“听说那浑蛋在水城被抓到的时候，已经被水城当地的地头蛇打到半死不活。”

程启天冷声道：“水城是出了名的赌城，去了不被扒层皮都别想出来，那地方他也敢去，真是恶有恶报。”

岑西安静了两秒，偏头看向身旁的周承诀：“你做了什么？”

“什么？”他懒洋洋地往她身上靠过去。

“别装。”

周承诀不紧不慢道：“也就是派人随便给他买了张去水城的机票，再给他安排几晚免费住宿，其他的，就由他自己和当地混子自由发挥了。”

这像是周承诀能干出来的事。

欺负他可以，欺负到岑西头上，他动动脑子就能毫不脏手地让朱邱建去半条命。

“对了，他在水城花了一张现金，是当初丢的六万块钱里的连号，所以直接被警方锁定了，连抓他回来的机票都省了。”周承诀问，“那钱是你引他花的吧？我女朋友真聪明。”

岑西：“……”

周承诀又轻声道：“那天他发在平台上的照片里，其中有两张，是你失踪当天的穿着和样貌，按理来说，你四岁时他才领养你，不可能会有这种照片，那背景也不是在孤儿院里拍的，所以基本上可以怀疑，当初把你拐走的就是他。”

汪月语气沉下来：“这个事情，妈妈之后会跟进。”

她就是吃律师这碗饭的，动到她女儿头上，她必定不会让他好过。

“我和你一起吧。”岑西忽然开口道，“有些事情，我想亲手解决。”

想当初，她就是为了这一天，才选了文科，读了法律。

汪月回头看她一眼：“好。”

5

次年六月，又是一年盛夏。

汪月作为岑西的代理律师，陪伴岑西这个当事人，一同出发去往法庭。

开庭前，周承诀陪在她身侧，问了句：“紧张吗？”

岑西深吸一口气，说不紧张肯定是假的，这是她人生中打的第一场官司，还是为自己打的，为的是亲手将那些伤害过她的人绳之以法。

岑西老实地点点头。

周承诀轻笑一声，递了杯橙C美式给她，而后伸手揉了揉她发顶：“岑西，没事。”

李佳舒、江乔他们也都来了，纷纷围在她身侧为她打气鼓劲：“岑西，没事，结束之后我们一块回南高玩呀，老姚让我们去给学弟学妹们打打气。”

岑西笑着点点头：“好。”

那天，陪审旁听席上来了好多人。

汪月和程启天、周承诀和他爸妈、李佳舒和严序、江乔、曲年年、林诗琪、毛林浩、江隔、小姨，还有妹妹，全部来了，她身后有好多好多爱她的人，给她加油鼓劲，为她撑腰。

朱邱建等人也在汪月和岑西自己的努力之下，依法判以顶格处罚。

二十多年过去了，他们终于等到了这一天。

“走咯走咯，回南高回南高。”李佳舒兴奋地拉着岑西的手往外奔去，“老姚好像已经在校门口等我们很久了。”

严序笑道：“不是吧？老姚现在当了副校长，怎么反倒没以前有架子了？”

毛林浩嘻嘻笑着耍宝：“可能是怕我真当了校长，回去压他一头吧，得先在我面前好好表现。”

“噗。”江乔难得拆台，“你开个蒸馒头学校，估计还真能当个校长。”

一行人如从前那般插科打诨，一路笑闹着回到南高。

李佳舒大老远看见在校门口等待的老姚，便像坐了火箭似的一下窜到他面前：“光阴似箭啊，老姚！”

“叫什么老姚，叫姚主任！”

“不不不，现在是姚副校长了。”

大家哄笑作一团。

岑西跟在周承诀身后，略带歉意地冲老姚点头笑了下，毕竟当初她曾承诺过他，要给他两个状元，结果后来她还是食言了。

不过，老姚显然不在意这些，见岑西也跟着一块来了，感慨得差点掉眼泪：“好好好，都回来了，回来就好，听说你高考也考了个状元啊？”

岑西点点头。

“好啊，没食言，说到做到，好样的。”

岑西忍不住红了红眼眶。

“来来来，你们这帮小兔崽子，当年都是成绩好的那一批，待会儿去给这届新进来的火箭班学弟学妹们讲两句，鼓舞鼓舞大家的士气。”老姚看向周承诀和岑西，“尤其你俩，两个状元，更得多说两句。”

周承诀不着调道：“老姚，放过我吧，我就一文盲，我在家里也没什么发言权，基本可以由我们家这位文科状元全权代表发言。”

“我看你是又想写检讨了。”老姚“嘶”了声，“你俩当初没早恋吧？我抓得那么严，应该不是高一那会儿谈的吧？”

周承诀暧昧地看向岑西笑了笑，没吭声。

众人哄笑。

一群人来到熟悉的火箭班教室，岑西在掌声中走向讲台。

老姚说：“岑西，你们的学姐，以前也是咱们火箭班的，大家应该都认识了吧？”

“认——识——”

岑西高二和高三两年虽不是在南高读的，可因为前段时间全网嗑CP的事，在南高的知名度可谓是相当高。

班里不少女生还买了她写的书，个个都想见她。

老姚：“那行，让文科状元给大家讲两句。”

岑西隐约觉得这话还挺耳熟的，忽地想起什么，忍不住勾起唇笑了下，看向台下的学弟学妹们：“大家好，我是高一（18）班的岑西，天气挺热的，我就简单说两句。

“接下来的三年可能会很辛苦，但，事在人为，人定胜天，预祝各位得偿所愿，加油吧，高中生们。”

说罢，她偏头看向老姚。

老姚一愣：“说完了？”

岑西：“嗯……简单说两句啊……”

老姚也觉得这场景有些熟悉，后知后觉地笑骂道：“和谁学不好，和周承诀学这个！”

台下的学弟学妹们瞬间哄笑作一团。

这段典故，他们也曾在岑西的小说中看过。

气氛到了这儿，大家也纷纷活跃起来，很快有人举手向岑西提问：“学姐！那后来呢？你的书还没连载完呀，后来呢？”

“后来啊……”岑西不自觉偏头看向正懒洋洋地倚靠在门框上的周承诀，后者接收到她的眼神，嘴角勾着笑朝她走来。

班里人当即望过去，而后立刻有人带头开始起哄。

岑西轻笑了声，重新看向台下：“后来，他就向我走来咯。”

也是在那年盛夏，故事有了新的篇章。

后来，他向我走来。

那年风吹树响，蝉鸣不绝，我伸手触碰到骄阳，抓住了一整个盛夏。
爱意放肆生长，我们无话不谈。
仅以寥寥平凡文字，纪念我一整个青春。

——南嘉附中高一（18）班岑西来稿

—正文完—

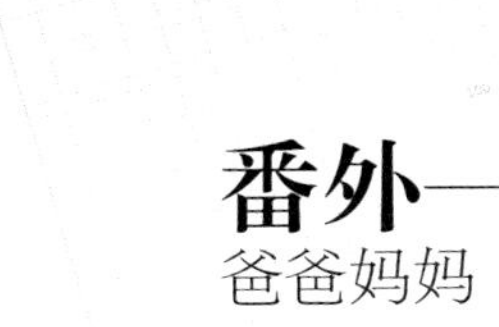

番外一
爸爸妈妈

/

过去的这么多年，岑西并不喜欢上医院看病，有记忆以来，除了高一发烧那回，被周承诀抱去过校医室，便再没有过住院的经历。

一来需要花费不少钱，费用之高，并非她能够负担得起。

二来去医院的小孩大多有父母相伴，她一个人孤孤单单，难免羡慕心酸。

岑西从没想过，她这辈子居然还能有机会与亲生父母重逢。

她以为自己是被嫌弃被抛弃的孩子，但竟然不是。

她的爸爸只是在情急之下帮助别人的时候，一时被坏人有机可乘，不小心把她弄丢了。

他后悔自责了半辈子，也和妈妈找了她很多很多年。

他们一直在寻找她，从未放弃过。

而如今，她的爸爸也终于通过自己多年来不断研究的技术，帮助无数个破碎的家庭重拾希望，也包括他自己。

他们终于找到了她。

病房里满是消毒水的味道，可这一回，她不再孤孤单单。

落水之后，她所听到的一切似乎并不是幻觉。

蒋意殊有心疼她的爸爸妈妈在焦急呼救，而她竟然也有。

汪月和程启天在得知匹配结果的第一时间，便毫不犹豫地跟随周承诀一同赶往南嘉大，为的就是能立刻见岑西一面。

事后他们无比庆幸，在收到消息的那一瞬间，他们想的并不是先核实信息，而是先见岑西一面，迫不及待地赶去先见她一面，哪怕最后鉴定结果出来，或许会和从前那般，并不尽如人意，可他们潜意识里就只想先见见她。

好在最后及时赶到，好在最后成功将她从湖水里救回来，好在一切都还来得及。

汪月坐在病床边，看着这个自己带在身边四年多的小姑娘，眼神里除了怜惜和疼爱，还多出了从前不曾有的愧疚和胆怯。

在法庭上雷厉风行多年，面对着几条人命在手的杀人犯时都不曾有过畏惧的女人，这辈子竟也会对一个人流露出胆怯。

他们亏欠了岑西太多太多，根本不敢求她原谅，只担心她不愿意给他们夫妻俩一个弥补的机会，不愿意让他们参与她之后的人生。

可即便如此，也是他们活该，错都在他们，可偏偏后果却让他们的女儿承担了二十年，她若是不愿意原谅，也是情理之中，是应该的。

站在不远处的程启天亦是如此，他自认一切过错因他而起，从没想过要得到女儿的原谅，只希望让她知道，他们的分开，不是因为她生了一场病，没有人嫌弃她，没有人不要她，都是爸爸的错，他们的宝贝女儿没有做错任何事情。

汪月双眼通红，守在岑西身侧，想要摸摸自己的女儿，小心翼翼伸出的手却还是只敢停留在半途中，没敢直接触碰到她。

岑西才刚从溺水中缓过神来，头脑还不太清晰，落水前虚虚实实的感觉，和如今眼前这让她不太敢相信的场景交织在一块，信息量实在有些过大。

她一时还没法完全反应过来，只能下意识地往眼前最信任的人身边靠拢。

周承诀察觉到她无声的依赖，忙往她跟前凑近了些，避免她动作过大，扯到手背上的吊针。

他一边握住她探过来的手，一边轻抚她披在肩头的黑长发："没事了，有没有吓到？"

岑西动作很轻缓地摇了摇头，嗓音还带着些哑："是我自己太不小心了。"

"是我来得太晚。"周承诀把责任揽到自己身上。

岑西有些诧异地看向他："是你把我救起来的吗？"

"嗯，干……你爸爸也跳下去了，你的脚踝被湖底的水藻缠住了，是他在下面硬生生扯断的，不然也没那么容易脱身。"周承诀并没有将功劳全数归于自己。

"谢谢你。"岑西虚弱地偏过头看向程启天，朝他扯出个浅淡的笑容来，而后又重新躲进周承诀怀里，挺了许久的坚强这才稍稍破功，偎进他怀中的那一刻，才撇着嘴，轻轻攥着他衣襟，难得透出点委屈来，"我以为不会有人来救我了……"

安安静静坐在一旁听着她说话的汪月又控制不住掉了串眼泪，双手捂着嘴，被同样红着眼眶的程启天揽在怀中无声安慰。

待岑西情绪重新稳定下来，已经是二十多分钟之后的事了。

有些事情汪月和程启天来开口不太合适，他们甚至在看到朱邱建发在社交平台上的那几张岑西小时候的照片后，就已经确认她一定是自己丢失的孩子了。如果周承诀不提，别人不提，他们估计都没想过要再做什么亲子鉴定。

不过为了保险起见，该走的流程还是得走。

毕竟这么多年，他们见过太多太多长相相似，匹配结果吻合度也很高的人，可到最后还是空欢喜一场。

周承诀不希望看到这样的事情发生，但还是不得不提。

并且目前来看，这件事只能由他向岑西开口。

“网上那几张你小时候的照片，衣着打扮和你丢的那天一模一样，干爸干妈他们已经比对上了，但是为了保险起见，最好还是做一下亲子鉴定。这个需要你本人同意，才能着手去做。”周承诀问她，“愿意做吗？”

岑西攥着他衣服的手不自觉收紧了几分力道，看起来有些紧张，沉默半晌，她往汪月、程启天那边又看了眼，最后轻点了点头：“好。”

只要她点头同意，之后的流程就很好办了，很快有医生来取走岑西的样本，并请程启天、汪月一同前去配合一下后续流程。

待两人离开病房的一瞬间，岑西终于忍不住释放出压抑许久的不安，略显焦虑地将脸藏进周承诀怀中，犹豫半晌才开口问他：“要是结果对不上怎么办……”

她才短暂体验了一下拥有疼爱自己的亲生父母的感觉。

她不得不承认这种感觉太新奇也太有诱惑力，她忍不住贪心，希望这样的体验能再久些。

“别紧张，哪怕真对不上，爱你的人也不会少。”周承诀笃定道。

饶是如此，岑西还是忍不住悬着心。

一直到结果出来的那一刻，她才如释重负。

鉴定显示，她确为汪月、程启天的亲生女儿无误。

公布结果之际，岑西不自觉涌上一股委屈，又忍不住小声同周承诀炫耀道：“我也有自己的爸爸妈妈了。”

炫耀完，她还下意识看了眼汪月和程启天，确认自己刚刚孩子气的举动没有被他们发现后，才稍稍安下心来。

周承诀见她这举动，忍不住笑：“恭喜你了。”

岑西咬着唇，不好意思地瞪了他一眼：“你别笑……”

“没关系，别不好意思，那是你的爸爸妈妈，你做什么都没关系。”

岑西暂时还没习惯，但也还是点了点头。

好在岑西和汪月他们并非完全陌生的关系，甚至还因为一些意外的缘分，提前像母女般相处了好几年，如今接触起来也不会太尴尬。

就是大家似乎都对她好得有些过分，让她多少有些不太容易适应。

比如一个病房里守夜的就有三个人。

汪月、程启天、周承诀三人跟不用休息不用睡觉似的，没一个人愿意离开她床边。

夜里她觉得渴，迷迷糊糊地伸手往床头柜上探，打算摸杯水来喝，结果手还没完全从被窝里伸出来，三杯水已经从不同的角度同时递到她面前了。

每杯都是刚刚好的温度。

三人之中，岑西和程启天最不熟，犹豫半晌，最后选了他递过来的。

这把程启天给得意坏了，待岑西喝完，将水杯收回来之后，还忍不住去汪月那儿小小地炫耀了一番。

汪月觉得挺无语的，还挺嫉妒。

为此，岑西不得不伸手再向汪月要了杯，意思性地再喝了小半杯。

周承诀就算了，她没给他面子，喝完水便倒头就睡。

这夜过半，许是方才水喝得太多，岑西难得起了回夜。

她才刚一有动静，三个人又精神抖擞地凑上来了。

岑西有些不好意思地朝洗手间指了指："我……只是想上个厕所……"

周承诀下意识道："我扶你过去。"

程启天如今身份不同了，自然有资格管，几乎是条件反射般看向周承诀："你扶什么扶？臭小子。"

周承诀："……"

这回，汪月有明显优势了，学着方才程启天那嚣张样，朝他一字一顿地炫耀道："妈、妈、扶！"

程启天和周承诀："……"

岑西忍不住想笑，她从前没发现汪月竟然还有这么幼稚的一面。

程启天也是。

周承诀……他倒一直这样。

之后的几天，岑西病床前的小桌板就再没缺过吃的。

水果和零食没断过，正餐也是一天八顿换着花样来。

有时候她实在吃不完了，悄悄找周承诀帮忙分担，哪料想这人不仅没吃，还往她桌上再带了不少好吃的来。

岑西一边无奈地尝，一边问他："你为什么不吃？"

周承诀十分坦然道："我得保持身材。"

岑西："啊？"

周承诀："毕竟我女朋友有喜欢体育生的趋势，我得有点紧迫感，把身材练好了，才更有竞争力，一秒钟都不敢松懈。"

岑西："……"

程启天毕竟是医生，在这方面比汪月心细，加上在家里，也是他照顾人居多，因而在岑西吃每样东西之前，还会下意识过问她是否过敏。

"这个以前吃下去有反应吗？"程启天往手臂和脖子指了指，"身上会不会痒？"

岑西回忆了下，摇摇头，没什么头绪。

周承诀比岑西先一步将那盘东西挪开："她会浑身起疹子。"

她从前只顾着果腹，有东西吃就很不错了，不会想太多，如今回想起来，似乎确实总有症状在吃完某些东西后显现出来，只是之前没人关心，也就是后来和周承诀相处久了，偶尔遇上这种情况，他会替她记下。

程启天点点头，在笔记本上细心记下菜名："这个我和你妈妈都会过敏，也是起疹子，所以我估计你也会。"

几天过去，程启天的小本本上记了满满小半本笔记，里头全是关于岑西的各种习惯、喜好和禁忌。

不过小部分是通过观察得知，大多数还是从周承诀那儿套出来的。

临近出院的日子，岑西几乎是下意识开始操心起出院手续。

她之前都是一个人过的，从小到大，大事小事都只能由自己处理。

因而这天医生替她做完例行检查后，她习惯性问了句出院该怎么办手续，需要什么材料和证件，她得想办法提前准备。

结果才刚问出口，程启天就很快把话接过："这些事情爸爸已经办好了，不用你操心。"

岑西当即看向正在替她收拾换洗衣物的汪月，就见她一边将叠好的衣服放进前些天刚替她新买的行李箱，一边头也没回地说："行李妈妈也整理得差不多了，一会儿等你复检结果出来，没什么事，咱们就可以回家了。"

岑西不自觉看向周承诀。

他默契地凑到她身旁，俯身贴近她："怎么了？"

女孩抿了抿唇，而后弯弯眉眼，轻声同他道："我觉得，我好像真的有爸爸妈妈了。"

这趟出院回家，回的自然是汪月、程启天在陆景苑那栋，与周承诀家面对面的那个家。

这个时间点，恰逢寒假的开始，再往后又会遇上过年，一直到下学期开学前，没有什么特殊情况便不会再回学校。

而岑西在意外发生之前只是临时回了趟宿舍，为的也是查看蒋意殊的情况，并没有完全做好寒假离校的准备。

路上，程启天一边将车开出医院的地下停车场，一边透过后视镜看向岑西，细心地问她："要不咱们直接先回趟南嘉大，你想想看宿舍里有没有什么行李要带回家的，爸爸妈妈陪你一块去收拾收拾。"

岑西张了张嘴，没立刻回答。

她仔细回想了下，宿舍里的东西确实不少，当初搬进去时，周承诀说是怕她行李少，跑得快，一下给她买了几车东西，之后的很长一段时间，又习惯不停地往她宿舍寄东西，几乎快把她那不大的一个小天地塞得满满当当。

不过往后还得住三年多，大多数东西暂时没有搬走的必要，而那些平常每天或许都需要用的物品，例如电脑这类东西，也早已在频繁往返周承诀公司和望江的那段日子里，带到了望江。

若非要说有什么必须带在身边的行李要整理，与其去趟宿舍，不如回趟望江。

但岑西没有过爸爸妈妈一块陪着去学校，抑或是像蒋意殊和其他几个室友那样，在放假离校前也有爸爸妈妈来宿舍帮忙收拾行李，接送，再一家人一块离开的经历，她多少还是羡慕过的。

不仅羡慕过，还曾幻想过。

如今真的有机会实现了，哪怕没什么东西需要带，她还是想难得任性一回。

岑西稍显期待地冲程启天点点头，后者的态度几乎是无条件满足。

不过在去宿舍之前，她还想先回趟望江，毕竟望江是真的有东西要带。

这话刚出，原本规规矩矩坐在一旁的周承诀忍不住朝她伸手，手臂搭在她肩膀上，轻掐了下她另一边脸颊，凑到她耳边低声问：“什么意思，不打算回望江了？”

“不是……”岑西不太好意思地用手肘抵着他胸膛，将人往边上推了推，也压低嗓音，“你别靠我那么近……”

“我是正牌男朋友，靠得近点怎么了？”周承诀故意朝她靠得更近了些。

岑西正想再说点什么，前排副驾驶座的汪月已经将手中一沓广告纸卷起来，伸到后座，毫不留情地敲了两下周承诀的脑袋：“臭小子，干什么？别欺负妹妹啊。”

周承诀差点没被气笑了，稍稍拉开些距离来，似笑非笑地上下打量了岑西一眼，半晌嘴里才挤出两个字：“妹、妹？”

岑西：“……”

他这妹妹几天前还和他同睡一张床。

望江这住处，是周承诀高中时为了上学方便才买的，大多数时候是一个人住，就连江澜衣都很少来，汪月和程启天更是没到过楼上。

程启天只知道小区的位置，把车开进车库后，便不知具体该往哪个电梯口开。

他随口问了句：“哪个方向？”

周承诀懒洋洋地往车窗框一靠，一副没听见的样子，偏头看了岑西一眼，没吭声。

岑西也没多想，见周承诀不回答，便自然而然开口告诉他：“直接开到底，然后右拐。”

周承诀偏着头看向车窗外，在岑西看不见的角度，不经意勾了勾唇。

下了车，一行人来到电梯口，周承诀不紧不慢地跟在身后，并没有上前领路的打算，任由岑西习以为常地将几人准确地带到电梯口，再任由她熟练地按下楼层，待电梯缓缓上升后，才不咸不淡地开口道："妹妹对我家还挺熟门熟路的。"

岑西："……"

片刻后，电梯门缓缓开启，几人来到他家门口。

汪月朝周承诀看了眼，又往门锁那儿抬了抬下巴，示意他过来开门。

周承诀仍旧不紧不慢地跟在最后，而后轻拍了拍岑西的肩膀，慢悠悠道："妹妹去开，我妹妹有我家门锁的指纹密码。"

岑西这会儿想掐死他的心都有了。

虽然两人的关系尽人皆知，可这到底是在长辈面前，周承诀不要脸惯了，但她还是想要的。

岑西咬着唇，瞪他一眼，不上前。周承诀低低地笑出声，没了办法，最终还是得自己走过去给两位开家门。

岑西原本只打算把电脑和充电器带走，结果似是因为周承诀刚才那一通操作，也来劲了，一进门便直奔衣帽间，熟门熟路地翻出他的空行李箱，而后朝跟在身后的他提了句："哥，行李箱借我一下，行吗？"

她最是知道该怎么拿捏他的。

往常一句"行吗"就已经够她用了，如今还故意加个"哥"。

周承诀一句"行"几乎是脱口而出。

然而刚一出口他就后悔了。

"你是要搬家？还拿个这么大的行李箱。"周承诀意识到事情不妙，忙跟过去，"睡衣不用带，反正过几天也得回来。"

岑西没理他，直接把衣帽间里一排衣服全数收进行李箱。

不过转身的工夫，周承诀又一股脑给她拿出来，随意拉开个抽屉，一把全塞进去。

岑西回过头，看了眼空空荡荡的行李箱，又抬眸看他："哥，你把我衣服弄哪儿去了？"

"我没看见。"周承诀不自在地别开脸，大手习惯性地捏了捏她的后颈，而后凉飕飕道，"你再叫声哥试试？"

"哥。"岑西压根不怕他。

周承诀心头没出息地一软，知道自己玩过火了，当即放低语调："是我错了，别闹了，衣服放回去。你要带电脑就带，别的不折腾了好不好？反正之后还得来。"

岑西瞥他一眼，想笑又不想这么快破功，忍得也挺辛苦，仍旧板着小脸："那哥哥你帮我去书房找一下电脑，行吗？"

周承诀还是被她气笑了："行，哥哥帮你找。"

他故意把“哥哥”两个字咬得很重，轻捏着她下巴：“这么喜欢叫，以后就这么叫也行，反正我听起来觉得，也挺爽的。”

岑西：“……”

两人一同从衣帽间出来时，汪月和程启天正在打量整套大平层的环境。

汪月在看格局，程启天则是从阳台上探出头去，看了眼周边的配套，而后回身冲周承诀道：“你这地方挑得还不错。”

周承诀点点头：“离南高近，以前上学方便。”

这地方不仅离南高近，还是市中心，寸土寸金，生活便利。

岑西听他这么说，也随口问了句：“你以前是为了上学方便才住这儿的？”

“嗯。”

“那怎么后来毕业了还住这儿？”岑西想了下，“这儿离南嘉大还挺远的。”

周承诀话音稍稍沉了些许，压低嗓音，用只有她一个人才能听见的音量说：“和你在这儿待惯了，舍不得搬，布置我都没舍得变。”

目光所及之处，都和她离开前一模一样。

程启天再打量了圈周围，看向岑西：“你要是更喜欢住这边，爸妈也给你买一套。”

岑西睁大了眼，一时没法消化这信息量，不自觉往周承诀身后缩了缩。

“别紧张。”周承诀见状忍不住笑，“你们家家底可不止这点，这对干爸干妈来说小意思，你要习惯。”

周承诀说完，又看向汪月：“不过在这边再买就没什么必要了，我这套就好几百平方米，她住我这儿足够了。”

汪月不太同意地拉过岑西，揽进自己怀中，护短道：“那不行，要是以后吵架了，西西连个去处都没有，回陆景苑那边得一两个小时，那不是白受你欺负。”

“我敢吗干妈？我哪舍得和她吵。”周承诀低低笑出声，“顶多是她单方面看不惯我，真有那种时候，肯定是她留在家里，我滚出去。”

汪月抬抬眉梢，一脸傲娇地放了狠话：“你最好记着自己说的话，要是敢犯浑，我和你干爸，还有你爸妈，四个人一块揍你。”

“成。”周承诀压根不担心有这一天，他对自己比对岑西都放心。

晚上汪月和程启天两人，在陆景苑那边给岑西办了个归家宴，叫了不少关系亲近的亲戚来。

几人收拾完东西便离开了望江，经过“至死不鱼”时，还顺带捎上了小姨和妹妹，让她们一同参加晚上的归家酒。

夫妻俩对岑西这个小姨还是非常感激的，毕竟在岑西很小的时候，这个在南嘉开店的小姨，就已经是她漂泊无依的生命中，少见的救命稻草。

小姨承诺她，要是想来南高读书，可以来投靠她，虽说给不起她优渥的生活条件，但多少能有个落脚的地方。

若不是因此她能来南高读书，或许他们一家人这辈子都没法重逢。

然而小姨也挺感慨，她没想到这对夫妻竟然就是岑西的亲生父母。

当初，小妹的眼睛恰好是程启天亲手操的刀，手术做得很成功，后续恢复得也相当好。

而她自己的那场离婚官司，也是汪月无偿提供的帮助。

在她并不知道岑西就是自己亲生女儿的时候，汪月便已经用自己的力量，将岑西从黑不见底的苦海中拖了出来。

兜兜转转，都是缘分。

晚上那场归家宴办得着实有些隆重了。

岑西虽然提前知道了这件事，也早早被周承诀等人打过预防针，做过心理准备，可真到了亲身体验这样的场景时，还是没那么容易适应。

汪家和程家两家祖上都富裕了好几代，到如今，几乎就没有条件差的亲戚。

岑西是两人唯一的独苗苗，又是她这辈里最小的一个，老一辈的亲戚长辈见到人，几乎没有不掉眼泪的。

个个给钱都大方，岑西就没见过这么大的红包，一摞一摞比砖块还厚。

才刚见过几个亲戚，她怀里的红包都快抱不下了。

她求助般看向周承诀，周承诀只跟在她身后低低地笑，见她有些不知所措，他才替她分担了一部分，而后宽慰她："拿着吧，小钱，还是那句话，你要习惯，小公主。"

岑西的脸颊因他这个突如其来的称呼烧了起来。

晚上九点多钟，灯火通明的别苑送走了一拨又一拨亲朋，这才稍稍恢复了宁静。

岑西被汪月带进了这么多年来，一直专属于她的卧室。

这套别墅的格局和对面周承诀家大差不离，而他们留给她的卧室位置，也和周承诀那边的卧室位置一样。

就是屋内装修风格明显不同。

她记得周承诀那边明显是冷色调，一看就是男孩子住的，到了她这边，浅粉的、乳白的，怎么公主怎么来，处处彰显着精致的少女心。

衣帽间已经被汪月和程启天添置得满满当当。

两人经过时，汪月说："衣服都是新的，全都洗过烫过了，可以直接换，尺码应该没问题，妈妈之前不就陪你买过衣服嘛，知道你的尺码。"

还算庆幸的是，当初在常安，她们就常像母女那般相处，妈妈能为女儿做的事，其实这四年多来，汪月也没少陪她一起做过。

“累了吧？先去泡个澡放松放松。”汪月将人牵到浴室，十分自然地替她放好水，“你洗好了，和妈妈说一声，等会儿带你看看房子，你挑挑喜欢的。”

“什么？”岑西一下没反应过来。

汪月解释道：“之前你不是说，赚到稿费之后，想在南嘉给自己买个小房子？”

岑西缓缓点了点头。

“我和你爸爸商量过了，如果这是你自己的小愿望，你希望通过自己实现，那我们就不插手，你想买就买。不过我和你爸爸对南嘉挺熟悉的，房地产这块也有认识的朋友，替你打听好了几处合适的房源，一会儿你看看有没有喜欢的，以后买来做工作室之类的都行。”汪月说完，又继续道，“至于大点的，爸爸妈妈给你买，也已经看了好几处。你要是不想在望江附近添，也可以考虑考虑南嘉大附近，这样你平时上学的时候住起来也挺方便的。”

岑西忙摆摆手：“不、不用了。”

“怎么不用？”汪月在这事上还挺坚持的，他们和女儿分别了太多年，如今好不容易找回来，只想尽可能多给她一些钱，多给她一些爱，把能给的都给她，“你看看阿诀，还有小序、佳舒他们，家里都给买了，到处买，他们都有，你肯定也得有。”

汪月边说，边替她拆好了全新的洗漱用品，甚至连牙膏都替她挤好架在温水杯上：“这些不用你操心，你一会儿只管挑喜欢的，地段啊、装修啊、户型啊，尽管挑，其他的交给爸爸妈妈处理。”

岑西晕晕乎乎地洗了个澡，觉得这几天的经历简直比做梦还梦幻些。

穿上浴袍从浴室出来之后，岑西本打算换好睡衣就按照汪月方才的吩咐，给她发个消息。

哪料想连睡衣都还没来得及换，周承诀便从门外摸了进来，连挣扎的机会都不给她，一把将人压着扣到了床上。

“喂……”岑西一手抵在他胸膛上，“你干吗……”

“哥哥来看看妹妹，不行吗？”周承诀笑得有些坏。

“你怎么又来了？”岑西小声问。

周承诀勾着唇：“我就住对面，过来两分钟，怎么不能来？”

“你别闹，我爸妈一会儿要上来……”岑西咬着唇瞪他。

“没事。”周承诀有恃无恐，“你家格局和我家一样，我翻墙都轻车熟路，一会儿要是来人了，你叫声哥哥，我就有劲翻出去了。”

岑西：“……”

“叫一声来听听。”周承诀低低地笑。

“毛病！”岑西十分后悔刚刚没有立刻换好睡衣。

“别啊，早上在望江的时候，叫得挺动听的。”

“……”

屋外适时响起敲门声，紧接着便传来汪月的嗓音：“西西啊，好了吗？妈妈能进来吗？”

岑西脸颊瞬间一片绯红，忙将周承诀推到一边去，而后趿上毛茸茸的拖鞋，跑到衣帽间换睡衣。

等换好出来时，周承诀和汪月已经聊上了。

汪月嫌弃地扫了他一眼：“你怎么又来了？”

“来参见一下您家的公主陛下。”周承诀不正经道。

汪月“啧”了声：“你也参见太多次了，刚刚才把你赶走。”

程启天说：“实在不行，和你爸妈商量一下，把你过继过来行吗？”

“那不行。”周承诀对这事还是拎得清的，“入赘倒是能考虑，做上门女婿可以，哥哥，不当。”

番外二
体育生哥哥

/

回家之后的每一天，汪月都会来岑西的卧室陪她一块睡。

两人从前就常一块睡，如今还是亲母女关系，更没觉得有什么奇怪。

就是岑西不知道的是，白天还像个没事人一般，和从前一样大大咧咧、成熟干练的汪女士，其实已经一连好几夜没有入睡了。

岑西只有偶尔觉浅的时候，才会隐约察觉到，夜里似乎有双手一下一下不停歇地轻拍着她，偶尔还会温柔地替她理去额前凌乱的碎发。

这是她从前幻想过的，妈妈会做的事情，而如今，她也终于体验到了。

后来有几晚，她迷迷糊糊地起夜上洗手间，发现汪月不在床边，便自然地顺着微弱光芒，寻到卧室外。

最后在夜幕之下的露天阳台上看到了相互依偎的汪月和程启天。

两人都在无声地落泪和互相安抚。

除了相认的那天，她还是第一次见他们有这样起伏的情绪。

岑西没有打扰，轻手轻脚地回了自己的房间，摸出手机，也没管此刻已经是半夜，翻出周承诀的对话框就给他发了条消息，问他睡了没。

凌晨三点钟，大多数人早已经睡熟了，她也没期待周承诀能在这个时间点立刻回她，发完之后，正想将手机关了重新放回床头，却没想到周承诀一个电话直接打了过来。

男人的嗓音略显沉闷和沙哑，一听便是刚从睡梦中转醒的："怎么了？"

"我是不是吵到你啦？"岑西抱着手机靠在床头。

"没有。"周承诀那边很快也传来些窸窸窣窣的声音，听着像是起身下床的声音，"怎么了，睡不着啊？"

岑西答了句不是，而后便把方才看到的和他简单说了一下，迟疑地问他："他们是不是……对我现在这个样子不太满意……"

岑西有些心慌，话才说到一半便觉得胸口闷堵："我是不是和他们预期中的亲生女儿差距比较大啊……"

毕竟她从没想过，自己的亲生父母，竟会是这种从前她认为根本高不可攀的人。

而他们是不是也曾对自己的孩子有过期待和设想，是不是怎么也想不到，最后找到的孩子，也不过如此。

岑西比较悲观，这是多年来养成的习惯，越悲观就越不容易失望，换句话说，这又像是独属于她的自我保护机制。

“傻瓜，你这个阅读理解能力，语文到底是怎么考那么高分的？我都快有点不服气了。”周承诀故意逗了她一句。

岑西不太好意思地弯了下唇：“我没怎么真正做过女儿嘛……”

对于这方面的理解，她确实没他们有经验些。

“你已经比同龄人优秀太多了，甚至算得上祖坟冒青烟，而对于你爸妈来说，你能健康平安地回到身边，已经是老天看在他们这么多年来表现不错的情况下，给的恩赐。”周承诀说，“自责、愧疚、后怕，每个词都像座大山一样压在他俩身上，没有在你面前表现出来，是怕影响你心情，怕你在这个家不自在，也怕你跟着担心，他们远比你想象的更爱你。”

“自信点，当初和老姚说要送他两个高考状元的岑西哪儿去了？”周承诀调侃了句。

“比起希望看到你小小年纪就功成名就，我想，他们或许更希望看到你能在饭后，坦荡地随手放下碗筷，不说要帮忙洗碗，不说自己什么都会，不说抱歉，不说谢谢。”周承诀说。

岑西问：“什么意思……”

“生存技能越强，待人处事越周全得体，说明吃过的苦头越多，而这便是扎在他们心中的刺。”周承诀说，“他们怎么会希望你受苦。”

“我不想看到他们那样，我们都没错。”岑西回忆了一下刚刚那个画面，“可是我也不知道该怎么做，我没有经验，周承诀……”

她是真的没有做女儿的经验。

“你要做的不是反思自己是不是不够好，而是理所当然地接受他们给你的一切，甚至可以更主动地向他们提出要求，主动索取，我想，他们会很开心。”

“真的吗？”这些确实不在岑西的习惯范围内。

“相信我，爱都是相通的。”周承诀清了清嗓音，“我爱你，我就希望你这么对我，我想他们也一样。”

“就像你现在可以毫无顾忌地在凌晨三点给我打电话一样，接到你的电话，我很开心。”周承诀又补了句，“如果下次不问有没有打扰到我，我想我会更开心。”

“噢……”这突如其来的表白倒是打得岑西有些措手不及，她后知后觉地起了阵臊意。

明明两人在一起的时间也不短了，可偏偏还是控制不住心动。

“害臊啊，女朋友？”周承诀轻笑出声。

岑西被他这么一调侃，只觉得浑身都越发滚烫起来，索性下床趿上毛绒拖鞋往卧室的阳台走，试图用屋外的冷空气给不争气的自己降降温。

哪料想才刚走到阳台边，还未站定，就听见手机和不远处的对面几乎同时传来周承诀那熟悉的低嗓：“回去，出来也不知道套个外套？”

岑西这才抬眸望向对面，就见电话里的男人正一手拿着手机，漫不经心地靠在对面卧室阳台正中央，就这么直勾勾地睨着自己。

“你什么时候出来的？”岑西话音里有些惊讶和新奇。

两栋别墅格局一样，她和周承诀的卧室也是正对着的，卧室阳台自然也面对面。

说起来，这么多天下来，两人还真没在这个角度互相对视过。

“刚给你打电话的时候。”周承诀仍旧惦记着她身上只穿了件薄款睡衣，“先回去，把外套套上再出来。”

岑西“噢”了声，听话照做，穿好衣服很快又跑出来。

“你干吗站这儿？”岑西问。

“想着你可能会出来，没准还能见上一面。”周承诀扯唇懒洋洋地冲她笑了笑，“没想到还真挺默契。”

岑西下意识看了眼两人的通话时间，此刻距离刚刚接通电话，已经过去了将近半小时。

她都没发现，半小时竟然这么轻易就在闲聊中度过，而这么说来，周承诀也在这冬夜的寒风中站了半小时。

“有什么好见的，又不是没见过，冻了半小时……”岑西吐槽中又带了点心疼。

“正牌男朋友都快被打入冷宫了，不得努力主动争取些机会？”他笑道。

倒也是，她这几天刚回到这个家，确实不像从前那样，一有空就把剩余时间都留给他。

要不是周承诀一忙完工作总会立刻抽出时间回陆景苑这边见她，两人可能连面都见不着一回。

想到这儿，岑西难得主动地对着手机那头亲了两下。

周承诀原本还打算说点什么，听到两声不得了的声音，话语顿住，连懒洋洋地靠在阳台围栏上的身子都站直了些：“刚刚干吗了？”

岑西亲完便缩了回去：“没干吗……”

“我没注意，刚刚的不算，再来一回。”周承诀得寸进尺道，“声音响一些。”

“毛病啊你。”岑西忍不住笑。

“你去把卧室门反锁上，别让你妈进来。”周承诀又说。

岑西没懂："干吗？"

周承诀笑得不太正经："我现在就从你阳台翻进去找你，做点大学生该做的事。"

"……"

岑西不太自然地咬了下唇："什么大学生该做的事？"

"你不知道吗？"周承诀直勾勾的眼神带了点侵略性。

岑西心跳得有些快，却又故意不正面接招："考研吗？"

"……"周承诀快被她气笑了。

两人就这么站在阳台上再聊了会儿，身后传来汪月推门而入的声音。

岑西和周承诀说了声便将电话挂断回屋。

"怎么醒啦？"汪月关切地问。

岑西不想让汪月知道自己刚刚看到她和爸爸在哭，随口道："噢，上了个洗手间。"

汪月显然对自己半夜离开的行为有些自责，岑西很快捕捉到她的情绪，想起方才周承诀说的"坦然接受，主动索取"，想了想，打算试一试。

岑西自然地走到汪月身旁，双手抱上她手臂，少见地直白道："妈妈，我好像有点饿了，想吃碗热的面条……"

不得不说，她在说出这个要求时，还是忍不住提了提心，害怕被拒绝，害怕被指责。

然而正如周承诀所说的那般，下一秒，汪月脸上当即漾起意外的笑容，看起来甚至有些惊喜："妈妈去给你做，噢不对，妈妈做得不太好吃，我把你老爸叫来一起做。"

岑西张了张嘴，刚想说"不用麻烦了"，可看到汪月那抑制不住的笑后，很快反应过来，又立刻憋了回去，还顺便把到了嘴边的"谢谢"换成了："那让老爸多煎一个鸡蛋。"

"好好好，喊他多煎几个，管够。"汪月笑意渐深。

第二天，夫妻俩捎带上周承诀，陪着岑西一块先去把她想要靠自己买的那个小工作室敲定下来。

之后几人又一块去看了那几处程启天和汪月准备买给岑西的大平层，让她亲自感受一下喜欢哪边，就买哪边。

几个地方都去了一遍，岑西听了周承诀的话，没同他们客气，认认真真地挑了挑，只在两套之间犹豫了下，最后因为其中一套带了个私家泳池，担心会引起周承诀一些不好的回忆，便选了另一套。

周承诀陪在身边，能看出她其实对带泳池的那套更喜欢些，便提了句："选你喜欢的就行。"

岑西说："我挺喜欢这套的。"

"那行。"周承诀没再多说，只将另一套的资料自然地收到自己手里。

买房这种事对程启天和汪月来说，显然是再小不过的事，签单交款过户，一套流程十分顺利地走下来，也不过才耗费了一个多小时。

中午几人开开心心吃了个饭，吃完便动作利落地带着岑西逛起了新居软装。

汪月从前很少将心思花在消遣上，如今找回了女儿，逛起街来都踏实心安了许多，拉着岑西越逛越精神，逛完了软装，便带着女儿一头扎进奢侈品店添衣服添包包去了。

周承诀和程启天任劳任怨陪在身后，没一会儿，两人双手就已经提满了购物袋。

逛到珠宝店的时候，正好在店里碰上了李佳舒。

李佳舒一见是岑西，立刻丢下手上的金子扑了过来："光阴似箭，我的西。"

岑西好笑道："你前两天才刚来过我家。"

确实如此，自从得知岑西竟然就是汪月、程启天丢失多年的亲生女儿后，李佳舒来陆景苑都更勤了些。

从前来陆景苑只能对上周承诀那张死人脸，要不是偶尔跟着严序来找他，她一年都不会来个三回。

岑西在这儿就不一样了，她一有空就来，还常拉着江乔她们一块来，几个女生凑一起玩，时间过得很快。

话音落下，李佳舒把她拉回柜台前："你帮我看看，哪个好看？我打算利用寒假学个车，听说驾校教练都很喜欢骂人，想买个礼物稍微贿赂一下，看看能不能少骂我两句。"

两个姑娘拉着汪月一块挑了起来。

周承诀拎着东西，目光被展柜上的项链吸引，时不时让柜姐给他拿出来看看，再隔空往岑西身上比对比对，最后一口气买下好几款，随手放进她的购物袋里。

待那边挑选完，程启天终于能插上话了，问岑西要不要跟着一块去学车。

不一定非要自己开，但多个技能总是好的。

岑西从前不觉得自己将来会花钱买车，便没想过这个问题，如今既然程启天这么问了，她也没多考虑，很快点头应了下来。

"那爸爸来安排。"程启天笑说，"给你俩安排个脾气好点的教练。"

寒假之后的时间，岑西几乎都用在了驾校里。

偶尔抽空和周承诀见上一面，也是手痒痒地央着他带自己练车。

周承诀也拿她没什么办法，直接将人带到自己车库，任由她挑："想开哪台？送你。”

岑西开玩笑道：“都喜欢。”

“那都是你的了。”周承诀毫不犹豫说。

岑西扫了一圈，正经问他：“有没有便宜点的？”

太贵她怕撞了心疼。

“我在你边上陪着，能让你撞？”

连着两周，除了带岑西练车，周承诀都见不到人。

再加上她寒假回陆景苑住，家里有爸妈在，他也不好太过放肆。

想起从前两人一块住望江的时候，晚上还能搂着人睡觉，周承诀越想越不是滋味。

这天终于到了岑西考科目四的日子，周承诀把人送到考场，叮嘱了句结束就给他打电话，他过来接，岑西心里记挂着考试，随口应下便进去了。

目送她离开后，周承诀才喊上严序一块去看了看他打算定的楼盘。

严序看到那跃层上的私家泳池，“啧啧”摇头，感叹两句：“早知道我也跟你干了，还学什么医，就该当个资本家。”

“你少来，你上头也一窝资本家。”周承诀笑骂了句，“我岳父也学医的，你看他缺钱吗？”

严序笑笑，他也就是开个玩笑，这帮从小玩到大的人，没一个条件差的。

“不过这个泳池……”严序语气总算正经了些，看向周承诀，没把话说完，可意思已经到位了。

“岑西喜欢这套，她上回挑的时候，已经很明显了。”周承诀答，“她喜欢，我给得了，这不正好。”

“你知道我不是问这个。”严序说。

周承诀自然知道他想说什么：“那天我跳进湖里把她救上来之后，那种抵触和阴影好像突然就消失了，现在基本没什么问题。”

“那就好。”严序松了口气，而后又开始贫，“你这个……身上的阴影都这么舔啊。”

周承诀：“……”

周承诀再稍微逛了一圈，便把楼盘敲定了下来。

结束之后，他到超市买了一车新鲜食材，打算回望江亲手做顿晚餐，等岑西考完试回来一块吃，到时候顺便把东西送出去。

结果没想到，傍晚五点出头的时候，岑西考完试出来，正想给周承诀打个电话，却被李佳舒拉着和其他几个一起学了这么多天车的朋友，一块请教练吃个饭。她不好推辞，只能给周承诀发了一条消息，说有聚餐，让他不用来接了。

周承诀很少干涉她的自由，收到消息后，只让她注意安全，尽量少喝酒，结束后来个电话叫自己去接，别的也没再多说。

而后他便百无聊赖地坐到沙发上，面无表情地把“过来”的一头漂亮辫子全拆了。

这一等便等到了八点多钟，岑西那边还没结束，说是要晚一些，让他不用等自己。

没一会儿，严序打来电话，大抵也是找不到李佳舒，退而求其次来找兄弟搭伙。

严序今晚本来也想带李佳舒去家里新开的一个私家酒店尝尝鲜，结果临时被鸽，心情也一般，嚷嚷着要去歌厅释放一下。

两个难兄难弟孤零零地点了个大包间。

周承诀不喜欢唱，懒洋洋地窝在沙发上，皱着眉头忍受他的噪音。

严序开始不断地切歌。

严序：“再厚的爱只是一沓纸片——”

周承诀：“……”

严序：“下雨天了怎么办，我好想你——”

周承诀：“……”

严序：“慢慢等，慢慢等，慢慢等，慢慢等——”

周承诀：“……”

严序：“我和你断了联系，希望你不要介意，要怪就怪当初没在一起——”

周承诀听完他最后这句歌词，心情更差了，忍无可忍站起来把歌直接切了。

严序戛然而止，回过头看了眼周承诀的表情，拿了一扎酒放到他面前：“喝点？”

“不喝，等会儿要开车接人。”周承诀拒绝。

严序：“那给你点杯橙汁？你一般不是喜欢用橙汁买醉？”

周承诀：“……”

周承诀没吭声，要死不活地继续倒在沙发上，最后还是忍不住给岑西拨了个电话，结果这姑娘那头比他这边的 KTV 还嘈杂。

“我还要一会儿，晚上可能直接去佳舒家睡，你别等我啦。”岑西说。

周承诀正想说没事，等她结束了叫他过去就行，结果突然听到那边传来个男生的声音：“学姐，没想到你也是南嘉大的，我体育学院的，大一。”

有人上前说话，岑西自然得礼貌回应，很快便分出神去：“噢，我法学院的，今年也大一。”

对方笑了笑，笑里爱慕的味道换谁都听得出来：“那不是学姐了，岑西。”

岑西说：“我应该还是比你大两岁。”

男生笑道：“那无所谓，你长得太漂亮了，‘姐’字叫不出口。”

周承诀脸色当即黑了个度，也没等岑西再说什么，直接挂断，而后便起身作势要走。

严序在身后叫："干吗去？"

周承诀语气沉沉的："逮人。"

他没直接过去，而是先回了趟望江，进衣帽间里换了身行头后，到车库里挑了辆最招摇的车开出去。

岑西先前给他发过定位，地址很好找。

周承诀一路招摇过市，很快来到那家大排档门前。

这地方是其他学员挑的，说是味道好，接地气，就在马路边上。

周承诀就这么明晃晃地将炸了一条街的豪车停到了那桌边上，顶着一圈人的注目礼下了车，面无表情地走到岑西身后，伸手直接替她接过对面男生递过来的酒。

"不好意思啊，她喝不了那么多。"周承诀说完，直接倒了。

男生瞥了眼他一身价值不菲的行头，又扫了眼身后的跑车，明显有些犯怵，而后看向岑西："姐姐，这位是……"

岑西还没来得及介绍，周承诀便把话接了过去："你姐夫。"

岑西和李佳舒："……"

"抱歉各位，她还有点事，我先带她走一步。"周承诀看向李佳舒，"这单我结。"说完便沉着脸把岑西弄回了车上。

静谧的车厢内，岑西明显察觉到他情绪的不对劲。

"喂……"她小声叫了他一句。

周承诀没回。

"周承诀……"岑西心跳莫名快了起来。

"弟弟是吧？嗯？"他忽然凉飕飕地问，"体育学院的？"

"喜欢年轻的体育生弟弟是吗？姐姐。"

岑西："……"

"哥哥呢？"周承诀目光盯着车前方没看她，就这么冷冰冰地问，"体育生哥哥不行吗？"

岑西张了张嘴，还没来得及说话，就见他直接把车停在了一家药店前。

停车，开门，下车，一气呵成。

岑西心跳剧烈，忙跟着他一块进了药店。

"你怎么了？哪里不舒服吗？"岑西小声问他。

"嗯。"周承诀仍旧面无表情，"是有点不舒服。"

说罢，岑西眼睁睁看他将货架上的所有避孕套扫进了篮子里："一会儿回望江你帮我处理一下。"

"你……"岑西紧张地攥着手，"我不会处理……"

“我教你。”周承诀说。

“会不会……太、太多了……”岑西提心吊胆地提了句。

“多吗？年长一点的体育生哥哥不舒服是这样的，比较难处理。”周承诀偏头看向柜台收银员，“里面还有货吗？”

岑西：“……”

番外三 好久不见

望江壹号顶楼，抵死沉沦的一瞬间，岑西忽然想到了从前。

同样是在望江，两个身着蓝白校服的少年人，隔着一张桌子的距离相向而坐。

那年他们有着远大的理想和相同的目标，双方都还只是单纯为一纸成绩奋斗的年纪，人手一份卷子一支笔。

女孩抬眸，眼神坚定地看向对面的少年。

六年前风吹树响的盛夏夜，两个青春不败的少年人心无旁骛地刷起了试卷。

比对错，拼速度，互相陪伴着熬过了一个又一个刷题的夜晚。

而如今，两人已然完成当初的目标，一同踏入曾经约定的大学，成为彼此人生中密不可分的另一半。

还是在这个地方，从前的少年人已褪去了一身青涩，霸道强势地将少女禁锢于身前。

后半夜，岑西是真明白了周承诀不久前所说的，对她还是太过手下留情，到底是什么意思。

第二天，她一觉睡到大中午，迟迟没有要转醒的迹象。

周承诀担心她空腹太长时间，容易饿坏胃，中途将人哄醒，给迷迷糊糊的她喂了两口饭，而后又由着她继续沉沉睡去。

一直到午后三点多钟，岑西混乱的思绪才逐渐回笼。

睁眼之际，她仍旧被周承诀拢在怀中。

他哪怕并没有任何睡意，也还是陪着她继续躺了一下午。

岑西不是酒后会断片的类型，大多数时候，她喝酒有自己的度，不过即便喝过头，也抹不去睡前的记忆。

昨晚她喝得并不多，昏睡前发生的事又太过惊心动魄，她很难不记得。

彻底清醒之时，记忆瞬间回笼，暧昧画面一段接一段涌入脑海。

她没好意思再回忆下去，翻了个身，将脸死死埋入周承诀的胸膛。

而后便感觉到轻微的震动，是他低声在笑。

岑西只能将头埋得更深些。

“起来吗？”他问。

岑西从前勤快，睁眼就起，如今和周承诀在一块久了，越发喜欢犯懒耍赖，窝在他怀中，摇了摇头：“再躺躺，没力气……”

“出息。”周承诀由她枕在自己身上，笑说，“挠我的时候挺有力气。”

岑西终于忍无可忍从被窝里探出一只手，死死捂在他嘴上。

偏偏这人还不老实，有什么亲什么，吻得她掌心止不住发烫。

“饿不饿？”周承诀又问。

岑西点点头：“饿……”

“我去给你做吃的。”

“好。”

他如今厨艺也一改当年，有了质的飞跃。

被周承诀这么一闹，岑西也没了继续睡的念头，懒洋洋地在床上再滚了会儿就起床朝客厅去了。

周承诀还在岛台前忙碌，岑西照惯例先给“过来”扎了一头漂亮的辫子，边扎还边问它：“你今天的辫子怎么这么乱？怎么全部散了？”

“过来”一脸委屈地朝周承诀的方向猛吠两声，跟小孩告状似的，可爱得要命。

岑西往周承诀那儿扫了眼，忍不住笑出声来。

饭还没好，她回浴室洗漱完换了件简单的外衣，又重新回到餐厅。

一夜过去，这个熟悉的空间内似乎又有了新的变化。

目光所及之处的格柜台面，又多了不少之前没见过的相框摆件。

岑西想起了那年她答应他，往后每天都要和他一起吃饭的那天晚上，少年兴奋得彻夜未眠，第二天整个家便同今天一样，多出来不少新鲜玩意。

都是他半夜不睡闲来无事打发时间消耗精力干的。

岑西好笑地问：“周承诀，你今天结束之后又没睡啊？”

“嗯……”

“你不累吗？”岑西着实好奇，毕竟她当时已经累得睁不开眼了。

周承诀不仅不累，还兴奋得要命，根本毫无睡意。

等吃饭的工夫，岑西闲来无事一一看他捣鼓出来的照片。

大多数新打出来的照片，都是岑西小时候的照片，不论是汪月、程启天给她拍的，还是她在嘉林时的，全部一并打了出来。

其中还夹杂着一张周承诀小时候参加自行车比赛领奖的照片，奖品是个儿童头盔，他在多年前就将这头盔送给她了。

岑西似是忽然反应过来什么，捏着照片回过身去看向他，见他拧开一瓶纯净水，全数倒入锅中后，习惯性将那空水瓶丢到一旁专门收集空水瓶的纸袋里，忍不住开口问他："你什么时候开始有收集空瓶子的习惯的？高一吗……"

周承诀将焯水洗净后的排骨放入砂锅里："有点年头了。"

"八九岁吧。"

难怪那年她第一次来望江送外卖，他能从房里一下找出两袋子空水瓶递给她。

岑西心跳得有些快："那……那次在篮球场的时候，我找你要空水瓶……"

"早把你认出来了，不然你以为我真那么乐于助人？

"又是替你满场收水瓶，又是在教堂门口替你揍黄毛，还得领你这个路痴回家，怕你跟丢了，走两步就得磨磨蹭蹭停一会儿。

"你真以为那么巧啊。

"别人可没这个待遇。"周承诀转过身来，懒洋洋地往料理台一靠，朝她勾唇轻笑，"好久不见了，欢迎回来。"

周承诀回国那年，不过才八岁的年纪。

从小在国外长大，周围的老师、同学、朋友、保姆统统操着一口流利的外语，他自然也不例外。

刚回国那阵，小周承诀还挺不习惯的，中文差，和周围人沟通起来都不太顺畅，很难迅速融入新环境。

刚上小学的小孩年纪都小，加之他所在私立学校里的学生，大多来自条件优渥的家庭，个个含着金汤匙出生，养尊处优，全是被宠惯到大的，性子便更顽劣些，对于周承诀这样话都说不清楚的小孩的突然加入，接受度并不高。

最开始还只是冷落和排挤，分组不愿同他一组，玩具也自私地不愿分享，渐渐地，这种情况便愈演愈烈，随之而来的是肆无忌惮的嘲笑和使坏。

一伙小屁孩拉帮结派欺负人，推倒他，抢走他的私人物品，撕烂他的图画纸，打翻他的餐盘。

偏偏周承诀打小便是个不爱依赖人的个性，怕父母担心，也没有打小报告的习惯。

他们不喜欢他，他也不会放下脸面去讨好。

饭菜被打翻在地，情绪也毫无波澜，安静地收拾干净后，便饿着肚子独自离开教室。

校园不大，他也无处可去，只能尽可能找个人迹罕至的地方待着。

学校后门的榕树下成了独属于他的秘密基地。

在这里，他可以安心地一个人待着，没有人能找到他，也没有人欺负他。

直到有一天，后门铁艺围栏之外传来了一道小女孩清脆的嗓音：“你好，请问可以帮我捡一下那个水瓶吗？”

周承诀当即起了一身防备，皱着眉头看向声音传来的方向，他听不太懂她说什么，并不知道她有没有敌意。

他没吭声，只顺着她小手指的方向看了眼，地上躺了两个被随意丢弃的空水瓶。

周承诀慢悠悠地走上前，将东西捡起，而后面无表情地来到铁围栏前，迟疑地将瓶子递出去。

交接的一瞬间，他下意识用英语问了句，你是要这个吗，对方显然也没听懂，但并不像学校里的同学那般，听不懂便嘲笑他不会说话。

小姑娘只是稍显窘迫地挠挠头，不好意思地冲他笑笑，而后绞尽脑汁地挤出一句不伦不类的“山 Q”。

周承诀先是一愣，反应了会儿，忽地低低笑出声来。

这是他回国后第一次由衷地、发自内心地、轻松地笑。

然而，这笑容不过持续了几秒钟，不远处很快传来那些讨厌鬼的叫骂声：“他在那儿！上！别让他跑了！”

一群小屁孩成群结队朝后门的榕树下奔来。

那年的周承诀还未开始发育，个头不高，体格也不壮，一个人又势单力薄，和他们正面硬刚没有丝毫胜算。

他条件反射般想要跑，却根本无路可逃，每个方向都有人朝他冲来。

“你来这儿，快来！”身后传来方才那个小姑娘淡定自若的嗓音，她一边喊，一边动作利落地用细针撬开了后门那把简简单单的锁。

周承诀其实仍旧没听懂她在喊什么，但是本能地往她身前跑。

从后门出来，小姑娘拉着他手腕，一同向外跑。

可她手上东西不少，捡了一路的废品袋，还未送出的小吃盒，以及一个当年跑起来还不是太快的周承诀。

一堆累赘很快影响了两人逃跑的速度，那群小屁孩也很快从后门追了上来。

岑西应对这种欺凌相当有经验，实在跑不了的时候，就动起真格正面刚。

小女孩发育得早，饶是营养不良，看起来比较瘦弱，偏偏还是比同龄小男孩高出一个头。

加上她从小在嘉林漫山遍野爬，粗活重活干了个遍，应对这帮城市里的温室小花朵还是挺得心应手的。

那年的她，头发还远没有如今长，小小一个鬏鬏扎在脑后，就这么大着胆子直接张开双手，只身一人挡在了周承诀跟前。

周承诀不知道她冲那帮浑蛋放了什么狠话，他听不懂，但他知道，小丫头在保护他。

岑西气势汹汹，牙尖嘴利，放出来的话挺唬人的，这帮欺软怕硬的小孩明显没见过这世面，很快溜了大半。

剩下几个好面子的仍在虚张声势，步步紧逼，岑西没犹豫，随手将东西往地上一放，一头扎进人堆里，以一挑多。

小姑娘瘦弱却有劲，轻松占了上风后也不恋战，见好就收，捡起东西拉起周承诀便继续跑。

盛夏烈阳透过树梢洒在小女孩周身，周承诀一边被她拉着跑，一边看着眼前这个被温暖光晕笼罩的背影，有一瞬间觉得，这大概就是上天派来拯救他的小仙女。

拐了两个路口，两人喘着气缓缓停下。

周承诀饿了几天，这会儿有些体力不支，随意坐到了树下。

肚子不合时宜地叫了两声，他饿得胃里反酸，又剧烈奔跑过，唇色惨白一片，甚至有些反胃。

岑西的情况倒是比他好多了，很快像个没事人般蹲到他身前，漆黑明亮的小鹿眼直勾勾地盯着他，而后伸出嫩生生的小手，在咕噜叫的肚子那儿抓了两下，嗓音很甜："你是不是饿了？"

岑西的普通话也带了点嘉林乡下的口音，并不太标准，周承诀能听懂较为常用的语句，但一时还是没听懂她说的话。

岑西看出来了，一边冲他做着吃饭的手势，一边问："你也没有饭吃吗？"

这回周承诀明白了，冲她点点头。

岑西看了眼手边没能成功送出去，被打翻的小吃盒，不太好意思地递到他面前："打翻了，你愿意吃吗？"

她原本打算自己留着吃，反正她吃惯了剩菜剩饭，有饭吃就不错了，没资格嫌弃。

可是眼前这个矮冬瓜有机会上学，穿得看起来也很不错，可能不会愿意碰这些看起来实在有些拿不出手的东西，但她确实也拿不出更好的给他，只能再冲他扬了扬那份勉强能填饱肚子的小吃，怯生生地问他："OK？"

周承诀用力点了点头："OK！"

小女孩开心地坐到了他身旁，替他将盖子一一打开，递了一双筷子给他。

周承诀不会用，换了勺子。

岑西一边看着他吃，一边笑着自言自语道："你会说话呀。"

周承诀吃了个半饱，搜索出脑海中所有的词汇，拼凑出一个结结巴巴的句子来，告诉她自己只是不太会说普通话，不识汉字。

岑西脑子转得有些快，很快得出结论："噢，我知道啦，你不是个小哑巴，你只是个文盲而已。”

稚嫩的话中毫无恶意，只是有些直白。

好在周承诀也听不懂。

岑西又安慰道：“没事，我没得学上，也不识字，我也是个文盲。”

周承诀虚心好学地问她什么意思。

岑西用自己三脚猫的英文夹杂着嘉林方言，生生把文盲的意思给他说明白了。

那是周承诀回国后学到的第一个复杂词汇。

岑西一直陪着周承诀把饭吃完，动作利落地替他收拾完残局，才起身道别：“我要回去了，你也回去上学吧，能上学真好，你别不上学。”

周承诀想了想，说：“你也上学，来南嘉。”

岑西笑着摇摇头，她没说她家里人根本不让她上，只弯着眼冲他招招手：“拜！”

周承诀：“拜。”

那年还未兴起外卖，岑西也不过是悄悄从嘉林溜来小姨这儿，替她跑跑腿。

搞砸一份外送，小姨夫会骂人，有时候还会动手。

这天，小姑娘捡了一下午的水瓶子，仍旧没把那份打翻的餐钱凑齐，饿着肚子回店里挨了小姨夫一顿训，还被打了十来下手掌心。

再遇见周承诀是在一个周末。

岑西仍旧穿梭在南嘉的大街小巷送外卖，正好送到了周承诀在市区的小区，在小区泳池边遇到了孤零零的他。

岑西怕水，不敢靠近泳池，冲他招了招手，喊他过来。

周承诀一见是她便跑了过来。

“你又没饭吃吗？”岑西问。

短短几天，周承诀已经能听懂她带着口音的腔调了，闻言便点点头。

其实他家庭条件好，饶是爸妈工作忙，家里也有阿姨照顾，只要不是在学校，就不可能饿着他。

可他想和她多玩会儿，便这么顺着她的话答了。

岑西遗憾地朝他摊摊手，表示自己今天没有吃的能给他，不过他可以跟自己一块去捡水瓶子卖钱，人多力量大，多捡点，就能换一口吃的。

周承诀也是含着金汤匙出生的，没干过这种事，觉得听起来很有意思，便跟着她一块去了。

小姑娘在前头带路，他便听话地跟在她身后走。

一手一个塑料袋，她捡到了就往他袋子里丢。

两个小家伙就这么在南嘉的街上，从烈阳高照，奔波到夕阳垂落，路灯将两个相依为命的影子拉得斜长。

整整四袋水瓶子，最后换了一个包子和一瓶五角钱的橙子味汽水。

岑西将两样东西一并塞到周承诀怀中，准备同他告别。

周承诀看着那瓶橙子味汽水，问她："你想喝吗？"

岑西摇摇头。

他们的钱只够买一瓶。

周承诀觉得她在说谎，买的时候，她分明雀跃地同他说，这东西有多甜多好喝。

周承诀没犹豫，拉起她的手腕，将人带回了自己家。

进了屋，他让岑西坐到餐桌前等他。

周承诀喜欢一个人待着，图清净，因而生活阿姨不住家，每天干完该干的活便会离开。

餐厅里有阿姨做好温好的一桌子菜，周承诀一一摆到岑西面前，给她递了勺子和叉子。

最后岑西要了一双筷子。

小姑娘年纪小，还常常吃不饱，有东西吃就吃，根本还不会客气那套。

她坐在高高的餐椅上，两条腿都搭不到地，就这么晃晃悠悠地吃了起来。

周承诀又跑了趟水吧台，献宝似的端了杯鲜榨的橙汁过来。

岑西人生中第一次喝到真正的橙汁便是在周承诀这儿。

仅一口，漂亮的小鹿眼便泛起了惊喜的光亮。

"爱？"周承诀问。

"爱！"岑西肯定地回答。

周承诀又替她弄了一杯过来。

那晚她一连喝了八杯橙汁，喝得小肚子圆滚滚，哭着往厕所跑。

周承诀着急地搬了把椅子，就这么坐在马桶前与她四目相对，陪她在卫生间里足足待了半小时。

离开前，他问她，叫什么名字。

岑西不愿提自己的全名，想了想，只说，小橙子，她叫小橙子。

那年之后，周承诀喜欢上了一切和橙子有关的东西。

之后的很多个日日夜夜，他都跟着小橙子往返在南嘉的各个大街小巷，捡着一个接一个被丢弃在路上的空瓶子。

再后来，他见她走得辛苦，让爸妈给自己那小小的自行车安上了后座，载着她继续完成两人每天的使命。

某个周末的傍晚，两人在路上与学校那群被岑西揍过的讨厌鬼狭路相逢。

对方也骑着自行车，见是他们俩，当即从各个方向包抄过来，试图将两人撞倒在地。

周承诀将脚踏板踩得飞快，努力将讨厌鬼们远远甩在身后，可惜年龄还是太小，控制力没那么强，甩开了人，却撞到了路旁的老榕树。

两人倒没什么大碍，就是岑西的脑门不凑巧，被磕出一个微红的鼓包。

周承诀自责得要命，回家翻出他的头盔给她。

岑西没肯要，说就一个，他也得戴。

周承诀说他可以叫爸妈再买一个。

岑西不愿意，她好不容易才交到一个朋友，怕一旦让对方父母知晓，友情便也就到此为止了。

在嘉林时便一直如此，小朋友的爸爸妈妈一听她是从那样家庭里出来的小孩，一听她有个那样不堪的父亲，便纷纷勒令孩子不许同她交朋友，不许和她一起玩。

周承诀想到了学校举办的自行车比赛，拿到第一名，就能奖励一个头盔。

他开心地把这件事告诉岑西，并表示自己准备参赛，要她比赛当天一定要来看。

小姑娘答应了，比赛当天也确实来到了现场。

可两人终究没能再见上一面。

她遇上了那群欺负他的讨厌鬼。

小崽子们计划着要在比赛沿途围追堵截，势必要将周承诀揍个半死不活。

岑西怎么会允许这种事情发生？那年她还小，一心只想保护自己唯一的朋友，很多行为缺乏成熟的思考，只凭着不怕死的胆量，只身一人在他们埋伏的路上将人拦下。

岑西被揍得不轻，不过几个小崽子也没讨着什么好。

周承诀毫无阻碍地完成了比赛，成功拿到了第一名，把这几个小坏蛋气得够呛，各自回到家便开始恶人先告状。

家长们很快找到了岑西所在的店里，劈头盖脸一顿臭骂。

小姨夫不可能赔钱，当着几个家长的面将她狠狠揍了一顿，给大家出气。

最后还是小姨拦下来的，她将小岑西拉到暗处，悄悄给了小岑西一点钱，劝小岑西回嘉林。

“你惹的事情太大了，小姨也留不住你了。小橙子以后乖一点，别老打架，好好学习，要是高中能考到南嘉来，再回来好吗？”

岑西知道自己为小姨带来了天大的麻烦，也不管身上有多疼，含着眼泪只一个劲道歉。

那天之后，她回了嘉林，一直到高中之前，再没来过南嘉。

饶是周承诀像失了魂般满大街小巷地翻找垃圾桶，都没再能找到她，那个小头盔最后也没能送出去。

他开始一个人循着她带着自己走过的街巷捡捡水瓶子，渐渐地便养成了收集空瓶的习惯。

小孩的想法也挺有意思的，他想，或许将来有一天，她会重新回到自己跟前，问他有没有空瓶子能给，而那时，他肯定能拿出好多好多来送给她。

“欢迎回来。”周承诀又重复了一遍。

岑西笑着仰起头，明明是在笑，眼泪却控制不住从脸颊滑落。

“好久不见。”

“嗯，好久不见了。”

这年过年，陆景苑面对面住着的两家人已经好久没有这么热闹过了。

周承诀和岑西如今是这种关系，双方父母满意得不得了，没有一个人有意见，就连过年都得凑在一块一起过。

岑西和周承诀两头跑，这边喊贴春联，那边又喊挂灯笼。

周承诀打趣自家爹妈：“今年过年压岁钱得多给点。”

江澜衣瞥了他一眼，嫌弃道：“今年你没有了，全给我闺女。”

她从前就是汪月女儿的干妈，闺女长闺女短，多少也喊过两年。

周承诀对这称呼很不满意：“闺女什么闺女，死了这条心，你只有儿媳妇。”

“儿媳妇也行，总比儿子好。”江澜衣说完，又看向岑西，“妈妈把压岁钱都给你。”

这后面一句，周承诀倒是没什么意见，哪怕有他的份，最后他也还是全部塞给岑西。

这年过年，岑西的新衣服是两个妈妈一块带着去挑的，足足挑了一车，少说也有十套八套。

她试了整整一天，回到家时，只剩下给周承诀打电话的力气。

电话一打过去，住对面的男人立刻就过来了。

他熟练地替趴在公主床上休息的小公主捏肩揉腿，一句怨言都不敢有。

把人伺候得舒舒服服。

除夕当晚，一群人全聚到了陆景苑。

李佳舒、严序他们全来了，就连周康乐都来凑了个热闹。

岑西收了一整天压岁钱，多到要用行李箱来搬。

收的人开心，给的人更开心。

大家很久都没这么开心过了。

唯一有一个人不太开心。

是周康乐。

这小子那年被周承诀忽悠惨了，一直到如今还固执地认为，岑西是他姑姑李佳舒的姐妹，那就是他二姑。

可是他们周家不是不允许这种违背人伦道德的事情发生吗?

他不能做二姑的男朋友，怎么哥哥就能和二姑结婚?

周康乐很委屈很生气，气得想一口气啃五十个可乐鸡翅。

可偏偏可乐鸡翅是二姑最喜欢的菜，他还得给二姑留点，不然可能会被哥哥打死。

短暂的年很快过完，大家纷纷重新迈上正常的生活轨迹。

汪月、程启天并没有放弃做公益，他们的初衷是帮助到更多需要帮助的人，饶是已然找回了亲生女儿，仍旧像从前那般，奔波在各个等待希望的地方。

就是回南嘉的次数确实多了不少，岑西还在南嘉大上学，每逢周末，汪月就会回到南嘉，亲自去学校接女儿回家，一家人好好地聚个两天，聊聊几天不见发生的生活琐碎，聊聊感情，聊聊未来。

岑西上学之余，还为自己那本小说续写了后半本，前半本几乎写实，后半本则多是还未发生的未来，未来还没来，只能靠她构想。

书卖得红火，用李佳舒的话来说，就是可以直接躺平养老的水平。

不过以岑西如今的家庭条件，不论她做什么，似乎都不用再像从前那般，为生计发愁。

她的身后，有太多太多的人爱她、支持她。

周承诀带她回了那套，按照她的喜好，悄悄为她买下的房子。

她参观了一圈，打心底的喜欢着实无法掩藏。

就是在看到那跃层上的私家泳池时，她仍旧忍不住流露出担忧的神色。

周承诀问她：“你现在还会怕水吗？”

“我不怕了。”其实打从她被救上来的那一刻起，她忽然就不太害怕了，因为她知道，她是不会被放弃的，“我是担心你……”

“我没什么感觉了。”而他的改变，恰恰也是因为她的那一场意外落水。

“下去试试？”周承诀问。

岑西有些犹豫：“我不怕是不怕了，但是我不会游泳。”

周承诀觉得这个技能还是挺重要的，必要的时候能派上用场。当然，他自然希望她平平安安，一辈子不需要再遇上这种情况，但还是觉得她要是能学会，大家都能心安许多。

岑西也同意他的观点。

技多不压身，她本就是个学习能力很强也很愿意去学的人，加上有周承诀亲自教，肯定不难。

六月末，岑西终于打赢了那场人生中第一个也是最重要的一个官司，心中悬着的大石头也彻底落下。

周承诀安排了一场旅行，打算带她散散心。

前两站，岑西还未察觉有什么特别，等到了第三站时，她后知后觉地问他："你是不是又看了我的书？"

"看了后半本，是不是？"她追问。

"嗯……"

这趟旅程的每一站目的地，每一处她曾在书中幻想过的场景，都毫无保留地、真实地展现在了她面前。

书的后半段，未曾发生过，是她的构思，是她的幻想，是她的期许。

而周承诀就这么耐心地看完了她所有的愿望，然后精心地替她准备了一切。

逐字逐句，逐一为她实现。

"你想要什么样的生活，我就陪你过什么样的生活。"周承诀狠狠地将自己埋进她身体里，"是不是一模一样？"

"是……"岑西已然说不出更多的话。

番外四
因为爱你啊

/

大一这短短一年多的时间里，岑西的人生出现了她从未敢奢望过的巨大转变。

如愿考上曾经与周承诀约定好的心仪学府，意外之下与他重逢，藏在心中多年的少女情怀有了完美归宿，与寻找她多年的亲生父母相认，一家三口终究得以重聚，生活也终于回到本该拥有的正常轨迹。

独自一人扛下生活艰辛，孤孤单单生活了二十多年的女孩，终于在这一年，有了疼爱包容自己的亲生父母，有了情投意合的伴侣，有了无话不谈的三两好友，有了足以信赖的坚实后盾，有了无条件接纳她的港湾。

学业有成，未来明朗，山高水远，一路繁花。

生活之惬意也不过于此。

这个二十出头、承受过太多太多苦难的小姑娘，也终于能松口气，卸下肩上的重担，安安心心、踏踏实实地享受一回平淡安稳的美好人生，无须再为生计发愁，也无须再提心吊胆躲躲藏藏。她可以随心所欲地选择一切她喜欢做的、想要做的事去做，身边永远有人为她保驾护航。

和旁人不大一样，很多人对学习其实没有多大兴趣，但为了将来的发展与营生考虑，又不得不老老实实上完该上的学，而岑西则是真的喜欢。

从前，安心上学于她而言是件十分奢侈的事情，如今倒是可以心无旁骛地坐在课堂里。

之后的几年大学时光，她短暂地放下了从前占据了她不少时间精力的琐碎事，一心只扑在学业上。

还记得刚在一起第一年时的某个夜晚，周承诀再一次不怀好意地冲岑西提起，大家都已经长大了，不是高中生了，可以做点大学生该做的事了。

岑西当然懂得他什么意思，但还是佯装不明白地打趣了句，大学生该做的事，考研吗？

惹得周承诀又好气又好笑。

然而日子一晃而过，重逢那年她才刚步入大学校园，如今已然优哉游哉地在她崭新的人生中走到了第四个年头。

当初的一句玩笑话，如今也被正式提上日程。

她喜欢上学的氛围，想要在专业上继续深造，如今她是两个家庭中年龄最小最受宠的那一个，凡事只要她提，两家大人无一不举双手赞成，争着替她打点好生活上的一切，让她只需要专心备考，其余任何事都无须她分神操心。

这一点上，周承诀和家里大人也保持同样的态度。

任何人都不能成为拖岑西后腿的那一位，哪怕是谈恋爱，也得往后先放放。

因而周一到周五，岑西仍旧住在学校的宿舍里，并没有提早搬到校外与周承诀同宿。

还没有决定考研之前，岑西白天有课便去上课，没课的时候，要么抱着专业书去图书馆自习，要么就拐到周承诀公司和他一块吃顿饭。吃过饭后，他忙他的公事，她则是抱着零食窝在沙发里，刷刷电视剧、打打小游戏，在他办公室里一待就是小半天。

可打从决定考研之后，岑西的课余生活便越发忙碌起来，要考的内容不少，以岑西的心气和基础，她既然想考，就要考个最好的，因而也需要花费大量的时间精力去认真准备。

这样一来，去周承诀公司打发时间的次数就变得越来越少。

好在大多数时候，那个将她的课程表背得比她本人还要滚瓜烂熟的男朋友，通常都会在她离开宿舍之前便率先开车到她楼下逮人。

没法朝夕相处的日子于周承诀而言没那么好受，可他又尊重她的每一个选择，便只能想着法子见缝插针，争取抓住更多的时间，同她多待上一会儿。

往往一遇上岑西没课时，周承诀便会带上电脑来学校，光明正大地陪岑西一块上大课，抑或是一起到图书馆找个小角落泡着。

两人面对面坐下，一个握着水性笔刷卷子，一个敲着键盘忙工作，专心致志，互不干扰，大多数时候没什么交流，然而偶尔在不小心拿错对方的水杯，喝上两口之后，总会默契地抬眸，在目光对上的一瞬间，会心一笑。

岑西舔了舔嘴唇上的水渍，笑着随口提了句：“拿错了，这杯好像是你的。”

周承诀扫了眼岑西手中那杯，不久前还在自己手里，此刻却被她喝完大半才重新递回自己面前的热可可，顺手接过，就着她喝过的地方也往嘴里送了几口。

“喂，那是我喝过的……”岑西先是提醒，话到了嘴边，又在周承诀逐渐暧昧的目光下，默默降低声音，而后脸颊控制不住染上一层浅淡的臊意。

她知道他想说什么。

周承诀果然如她所预料的那般，面上没有半点嫌弃意味地开了口：“喝过怎么了？”

她就知道……岑西无话可说。

两人共处的时间过得很快，图书馆外的天色渐渐暗了下来。

岑西学习的时候还和从前一样，十分投入，写起题来笔头便没停过，眼看就快要到饭点，她也无知无觉。

她从前饥一顿饱一顿地过了那么多年，几乎已经习惯了这种感觉，不过打从和周承诀在一起之后，吃穿住行这些生活上的琐碎事，他便没再由着她随意糊弄过。

事事包办打点，细致入微。

到了饭点，不管手头的事再忙，他都会毫不犹豫地停下，而后直接起身上手替她收拾东西，半点反应时间也没给，动作利落地将人带走吃饭。

两人在一起的时间已并不短暂，对对方的脾气和习惯早已了如指掌，岑西似是也早就适应了他的行事风格，并对此接受良好，任由他替自己将东西收好，乖巧听话地挽着他手臂跟随他一块离开。

毕竟她知道，他是在为她操心，她的胃要是有什么不舒服，周承诀比她都更着急在意。

周承诀对岑西的口味喜好了解得也十分透彻，在去餐厅的路上便已经提前把菜订好，等到了地方，一桌子菜已经上齐，温温热热的，吃起来正正好。

岑西扫了眼菜色，每道菜都是按照她喜欢的风味来点。

考研圈里流传着一句名言：哪个考研人没在深夜痛哭过。

周围大多数备考人对这话深有体会，就在几天前，岑西还见到几个眼熟的同学，抱着泡面桶蹲坐在图书馆的楼梯间里崩溃大哭。

每天顶着考试压力，从天还没亮便开始苦读到深夜，吃不好睡不好，还要提前担心考试失利后该何去何从。

并不是所有人都像她这样幸运，无论做什么选择，都有家人和心上人的理解和全力支持。

她如今有太多退路，她无须为未来可能会发生的一切担忧。

她作为考研人，确实没在深夜痛哭过。

周承诀会细心地发现她所有即将要发泄的情绪，在她情绪浮动之初，便会想出各种方式替她排解。如若仍旧不够，那么便毫无怨言地任由她将脾气全数发到他身上，他可以全盘接收并消化，再温柔地替她盛上一碗热汤。

“你下回也点些自己喜欢吃的菜嘛。”岑西说这话的时候，周承诀正在替她盛汤。

等将冒着热气的小汤碗安安稳稳地送到她面前之后，他才无所谓地开口：“你喜欢的我都喜欢。”

周承诀对他自己倒真没对岑西体贴和在意。

岑西想起他从前为了替她补上那份打翻了的外卖的钱，愣是说自己就喜欢吃辣的，从她手里买了过来，还当着她的面把一整份全吃了，第二天就请假在家打了两天吊针，她故意笑着打趣了句："那我喜欢吃辣的怎么办？"

"行啊，这几年吃你剩下的也吃习惯了，吃辣的本事，早练出来了。"周承诀不以为意。

"没人让你吃剩下的。"岑西打断他替自己剥虾的动作，"我自己来就好。"

"我就喜欢吃你剩下的。"周承诀剥虾的动作没停，"先把我们家祖宗伺候好了，我才能安心吃。"

"……"岑西咬着筷子忍着笑意，瞪了他一眼。

"省得一会儿吃饭时间太长了，又怪谈恋爱耽误时间，耍脾气不让我来找你。"周承诀慢悠悠地控诉了一句。

岑西正埋头喝着热腾腾的牛骨汤，闻言忍不住低低地笑出声来。

一口汤咽下去，她才重新抬头看向对面那略显委屈的男人："快了快了，再有两个月就考完试了。"

周承诀是知道轻重缓急的人，自然不会真在这事上有什么不满，方才那么一说，按照严序的说法便是，他诀哥又在女朋友面前撒娇了。

他这娇虽撒得拙劣，但岑西也愿意哄，岑西一哄，周承诀便忍不住小小地得寸进尺一下，继续作一把大的："我们公司有几个员工，顿顿饭都有女朋友来陪。"

周承诀轻哼一声："也不知道在招摇什么。"

岑西忍俊不禁："……"

"谁没有女朋友，你说是吧？"周承诀酸溜溜地看向岑西。

她一口饭刚喂进嘴里，小鸡啄米似的点了好几下头，进行安抚："等考完试，我就去你办公室找你吃饭。"

周承诀想了想，不太满意，加了个码："每天来。"

"好，每天去。"岑西顺着他的话附和。

周承诀继续加码："纠缠我。"

这要是严序在这儿听到，必定要来上一句"哥，差不多得了，见好就收，小作怡情，别作这么大的"。

岑西埋头连塞了好几口饭，再次抬起头时，见他仍旧摆着没有要罢休的架势，终于还是忍不住笑了，敷衍地哄道："好好好，等我考完之后，必定每天到你公司纠缠你。"

距离考试只有两个月，岑西也进入了考前冲刺的阶段，空余时间实在有限，一直到考试之前，都没再在周承诀公司露过面。

几年过去，周承诀的事业发展得蒸蒸日上，公司也日渐壮大。

互联网公司，员工中年轻人居多，又都是吃网络这碗饭的，冲浪速度极快，难免有不少喜欢八卦的。

见岑西一连两个月没在公司里露过面，私底下不免有人开始猜测起老板和女朋友之间的感情状况。

一群人凑到一块，七嘴八舌地讨论了好半天，最终理出思路，大抵是分手了，不然以两人之间的亲近程度，不至于两个月都不见岑西来公司找周承诀一回。

对此，大多数人还是挺唏嘘的。

毕竟岑西从前常来，每回来都会带上不少零食、奶茶来犒劳大家，和周承诀手底下员工们的关系处得十分融洽，个个都挺喜欢她。

加上每回只要她一来，周承诀心情就会格外好，老板心情一好，整个公司的气氛都越发活跃，更别说时不时还会以女朋友的名义请大家搓顿昂贵的正餐、下午茶等，奖金、礼品更是拿到手软。

岑西的到来，于众多员工而言，简直是天降财神爷。

明明从前感情这样好的神仙眷侣，如今也逃脱不了分手的结局，换谁心里都不好受。

感慨和唏嘘一多，很难不流传到周承诀耳朵里。

他原本对自己的八卦半点不感兴趣。

毕竟从小到大他几乎都生活在同学和校友的议论之中，早就习惯视而不见，听而不闻。

然而关于他和岑西分手这种流言，他忍不了，更忍不了的是，公司里流传最为广泛的版本，居然还是他冷血无情地甩了岑西。

要甩也是他被岑西冷血无情地甩了，他甩她，这辈子都没可能。

倒不是介意这种传言对他个人风评有什么不好的影响，让他百思不得其解的是，他女朋友那么优秀，谁舍得甩。

公司里到底是哪个脑子不清醒的，能传出这么离谱的版本。

连着几天，周承诀都在琢磨怎么巧妙又不经意地在公司里辟个谣。

省得这帮小年轻以为岑西和他分了，成了个单身，争着抢着打起主意。

他女朋友只能是他的，谁都不能惦记。

这天下午开会，研发组刚展示完一轮进度，正安静等待周承诀提意见时，一阵熟悉的手机铃声透过男人桌前架着的话筒悠悠然传遍整间会议室。

整个会议室里，开会时手机敢不静音的唯有老板一人。

众人纷纷看向周承诀，心中都在猜测这通电话是否会被接起。

毕竟放在从前，周承诀在开会的时候是不太喜欢被打扰的，只有岑西来电他才会破例接起。

而如今传言两人已经分手了，那么怕是没人能再让老板破例。

只是没想到的是，手机铃声响起不过两秒的时间，周承诀便已然将电话接了起来。

这么快就有新欢了？

无声的办公室里，众人不断交换着眼神。

男人果然都一个样，唾弃。

“怎么了？”周承诀话音温柔。

呵，原来对哪一任都这么温柔啊。

下一秒，那抹熟悉的女声很快顺着话筒传了出来，虽距离不近，但音量足够让大家都听得真切。

这声音的主人，不是岑西还能是谁！

一屋子人前一秒还满脸替岑西打抱不平的表情，此刻已然瞪大双眼，重新竖起耳朵，悄悄嗑了起来。

“你在忙吗？”岑西问。

周承诀抬眸扫了眼会议室里的人，仍旧低声温柔道：“不忙，怎么了？你说。”

不忙，确实不忙，也就还有好几个研发组的方案等着老板一一分析定夺罢了，众人纷纷暧昧地憋着笑。而后便听岑西在电话里问了周承诀几道题，而后者就这么将一屋子人晾在一旁，旁若无人，耐心且细致地替她把每步解题过程都透彻讲解了一遍，最后温声问她：“我讲清楚了吗？”

“嗯嗯。”岑西悟性高，一点就通，更何况他讲得这么详细，“你觉得难吗？这些题。”

对他而言自然不难，周承诀稍稍回想了下方才的几道题，没答她，只问：“这些题，你考研不考这科目吧？”

男人想了想，又顺势提了句：“你这几个月忙着备考，都没时间过来，还能抽空研究这些？”

“我正好看到了，就随便问问。”岑西含糊地答。

周承诀本身也没打算深究这个，无非是想告诉公司里这帮小兔崽子，他女朋友是因为要准备考试，才没空过来的，两人感情好着呢，这辈子都不可能分手。

岑西话音听起来还有些心虚，忙说：“那我先挂了啊？”

周承诀还没来得及应声，会议室里，江隔带了个头，冲电话那边喊了句：“老板娘考研加油！”

其他人立刻跟着起哄，一口一句“老板娘考研加油”。

岑西这才知晓周承诀是在会议上接了她的电话，还花了这么长时间当众给她讲题，害臊地直接把电话挂了。

周承诀倒是没什么架子，和手底下的人都混得挺开，也扯起嘴角懒洋洋地笑了下："把人给我吓跑了，你们这帮人。"

气氛都到这儿了，有人索性扯着嗓子问："老板，什么时候办婚礼啊？"

"快了，等她毕业，到时候你们都来玩，吃住行全包，不用随礼。"周承诀此刻心情好，干脆直接把婚礼计划都在会上提了。

一时间，整个会议室都沸腾了。

不出两分钟，老板暂停会议，当众给女友讲题，力破分手传闻这事，当即传遍了整个公司，还顺便向全公司发出了婚礼邀请。

一帮人一边哄笑，一边好奇，到底什么题，连我们南嘉大才女老板娘都不会，还得亲自问。

一直到婚礼当天，周承诀带着严序、毛林浩等几个伴郎上门接亲，被李佳舒、江乔几个伴娘堵在新娘的卧房门外，并掏出了一长串没眼看的各色难题，要他们当众一一解出来，才能获得进门接新娘的资格时，他们才忽然懂了那天那几道题，到底是用来做什么的。

严序扫了眼题，两眼一黑："李佳舒，你出点医学题我还能解出来，这物理题我都多少年没碰过了！李佳舒！给我出来！"

李佳舒压根不怕他，嬉皮笑脸道："解不出来很光彩吗？小声点，别丢咱们南高火箭班的脸！"

毛林浩这个卷王倒是比严序好点，虽多年没碰其他专业的题，但到底有数学课代表的基础在，多少能挑出些会的题来写。

江隔先是扫了眼题，再看向正在淡定地写下解题过程的周承诀。

那男人写下解题过程的速度，简直像是照搬参考答案般流畅！

江隔又重新扫了眼题，不对啊，似曾相识。

新娘这是偷偷给新郎透题了啊！这前几道，不明摆着那天开会的时候刚问过吗！

那没他什么事了，江隔默默退出了战局，再大肆把这碗狗粮撒向后头围观的每一个同事。

短短几分钟，周承诀思路清晰且完整地写出了全部答案，在李佳舒、江乔等伴娘的目瞪口呆之下，轻轻松松抱走了独属于他的新娘。

"为什么提前给我透题？这么不相信我啊。"周承诀笑着将她抱入车里。

岑西不好意思地往他胸膛埋了埋，在婚礼的这一天，难得直接地表达了爱意："因为爱你啊。"

"别说是这么几道题，就是上刀山下火海，我也没什么做不到。"周承诀捏捏她脸蛋。

岑西抿唇笑："这么厉害啊！"

周承诀学着她的腔调："因为爱你啊。"